Alice Munro

Offene Geheimnisse

Erzählungen

Aus dem Englischen von Karen Nölle-Fischer

Klett-Cotta

Dies Buch ist für ewig-treue Freundinnen –
Daphne und Deirdre, Audre, Sally, Julie, Mildred,
Ann und Ginger und Mary

Inhalt

Bilder

Briefe

Im Speisesaal des Commercial Hotel öffnete Louisa den Brief, der an dem Tag aus Übersee gekommen war. Sie aß Steak mit Kartoffeln, wie üblich, und trank ein Glas Wein. In dem Raum saßen ein paar Handlungsreisende und der Zahnarzt, der jeden Abend dort aß, weil er Witwer war. Er hatte anfangs Interesse an ihr gezeigt, hatte ihr aber gesagt, daß er noch nie eine Frau gesehen habe, die Wein oder Alkohol anrührte.

»Ich tu es für meine Gesundheit«, entgegnete Louisa ernst.

Die weißen Tischtücher wurden jede Woche gewechselt und in der Zwischenzeit mit Wachstuchsets geschont. Im Winter roch der Speisesaal nach diesen mit Küchenlappen gewischten Sets und den Kohlengasen vom Heizofen und nach Rindersoße und angetrockneten Kartoffeln und Zwiebeln – ein Geruch, der niemandem unangenehm war, der hungrig aus der Kälte hereinkam. Auf jedem Tisch stand eine kleine Menage mit dem Fläschchen brauner Soße, dem Fläschchen Tomatensoße und dem Töpfchen Meerrettich.

Der Brief war an »Die Bibliothekarin, Carstairs Public Library, Carstairs, Ontario« adressiert. Er war vor sechs Wochen abgestempelt – am 4. Januar 1917.

Vielleicht überrascht es Sie, von einem Menschen zu hören, den Sie nicht kennen und der sich nicht an Ihren Namen erinnert. Ich hoffe, Sie sind noch die selbe Bibliothekarin, auch wenn so viel Zeit vergangen ist, daß Sie längst fortgezogen sein könnten.
Was mich hier ins Lazarett gebracht hat, ist nichts sehr Ernstes. Ich sehe überall um mich herum Schlimmeres und lenke mich davon ab, indem ich mir Dinge vor

Augen hole und mich zum Beispiel frage, ob Sie noch dort in der Bücherei sind. Wenn Sie diejenige sind, die ich meine, sind Sie ungefähr mittelgroß oder vielleicht nicht ganz, mit hellem, bräunlichem Haar. Sie sind ein paar Monate vor meiner Einberufung in die Army als Nachfolgerin von Miss Tamblyn gekommen, die schon dort war, als ich mit neun oder zehn anfing, in die Bücherei zu gehen. Zu ihrer Zeit standen die Bücher kunterbunt durcheinander, und es war eine echte Mutprobe, sie auch nur bei einer Kleinigkeit um Hilfe zu bitten, weil sie ein rechter Drache war. Als Sie dann kamen, welch eine Veränderung, wurde alles nach Romanen und Sachbüchern und Geschichte und Reise sortiert, und Sie ordneten die Zeitschriften der Reihenfolge nach und legten sie gleich nach der Ankunft aus, statt sie verschimmeln zu lassen, bis alles, was drinstand, veraltet war. Ich war dankbar, wußte aber nicht, wie ich es sagen sollte. Außerdem fragte ich mich, was Sie dorthin verschlagen hatte, Sie waren eine gebildete Frau.
Ich heiße Jack Agnew, und meine Karte ist in der Schublade. Das letzte Buch, das ich ausgeliehen habe, war sehr gut – H. G. Wells, *Mankind in the Making*. Ich bin bis zur zweiten High-School-Klasse auf die Schule gegangen und dann wie so viele zu Douds arbeiten. Ich habe mich nicht gleich gemeldet, als ich achtzehn wurde, deshalb werden Sie mich nicht für einen mutigen Mann halten. Ich bin ein Mensch, der stets dazu neigt, seine eigenen Vorstellungen zu haben. Mein einziger Angehöriger in Carstairs oder sonstwo ist mein Vater Patrick Agnew. Er arbeitet bei Douds, nicht in der Fabrik, sondern am Haus als Gärtner. Er ist noch mehr ein Einzelgänger als ich und geht bei jeder Gelegenheit, die sich ihm bietet, draußen auf dem Land angeln. Ich schreibe ihm von Zeit zu Zeit einen Brief, aber ich bezweifle, daß er ihn liest.

Nach dem Abendessen ging Louisa in das Damenzimmer im ersten Stock und setzte sich an den Schreibtisch, um ihre Antwort zu verfassen.

Ich freue mich sehr zu hören, daß Sie die Ordnung zu schätzen wußten, die ich in der Bücherei hergestellt habe, auch wenn sie nur normal war, nichts Außergewöhnliches.
Ich bin sicher, Sie würden gern Neuigkeiten aus der Heimat hören, aber für diese Aufgabe tauge ich schlecht, als Außenseiterin hier im Ort. Immerhin spreche ich in der Bücherei und im Hotel mit Leuten. Die Handlungsreisenden im Hotel reden vor allem darüber, wie die Geschäfte gehen (gut, wenn man die Waren beschaffen kann), und ein bißchen über ihre Zipperlein und viel über den Krieg. Es gibt Gerüchte über Gerüchte und Meinungen in Hülle und Fülle, die Sie sicher zum Lachen bringen würden, wenn Sie sich nicht darüber ärgern müßten. Ich werde mir nicht die Mühe machen, sie niederzuschreiben, weil ich sicher bin, daß dies von einem Zensor gelesen wird, der meinen Brief sonst kurz und klein schneiden würde.
Sie fragen, wie es mich hierher verschlagen hat. Es ist keine interessante Geschichte. Meine Eltern sind beide verstorben. Mein Vater hat in Toronto bei Eaton in der Möbelabteilung gearbeitet, und nach seinem Tod arbeitete meine Mutter ebenfalls dort, in der Wäscheabteilung. Und ich arbeitete auch eine Zeitlang dort, als Buchhändlerin. Vielleicht könnte man sagen, Eaton sei unser Douds gewesen. Meinen Abschluß habe ich am Jarvis Collegiate gemacht. Ich hatte eine Krankheit, durch die ich lange im Krankenhaus liegen mußte, aber jetzt bin ich gesund. Ich hatte viel Zeit zum Lesen, und meine Lieblingsschriftsteller waren Thomas Hardy, den man für seine Düsterkeit kritisiert, den ich aber sehr lebensecht

finde, und Willa Cather. Ich war gerade zufällig in dieser Stadt, als ich hörte, daß die Bibliothekarin gestorben war, und ich dachte, vielleicht ist das der Beruf für mich.

Wie gut, daß mich Ihr Brief heute erreicht hat, denn ich soll bald aus dem Spital entlassen werden, und ich weiß nicht, ob man ihn mir nachgesandt hätte. Ich bin froh, daß Sie meinen Brief nicht zu töricht fanden.
Wenn Sie meinen Vater oder irgendwelche Bekannten treffen, brauchen Sie nichts davon zu sagen, daß wir uns schreiben. Es geht niemanden etwas an, und ich weiß, daß es jede Menge Leute gibt, die mich dafür auslachen würden, daß ich der Bibliothekarin schreibe, wie sie schon gelacht haben, als ich nur in die Bücherei ging. Wozu ihnen die Genugtuung geben?
Ich bin froh, daß ich hier rauskomme. Soviel glücklicher dran als manche, die ich hier sehe, die nie wieder laufen oder wieder sehen können werden und die sich vor der Welt werden verstecken müssen.
Sie fragen, wo ich in Carstairs gewohnt habe. Nun, es ist kein Haus, auf das man stolz sein könnte. Wenn Sie Vinegar Hill kennen und dort in die Flowers Road einbiegen, ist es das letzte Haus rechts, vor Urzeiten gelb gestrichen. Mein Vater baut Kartoffeln an oder hat es jedenfalls früher getan. Ich habe sie früher mit meinem Karren durch die Stadt gefahren und durfte für jede verkaufte Ladung fünf Cents behalten.
Sie schreiben von Lieblingsautoren. Seinerzeit mochte ich mal Zane Grey, aber ich bin von Erzählungen und Romanen abgekommen und habe dann lieber Geschichtsbücher oder Reiseberichte gelesen. Manchmal lese ich Bücher, von denen ich weiß, daß sie mir viel zu hoch sind, aber ich habe trotzdem etwas davon. Dazu gehört der schon erwähnte H. G. Wells und Robert Ingersoll, der über Religion schreibt. Sie

haben mir viel zum Nachdenken gegeben. Wenn Sie sehr religiös sind, habe ich Sie hoffentlich nicht beleidigt.
Einmal, als ich in die Bücherei kam, war es Samstag nachmittag, und Sie hatten gerade erst die Tür aufgeschlossen und schalteten das Licht an, weil es draußen dunkel und regnerisch war. Sie waren draußen ohne Hut oder Schirm von einem Schauer erwischt worden, und Ihr Haar war naß. Sie zogen die Nadeln heraus und ließen es herunter. Ist es zu persönlich, wenn ich Sie frage, ob Sie es noch lang tragen oder ob Sie es abgeschnitten haben? Sie gingen an die Heizung und schüttelten Ihr Haar drüber aus, und das Wasser zischte wie Fett in der Bratpfanne. Ich saß da und las in den Londoner *Illustrated News* vom Krieg. Wir lächelten uns zu. (Ich wollte nicht sagen, daß Ihr Haar fettig war, als ich das geschrieben habe!)

Ich habe mir die Haare nicht abgeschnitten, obwohl ich häufig daran denke. Ich weiß nicht, ob es Eitelkeit oder Trägheit ist, die mich daran hindert.
Ich bin nicht sehr religiös.
Ich bin auf den Vinegar Hill gegangen und habe Ihr Haus gefunden. Die Kartoffeln stehen gut. Ein Polizeihund hat sich mit mir angelegt, gehört der Ihnen?
Es wird schon recht warm. Wir haben das Hochwasser im Fluß hinter uns, das, wie ich höre, jedes Jahr im Frühling kommt. Das Wasser ist in den Hotelkeller eingedrungen und hat irgendwie unser Trinkwasser verseucht, so daß wir auf Kosten des Hauses Bier oder Ginger Ale trinken durften. Aber nur wenn wir im Hotel wohnten oder übernachteten. Sie können sich vorstellen, daß das zu reichlich Witzen Anlaß bot.
Ich sollte fragen, ob es etwas gibt, das ich Ihnen schicken kann.

Ich brauche eigentlich nichts. Ich bekomme den Tabak und andere Kleinigkeiten, die die Damen in Carstairs für uns packen. Ich würde gern ein paar Bücher von den Autoren lesen, die Sie erwähnten, aber ich glaube nicht, daß ich hier Gelegenheit dazu bekommen werde. Neulich ist hier ein Mann am Herzschlag gestorben. Er war tagelang in aller Munde. Hast du von dem Mann gehört, der am Herzschlag gestorben ist? Tag und Nacht kriegte man nichts anderes zu hören. Und dann lachten alle, was wahrscheinlich hartherzig klingt, aber es war allen einfach zu seltsam. Es war nicht einmal eine besonders heiße Zeit, deshalb konnte man nicht sagen, daß er vielleicht vor Angst gestorben war. (Übrigens saß er gerade an einem Brief, als es passierte, also sollte ich lieber aufpassen.) Vor und nach ihm sind andere erschossen oder zerbombt worden, aber er ist der Berühmte, weil er am Herzschlag gestorben ist. Keiner kann sich darüber beruhigen, daß er so weit reisen mußte und die Army so viel Geld gekostet hat, bloß dafür.

Der Sommer war so trocken, daß der Wasserwagen jeden Tag durch die Straßen fuhr, um gegen den Staub anzugehen. Die Kinder tanzten immer hinterdrein. Es gab außerdem etwas Neues in der Stadt – einen Karren mit einer kleinen Glocke, der in den Straßen Eis verkaufte, und auch darauf lauschten die Kinder ziemlich aufmerksam. Er wurde von dem Mann geschoben, der einen Arbeitsunfall in der Fabrik gehabt hatte – Sie werden wissen, wen ich meine, auch wenn ich seinen Namen nicht mehr weiß. Er hat seinen Arm bis zum Ellbogen verloren. Mein Zimmer im Hotel, das, wie gesagt, im zweiten Stock liegt, war wie ein Backofen, und ich bin oft bis nach Mitternacht spazierengegangen. Viele andere Leute auch, manchmal im Schlafanzug. Es war wie ein Traum. Der Fluß führte immer noch ein wenig Wasser, gerade

genug, um Ruderboot zu fahren, und das tat der methodistische Pastor eines Sonntags im August. Er wollte in einem öffentlichen Gottesdienst um Regen beten. Aber das Boot hatte ein kleines Leck, und das Wasser drang ein und machte ihm die Füße naß, und schließlich sank das Boot, und er stand im Wasser, das ihm nicht annähernd bis zur Taille reichte. War es ein Unfall oder ein böser Streich? Man sagte allenthalben, seine Gebete seien erhört worden, nur aus der falschen Richtung.
Auf meinen Spaziergängen komme ich oft am Haus der Douds vorbei. Ihr Vater hält die Rasenflächen und die Hecken wunderhübsch in Ordnung. Ich finde das Haus schön, so originell und luftig. Aber es kann sein, daß es nicht einmal dort kühl war, weil ich die Stimme der Mutter und der kleinen Tochter abends spät gehört habe, als wären sie draußen auf dem Rasen.

Zwar habe ich gesagt, daß ich nichts brauche, aber eins hätte ich doch gern. Das wäre ein Bild von Ihnen. Ich hoffe, Sie finden, daß es nicht zu weit geht, Sie darum zu bitten. Vielleicht sind Sie verlobt oder haben einen Liebsten hier drüben, dem Sie auch schreiben wie mir. Sie sind eine besondere Frau, und es würde mich nicht überraschen, wenn ein Offizier um Sie angehalten hätte. Aber jetzt wo ich gefragt habe, kann ich es nicht mehr zurücknehmen, und ich werde es Ihnen einfach überlassen, von mir zu denken, was Sie wollen.

Louisa war fünfundzwanzig Jahre alt und einmal verliebt gewesen, in einen Arzt, den sie im Sanatorium kennengelernt hatte. Ihre Liebe wurde erwidert, nach einer gewissen Zeit, und sie kostete den Arzt die Stelle. Louisa hegte einige heftige Zweifel, ob man ihn aus dem Sanatorium entlassen hatte oder ob er aus eigenem Entschluß gegangen war, weil er der Affäre überdrüssig war. Er war verheiratet und hatte Kinder.

Damals hatten Briefe ebenfalls eine Rolle gespielt. Sie hatten sich nach seinem Abschied weiter geschrieben. Und auch noch ein-, zweimal nach ihrer Entlassung. Dann bat sie ihn, ihr nicht mehr zu schreiben, und er stellte seine Briefe ein. Aber die Tatsache, daß nichts mehr von ihm kam, vertrieb sie aus Toronto und veranlaßte sie, die Stelle als Handlungsreisende anzunehmen. Auf die Weise mußte sie nur einmal die Woche die Enttäuschung ertragen, wenn sie Freitag oder Samstag abend heimkam. Ihr letzter Brief war resolut und selbstlos gewesen, und sie war auf ihren Reisen durch das Land von dem Bewußtsein begleitet, die Heldin einer Liebestragödie zu sein, während sie ihre Warenkoffer in kleinen Hotels treppauf und treppab schleppte und über Pariser Mode redete und ihre Hutmodelle als betörend anpries, und ihr einsames Glas Wein trank. Wenn sie jemanden gehabt hätte, dem sie davon hätte erzählen können, hätte sie allerdings just diese Vorstellung verlacht. Sie hätte gesagt, die Liebe sei nichts als Hokuspokus, eine Illusion, und das glaubte sie auch. Aber dennoch verspürte sie bei der Vorstellung ein Stillwerden, ein Nervenflattern, eine Beugung der Vernunft, eine absolute Ergebenheit.

Sie ließ ein Photo machen. Sie wußte, wie sie es haben wollte. Sie hätte gern eine schlichte weiße Bluse angezogen, eine gesmokte Bauernbluse mit offenem Bändchen am Hals. Sie besaß keine solche Bluse und hatte sie tatsächlich bisher nur auf Bildern gesehen. Und sie hätte ihr Haar gern offen getragen. Oder wenn sie es schon aufgesteckt lassen mußte, dann hätte sie es gern sehr lose hochgekämmt und mit Perlenschnüren gebunden.

Statt dessen trug sie ihr blauseidenes Hemdblusenkleid und steckte sich das Haar wie üblich auf. Sie fand, das Bild mache sie ziemlich blaß und hohläugig. Ihre Miene war ernster und verzagter, als sie beabsichtigt hatte. Sie schickte es trotzdem ab.

Ich bin nicht verlobt und habe keinen Liebsten. Ich habe einmal einen Mann geliebt, aber die Sache mußte abgebrochen werden. Das hat mich damals sehr mitgenommen, aber ich wußte, daß ich es ertragen mußte, und jetzt glaube ich, daß es zu meinem Besten war.

Sie hatte sich natürlich alle Mühe gegeben, sich seiner zu erinnern. Sie erinnerte sich nicht daran, ihre Haare ausgeschüttelt zu haben, wie er geschrieben hatte, oder einen jungen Mann angelächelt zu haben, als die Regentropfen auf die Heizung fielen. Das alles konnte er ebensogut geträumt haben, und vielleicht war das der Fall.

Sie hatte begonnen, den Krieg genauer zu verfolgen als vorher. Sie hörte auf, ihn ignorieren zu wollen. Sie ging mit dem Gefühl durch die Straßen, daß in ihrem Kopf die gleichen aufregenden und beunruhigenden Nachrichten umgingen wie bei allen andern Leuten. Saint-Quentin, Arras, Montdidier, Amiens, und außerdem wurde gerade eine Schlacht an der Somme geschlagen, wo doch bestimmt schon einmal eine stattgefunden hatte? Sie breitete auf ihrem Schreibtisch die Landkarten der Kriegsschauplätze aus, die als Doppelseite in den Zeitschriften erschienen. Sie sah die bunten Linien des deutschen Vormarschs an die Marne, des ersten Vorstoßes der Amerikaner bei Château-Thierry. Sie betrachtete die von einem Künstler gezeichneten braunen Bilder von einem Pferd, das sich bei einem Luftangriff aufbäumte, von einer Gruppe Soldaten in Ostafrika, die aus Kokosnüssen tranken, und von deutschen Kriegsgefangenen, die mit verbundenen Köpfen oder Gliedmaßen und leeren, düsteren Mienen Schlange standen. Jetzt fühlte sie, was alle andern fühlten – ständige Angst und Befürchtungen und gleichzeitig diese süchtig machende Aufregung. Man konnte von seinem momentanen Leben aufschauen und die Welt hinter den Wänden knistern hören.

Ich freue mich zu hören, daß Sie keinen Liebsten haben, auch wenn ich weiß, daß es selbstsüchtig von mir ist. Ich glaube nicht, daß Sie und ich uns je wiedersehen werden. Das sage ich nicht, weil mir geträumt hätte, was geschehen wird, oder weil ich ein Schwarzseher bin, der stets mit dem Schlimmsten rechnet. Ich glaube nur, daß es das Wahrscheinlichste ist, aber ich denke nicht ständig drüber nach, sondern lebe von Tag zu Tag und tue, was ich kann, um am Leben zu bleiben. Ich will Sie nicht mit Sorge erfüllen oder um Ihr Mitgefühl buhlen, sondern nur erklären, wie die Vorstellung, daß ich Carstairs nie wiedersehen werde, mich auf den Gedanken bringt, daß ich alles sagen kann, was ich will. Vermutlich so ähnlich wie wenn man fiebert. Deshalb will ich sagen, daß ich Sie liebe. Ich denke an Sie auf einem Hocker in der Bücherei, wie Sie sich recken, um ein Buch einzustellen, und ich komme dazu und lege Ihnen die Hände an die Taille und hebe Sie herunter, und Sie drehen sich in meinen Armen um, als wären wir uns in allem einig.

Jeden Dienstag trafen sich die Frauen und Mädchen vom Roten Kreuz im Ratssaal, der nur eine Tür weiter als die Bücherei auf dem selben Flur lag. Als die Bücherei ein paar Minuten leer war, ging Louisa über den Flur und trat in den Saal mit den Frauen. Sie hatte beschlossen, einen Schal zu stricken. Im Sanatorium hatte sie gelernt, einfache rechte und linke Maschen zu stricken, aber sie hatte nie gelernt, oder wieder vergessen, wie man Maschen aufnahm oder abstrickte.

Die älteren Frauen waren alle damit beschäftigt, Kisten zu packen oder aus schweren, über die Tische gebreiteten Baumwollbahnen Verbände zu schneiden. Aber an der Tür saß eine Reihe junger Mädchen beim Imbiß, sie aßen Brötchen und tranken Tee. Eines hielt zwischen den Armen einen dicken Strang Wolle, und ein anderes wickelte sie auf.

Louisa trug ihren Wunsch vor.

»Ja, was wollen Sie denn stricken?« fragte ein Mädchen mit dem Mund noch voll Brötchen.

Louisa antwortete, einen Schal. Für einen Soldaten.

»Oh, dann brauchen Sie die vorgeschriebene Wolle«, sagte eine andere in höflicherem Ton und sprang vom Tisch. Sie kam mit einigen braunen Wollknäulen wieder, angelte ein Nadelspiel, das nicht in Gebrauch war, aus ihrem Beutel und sagte Louisa, das könne sie haben.

»Ich nehme eben für Sie die Maschen auf«, sagte sie. »Die Breite ist auch vorgeschrieben.«

Andere Mädchen scharten sich drumherum und neckten dieses Mädchen, das Corrie hieß. Sie sagten ihr, sie mache alles verkehrt.

»Ach, ja wirlich?« sagte Corrie. »Möchtest du eine Stricknadel ins Auge haben? Ist er für einen Freund?« sagte sie beflissen zu Louisa. »Einen Freund in Übersee?«

»Ja«, sagte Louisa. Natürlich war sie in ihren Augen eine alte Jungfer, die sie je nachdem, wie sie sich gebärdeten, ob sie auf nett machten oder auf keck, auslachen oder bemitleiden würden.

»Und stricken Sie schön fest«, sagte diejenige, die ihr Brötchen aufgegessen hatte. »Stricken Sie schön fest, damit er ihn gut warm hält.«

Eines der Mädchen in dieser Gruppe war Grace Horne. Sie sagte nichts. Sie war ein schüchternes, aber resolut wirkendes Mädchen von neunzehn Jahren, mit einem breiten Gesicht, dünnen, oft zusammengepreßten Lippen, braunen Haaren mit einem gerade geschnittenen Pony und einer hübsch gereiften Figur. Sie hatte sich mit Jack Agnew verlobt, bevor er nach Übersee gegangen war, aber sie waren übereingekommen, nichts davon zu sagen.

Louisa hatte sich mit einigen der Handlungsreisenden angefreundet, die regelmäßig in dem Hotel übernachteten. Einer von ihnen war Jim Frarey, er vertrieb Schreibmaschinen und Bürogeräte und Bücher und Papierwaren aller Art. Er war ein blonder, ziemlich rundschultriger, aber kräftig gebauter Mann von Mitte vierzig. Seinem Aussehen nach hätte man gemeint, er verkaufte etwas Schwereres und in der Männerwelt Wichtigeres, wie landwirtschaftliche Maschinen.

Jim Frarey unterbrach seine Reise während der Grippe-Epidemie nicht, obwohl man nie wissen konnte, welche Läden geöffnet oder geschlossen sein würden. Gelegentlich waren auch Hotels geschlossen, wie die Schulen und die Kinos und sogar – das fand Jim Frarey skandalös – die Kirchen.

»Die sollten sich was schämen, diese Feiglinge«, sagte er zu Louisa. »Was haben die Leute davon, zu Hause herumzulungern und darauf zu warten, daß die Grippe zuschlägt? Sie haben die Bücherei doch nie zugemacht, oder?«

Louisa erwiderte, nur als sie selber krank geworden sei. Eine leichte Attacke, die nur knapp eine Woche gedauert habe, aber natürlich habe sie ins Krankenhaus gemußt. Im Hotel habe sie nicht bleiben dürfen.

»Feiglinge«, sagte er. »Wenn es einen erwischen soll, erwischt es einen. Meinen Sie nicht auch?«

Sie diskutierten die Überbelastung der Krankenhäuser, die Todesfälle unter den Ärzten und Schwestern, den unablässigen traurigen Anblick von Beerdigungen. Jim Frarey lebte in Toronto an der gleichen Straße wie ein Bestattungsunternehmer. Er erzählte, daß sie immer noch jedesmal die schwarzen Pferde, die schwarze Kutsche, das ganze Drum und Dran auffuhren, wenn sie Leute beerdigten, um die sich ein Aufheben zu machen lohnte.

»Tag und Nacht ging das«, sagte er. »Tag und Nacht.« Er

hob sein Glas und sagte: »Auf die Gesundheit also. Sie scheinen wohlauf zu sein.«

Er fand wirklich, daß Louisa besser aussah als früher. Vielleicht hatte sie angefangen, Rouge aufzulegen. Sie hatte eine blaß-bräunliche Haut, und er hatte den Eindruck, ihre Wangen hätten früher keine Farbe gehabt. Sie zog sich auch schicker an und bemühte sich mehr um Freundlichkeit. Früher war sie mal so und mal so gewesen, ganz nach Laune. Sie trank jetzt auch Whisky, wenngleich sie nicht den kleinsten Schluck probierte, bis sie ihn in Wasser ertränkt hatte. Früher hatte sie immer nur ein Glas Wein bestellt. Er fragte sich, ob diese Veränderung darauf zurückzuführen war, daß sie einen Freund hatte. Aber ein Freund hätte sie hübscher machen können, ohne daß ihr Interesse für alles mögliche geweckt wurde, was seiner Ansicht nach aber offenbar geschehen war. Wahrscheinlich war die Ursache eher darin zu suchen, daß ihr die Zeit davonlief und die Heiratsaussichten durch den Krieg so entsetzlich gering waren. So etwas konnte eine Frau in Bewegung bringen. Sie war eine klügere und angenehmere Gesprächspartnerin und sah auch hübscher aus als die meisten verheirateten Frauen. Wie kam eine solche Frau zu ihrem Schicksal? Manchmal schlicht durch Pech. Manchmal durch eine Fehleinschätzung zu einer Zeit, zu der es darauf ankam. War sie früher ein bißchen zu geistreich und selbstsicher aufgetreten, so daß die Männer unsicher wurden?

»Das Leben kann man trotzdem nicht zum Stillstand bringen«, sagte er. »Es war richtig von Ihnen, die Bücherei offen zu lassen.«

Das war im Frühwinter des Jahres 1919, als die Grippe erneut ausgebrochen war, nachdem die Gefahr angeblich bereits vorüber war. Sie schienen ganz allein in dem Hotel zu sein. Es war erst gegen neun Uhr, aber der Besitzer war ins Bett gegangen. Seine Frau lag mit Grippe im Krankenhaus. Jim Frarey hatte die Whiskyflasche aus der Bar geholt, die wegen Ansteckungsgefahr geschlossen war – und sie saßen an einem Tisch am Fenster, im Speisesaal. Ein Winternebel war draußen aufgezogen und drückte gegen die Fenster. Man konnte kaum die Straßenlaternen oder die wenigen Autos sehen, die vorsichtig über die Brücke rumpelten.

»Ach, daß ich die Bücherei offengelassen habe, war keine Frage des Prinzips«, sagte Louisa. »Der Grund dafür war persönlicher, als Sie annehmen.«

Dann lachte sie und versprach ihm eine sonderbare Geschichte. »Oh, der Whisky muß mir die Zunge gelockert haben«, sagte sie.

»Ich bin verschwiegen«, sagte Jim Frarey.

Sie warf ihm einen harten, lachenden Blick zu und sagte, wenn jemand verkünde, daß er verschwiegen sei, dann sei fast immer das Gegenteil der Fall. Ebenso wie wenn jemand versprach, etwas keiner Menschenseele zu verraten.

»Sie können diese Geschichte erzählen, wo und wann Sie wollen, solange Sie die richtigen Namen weglassen und sie nicht hier in der Gegend zum besten geben«, sagte sie. »Darauf kann ich mich hoffentlich verlassen. Obwohl ich im Augenblick nicht das Gefühl habe, als gäbe ich was drauf. Wahrscheinlich werde ich mich, wenn die Wirkung des Alkohols nachläßt, anders besinnen. Diese Geschichte ist eine Lektion. Sie ist eine Lektion darin, wie sich Frauen zum Narren machen können. Na und, werden Sie sagen, was ist daran neu, das erlebt man doch jeden Tag!«

Sie fing an, ihm von einem Soldaten in Übersee zu erzählen, der begonnen hatte, ihr Briefe zu schreiben. Der Soldat erinnerte sich an sie aus der Zeit, als er regelmäßig in die Bücherei gekommen war. Aber sie hatte keine Erinnerung an ihn. Dennoch beantwortete sie seinen ersten Brief freundlich, und zwischen ihnen entstand ein Briefwechsel. Er erzählte ihr, wo er in der Stadt gewohnt hatte, und sie machte einen Spaziergang an dem Haus vorbei, damit sie ihm erzählen konnte, wie es dort aussah. Er erzählte ihr, was für

Bücher er gelesen hatte, und sie gab ihm ähnliche Informationen. Kurzum, sie offenbarten beide etwas von sich, und auf beiden Seiten wuchsen warme Gefühle. Zuerst auf seiner Seite, was Erklärungen betraf jedenfalls. Sie neigte nicht dazu, wie eine Närrin vorzupreschen. Zuerst glaubte sie, sie schreibe ihm nur aus Freundlichkeit. Auch später wollte sie ihn nicht zurückweisen oder kränken. Er bat sie um ein Bild. Sie ließ eins machen, es gefiel ihr nicht, aber sie schickte es ihm trotzdem. Er fragte, ob sie einen Liebsten habe, und sie antwortete wahrheitsgemäß, daß nein. Er schickte ihr kein Bild von sich, und sie bat nicht darum, obwohl sie natürlich neugierig war, wie er aussah. Es wäre für ihn nicht einfach gewesen, sich mitten im Krieg photographieren zu lassen. Außerdem wollte sie nicht wie eine Frau erscheinen, die ihre Gunst entzog, wenn das Aussehen zu wünschen übrigließ.

Er schrieb ihr, daß er nicht damit rechnete, je wieder nach Hause zu kommen. Er sagte, er habe weniger Angst vorm Tod als davor, wie einige der Männer zu enden, die er gesehen hatte, als er verwundet im Lazarett gelegen hatte. Er führte das nicht näher aus, aber sie nahm an, er meine die Fälle, von denen sie erst jetzt erfuhren – die verstümmelten Männer, die Erblindeten, die von Brandwunden Entstellten. Er jammerte nicht über sein Schicksal, den Eindruck wolle sie damit nicht vermitteln. Nein, er rechnete nur damit, sterben zu müssen, und wollte lieber sterben, als so zu enden wie manche anderen, und er dachte an sie und schrieb an sie, wie Männer in einer solchen Situation an eine Liebste schreiben.

Als der Krieg zu Ende ging, hatte sie schon eine Weile nichts von ihm gehört. Sie wartete weiter täglich auf einen Brief und keiner kam. Nichts kam. Sie befürchtete, er könnte womöglich einer jener unglückseligsten Soldaten des ganzen Krieges sein – einer von denen, die noch in der letzten Woche umgekommen waren, oder am letzten Tag oder gar in der allerletzten Stunde. Sie studierte jede Woche die Zeitung, wo bis nach Neujahr die Namen neuer Todesfälle abgedruckt wurden, aber seiner war nicht dabei. Danach begann die Zeitung, außerdem die Namen der Heimkehrer aufzulisten, oft indem sie ein Photo zum Namen abdruckte und einen kleinen Jubelbericht. Wenn die Soldaten in großen Scharen heimkehrten, blieb weniger Platz für diese Ergänzungen. Und dann sah sie seinen Namen, ein Name unter vielen auf der Liste. Er war nicht umgekommen, er war nicht verwundet worden – er kehrte heim nach Carstairs, vielleicht war er schon da.

An diesem Punkt hatte sie beschlossen, die Bücherei geöffnet zu lassen, obwohl die Grippe tobte. Jeden Tag war sie sicher, daß er kommen würde, jeden Tag war sie auf ihn vorbereitet. Die Sonntage waren eine Qual. Immer, wenn sie das Rathaus betrat, hatte sie das Gefühl, er könnte schon da sein und an eine Wand gelehnt auf ihr Eintreffen warten. Manchmal war das Gefühl so stark, daß sie einen Schatten sah und ihn irrtümlich für einen Mann hielt. Sie verstand jetzt, woher Leute glaubten, Gespenster gesehen zu haben. Jedesmal, wenn die Tür aufging, rechnete sie damit, beim Hochblicken in sein Gesicht zu sehen. Manchmal schloß sie mit sich selber einen Pakt, bevor sie aufblickte, bis zehn zu zählen. Wegen der Grippe kamen wenig Leute. Sie stellte sich Umräumungsaufgaben, sonst wäre sie verrückt geworden. Sie schloß nie vor fünf bis zehn Minuten nach dem Ende der Öffnungszeit ab. Und dann stellte sie sich vor, daß er sie vielleicht von der andern Straßenseite auf den Stufen vor der Post beobachtete, zu schüchtern, um den ersten Schritt zu tun. Sie machte sich natürlich Sorgen, ob er krank war, sie nutzte jede Unterhaltung, um etwas von den neuesten Fällen zu erfahren. Nie nannte jemand seinen Namen.

Das war der Zeitpunkt, an dem sie ganz und gar zu lesen aufhörte. Buchdeckel sahen ihr aus wie Särge, schäbige oder prunkvolle, und das, was drinnen war, war für sie so gut wie Staub.

Man mußte ihr verzeihen, nicht wahr, man mußte ihr doch verzeihen, daß sie nach diesen Briefen gedacht habe, das eine, was nicht passieren könne, sei, daß er sie nicht aufsuchen, überhaupt keinen Kontakt zu ihr aufnehmen würde? Daß er nach solchen Bekenntnissen nicht ein einziges Mal über ihre Schwelle kommen würde? Leichenzüge zogen unter ihrem Fenster vorüber, und sie schenkte ihnen keinerlei Aufmerksamkeit darüberhinaus, daß sie nicht für ihn waren. Selbst als sie krank in der Klinik lag, war ihr einziger Gedanke, daß sie wieder hin mußte, daß sie aus dem Bett mußte, daß ihm die Tür nicht verschlossen sein durfte. Sie rappelte sich mühselig auf und schleppte sich wieder zur Arbeit. Eines heißen Nachmittags ordnete sie neu erschienene Zeitungen in die Regale ein, da sprang ihr sein Name entgegen wie etwas aus ihren Fieberphantasien.

Sie las eine kurze Notiz über seine Hochzeit mit einer Miss Grace Horne. Kein ihr bekanntes Mädchen. Keine Büchereibenutzerin.

Die Braut trug ein Seidenkreppkleid in Beige mit braunen und cremefarbenen Paspeln, und einen hellen Strohhut mit braunen Samtbändern.

Ein Bild war nicht dabei. Braune und cremefarbene Paspeln. Das war das Ende, unausweichlich das Ende ihrer Liebesgeschichte.

Doch dann entdeckte sie auf ihrem Schreibtisch in der Bücherei, vor wenigen Wochen erst, eines Samstag abends, als alle Besucher gegangen waren und sie die Tür abgeschlossen hatte und dabei war, die Lichter zu löschen, einen kleinen Zettel. Darauf ein paar Worte. *Ich war schon verlobt, bevor ich nach Übersee ging.* Kein Name, weder ihrer noch seiner. Und daneben lag ihr Photo, ein Stück unter den Tintenlöscher geschoben.

Er war an diesem Abend in der Bücherei gewesen. Es hatte viel Betrieb geherrscht, sie hatte oft ihren Schreibtisch verlassen, um für jemanden ein Buch zu suchen oder die Zeitungen zu ordnen oder ein paar Bücher in die Regale zu stellen. Er war im selben Raum mit ihr gewesen, hatte sie beobachtet und seine Chance ergriffen. Aber sich nicht zu erkennen gegeben.

Ich war schon verlobt, bevor ich nach Übersee ging.

»Glauben Sie, daß er sich nur einen Spaß mit mir erlaubt hat?« fragte Louisa. »Glauben Sie, ein Mann könnte so diabolisch sein?«

»Meiner Erfahrung nach neigen Frauen weitaus häufiger zu solchen Streichen. Nein, nein. Das dürfen Sie nicht glauben. Viel wahrscheinlicher ist, daß er es ernst meinte. Er hat sich ein wenig hinreißen lassen. Es ist alles so, wie es auf der Oberfläche aussieht. Er war verlobt, bevor er einberufen wurde, er hat nicht damit gerechnet, heil heimzukehren, ist es aber doch. Und als er heimkam, wartete da seine Verlobte – was sollte er tun?«

»Ja, was?« sagte Louisa.

»Er hat sich übernommen.«

»Ah, das stimmt, das stimmt!« sagte Louisa. »Und was war es in meinem Fall anderes als Eitelkeit, die es verdient, bestraft zu werden!« Ihre Augen waren glasig und ihre Miene spitzbübisch. »Sie glauben nicht, daß er mich irgendwann in aller Ruhe in Augenschein genommen und beschlossen hat, daß das Original noch schlimmer war als das armselige Photo und daß er deshalb den Rückzug angetreten hat?«

»Nein, auf keinen Fall!« sagte Jim Frarey. »Machen Sie sich nicht so schlecht.«

»Ich möchte nicht, daß Sie mich für dumm halten«, sagte sie. »Ich bin nicht so dumm und unerfahren, wie mich die Geschichte klingen läßt.«

»Ich halte Sie überhaupt nicht für dumm.«

»Aber vielleicht für unerfahren?«

Da war es, dachte er – das Übliche. Frauen können, wenn sie eine Geschichte von sich erzählt haben, nicht wieder aufhören. Alkohol nimmt sie radikal mit, alle Klugheit verfliegt.

Sie hatte ihm einst schon anvertraut, daß sie Patientin in

einem Sanatorium gewesen war. Jetzt erzählte sie von einer Liebe zu einem Arzt dort. Das Sanatorium lag auf einem wunderschönen Gelände oben am Hamilton Mountain, und da hatten sie sich immer in den von Hecken gesäumten Wegen getroffen. Die Stufen waren aus großen Kalksteinplatten, und an geschützten Stellen wuchsen Pflanzen, die man in Ontario normalerweise nicht zu sehen bekommt – Azaleen, Rhododendren, Magnolien. Der Arzt kannte sich in der Botanik aus, und er erzählte ihr, es sei die Flora der Carolinas. Ganz anders als hier, üppiger, mit kleinen Waldstücken und wundervollen Bäumen und Trampelpfaden unter den Bäumen. Tulpenbäumen.

»Tulpen!« sagte Jim Frarey. »Tulpen an den Bäumen!«

»Nein, nein, wegen der Form ihrer Blätter!«

Sie lachte ihn herausfordernd an und biß sich dann auf die Unterlippe. Er hielt es für angebracht, den Dialog weiterzuführen, und sagte: »Tulpen an den Bäumen!« Und sie wiederholte: Nein, es sind die Blätter, die wie Tulpen geformt sind, nein, das habe ich nicht gesagt, hören Sie auf! Womit sie in ein Stadium übergingen, in dem sie einander vorsichtig taxierten – ein Stadium, das ihm wohlvertraut war und von dem er nur hoffen konnte, daß sie es ebenfalls kannte –, voll von kleinen hübschen Überraschungen, halb anzüglichen Signalen, in dem unverschämte Hoffnungen aufwallten und eine schicksalhafte Zuneigung.

»Völlig unter uns«, sagte Jim Frarey. »Das ist uns noch nie passiert, nicht? Und wird vielleicht auch nie wieder.«

Sie ließ zu, daß er ihre Hände nahm und sie halb von ihrem Stuhl hob. Er löschte das Licht im Speisesaal, als sie hinausgingen. Sie gingen die Treppe hinauf, die sie so oft getrennt hinaufgestiegen waren. Vorbei an dem Bild des Hundes auf dem Grab seines Herrn und an der auf dem Feld singenden Highland Mary, und am alten König mit den vorstehenden Augen und dem verwöhnten, satten Blick.

»Die Nacht im Nebel ist verschwommen, und mein Herz

ist tief beklommen«, Jim Frarey summte mehr, als er sang, als sie auf der Treppe waren. Er ließ eine sichere Hand an Louisas Rücken ruhen. »Ist recht, ist recht«, sagte er, als er sie um die Biegung in der Treppe steuerte. Und als sie die schmalen Stufen in den zweiten Stock emporstiegen, sagte er: »War in diesem Hotel dem Himmel noch nie so nah!«

Doch später in der Nacht gab Jim Frarey ein abschließendes Stöhnen von sich und raffte sich zu einem schläfrigen Vorwurf auf. »Louisa, Louisa, warum hast du mir nicht gesagt, wie es um dich stand?«

»Ich hab dir alles gesagt«, sagte Louisa mit schwacher, leicht getragener Stimme.

»Dann habe ich einen falschen Eindruck bekommen«, sagte er. »Ich wollte nichts tun, was dich unglücklich macht.«

Sie sagte, das sei nicht der Fall. Jetzt hatte sie, wenn er sie nicht auf die Matratze drückte und festhielt, das Gefühl, sich ohne Halt im Kreis zu drehen, als hätte sich die Matratze in einen Kinderkreisel verwandelt und wirbelte mit ihr davon. Sie versuchte zu erklären, daß die Blutspuren auf den Laken auf ihre Periode zurückzuführen seien, aber ihre Worte kamen mit genüßlicher Nonchalance heraus und ergaben keinen Zusammenhang.

Schicksal

Als Arthur kurz vor Mittag aus der Fabrik nach Hause kam, rief er: »Bleibt mir aus dem Weg, bis ich mich gewaschen hab! In der Fabrik hat es einen Unfall gegeben!« Er bekam keine Antwort. Mrs. Feare, die Haushälterin, redete am Küchentelephon so laut, daß sie ihn nicht hören konnte, und seine Tochter war natürlich in der Schule. Er wusch sich und stopfte alles, was er angehabt hatte, in den Wäschepuff und schrubbte hinterher das Badezimmer wie ein Mörder. Dann machte er sich, sauber, sogar das Haar zurückgekämmt und plattgestrichen, mit dem

Auto auf den Weg zum Haus des Opfers. Er hatte sich erkundigen müssen, wo es war. Er dachte, es sei oben am Vinegar Hill, aber sie sagten nein, das sei der Vater – der junge Bursche und seine Frau wohnen am andern Ende der Stadt, ein Stück weiter als da, wo früher, vor dem Krieg, die Apfelfabrik war.

Er fand die beiden nebeneinander liegenden Ziegelhäuschen und begab sich, wie man ihm gesagt hatte, zum linken. Es wäre ohnedies nicht schwer gewesen, das richtige Haus zu erkennen. Die Nachricht war vor ihm eingetroffen. Die Tür zum Haus stand offen, und Kinder, die zu klein waren, um zur Schule zu müssen, hingen noch im Garten herum. Ein kleines Mädchen saß auf einem Kinderauto, ohne sich von der Stelle zu rühren, und versperrte ihm den Weg. Er ging um sie herum. Im gleichen Moment sprach ihn ein größeres Mädchen formell an – mit einer Warnung.

»Ihr Vater ist tot. Ihrer!«

Eine Frau kam mit einem Armvoll Gardinen aus der guten Stube und überreichte sie einer anderen Frau, die in der Diele stand. Die Frau, die die Gardinen entgegennahm, hatte graue Haare und ein flehendes Gesicht. Sie hatte keine Schneidezähne. Wahrscheinlich nahm sie das Gebiß aus Bequemlichkeit zu Hause heraus. Die Frau, die ihr die Gardinen reichte, war untersetzt, aber jung, mit frischer Haut.

»Sagen Sie ihr, sie soll nicht auf die Trittleiter steigen«, sagte die grauhaarige Frau zu Arthur. »Sie wird sich beim Gardinenabnehmen den Hals brechen. Sie denkt, wir müssen alles gewaschen kriegen. Sind Sie der Beerdigungsunternehmer? Oh, nein, entschuldigen Sie! Sie sind Mr. Doud. Grace, komm her! Grace! Es ist Mr. Doud!«

»Lassen Sie sie.«

»Sie denkt, sie kriegt alle Gardinen abgenommen und gewaschen und bis morgen wieder aufgehängt, weil er in die gute Stube muß. Sie ist meine Tochter. Auf mich hört sie nicht.«

»Sie wird sich gleich beruhigen«, sagte ein ernst, aber gelassen wirkender Mann mit einem Priesterkragen, der aus einem hinteren Zimmer in die Diele trat. Ihr Pastor. Allerdings nicht aus einer der Arthur bekannten Kirchen. Von der Baptistengemeinde? Der Pfingstgemeinde? Den Plymouth Brethren? Er hatte eine Tasse Tee in der Hand.

Eine andere Frau kam und packte forsch die Gardinen.

»Wir haben die Maschine voll und in Gang gebracht«, sagte sie. »An einem Tag wie heute trocknen die wie nichts. Laßt bloß die Kinder nicht ins Haus.«

Der Pastor mußte zur Seite treten und die Tasse hochhalten, um sie und ihr Bündel vorbeizulassen. Er sagte: »Will denn keine der Damen Mr. Doud eine Tasse Tee anbieten?«

Arthur sagte: »Nein, lassen Sie nur.«

»Die Bestattungskosten«, sagte er zu der grauhaarigen Frau. »Wenn Sie ihr bitte sagen könnten –«

»Lillian hat in die Hose gemacht!« sagte ein triumphierendes Kind an der Tür. »Mrs. Agnew! Lillian hat in die Hose gemacht!«

»Ja. Ja«, sagte der Pastor. »Das werden sie zu danken wissen.«

»Die Grabstelle und den Stein, alles«, sagte Arthur. »Sorgen Sie bitte dafür, daß ihnen das klar ist. Eine Inschrift ihrer Wahl für den Stein.«

Die grauhaarige Frau war in den Garten hinausgegangen. Sie kam mit einem schreienden Kind unter dem Arm zurück. »Armer Hase«, sagte sie. »Die andern haben ihr gesagt, sie darf nicht ins Haus, wo sollte sie also hin? Das war Schicksal.«

Die junge Frau kam aus der Wohnstube und schleppte einen Teppich hinter sich her.

»Ich möchte, daß der auf die Leine kommt und geklopft wird.«

»Grace, hier ist Mr. Doud. Er ist gekommen, um sein Beileid auszusprechen«, sagte der Pastor.

»Und um zu fragen, ob ich etwas tun kann«, sagte Arthur.

Die grauhaarige Frau stieg mit dem nassen Kind auf dem

Arm die Treppe hinauf nach oben, und ein paar andere Kinder schlichen hinterdrein.

Grace erspähte sie.

»Oh, nein, das kommt nicht in Frage! Macht, daß ihr rauskommt!«

»Meine Mama ist hier drinnen.«

»Ja, und deine Mama hat zu tun, sie kann dich jetzt nicht brauchen. Sie ist hier, um mir zu helfen. Weißt du nicht, daß Lillians Vater gestorben ist?«

»Gibt es irgend etwas, das ich für Sie tun kann?« sagte Arthur, der möglichst bald wieder flüchten wollte.

Grace starrte ihn mit offenem Mund an. Die Geräusche der Waschmaschine dröhnten durch das Haus.

»Ja, das können Sie«, sagte sie. »Warten Sie hier.«

»Sie ist sprachlos«, sagte der Pastor. »Sie ist nicht mit Absicht unhöflich.«

Grace kam mit einem Stapel Bücher wieder.

»Diese hier«, sagte sie. »Die hatte er aus der Bücherei. Ich will keine Säumnisgebühren zahlen müssen. Er ging jeden Samstag abend, deshalb nehme ich an, sie sind morgen fällig. Ich will damit keinen Ärger haben.«

»Ich kümmere mich drum«, sagte Arthur. »Das tu ich gern.«

»Ich will bloß keinen Ärger damit haben.«

»Mr. Doud hat gesagt, er übernimmt die Beerdigung«, sagte der Pastor sanft ermahnend zu ihr. »Alles, einschließlich des Steins. Mit einer Inschrift Ihrer Wahl.«

»Ich will nichts Dolles«, sagte Grace.

Letzten Freitag kam es im Sägewerk der Douds-Werke zu einem außergewöhnlich grausigen, tragischen Unfall. Mr. Jack Agnew langte unter den Hauptschaft und hatte das Pech, daß er sich mit dem Ärmel daneben in einer Hemmschraube an einem Flansch verfing, so daß sein Arm und seine Schulter unter den Schaft gezogen wurden. Das hatte zur Folge, daß sein Kopf unter die Kreissäge geriet, die einen Durchmesser von etwa 30 Zentimetern hat. Im Handumdrehen war der Kopf des unglücklichen jungen Mannes vom Körper getrennt, und zwar schräg unter dem linken Ohr durch den Hals. Man nimmt an, daß er unverzüglich tot war. Er hat weder etwas gesagt noch geschrien, weshalb seine Kollegen das entsetzliche Unglück nicht durch ein Geräusch von ihm, sondern durch das emporschießende und verspritzende Blut bemerkten.

Dieser Bericht wurde eine Woche nach dem Vorfall ein zweites Mal in der Zeitung abgedruckt, für alle, denen er womöglich entgangen war oder die ihn an Freunde oder Verwandte von außerhalb zu schicken wünschten (vor allem an Leute, die einmal in Carstairs gewohnt hatten und fortgezogen waren). Der Druckfehler im Wort »Flandsch« war berichtigt. Man entschuldigte sich in einer kleinen Notiz für den Fehler. Außerdem gab es eine Schilderung einer sehr großen Beerdigung, zu der sogar Leute aus benachbarten Städten kamen, bis hin nach Walley. Sie kamen mit dem Auto und mit der Eisenbahn und einige mit Pferd und Wagen. Sie hatten Jack Agnew nicht gekannt, als er noch lebte, wollten aber, berichtete die Zeitung, der sensationellen und tragischen Art, wie er ums Leben gekommen war, die Ehre erweisen. Alle Geschäfte in Carstairs machten an diesem Nachmittag für zwei Stunden zu. Das Hotel schloß seine Türen nicht, aber nur, weil die vielen Besucher irgendwo etwas zu essen und trinken bekommen mußten.

Die Überlebenden waren eine Ehefrau, Grace, und eine vierjährige Tochter Lillian. Das Opfer hatte im Großen Krieg tapfer gekämpft und war nur einmal, nicht schwer, verwundet worden. Über diese Ironie hatten sich viele ausgelassen.

Daß die Zeitung einen noch lebenden Vater zu erwähnen vergaß, war keine Absicht. Der Herausgeber der Zeitung stammte nicht aus Carstairs, und keiner dachte daran, ihm von dem Vater zu erzählen, bis es zu spät war.

Der Vater selbst beschwerte sich nicht über das Versäumnis. Am Tag der Beerdigung, an dem sehr schönes Wetter herrschte, richtete er seine Schritte genauso aus der Stadt hinaus wie an jedem normalen Tag, den er nicht bei Douds zu verbringen beschloß. Er trug einen Filzhut und einen langen Mantel, der ihm als Unterlage dienen konnte, wenn er ein Nickerchen machen wollte. Seine Überschuhe waren fein säuberlich mit Einweckgummis an den Füßen befestigt. Er hatte vor, sich ein paar Sauger zu fangen. Die Angelsaison war noch nicht eröffnet, aber er schaffte es regelmäßig, ein wenig früher dran zu sein. Er angelte den Frühling und den Frühsommer hindurch und kochte und verzehrte, was er fing. Er hatte eine Bratpfanne und einen Topf draußen in der Uferböschung versteckt. Im Topf kochte er Mais, den er später im Jahr von den Feldern klaute, wenn er außerdem die Früchte von wilden Apfelbäumen und Weinreben aß. Er war absolut normal, aber Gespräche waren ihm zuwider. Er konnte sie in den Wochen nach dem Tod seines Sohnes nicht ganz vermeiden, aber er hatte eine Methode, sie abzuwürgen.

»Hätt' besser achtgeben müssen.«

An jenem Tag traf er bei seiner Wanderung auf dem Lande noch jemanden, der nicht auf der Beerdigung war. Eine Frau. Sie versuchte nicht, mit ihm ins Gespräch zu kommen, und war, wie sie mit langen, schwungvollen Schritten die Luft an sich vorbeischlug, augenscheinlich ebenso grimmig auf ihre Einsamkeit bedacht wie er.

Die Klavierfabrik, die damit begonnen hatte, daß sie Zimmerorgeln baute, erstreckte sich am westlichen Ende der Stadt wie eine mittelalterliche Stadtmauer. Sie bestand aus zwei langen Hallen, inneren und äußeren Schutzmauern gleich, verbunden durch eine eingeschlossene Brücke, in der die Verwaltungsbüros lagen. Und in die Stadt und die Straßen der

Arbeitersiedlung hinein ragten die Brennöfen und das Sägewerk und der Holzplatz und die Lagerschuppen. Die Pfeife der Fabrik diktierte, wenn sie morgens um sechs ertönte, vielen Menschen die Zeit zum Aufstehen. Sie ertönte wieder zum Beginn der Arbeitszeit um sieben und um zwölf zur Mittagspause und um eins zum Ende der Pause und dann um halb sechs, wenn die Männer ihre Werkzeuge aus der Hand legten und nach Hause gingen.

Neben der Zeituhr unter Glas waren Regeln ausgehängt. Die ersten beiden Regeln lauteten:

> Eine Minute Verspätung kostet eine Viertelstunde Lohn.
> Seid pünktlich.
> Sicherheit heißt Verantwortung. Wer es richtig macht, passt auf sich und seinen Nebenmann auf.

In der Fabrik waren auch früher schon Unfälle passiert, und einmal war sogar ein Mann umgekommen, als er unter einer Ladung Holz begraben wurde. Das war vor Arthurs Zeit gewesen. Und einmal, während des Krieges, hatte ein Mann einen Arm verloren, oder ein Stück von seinem Arm. An dem Tag, als das passierte, war Arthur in Toronto. Er hatte also noch nie einen Unfall gesehen – jedenfalls keinen ernsten. Aber es ging ihm jetzt häufig durch den Kopf, daß etwas passieren konnte.

Vielleicht fühlte er sich nicht mehr so vor Kummer und Sorge gefeit wie vor dem Tod seiner Frau. Sie war 1919 gestorben, in der letzten Phase der Grippeepidemie, als alle schon ihre Angst davor verloren hatten. Selbst sie hatte keine Angst gehabt. Das war fast fünf Jahre her, und trotzdem erschien es Arthur immer noch als das Ende einer sorglosen Zeit in seinem Leben. Anderen Leuten war er hingegen schon immer sehr verantwortungsbewußt und ernst erschienen – niemand hatte ihm eine größere Veränderung angemerkt.

In seinen Träumen von einem Unfall herrschte eine Stille, die sich ausbreitete, alles wurde abgeschaltet. Alle Maschinen in der Fabrik stellten ihre üblichen Geräusche ein, und die Stimmen aller Männer verstummten, und als Arthur aus dem Fenster schaute, begriff er, daß das Verhängnis hereingebrochen war. Er konnte sich nie erinnern, etwas Bestimmtes gesehen zu haben, das ihm dies sagte. Da war nur die offene Fläche, der Staub im Fabrikhof, und von dort sagte es *jetzt.*

Die Bücher blieben eine Woche oder mehr auf dem Boden seines Wagens liegen. Seine Tochter Bea fragte: »Was sollen diese Bücher hier?«, und da fiel es ihm wieder ein.

Bea las die Titel und die Namen der Verfasser vor. *Sir John Franklin und die Romantik der Nordwestpassage*, von G. B. Smith. *Was ist los mit der Welt?*, von G. K. Chesterton. *Die Eroberung Quebecs*, von Archibald Hendry. *Praxis und Theorie des Bolschewismus*, von Lord Bertrand Russell.

»Bol-*sche*-wismus«, las Bea, und Arthur machte ihr die richtige Betonung vor. Sie fragte, was es heiße, und er sagte: »Das ist etwas, das die in Rußland haben, das ich selbst auch nicht sehr gut verstehe. Aber nach allem, was ich höre, ist es ein Skandal.«

Bea war damals dreizehn. Mit Rußland verband sie das Ballett und Derwische. Sie glaubte die nächsten paar Jahre lang, der Bolschewismus sei ein diabolischer und womöglich frivoler Tanz. So jedenfalls erzählte sie die Geschichte, als sie erwachsen war.

Sie erwähnte dabei nicht, daß die Bücher mit dem Mann zu tun hatten, der den Unfall gehabt hatte. Das hätte die Geschichte weniger amüsant gemacht. Vielleicht hatte sie es wirklich vergessen.

Die Bibliothekarin war verstört. Die Bücher enthielten noch die Kärtchen, was hieß, daß er sie nicht offiziell entliehen, sondern nur aus dem Regal genommen und mitgehen lassen hatte.

»Das von Lord Russell ist schon lange verschwunden.«

Arthur war derlei Rügen nicht gewöhnt, aber er sagte freundlich: »Ich bringe sie für jemand anders zurück. Für den Mann, der umgekommen ist. Bei dem Unfall in der Fabrik.«

Die Bibliothekarin hatte das Buch über Franklin aufgeschlagen. Sie war in das Bild vom Boot vertieft, das im Eis feststeckt.

»Seine Frau hat mich drum gebeten«, sagte Arthur.

Sie nahm jedes Buch einzeln in die Hand und schüttelte es, als erwartete sie, daß etwas herausfallen würde. Sie fuhr mit den Fingern zwischen die Seiten. Die untere Hälfte ihres Gesichts arbeitete häßlich, als ob sie innen auf ihren Wangen kaute.

»Ich nehme an, er hat sie einfach mitgenommen, wie er lustig war«, sagte Arthur.

»Pardon?« sagte sie nach einer Minute. »Was haben Sie gesagt? Verzeihung.«

Es ist der Unfall, dachte er. Die Vorstellung, daß der Mann, der auf solche Weise umgekommen ist, der letzte war, der die Bücher aufgeschlagen, diese Seiten umgeblättert hat. Der Gedanke, daß er womöglich ein Stückchen seines Lebens darin gelassen haben könnte, einen Zettel oder einen Pfeifenreiniger als Lesezeichen oder auch nur ein paar Tabakkrumen. Das bringt sie aus der Fassung.

»Nichts Wichtiges«, sagte er. »Ich bin nur gekommen, um sie abzugeben.«

Er wandte sich vom Schreibtisch ab, verließ die Bücherei aber nicht sogleich. Er war seit Jahren nicht mehr dagewesen. Dort hing das Porträt seines Vaters zwischen den beiden Fenstern zur Straße, wo es in alle Ewigkeit hängen würde.

A. V. Doud, Gründer der Doud Orgelwerke und Stifter dieser Bücherei. Ein Mann mit einem festen Glauben an

Fortschritt, Kultur und Bildung. Ein treuer Freund der Stadt Carstairs und des werktätigen Mannes.

Der Schreibtisch der Bibliothekarin stand unter dem bogenförmigen Durchgang zwischen dem Vorder- und dem Hinterzimmer. Die Bücher standen auf Regalen, die im Hinterzimmer in Reihen aufgestellt waren. Lampen mit grünen Schirmen, mit langen Zugschnüren, hingen in den Gängen dazwischen von der Decke. Arthur erinnerte sich daran, daß man vor Jahren bei einer Ratsversammlung einmal darüber verhandelt hatte, ob man sechzig Watt Birnen kaufen könne, statt vierziger. Den Antrag hatte damals diese Bibliothekarin gestellt, und sie hatten ihm stattgegeben.

Im Vorderzimmer lagen Zeitungen und Zeitschriften auf hölzernen Borden, und es standen ein paar schwere runde Tische mit Stühlen da, damit die Leute sitzen und lesen konnten, und viele Reihen dicker dunkler Bücher hinter Glas. Lexika wahrscheinlich, und Atlanten und Enzyklopädien. Zwei hübsche hohe Fenster gingen auf die Main Street hinaus, und dazwischen hing Arthurs Vater. Andere Bilder in dem Zimmer hingen zu hoch und waren zu schlecht beleuchtet und voll mit Gestalten, als daß jemand, der unten davorstand, leicht hätte erkennen können, was darauf war. (Später, als Arthur viele Stunden in der Bücherei zugebracht und mit der Bibliothekarin über die Bilder gesprochen hatte, wußte er, daß eines davon die Schlacht von Blodden Field darstellte, wo der König von Schottland den Hügel hinunter in eine Rauchwolke galoppierte, eines die Bestattung des jungen Königs von Rom, und eines den Streit zwischen Oberon und Titania aus dem *Sommernachtstraum*.)

Er setzte sich an einen der Lesetische, von wo er aus dem Fenster schauen konnte. Er nahm eine alte Ausgabe des *National Geographic*, die dort lag. Er wandte der Bibliothekarin den Rücken zu. Er empfand es als taktvoll so, da sie ziemlich aufgelöst wirkte. Andere Leute kamen, und er hörte sie mit ihnen sprechen. Ihre Stimme klang wieder recht normal. Er dachte immer wieder, daß er gleich gehen wolle, aber er ging nicht.

Ihm gefiel das hohe, kahle Fenster im vollen Licht des Frühlingsabends, und ihm gefiel die Würde und die Ordnung dieser Räume. Die Vorstellung, daß erwachsene Menschen hier ein- und ausgingen und in einem fort Bücher lasen, war ihm auf angenehme Weise wundersam. Woche für Woche, ein Buch nach dem andern, ein ganzes Leben lang. Er selbst las in großen Abständen mal ein Buch, wenn ihm jemand eins empfahl, und das genoß er für gewöhnlich, und außerdem las er Zeitschriften, um sich auf dem laufenden zu halten, und kam nie auf die Idee, ein Buch zu lesen, bis ihm wieder eins, beinahe zufällig in die Hände fiel.

Es gab dann und wann kurze Phasen, in denen niemand außer ihm und der Bibliothekarin in der Bücherei waren.

In einer davon kam sie durch den Raum und blieb in seiner Nähe stehen, um einige Zeitungen in das Bord zu räumen. Als sie damit fertig war, sprach sie ihn an, mit kontrollierter Dringlichkeit.

»Der Bericht über den Unfall, der in der Zeitung abgedruckt war – ich nehme an, er war mehr oder weniger genau?«

Arthur entgegnete, er sei möglicherweise zu genau gewesen.

»Warum? Warum sagen Sie das?«

Er führte den unendlichen Appetit der Öffentlichkeit auf grausige Details an. Sollte die Zeitung den bedienen?

»Ach, ich finde das natürlich«, sagte die Bibliothekarin. »Ich finde es natürlich, das Schlimmste wissen zu wollen. Die Leute wollen es bildlich vor Augen haben. Ich auch. Ich habe keine Ahnung von Maschinen. Es fällt mir schwer, mir vorzustellen, was passiert ist. Selbst mit Hilfe der Zeitung. Hat die Maschine sich unerwartet verhalten?«

»Nein«, sagte Arthur. »Die Maschine hat ihn nicht gepackt und gefressen wie ein Tier. Er hat eine falsche Bewegung gemacht oder zumindest eine leichtsinnige Bewegung. Da war er geliefert.«

Sie sagte nichts, ging aber nicht fort.

»Man muß immer einen klaren Kopf behalten«, sagte Arthur. »Keinen Augenblick träumen. Eine Maschine ist ein Knecht und zwar ein ausgezeichneter Knecht, aber als Herr und Meister gemeingefährlich.«

Er fragte sich, ob er das irgendwo gelesen hatte oder ob er selbst darauf gekommen war.

»Und ich nehme an, es gibt keinen wirklichen Schutz?« sagte die Bibliothekarin. »Aber das wissen Sie bestimmt alles.«

Doch da verließ sie ihn. Es war jemand gekommen.

Auf den Unfall folgte eine Warmwetterwelle. Die Länge der Abende und die Hitze der lauen Tage wirkte plötzlich und überraschend, als verabschiedete sich der Winter in diesem Teil des Landes nicht jedes Jahr endlich auf diese Weise, fast ausnahmslos. Die Hochwasserpfützen auf den Feldern schrumpften wie von Zauberhand und zogen sich in die Sümpfe zurück, und die Blätter schossen aus den geröteten Zweigen hervor, und Scheunengerüche trieben in die Stadt und vermischten sich mit dem Duft von Flieder.

Arthur stellte fest, daß er an solchen Abenden, statt sich nach frischer Luft zu sehnen, an die Bücherei dachte, und dort landete er dann oft, auf dem selben Platz, den er sich bei seinem ersten Besuch ausgesucht hatte. Er blieb eine halbe Stunde oder eine ganze Stunde sitzen. Er blätterte in den Londoner *Illustrated News* oder im *National Geographic* oder im *Saturday Night* oder *Collier's*. Diese Zeitschriften kamen alle zu ihm ins Haus, und er hätte dort sitzen können, in seinem Arbeitszimmer, und auf seinen von Hecken gerahmten Rasen hinausblicken können, die der alte Agnew leidlich gepflegt hielt, und auf die Blumenbeete, die jetzt voller Tulpen in allen erdenklichen Farben und Kombinationen standen. Es schien, als zöge er den Anblick der Main Street vor, auf der dann und wann ein flotter neuer Ford vorbeifuhr oder ein stotterndes älteres Modell mit einem staubigen Tuchverdeck. Er zog das Postamt vor, dessen Uhrturm vier verschiedenen Himmelsrichtungen vier verschiedene Zeiten anzeigte – und wie die Leute gerne sagten, allesamt verkehrt. Auch das Gehen und Stehen auf dem Bürgersteig. Die Leute, die versuchten, dem Trinkbrunnen Wasser zu entlocken, obwohl er erst Anfang Juli in Betrieb genommen wurde.

Es war nicht, daß er ein Bedürfnis nach Gesellschaft verspürte. Er kam nicht, um zu plaudern, obwohl er Leute begrüßte, wenn er sie mit Namen kannte, und in der Tat kannte er die meisten. Und er wechselte durchaus ein paar Worte mit der Bibliothekarin, auch wenn es oft nicht mehr war als »Guten Abend«, wenn er kam, und »Gute Nacht«, wenn er wieder ging. Er fiel niemandem zur Last. Er empfand seine Anwesenheit als wohltuend, beruhigend und vor allem natürlich. Ihm kam es, indem er hier saß und las und nachdachte, hier anstatt zu Hause, so vor, als gäbe er etwas. Man konnte auf ihn zählen.

Es gab einen Ausdruck, der ihm gefiel. *Öffentlicher Dienst.* Sein Vater, der ihm hier mit babyrosa kolorierten Backen und glasblauen Augen und dem verdrießlichen Mund eines alten Mannes entgegenblickte, hatte nicht so von sich gedacht. Er hatte sich eher als öffentliche Figur und als Wohltäter gesehen. Er hatte mit Launen und Verfügungen operiert, und er war damit durchgekommen. Er pflegte, wenn wenig Betrieb war, durch die Fabrik zu gehen und hier und dort zu einem Mann zu sagen: »Geh nach Hause. Geh jetzt nach Haus. Geh nach Haus und bleib da, bis ich dich wieder gebrauchen kann.« Und sie gingen. Sie arbeiteten in ihren Gärten oder gingen Kaninchen jagen und ließen alles anschreiben, was sie kaufen mußten, und akzeptierten, daß es nicht anders zu machen war. Sie äfften immer noch gern zum Spaß sein Bellen nach. *Geh jetzt nach Haus!* Er war für sie immer noch ein größerer Held, als Arthur je werden konnte, aber sie waren heute nicht mehr bereit, sich die gleiche Behandlung gefallen zu lassen. Sie hatten sich im Krieg an die guten Löhne gewöhnt und daran, immer gebraucht zu werden. Sie dachten nie an die durch die heimkehrenden Soldaten geschaffene Arbeitskraftschwemme, dachten nie darüber nach, mit wieviel Glück und Einfallsreichtum ein Betrieb wie dieser von einem Jahr zum nächsten, ja von einem Quartal zum nächsten getragen wurde. Sie liebten Veränderungen nicht – sie waren jetzt nicht glücklich über den Wechsel zu mechanischen Klavieren, die Arthurs Ansicht nach schlicht die Hoffnung für die Zukunft darstellten. Aber Arthur würde tun, was er für nötig hielt, auch wenn er mit völlig anderen Methoden arbeitete als sein Vater. Erst alles genau durchdenken und dann noch einmal überdenken. Nur wenn unbedingt notwendig aus dem Hintergrund treten. Die Würde bewahren. Immer versuchen, gerecht zu sein.

Alle erwarteten, daß für sie gesorgt werde. Die ganze Stadt erwartete das. Alle würden Arbeit haben, wie jeden Morgen die Sonne aufging. Und dabei waren die Steuern für das Werk erhöht und gleichzeitig Gebühren für das Wasser erhoben worden, das früher umsonst geflossen war. Die Instandhaltung der Zufahrtstraßen oblag jetzt dem Werk und nicht mehr der Stadt. Die Methodistengemeinde verlangte eine tüchtige Summe für den Bau einer neuen Sonntagsschule. Die Hockeymannschaft der Stadt brauchte neue Trikots und Hosen. Am Eingang zum Park am Kriegerdenkmal wurden Torpfosten aus Stein errichtet. Und jedes Jahr wurde der Junge mit dem besten Abschlußzeugnis auf die Universität geschickt, auf Kosten von Douds.

Bittet, so werdet ihr empfangen.

Auch daheim fehlte es nicht an Erwartungen. Bea machte sich dafür stark, auf eine Privatschule zu dürfen, und Mrs. Feare hatte ein Auge auf eine neue Küchenmaschine geworfen und auf eine neue Waschmaschine. Das Schnitzwerk am Haus mußte dies Jahr rundum gestrichen werden. Die ganze Hochzeitstortendekoration, die gallonenweise Farbe schluckte. Und dann hatte sich Arthur obendrein noch einen neuen Wagen bestellt – eine Chrysler Limousine.

Es war nötig – er mußte ein neues Auto fahren. Er mußte ein neues Auto fahren, Bea mußte ins Internat, Mrs. Feare mußte das Neueste vom Neuen haben, und das Schnitzwerk mußte so frisch sein wie Schnee zu Weihnachten. Sonst würden sie ihr Ansehen verlieren, man würde das Vertrauen in sie verlieren, man würde anfangen sich zu fragen, ob es mit ihnen bergab ging. Und es war zu schaffen, mit Glück konnte er alles schaffen.

Noch Jahre nach dem Tod seines Vaters war er sich vorgekommen wie ein Hochstapler. Nicht ständig, aber von Zeit zu Zeit war er sich so vorgekommen. Und jetzt war das Gefühl verschwunden. Er konnte hier sitzen und spüren, daß es nicht mehr da war.

Er war im Büro gewesen, als der Unfall geschehen war, bei einer Beratung mit einem Handelsvertreter für Furniere. Er registrierte eine Veränderung des Geräuschpegels, aber es war eher eine Steigerung als ein Leiserwerden. Nichts, was ihn alarmierte – nur eine Irritation. Da der Unfall im Sägewerk geschah, merkte in den Werkstätten oder an den Öfen oder im Hof niemand sofort etwas, und an einigen Stellen ging die Arbeit minutenlang weiter. Arthur, der über die Furnierproben auf seinem Schreibtisch gebeugt war, war wohl einer der Letzten, die von dem Zwischenfall erfuhren. Er stellte dem Vertreter eine Frage, und der Vertreter gab keine Antwort. Arthur blickte auf und sah, wie sich der Mund des Mannes öffnete, sein Gesicht sich mit Angst erfüllte, seine Vertretersicherheit weggewischt war.

Dann hörte er, wie sein eigener Name gerufen wurde – sowohl »Mr. Doud!«, wie üblich, als auch »Arthur, Arthur!« von den älteren Männern, die ihn schon als Jungen gekannt hatten. Außerdem hörte er »Säge« und »Kopf« und »Gott, oh Gott, oh Gott!«

Arthur hätte sich gewünscht, daß die Stille käme, in der die Geräusche und Dinge auf so grausige, aber erlösende Weise zurückwichen und ihm Platz ließen. Es war alles andere als so. Geschrei und Fragen und hektisches Hin und Her, er selbst mittendrin zum Sägewerk getrieben. Ein Mann war ohnmächtig geworden und so gefallen, daß die Säge ihn, wenn man sie nicht im letzten Moment ausgestellt hätte, auch noch erwischt hätte. Seinen hingestreckten, aber unversehrten Körper hielt Arthur im ersten Augenblick für die Leiche des Opfers. Oh, nein, nein. Sie schoben ihn weiter. Das Sägemehl war tiefrot. Es war vollgesogen, leuchtend rot. Der Holzhaufen war über und über munter gesprenkelt, und die Sägeblätter ebenfalls. In dem Sägemehl lag ein blutgetränkter Haufen Arbeitskleider, und Arthur erkannte darin die Leiche, den Rumpf mit den Gliedmaßen. Es war soviel Blut ausgeflossen, daß die Konturen nicht gleich deutlich zu sehen waren – sondern weich waren, wie bei einem Pudding.

Als erstes kam ihm die Idee, diesen Haufen zuzudecken. Er zog sich die Jacke aus und legte sie darauf. Er mußte dicht herantreten, seine Schuhe quitschten. Daß dies sonst noch niemand getan hatte, lag wohl schlicht daran, daß niemand sonst eine Jacke trug.

»Hat jemand den Doktor geholt?« brüllte irgendwer. »Den Doktor geholt!« sagte ein Mann in Arthurs Nähe. »Kann ihm den Kopf auch nicht wieder annähen – der Doktor. Oder?«

Doch Arthur gab den Befehl, den Arzt zu holen; er hielt es für unerläßlich. Einen Tod ohne Arzt kann man nicht haben. Das setzte alles andere in Gang. Arzt, Bestattungsunternehmer. Sarg, Blumen, Pfarrer. Nicht verkehrt, alles gleich anzupacken, den Leuten was zu tun zu geben. Das Sägemehl aufschaufeln, die Säge saubermachen. Die Männer, die dicht dabei gestanden hatten, zum Waschen schicken. Den Mann, der ohnmächtig geworden war, in die Kantine tragen lassen. Wie geht es ihm? Dem Büromädchen sagen, es soll Tee kochen.

Brandy brauchten sie, oder Whisky. Aber er hatte Alkohol verboten, auf dem Werksgelände.

Ein Teil fehlte noch. Wo war er? Da, sagten sie. Da drüben. Arthur hörte, wie sich jemand übergab, nicht weit von ihm. Also gut. Entweder du hebst ihn selber auf oder du läßt ihn aufheben. Die Würgelaute retteten ihn, beruhigten ihn, schenkten ihm eine beinahe leichtherzige Entschlossenheit. Er hob ihn auf. Er trug ihn vorsichtig und sicher in den Händen, wie einen unförmigen, aber kostbaren Krug. Preßte sich das Gesicht, daß es nicht zu sehen war, als wollte er es trösten, an die Brust. Blut sickerte durch sein Hemd, daß ihm der Stoff an der Haut klebte. Warm. Er fühlte sich wie ein Verwundeter. Er war sich bewußt, daß sie ihn beobachteten, und er war sich seiner selbst bewußt, wie ein Schauspieler wahrscheinlich oder ein Priester. Wo sollte er mit ihm hin, jetzt, da er ihn an der Brust hatte? Auch darauf kam die Antwort. Leg ihn hin, leg ihn an die Stelle, wo er hingehört, natürlich nicht genau angepaßt, als könnte man eine Naht schließen. Nur mehr oder weniger an den richtigen Platz, und dann die Jacke heben und zurechtrücken.

Er konnte jetzt nicht fragen, wie der Mann hieß. Er würde auf andere Weise an den Namen kommen müssen. Nach der Intimität seiner Dienste hier wäre eine solche Unwissenheit beleidigend.

Aber er stellte fest, daß er ihn doch wußte – er fiel ihm einfach wieder ein. Als er die Ecke seiner Jacke vorsichtig über das Ohr zog, das oben gelegen hatte und immer noch oben lag und deshalb noch ganz frisch und brauchbar aussah, hörte er einen Namen. Sohn des Burschen, der bei ihnen den Garten machte, der nicht immer zuverlässig war. Ein junger Mann, den sie nach dem Krieg wieder eingestellt hatten. Verheiratet? Er glaubte schon. Er würde sie aufsuchen müssen. So bald wie möglich. Saubere Sachen.

Die Bibliothekarin trug häufig eine dunkelrote Bluse. Ihre Lippen waren passend dazu geschminkt, und sie hatte einen Bubikopf. Sie war keine junge Frau mehr, aber sie kleidete sich weiterhin auffällig. Er erinnerte sich noch, daß er ihre Art sich anzuziehen vor Jahren, bei ihrer Einstellung, als eher schlicht empfunden hatte. Damals hatte sie keinen Bubikopf gehabt – sie hatte die Haare aufgesteckt getragen, im alten Stil. Es hatte noch die selbe Farbe – eine warme, angenehme Farbe, wie von Blättern – Eichenblättern etwa, im Herbst. Er versuchte sich zu erinnern, wie hoch ihr Gehalt war. Bestimmt nicht sehr hoch. Sie schaffte es, so davon zu leben, daß sie wohl aussah. Und wo wohnte sie? In einer der Pensionen – da, wo die Lehrerinnen wohnten? Nein, da nicht. Sie wohnte im Commercial Hotel.

Und jetzt fiel ihm noch etwas ein. Er konnte sich an keine bestimmte Geschichte erinnern. Man konnte mit Sicherheit nicht direkt sagen, daß sie einen schlechten Ruf hatte. Aber sie hatte auch keinen lupenreinen Ruf. Man sagte ihr nach, daß sie mit den Handlungsreisenden trank. Vielleicht hatte sie unter ihnen einen Freund. Einen Freund, vielleicht auch mehrere.

Nun, sie war alt genug, um zu tun, was ihr gefiel. Es war nicht ganz das gleiche wie bei einer Lehrerin – die unter anderem eingestellt wurde, um ein Vorbild zu sein. Solange sie ihre Arbeit gut machte, und das konnte jeder sehen. Sie hatte ihr Leben zu leben, wie alle andern auch. War es nicht vorzuziehen, eine nett aussehende Frau hier zu haben als eine mürrische alte Schachtel wie Mary Tamblyn? Vielleicht schauen Fremde mal herein, sie beurteilen eine Stadt nach dem, was sie sehen, da ist eine nett aussehende Frau vorzuziehen, mit einer netten Art.

Laß das. Wer hatte denn etwas anderes gesagt? Er legte sich in Gedanken für sie ins Zeug, als ob jemand angekommen wäre, der sie hinauswerfen wollte, und er hatte keinerlei Hinweis darauf, daß es so war.

Was war mit ihrer Frage, am ersten Abend, über die Maschinen? Was hatte sie damit gemeint? War es eine heimliche Schuldzuweisung?

Er hatte mit ihr über die Bilder und deren Beleuchtung

geredet und ihr sogar erzählt, wie sein Vater seine eigenen Arbeiter hergeschickt und bezahlt hatte, die Bücherregale zu bauen, aber er hatte nie von dem Mann gesprochen, der die Bücher ohne ihr Wissen mitgenommen hatte. Eins zur Zeit wahrscheinlich. Unter dem Mantel? Und auf dem selben Weg retour. Er mußte sie zurückgebracht haben, sonst hätte er das Haus voll gehabt, und das hätte seine Frau nicht mitgemacht. Nicht gestohlen, bloß zeitweise. Harmloses Verhalten, aber seltsam. Gab es eine Verbindung? Zwischen der Annahme, daß er Dinge ein bißchen anders machen konnte, und der Annahme, daß er sich eine leichtsinnige Bewegung leisten konnte, bei der die Gefahr bestand, daß er sich mit dem Ärmel verfing und mit dem Hals in die Säge geriet?

Es könnte, es könnte eine Verbindung bestehen. Eine Frage der Einstellung.

»Dieser Bursche – Sie wissen schon – mit dem Unfall –«, sagte er zu der Bibliothekarin. »Wie er die Bücher mitgehen ließ, die er haben wollte. Was meinen Sie, warum er das getan hat?«

»Leute sind zu allem fähig«, sagte die Bibliothekarin. »Sie reißen Seiten raus. Weil etwas drauf ist, das ihnen nicht gefällt oder das ihnen besonders gefällt. Sie sind zu allem fähig. Ich weiß nicht.«

»Hat er jemals Seiten rausgerissen? Haben Sie ihm jemals Vorhaltungen gemacht? Ihm jemals Angst vor Ihnen gemacht?«

Er wollte sie nur ein wenig necken, indem er andeutete, daß sie wohl kaum imstande wäre, jemandem Angst zu machen, aber sie nahm es nicht so.

»Wie denn, wenn ich nie mit ihm gesprochen habe?« sagte sie. »Ich habe ihn nie gesehen. Ich habe ihn nie gesehen, ich weiß gar nicht, wer er war.«

Sie ging fort und setzte dem Gespräch ein Ende. Sie ließ sich also nicht gern necken. War sie einer der vielen Menschen mit unzähligen gekitteten Rissen, die man nur aus unmittelbarer Nähe sehen konnte? Quälte sie ein alter Kummer, ein Geheimnis? Vielleicht hatte sie einen Liebsten im Krieg verloren.

Einige Zeit später kam sie eines Abends, eines Samstag abends im Sommer, selber auf das Thema zurück, das er nie wieder aufgebracht hätte.

»Erinnern Sie sich noch an unser Gespräch über den Mann, der den Unfall hatte?«

Arthur bejahte.

»Ich möchte Sie etwas fragen, das Sie vielleicht seltsam finden.«

Er nickte.

»Und daß ich frage – ich möchte, daß Sie – es ist vertraulich.«

»Aber ja«, sagte er.

»Wie sah er aus?«

Wie er aussah? Arthur war verdutzt. Er war verdutzt, daß sie soviel Aufhebens und Heimlichkeit darum machte – es war doch nur natürlich, sich dafür zu interessieren, wie ein Mann aussah, der gekommen war und ihre Bücher mitgehen lassen hatte, ohne daß sie es merkte – und weil er ihr nicht helfen konnte, schüttelte er den Kopf. Er konnte sich kein Bild von Jack Agnew vor Augen holen.

»Groß«, sagte er. »Ich glaube, er war ziemlich lang. Mehr kann ich Ihnen nicht sagen. Ich bin wirklich nicht der richtige, um eine gute Auskunft zu geben. Ich erkenne einen Mann leicht wieder, aber ich bin nie in der Lage, eine ordentliche Beschreibung seines Äußeren zu geben, selbst wenn er jemand ist, den ich fast täglich sehe.«

»Aber ich dachte, Sie waren derjenige – ich hab gehört, Sie waren derjenige –«, sagte sie. »Der ihn aufgehoben hat. Seinen Kopf.«

Arthur sagte steif, »Ich fand nicht, daß man ihn einfach da liegenlassen durfte.« Er fühlte sich von der Frau enttäuscht, beschämt und beunruhigt. Aber er versuchte einen sachlichen Ton beizubehalten und in seiner Stimme keinen Vorwurf durchklingen zu lassen.

»Ich könnte Ihnen nicht einmal sagen, welche Haarfarbe er hatte. Zu dem Zeitpunkt war alles – alles schon ziemlich unkenntlich.«

Sie sagte ein, zwei Minuten nichts, und er sah sie nicht an. Dann sagte sie: »Sie müssen den Eindruck haben, daß ich zu den Leuten gehöre – zu den Leuten, die von diesen Dingen fasziniert sind.«

Arthur machte ein abwehrendes Geräusch, aber er hatte natürlich den Eindruck, so müsse es sein.

»Ich hätte Sie nicht fragen sollen«, sagte sie. »Ich hätte nicht davon anfangen sollen. Ich kann Ihnen niemals erklären, warum ich es tat. Ich würde Sie nur gern bitten, wenn es Ihnen möglich ist, niemals zu denken, daß ich so bin.«

Arthur hörte das Wort »niemals«. Sie könne es ihm niemals erklären. Er solle bitte niemals denken. Seiner tiefen Enttäuschung zum Trotz hörte er den Vorschlag heraus, daß ihre Gespräche weitergehen könnten, und vielleicht auf einer weniger zufälligen Basis. Er hörte eine Demut in ihrer Stimme, aber es war eine Demut, die auf irgendeine Sicherheit gegründet war. Sicher eine sexuelle.

Oder kam er nur darauf, weil dies sein gewohnter Abend war? Es war der Samstagabend im Monat, an dem er gewöhnlich nach Walley fuhr. Dort wollte er auch heute hin, er hatte nur auf dem Weg hier hereingeschaut. Er hatte nicht vorgehabt, so lange zu bleiben, wie er geblieben war. Es war der Abend, an dem er eine Frau besuchte, die Jane MacFarlane hieß. Jane MacFarlane lebte von ihrem Mann getrennt, aber sie hatte nicht die Absicht, sich scheiden zu lassen. Sie hatte keine Kinder. Sie verdiente sich ihren Lebensunterhalt als Schneiderin. Arthur hatte sie kennengelernt, als sie in sein Haus gekommen war, um Kleider für seine Frau zu schneidern. Damals war nichts gewesen, und keiner von beiden war auf die Idee gekommen. In mancher Hinsicht war Jane MacFarlane eine Frau wie die Bibliothekarin – gut aussehend, wenn auch nicht mehr blutjung, couragiert und modebewußt und gut in ihrem Beruf. In anderer Hinsicht eher nicht. Er konnte sich von Jane nicht vorstellen, daß sie einen Mann jemals vor ein Rätsel stellen würde, um ihm gleich darauf mitzuteilen, daß es nie gelöst werden würde. Jane war eine Frau, die einem Mann Frieden schenkte. Die belanglosen Dialoge, die er mit ihr führte – sinnlich, begrenzt, freundlich –, waren denen mit seiner verstorbenen Frau sehr ähnlich.

Die Bibliothekarin ging zum Schalter an der Tür und knipste das große Licht aus. Sie schloß die Tür ab. Sie verschwand zwischen den Regalen und machte auch dort die Lampen aus, mit lässiger Ruhe. Die Rathausuhr schlug neun. Sie mußte glauben, daß sie richtig ging. Seine Armbanduhr zeigte drei Minuten vor.

Es wurde Zeit aufzustehen, Zeit für ihn zu gehen, Zeit, nach Walley zu fahren.

Als sie mit allen Lampen fertig war, kam sie und setzte sich zu ihm an den Tisch.

Er sagte: »Ich würde niemals auf eine Weise von Ihnen denken, die Sie unglücklich machen könnte.«

Es hätte beim Ausschalten der Lampen nicht so dunkel werden dürfen. Sie hatten Hochsommer. Aber anscheinend waren schwere Regenwolken aufgezogen. Als Arthur zum letztenmal auf die Straße geachtet hatte, hatte draußen noch helles Tageslicht geherrscht: Leute vom Land beim Einkaufen, Jungen, die sich am Trinkbrunnen bespritzten, und junge Mädchen, die in ihren billigen geblümten Sommerkleidern auf und ab flanierten, damit sie von den jungen Männern gesehen wurden, überall wo diese jungen Männer versammelt waren – auf den Stufen vor der Post, vor der Futterhandlung. Und jetzt, wo er wieder hinschaute, sah er, daß der brausende Wind, der bereits ein paar Tropfen brachte, die Straße in Aufruhr versetzt hatte. Die Mädchen kreischten und lachten und hielten sich die Handtäschchen über den Kopf, während sie unter schützende Dächer liefen, Verkäufer rollten Markisen ein und schleppten die Obstkörbe, die Ständer mit

Sommerschuhen, die Gartengeräte herein, die auf dem Bürgersteig ausgestellt gewesen waren. Die Rathaustüren knallten, als die Bauersfrauen mit Kindern an der Hand und Paketen hineinliefen, um sich in die Damentoilette zu drängen. Jemand probierte die Tür zur Bücherei. Die Bibliothekarin sah hin, aber rührte sich nicht. Und bald fegte der Regen in langen Vorhängen über die Straße, und der Wind peitschte gegen das Rathausdach und riß an den Baumwipfeln. Das wilde Rauschen dauerte ein paar Minuten an, bis der Wind an Kraft verlor. Dann war das einzige, was noch zu hören war, das Geräusch des Regens, der jetzt senkrecht und so heftig fiel, daß sie unter einem Wasserfall zu stehen schienen.

Wenn es in Walley auch so ging, dachte er, würde Jane wissen, daß sie nicht mit ihm zu rechnen brauchte. Dies war für lange Zeit sein letzter Gedanke an sie.

»Mrs. Feare weigerte sich, meine Sachen zu waschen«, sagte er zu seiner eigenen Überraschung. »Sie hatte Angst davor, sie anzufassen.«

Die Bibliothekarin sagte mit einer seltsam zittrigen, beschämten und entschlossenen Stimme: »Ich finde, was Sie getan haben – ich finde, das war eine bemerkenswerte Tat.«

Der Regen machte einen so beständigen Lärm, daß er von einer Antwort befreit war. Danach fiel es ihm leicht, sich umzudrehen und sie anzuschauen. Ihr Profil war vom Regenstrom an den Fenstern trüb erleuchtet. Ihre Miene war ruhig und verwegen. Jedenfalls schien es ihm so. Ihm wurde klar, daß er kaum etwas über sie wußte – was für eine Art Mensch sie eigentlich war oder was für Geheimnisse sie haben mochte. Er konnte nicht einmal einschätzen, welchen Wert er für sie hatte. Er wußte nur, daß er einen gewissen Wert hatte und daß es nicht der übliche war.

Er konnte das Gefühl, das sie ihm vermittelte, nicht besser beschreiben, als man einen Geruch beschreiben kann. Wie nach versengtem Stromkabel. Wie nach verbrannten

Weizenkörnern. Nein, nach bitterer Orange. Ich gebe auf.

Er hatte nicht geglaubt, daß er jemals in eine Situation wie diese geraten könnte, sich von einem so klaren inneren Zwang getrieben fühlen könnte. Aber anscheinend traf es ihn nicht unvorbereitet. Ohne ein zweitesmal oder auch nur ein einziges Mal zu überlegen, worauf er sich da einließ, sagte er: »Ich wünschte –«

Er hatte zu leise gesprochen. Sie hörte ihn nicht.

Er sprach lauter. Er sagte: »Ich wünschte, wir könnten heiraten.«

Da sah sie ihn an. Sie lachte, beherrschte sich aber schnell.

»Verzeihung«, sagte sie. »Verzeihung. Mir ging bloß gerade etwas durch den Kopf.«

»Und das wäre?« fragte er.

»Ich dachte – das ist das letzte, was ich von ihm sehen werde.«

Arthur sagte: »Da irrst du dich.«

Die Märtyrer von Tolpuddle

Der Personenzug von Carstairs nach London hatte im Zweiten Weltkrieg den Betrieb eingestellt, und auch die Schienen wurden herausgerissen. Man sagte, es sei als Teil der Kriegsanstrengungen geschehen. Als Louisa Mitte der Fünfziger zu einem Herzspezialisten nach London fuhr, mußte sie den Bus nehmen. Sie sollte nicht mehr autofahren.

Der Arzt, der Herzspezialist, sagte, ihr Herz sei ein bißchen lottelig und ihr Puls ein wenig ruckhaft. Sie fand, das hörte sich an, als wäre ihr Herz ein Komiker und ihr Puls ein junges Hündchen an der Leine. Sie war nicht siebenundfünfzig Meilen gefahren, um sich veralbern zu lassen, aber sie sagte nichts, weil sie bereits durch eine Geschichte abgelenkt war, die sie im Wartezimmer des Arztes gelesen hatte. Vielleicht hatte das, was sie gelesen hatte, ihren Puls ruckhaft gemacht.

Im Lokalteil der Londoner Zeitung hatte sie die Überschrift MÄRTYRER GEEHRT gefunden und nur, um die Zeit totzuschlagen, weitergelesen. Sie las, daß am selben Nachmittag im Victoria Park eine Feier stattfinden sollte. Eine Feier zu Ehren der Märtyrer von Tolpuddle. Die Zeitung meinte, die Märtyrer von Tolpuddle seien nur wenigen Leuten ein Begriff, und das galt eindeutig auch für Louisa. Es waren Männer, die vor Gericht gestellt und für schuldig befunden worden waren, unzulässigerweise Eide abgenommen zu haben. Für dieses seltsame, vor über hundert Jahren im englischen Dorset begangene Verbrechen waren sie nach Kanada deportiert worden, und ein paar von ihnen hatten sich schließlich hier in London angesiedelt, wo sie bis ans Ende ihrer Tage lebten und ohne besondere Beachtung oder Gedenken beerdigt wurden. Mittlerweile zählte man sie zu den frühesten Begründern der Gewerkschaftsbewegung, und der Gewerkschaftsrat, die Repräsentanten der Canadian Federation of Labor und die Pastoren einiger der Kirchen vor Ort hatten eine Feierstunde anberaumt, die heute aus Anlaß des hundertzwanzigsten Jahrestages ihrer Verhaftung stattfand.

Märtyrer ist ziemlich dick aufgetragen, dachte Louisa. Schließlich waren sie nicht hingerichtet worden.

Die Feier sollte um drei Uhr stattfinden, und die Hauptsprecher sollten einer der Pastoren aus der Stadt und ein Mr. John (Jack) Agnew sein, ein Gewerkschaftssprecher aus Toronto.

Es war Viertel nach zwei, als Louisa die Praxis verließ. Der Bus nach Carstairs fuhr erst um sechs. Sie hatte sich gedacht, daß sie auf der obersten Etage bei Simpsons einen Tee trinken und einen Happen dazu essen würde und dann nach einem Hochzeitsgeschenk schauen oder, wenn die Zeit reichte, zu einem Nachmittagsfilm ins Kino gehen würde. Der Victoria Park lag zwischen der Arztpraxis und Simpsons, und sie beschloß, ihn zu durchqueren. Der Tag war heiß und der Schatten unter den Bäumen angenehm. Sie konnte nicht umhin zu sehen, wo man die Stühle und ein kleines, mit gelbem Tuch behängtes Rednerpodest aufgebaut hatte, das auf einer Seite mit einer kanadischen Fahne und an der andern, wie sie glaubte, einer Gewerkschaftsfahne geschmückt war. Eine Menschengruppe hatte sich versammelt, und sie ertappte sich dabei, wie sie die Richtung änderte, um sie näher anzuschauen. Einige waren alte Leute, sehr einfach, aber anständig gekleidet, die Frauen an diesem heißen Tag mit Kopftüchern, Europäer. Andere waren Fabrikarbeiter, die früher in den Feierabend entlassen worden waren, Männer in kurzärmeligen Hemden und Frauen in frischen Blusen und Hosen. Ein paar Frauen mußten von zu Hause gekommen sein, weil sie Sommerkleider und Sandalen trugen und kleine Kinder im Auge zu behalten versuchten. Louisa dachte gerade, daß sie gar nichts davon halten konnten, wie sie gekleidet war – modisch wie immer, in beigefarbener Shantungseide mit einem ebenfalls seidenen, purpurroten Barett –, aber da fiel ihr eine Frau ins Auge, die noch eleganter aufgemacht war als sie, in grüner Seide, das kurze Haar mit einem grüngoldenen Schal streng zurückgebunden. Sie mochte vierzig sein – ihr Gesicht war nicht mehr jung, aber schön. Sie kam gleich zu Louisa, wies ihr lächelnd einen Stuhl zu und gab ihr ein vervielfältigtes Blatt Papier. Louisa konnte die violette Schrift nicht lesen. Sie versuchte, einen Blick von einigen der Männer zu erhaschen, die sich neben dem Podest unterhielten. Waren die Redner dabei?

Die zufällige Namensgleichheit war eigentlich kaum interessant. Weder der Vorname noch der Nachname war allzu selten.

Sie wußte nicht, warum sie sich hingesetzt hatte oder warum sie überhaupt hierher gekommen war. Sie fing an, eine vertraute, leichte Übelkeit auslösende Erregung zu spüren. Die konnte auch ohne jeden Anlaß kommen. Aber sobald sie anfing, nützte es nichts, sich zu sagen, daß nichts war. Das einzige, was half, war aufzustehen und so schnell wie möglich zu machen, daß sie fortkam, bevor sich noch mehr Leute hinsetzten und sie einengten.

Die grüne Frau fing sie ab und fragte, ob ihr etwas fehle.

»Ich muß zum Bus«, sagte Louisa mit krächzender Stimme. »Am überregionalen Depot«, sagte sie mit besserer Beherrschung und marschierte davon, nicht in die richtige Richtung, um zu Simpsons zu gelangen. Sie überlegte, daß sie da auch gar nicht hin wollte. Sie würde auch nicht bei Birks nach dem Hochzeitsgeschenk schauen und nicht ins Kino gehen. Sie würde sich einfach in den Bushof setzen, bis es Zeit war, nach Hause zu fahren.

Einen halben Block vor dem Bushof fiel ihr ein, daß der Bus sie heute morgen nicht dort abgesetzt hatte. Der Bushof wurde abgerissen und neu gebaut – ein paar Straßen weiter war eine Behelfsstation eingerichtet. Sie hatte nicht genau genug aufgepaßt, an welcher Straße sie lag – an der York Street, östlich des eigentlichen Bushofs oder an der King Street? In jedem Fall mußte sie einen Umweg machen, da beide Straßen aufgerissen waren, und sie hatte beinahe beschlossen, daß sie sich hoffnungslos verlaufen hatte, als ihr klar wurde, daß sie durch einen glücklichen Zufall von hinten auf die Behelfsstation gestoßen war. Es war ein altes Haus – eines der hohen gelbgrauen Ziegelbauten aus der Zeit, als hier ein Wohngebiet war. Es erfüllte jetzt wahrscheinlich seinen letzten Zweck vor dem Abriß. Überall drumherum mußten Häuser für den großen Kiesplatz abgerissen worden sein, auf dem die Busse hielten. Am Rand des Grundstücks standen noch ein paar Bäume und darunter ein paar Stuhlreihen, die ihr nicht aufgefallen waren, als sie vormittags aus dem Bus gestiegen war. Zwei Männer saßen auf der einstigen Veranda des Hauses, auf alten Autositzen. Sie trugen braune Hemden mit dem Firmenzeichen des Busunternehmens, aber sie schienen nur halbherzig bei der Arbeit zu sein, denn sie standen nicht auf, als sie fragte, ob der Bus nach Carstairs wie laut Fahrplan um sechs Uhr fahre und wo sie etwas zu trinken bekommen könne.

Sechs Uhr, soweit sie wußten.

Im Café unten an der Straße.

Kühler als hier draußen, aber nur noch Cola und O-Saft zu haben.

Sie holte sich in einem schmutzigen kleinen Warteraum, der nach verstopfter Toilette roch, eine Coca-Cola aus dem Kühlschrank. Der Umzug des Busdepots in dieses schäbige Haus mußte die ganze Belegschaft in einen Zustand träger Teilnahmslosigkeit versetzt haben. In dem Zimmer, das als Büro diente, stand ein Ventilator, und sie sah im Vorübergehen, wie einige Zettel vom Schreibtisch geweht wurden. »Ach, Mist«, sagte das Büromädchen und stellte ihren Fuß drauf.

Die im Schatten der staubigen Stadtbäume aufgestellten Stühle waren alte Holzstühle mit geraden Rückenlehnen, die ursprünglich in verschiedenen Farben lackiert gewesen waren – sie sahen aus, als stammten sie aus allerlei Küchen. Davor hatte man alte Teppichstreifen und Gummibadematten ausgelegt, damit man die Füße nicht auf den Kies stellen mußte. Hinter der ersten Stuhlreihe meinte sie ein Schaf zu erkennen, das auf der Erde lag, aber es verwandelte sich in einen schmutzig-weißen Hund, der angezockelt kam und sie einen Moment mit ernster, halboffizieller Miene betrachtete – kurz ihre Schuhe beschnüffelte und wieder abzockelte. Sie hatte nicht gesehen, ob es Strohhalme gab, und hatte keine Lust zurückzugehen, um nachzuschauen. Sie trank ihre Cola aus der Flasche, indem sie den Kopf nach hinten neigte und die Augen schloß.

Als sie sie wieder aufschlug, saß ein Mann zwei Stühle weiter und sprach sie an.

»Ich bin so schnell gekommen, wie ich konnte«, sagte er. »Nancy sagte, Sie wollten zum Bus. Ich hab mich gleich auf den Weg gemacht, als ich mit meiner Rede fertig war. Aber vom Bushof ist nichts mehr da.«

»Nur vorübergehend«, sagte sie.

»Ich hab Sie gleich erkannt«, sagte er. »Trotz der – na, vielen Jahre. Als ich Sie sah, war ich gerade mit jemandem im Gespräch. Dann schaute ich wieder hin, und Sie waren verschwunden.«

»Ich erkenne Sie nicht wieder«, sagte Louisa.

»Nein«, sagte er. »Wohl nicht. Natürlich. Wie denn auch?«

Er trug eine hellbraune Hose, ein hellgelbes, kurzärmeliges Hemd, einen eierschal- und gelbfarbenen Ascotschal. Ein ziemlicher Dandy, für einen Gewerkschafter. Sein Haar war weiß, aber dicht und wellig, die Art stabiler Haare, die sich aufsteigend in Wellen kräuseln, wenn man sie aus der Stirn kämmt, seine Haut war gerötet, und sein Gesicht war von tiefen Falten durchzogen, von den Anstrengungen des Redenhaltens – und von seinen Privatgesprächen mit Leuten, bei denen er vermutlich ähnlich viel Feuer und Überredeungskunst aufwandte wie bei seinen öffentlichen Reden. Er trug eine getönte Brille, die er jetzt abnahm, als wolle er, daß sie ihn besser sehen könne. Seine Augen waren von hellem Blau, leicht blutunterlaufen und besorgt. Ein stattlicher Mann, und abgesehen von einem kleinen Respektsbauch über dem Gürtel noch schlank, aber sie fand dieses handfeste gute Aussehen – die makellose, sportliche Kleidung, das effektvoll gewellte Haar, das auf Wirkung bedachte Mienenspiel – nicht sehr attraktiv.

Ihr war ein Aussehen wie Arthurs lieber. Die Zurückhaltung, die Würde seiner dunklen Anzüge, die manche Leute als arrogant empfanden und die auf sie bewundernswert und unschuldig wirkten.

»Ich hab immer das Eis brechen wollen«, sagte er. »Ich hätte gern mit Ihnen gesprochen. Ich hätte wenigstens vorbeikommen und Auf Wiedersehen sagen sollen. Die Gelegenheit wegzugehen ergab sich so plötzlich.«

Louisa hatte keine Ahnung, was sie darauf sagen sollte. Er

seufzte. Er sagte: »Sie müssen mir böse gewesen sein. Sind Sie mir immer noch böse?«

»Nein«, sagte sie und fiel lächerlicherweise auf die üblichen Höflichkeiten zurück. »Wie geht es Grace? wie geht es Ihrer Tochter? Lillian?«

»Grace geht es nicht so gut. Sie hatte Arthritis. Und ihr Gewicht hilft nicht gerade. Lillian geht's gut. Sie ist verheiratet, aber sie unterrichtet weiterhin an der High-School Mathematik. Nicht gerade das Übliche für eine Frau.«

Wie hätte Louisa es anfangen sollen, die Dinge richtig richtigzustellen? Konnte sie sagen: Nein, Ihre Frau Grace hat im Krieg wieder geheiratet, sie hat einen Farmer geheiratet, einen Witwer.

Bis dahin kam sie einmal die Woche zum Putzen zu uns ins Haus. Mrs. Feare war zu alt geworden. Und Lillian hatte nie die High-School zu Ende gemacht, wie konnte sie da High-School-Lehrerin sein? Sie hat jung geheiratet, sie hat ein paar Kinder bekommen, sie arbeitet in der Drogerie. Sie hatte Ihre Größe und Ihre Haare, blond gefärbt. Ich habe sie oft angeschaut und gedacht, sie müsse Ihnen ähnlich sehen. Als sie noch ein Kind war, habe ich ihr die Sachen geschenkt, aus denen meine Stieftochter herausgewachsen war.

Statt dessen sagte sie: »Die Frau im grünen Kleid – das war also nicht Lillian?«

»Nancy? Oh, nein! Nancy ist mein Schutzengel. Sie merkt sich, wo ich hin muß und wann, ob ich meine Rede dabei habe und was ich esse und trinke und ob ich meine Tabletten genommen habe. Ich neige zu hohem Blutdruck. Nichts wirklich Ernstes. Aber ich lebe nicht gesund. Ich bin ständig unterwegs. Heute abend muß ich von hier nach Ottawa fliegen, morgen habe ich dort eine schwierige Sitzung, morgen abend muß ich zu irgendeinem Bankett.«

Louisa fühlte sich genötigt zu sagen: »Sie wußten, daß ich geheiratet habe? Ich habe Arthur Doud geheiratet.«

Sie meinte, eine gewisse Überraschung in seinem Gesicht zu erkennen. Aber er sagte: »Ja, das hatte ich gehört. Ja.«

»Wir haben auch hart gearbeitet«, sagte Louisa standhaft. »Arthur ist vor sechs Jahren gestorben. Wir haben die Fabrik die ganzen dreißiger Jahre nicht zugemacht, auch wenn wir manchmal bloß noch drei Leute hatten. Wir hatten kein Geld für Reparaturen, und ich weiß noch, wie ich die Markisen für das Büro aufgeschnitten habe, damit Arthur mit ihnen auf eine Leiter klettern und das Dach flicken konnte. Wir versuchten alles herzustellen, was uns einfiel. Sogar Freiluft-Bowlingbahnen für diese Vergnügungsanlagen. Dann kam der Krieg, und wir kamen kaum noch mit. Wir konnten so viele Klaviere verkaufen, wie wir bauen konnten, aber wir bauten zusätzlich Radarbehälter für die Navy. Ich blieb während der ganzen Jahre im Büro.«

»Das muß eine Umstellung gewesen sein«, sagte er mit einer Stimme, die taktvoll klang. »Eine Umstellung von der Bücherei.«

»Arbeit ist Arbeit«, sagte sie. »Ich arbeite immer noch. Meine Stieftochter Bea ist geschieden, sie macht mir schlecht und recht den Haushalt. Mein Sohn hat endlich fertig studiert – er soll sich in den Betrieb einarbeiten, aber er findet jeden Nachmittag eine Ausrede, um vorzeitig Feierabend zu machen. Wenn ich zum Abendessen nach Hause komme, bin ich zum Umfallen müde, und ich höre das Eis in ihren Gläsern klimpern und sie hinter der Hecke lachen. Oh, Mud, sagen sie, wenn sie mich sehen, ach, arme Mud, komm, setz dich zu uns, wir holen dir was zu trinken! Sie nennen mich Mud, weil mein Sohn mich so genannt hat, als er klein war. Aber sie sind beide keine kleinen Kinder mehr. Das Haus ist kühl, wenn ich heimkomme – es ist ein wunderschönes Haus, wie Sie vielleicht noch wissen, in drei Schichten gebaut, wie eine Hochzeitstorte. Mosaikfliesen in der Eingangshalle. Aber ich denke immer an die Fabrik, damit habe ich den Kopf voll. Was müssen wir tun, um uns über Wasser zu halten? Es gibt in Kanada jetzt nur noch fünf Fabriken, in denen Klaviere gebaut werden, und davon sind drei in Quebec, wo die Arbeitskräfte billig sind. Aber das wissen Sie zweifellos alles. Wenn ich mich in Gedanken mit Arthur bespreche, geht es immer um das gleiche Thema. Er ist mir immer noch sehr nahe, aber eine mystische Verbindung kann man es kaum nennen. Man sollte doch meinen, wenn man älter wird, füllt sich der Verstand mit dem, was man gemeinhin die spirituelle Seite der Dinge nennt, aber meiner scheint nur immer praktischer zu werden, immer nur Dinge zu klären. Aber was soll ich das alles einem Toten erzählen.«

Sie hielt inne, sie war verlegen. Aber sie war nicht sicher, ob er alles mit angehört hatte, ja, sie war nicht einmal sicher, ob sie wirklich alles ausgesprochen hatte.

»Was mir zuerst geholfen hat –«, sagte er. »Die eigentliche Starthilfe für alles, was ich später geschafft habe, war die Bücherei. Deshalb habe ich Ihnen einiges zu verdanken.«

Er legte die Hände auf die Knie, ließ den Kopf sinken.

»Ach, Quatsch«, sagte er.

Er stöhnte und stieß dann ein Lachen aus.

»Mein Vater«, sagte er, »an meinen Vater werden Sie sich nicht erinnern?«

»Oh, doch.«

»Na. Manchmal denke ich, er hatte die richtige Einstellung.«

Dann hob er den Kopf, schüttelte ihn und erklärte kategorisch: »Liebe vergeht nicht.«

Sie reagierte ungeduldig und fast beleidigt. Das kommt dabei heraus, beim ständigen Redenhalten, dachte sie, ein Mensch, der solche Dinge sagen kann. Liebe vergeht ständig, oder auf jeden Fall wird sie abgelenkt, überlagert – und kann dann ebensogut tot sein.

»Arthur kam damals und setzte sich in die Bücherei«, sagte sie. »Anfangs fühlte ich mich von ihm sehr provoziert. Ich schaute ihm von hinten aufs Genick und dachte: Ha, was würdest du sagen, wenn dich da ein harter Gegenstand träfe! Das dürfte Ihnen kaum einleuchten. Das kann Ihnen nicht einleuchten. Und dann stellte sich heraus, daß ich etwas ganz anderes wollte. Ich wollte ihn heiraten und ein normales Leben beginnen.

Ein normales Leben«, wiederholte sie – und es erfaßte sie eine Art Schwindel, eine weitherzige Vergebung der Torheit, die auf der Haut ihrer fleckigen Hand prickelte, in ihren welken dicken Fingern, die nicht weit von seinen lagen, auf der Sitzfläche des Stuhls zwischen ihnen. Ein amouröses Auflodern der Zellen, alter Intentionen. Nein, vergeht nie.

Über den Kieshof näherte sich eine Schar sonderbar gekleideter Menschen. Sie bewegten sich alle zusammen, ein Klumpen Schwarz. Die Frauen zeigten ihr Haar nicht – ihre Köpfe waren von schwarzen Schals oder Hauben bedeckt. Die Männer trugen breitkrempige Hüte und schwarze Hosenträger. Die Kinder waren genauso angezogen wie ihre Eltern, bis hin zu den Hauben und Hüten. Wie heiß ihnen in diesen Sachen sein mußte – wie überhitzt und staubig und argwöhnisch und scheu sie wirkten.

»Die Märtyrer von Tolpuddle«, sagte er mit sanft scherzender, resignierter und mitfühlender Stimme. »Ah, ich glaube, da muß ich mal hin. Ich muß da kurz hin und ein paar Worte mit ihnen wechseln.«

Diese Andeutung von Witz, das unsichere Entgegenkommen ließen sie an einen andern denken. An wen? Als sie seine breiten Schultern von hinten sah und das breite, flache Gesäß, fiel es ihr ein.

Jim Frarey.

Oh, was für ein Streich wurde ihr da gespielt, oder was für einen Streich spielte sie sich selber! Jetzt reichte es aber. Sie richtete sich abrupt auf, die schwarzen Kleider vor ihr verschmolzen zu einer Pfütze. Ihr war schwindlig, und sie fühlte sich erniedrigt. Schluß jetzt.

Doch nicht ganz schwarz in schwarz, jetzt, da sie näher kamen. Sie konnte Dunkelblau erkennen, das waren die Hemden der Männer, und Dunkelblau und Violett in einigen der Frauenkleider. Sie konnte Gesichter erkennen – die der Männer hinter Bärten, die der Frauen in ihren tiefrandigen Hauben. Und da ging ihr auf, was es für Leute waren. Es waren Mennoniten.

Jetzt lebten Mennoniten in diesem Teil des Landes, wo früher nie welche gelebt hatten. Es gab einige bei Bondi, einem Dorf nördlich von Carstairs. Sie würden mit dem selben Bus heimfahren wie sie.

Er war nicht bei ihnen und auch nirgends mehr zu sehen.

Ein Verräter, ein hoffnungsloser Verräter. Ein Vertreter.

Sobald ihr klar war, daß es sich um Mennoniten handelte und nicht um irgendwelche verlorenen unidentifizierbaren Fremden, sahen die Leute nicht mehr so scheu und bedrückt aus. Ja, sie wirkten recht munter, sie reichten eine Bonbontüte herum, die Erwachsenen aßen mit den Kindern Bonbons. Sie ließen sich um sie herum auf den Stühlen nieder.

Kein Wunder, daß sie das Gefühl hatte, vor Nässe zu kleben. Sie war unter eine Welle geraten, die niemand anders bemerkt hatte. Man konnte über das Geschehene sagen, was man wollte – es lief darauf hinaus, daß sie unter eine Welle geraten war. Sie war druntergeraten und hindurchgetaucht und hatte nun einen kalten Glanz auf der Haut, ein Pochen in den Ohren, ein Loch in der Brust, und ihr Magen rebellierte. Was sie bedrohte, war Anarchie – allverschlingende Konfusion. Plötzliche Löcher und Stegreiftricks und herrliche, verschwindende Gesten des Trostes.

Aber dieses mennonitische Umherrücken und Sichsetzen ist ein Segen. Das Plumpsen von Hintern auf den Stühlen, das Knistern der Bonbontüte, das meditative Lutschen und die leisen Gespräche. Ohne Louisa anzuschauen, hält ihr ein kleines Mädchen die Tüte hin, und Louisa nimmt einen Karamellminzbonbon. Sie ist überrascht, daß sie es in die Hand nehmen kann, daß ihre Lippen ein Dankeschön formen, und daß sie dann in ihrem Mund genau den Geschmack spürt, auf den sie gewartet hat. Sie lutscht ihn, wie sie die ihren, ohne Eile, und gestattet dem Geschmack, ihr einen gewissen Bestand zu verheißen.

Lampen sind angegangen, obwohl es noch nicht Abend ist. In den Bäumen über den Holzstühlen hat jemand Schnüre mit kleinen bunten Birnen aufgespannt, die sie bis jetzt nicht bemerkt hat. Sie erinnern sie an Feste. Karneval. Boote mit Sängern auf dem See.

»Wo sind wir hier?« fragte sie die Frau neben sich.

Louisa war just an dem Tag, als Miss Tamblyn starb, im Commercial Hotel abgestiegen. Sie war damals Handlungsreisende für eine Firma, die Hüte, Schleifen, Taschentücher sowie Borten und Damenunterwäsche an Einzelhändler vertrieb. Sie hörte im Hotel davon reden, und ihr kam der Gedanke, daß die Stadt bald eine neue Bibliothekarin brauchen würde. Sie wurde es ausgesprochen leid, ihre Warenkoffer in den Zug zu hieven und wieder hinaus, ihre Waren in Hotels vorzuführen, sie aus- und wieder einzupacken. Sie ging sofort los, um mit den Leuten zu reden, die die Bücherei verwalteten. Ein Mr. Doud und ein Mr. Macleod. Sie hatten Namen wie Varietékünstler, sahen aber nicht so aus. Die Bezahlung war schlecht, aber sie hatte auch von den Provisionen nur mehr schlecht als recht leben können. Sie erzählte ihnen, sie habe in Toronto ihren High-School-Abschluß gemacht und bei Eaton in der Buchabteilung gearbeitet, bevor sie Handlungsreisende wurde. Sie hielt es nicht für nötig, ihnen zu sagen, daß sie dort nur fünf Monate gearbeitet hatte, bis man feststellte, daß sie Tbc hatte, und daß sie danach vier Jahre in einem Sanatorium verbracht hatte. Sie war ohnehin von der Tbc geheilt, die Flecken waren trocken.

Das Hotel gab ihr eines der Zimmer für Dauergäste, im zweiten Stock. Sie hatte einen Blick über die Dächer hinweg auf die schneebedeckten Hügel. Carstairs lag in einem Flußtal. Das Städtchen hatte drei- oder viertausend Einwohner und eine lange Hauptstraße, die bergab über den Fluß führte und dann wieder bergauf. Es gab eine Klavier- und Orgelfabrik.

Die Häuser waren für die Ewigkeit gebaut, die Gärten waren weitläufig, und die Straßen waren von großen Ulmen und Ahornbäumen gesäumt. Sie war noch nie hier gewesen, wenn die Bäume Blätter hatten. Dann mußte es ganz anders aussehen. So vieles, das jetzt offen dalag, würde dann verborgen sein.

Sie freute sich über den neuen Anfang, sie war still und dankbar gestimmt. Sie hatte schon früher neue Anfänge gemacht, ohne daß sich das verwirklicht hatte, was sie sich erhoffte, aber sie vertraute der schnellen Entscheidung, der unvorhergesehenen Wende, der Einzigartigkeit ihres Geschicks.

Die Stadt war von dem Geruch nach Pferden erfüllt. Als der Abend kam, zogen große Pferde mit Scheuklappen und federgeschmückten Hufen die Schlitten über die Brücke, am Hotel vorbei, über die Straßenbeleuchtung hinaus, die dunklen Seitenstraßen hinunter. Irgendwo draußen auf dem Land hörten sie dann die Glocken der andern nicht mehr.

Ein richtiges Leben

Ein Mann kam und verliebte sich in Dorrie Beck. Zumindest wollte er sie heiraten. Wirklich und wahrhaftig.

»Wenn ihr Bruder noch am Leben wäre, hätte sie niemals heiraten müssen«, sagte Millicent. Was wollte sie damit sagen? Nichts, wofür man sich zu schämen hätte. Und auch nichts, was mit Geld zu tun hatte. Sie wollte sagen, zwischen ihnen habe Liebe geherrscht, man habe es sich nett gemütlich gemacht, und in dem armseligen, ziemlich nutzlosen Leben, das Dorrie und Albert zusammen führten, habe Einsamkeit keine Bedrohung dargestellt. Die in mancher Hinsicht clevere und praktische Millicent war in anderer Hinsicht unverbesserlich sentimental. Sie glaubte unverzagt an die besondere Süße von Zuneigung, die ohne Sex auskam.

Sie meinte, es müsse die Art gewesen sein, wie Dorrie mit Messer und Gabel umging, die den Mann bezaubert hatte. Denn sie aß damit wahrhaftig genauso wie er. Dorrie hielt die Gabel in der Linken und benutzte die rechte Hand nur zum Schneiden. Sie wechselte die Gabel nicht in einem fort von der linken in die rechte Hand, um damit zu essen. Das kam daher, weil sie als junges Mädchen das Whitby Ladies College besucht hatte. Ein letzter Effekt des Beckschen Geldes. Was sie sich dort außerdem angeeignet hatte, war eine wunderschöne Handschrift, und auch die mochte die Liebe gefördert haben, da das Paar sich nach der ersten Begegnung anscheinend nur noch per Briefwechsel umworben hatte. Millicent liebte den Klang von Whitby Ladies *College*, und sie hegte – ohne daß jemand davon wußte – den Plan, eines Tages ihre eigene Tochter dort hinzuschicken.

Auch Millicent war keine ungebildete Frau. Sie war Lehrerin gewesen. Sie hatte zwei ernsthafte Anwärter abgewiesen – einen, weil sie seine Mutter nicht ausstehen konnte, einen, weil er ihr seine Zunge in den Mund zu stecken versuchte –, bevor sie Porters Antrag annahm, der neunzehn Jahre älter war als sie. Er besaß drei Farmen, und er versprach ihr ein Badezimmer, bevor das Jahr um war, sowie Eßzimmermöbel und eine Chesterfieldsofagarnitur. An ihrem Hochzeitsabend sagte er: »Jetzt mußt du's nehmen, wie es kommt«, aber sie wußte, daß es nicht unfreundlich gemeint war.

Das war 1933.

Sie brachte drei Kinder zur Welt, ziemlich schnell hintereinander, und nach dem dritten entwickelte sie ein paar Zipperlein. Porter hatte den Anstand, sie von da an meistens in Ruhe zu lassen.

Das Haus der Becks lag auf Porters Land, aber er war nicht derjenige gewesen, der ihren Hof aufgekauft hatte. Er kaufte Dorries und Alberts Haus von dem Mann, der es ihnen abgekauft hatte. Demnach wohnten sie praktisch in ihrem alten Haus bei Porter zur Miete. Aber Geld kam nicht ins Bild. Als Albert noch lebte, war er immer zur Stelle, wenn wichtige Aufgaben zu erledigen waren – als sie den Zementboden in der Scheune gossen oder wenn sie das Heu einfuhren. Bei diesen Anlässen war Dorrie mitgekommen, und auch wenn Millicent ein Kind bekam oder den Hausputz machte. Sie besaß die Kraft, bemerkenswert schwere Möbel zu rücken, und traute sich manche Männerarbeit zu, wie das Einsetzen der Sturmfenster. Zu Beginn einer schweren Arbeit – zum Beispiel wenn sie in einem ganzen Zimmer die Tapeten abreißen wollten – streckte sie die Schultern und holte tief und glücklich Luft. Sie glühte vor Entschlossenheit. Sie war eine große, kernige Frau mit kräftigen Beinen, kastanienbraunen Haaren, einem breiten schüchternen Gesicht und dunklen Sommersprossen, die wie Samtpünktchen waren. Ein Mann in der Gegend hatte ein Pferd nach ihr benannt.

Trotz ihrer Freude am Putzen gab sich Dorrie bei sich daheim nicht viel damit ab. Das Haus, in dem sie und Albert gewohnt hatten – in dem sie nach seinem Tod allein lebte –, war groß und großzügig angelegt, aber praktisch ohne Möbel. Möbel kamen in Dorries Gesprächen vor – das Eichenbuffet, Mutters Kleiderschrank, das gedrechselte Bett –, aber an die Erwähnung war jedesmal der Satz geknüpft: »Das ist bei der Auktion weggegangen.« Die Auktion klang wie eine Naturkatastrophe, so etwas wie ein Hochwasser und ein Wirbelsturm zusammen, über das sich zu beschweren sinnlos wäre. Ihnen waren auch keine Teppiche geblieben, und keine Bilder. An der Wand hing nur der Kalender von Nunns Lebensmittelgeschäft, wo Albert früher gearbeitet hatte. Durch das Fehlen solcher gewohnter Dinge – und das Vorhandensein anderer, wie der Fallen und Gewehre, und der Bretter, auf die Dorrie Kaninchen- und Bisamfelle spannte – hatten die Zimmer ihren Charakter verloren, und die Vorstellung, sie sauberzumachen, wirkte albern. Einmal, im Sommer, entdeckte Millicent einen Hundehaufen oben an der Treppe. Sie entdeckte ihn nicht, als er frisch war, aber er war frisch genug, um wie ein Affront zu wirken. Den Sommer über wandelte er sich von braun zu grau. Er wurde steinern, würdig, beständig – und Millicent fand zu ihrer Verwunderung immer weniger Grund, ihn als irgend etwas anderes zu sehen als etwas, das ein Recht hatte, da zu sein.

Delilah war der für den Haufen verantwortliche Hund. Sie war schwarz, ein Labradorbastard. Sie jagte Autos, und dabei sollte sie irgendwann ihren Tod finden. Seit Alberts Tod waren sie und Dorrie vielleicht ein wenig neben der Spur. Aber keinesfalls so, daß man es ihnen gleich anmerkte. Zuerst war es nicht mehr, als daß es keinen Mann gab, der nach Hause kam, und deshalb keine feste Zeit zum Essenmachen. Es gab keine Männersachen zu waschen – so daß die Idee regelmäßiger Waschtage entfiel. Niemand zum Reden, so daß Dorrie mehr mit Millicent oder mit beiden, Millicent und Porter, redete. Sie redete über Albert und seine Arbeit, die darin bestanden hatte, mit Nunns Lieferwagen und später mit ihrem Laster die ganze Gegend abzufahren. Er hatte studiert, er war kein Dummkopf, aber als er aus dem Großen Krieg heimkehrte, war er gesundheitlich nicht auf der Höhe und dachte, es würde ihm guttun, viel an der Luft zu sein, und ließ sich deshalb als Fahrer bei Nunn einstellen, wo er bis zu seinem Tod blieb. Er nahm Leute mit, die in die Stadt wollten. Er fuhr Patienten aus dem Krankenhaus heim. Er hatte eine verrückte Frau auf seiner Strecke, und als er einmal ihre Einkäufe aus dem Laster holte, verspürte er plötzlich den Drang sich umzudrehen. Sie hob gerade ein Beil, um ihm den Schädel zu spalten. Sie hatte sogar schon ausgeholt, und als er außer Reichweite sprang, mußte sie weiterschwingen und hackte sauber in die Kiste mit den Lebensmitteln, wo sie ein Pfund Butter entzweihieb. Er belieferte sie weiter, weil er nicht das Herz hatte, sie bei der Polizei anzuzeigen, die sie in die Anstalt einliefern würde. Sie nahm nie wieder das Beil in die Hand, schenkte ihm aber Küchlein, die mit giftig aussehenden Samen bestreut waren und die er am Ende der Einfahrt ins Gras warf. Andere Frauen, mehr als eine, hatten ihm nackt die Tür aufgemacht. Eine erhob sich aus einer Wanne mit Badewasser mitten auf dem Küchenfußboden, und Albert verbeugte sich tief und legte ihr die Einkäufe zu Füßen. Dazu sagte Dorrie: »Sind manche Leute nicht komisch?« Und dann erzählte sie weiter von einem Junggesellen, dessen Haus so von Ratten überlaufen war, daß er seine Lebensmittel in einem Sack an den Küchenbalken aufhängen mußte. Aber die Ratten liefen über die Balken und sprangen auf den Sack und klaubten ihn auf, und der Kerl war schließlich gezwungen, seine Lebensmittel alle mit ins Bett zu nehmen.

»Albert sagte immer, Leute, die allein leben, sind zu bedauern«, sagte Dorrie – als begriffe sie nicht, daß sie jetzt auch allein lebte. Albert war an Herzversagen gestorben – er hatte gerade noch Zeit gehabt, rechts ranzufahren und den Motor auszustellen. Er starb an einem wunderhübschen Flecken, wo

Färbereichen im Tiefland wuchsen und ein frischer, klarer Bach neben der Straße floß.

Dorrie erwähnte andere Dinge, die Albert ihr über die Becks in alten Zeiten erzählt hatte. Wie sie mit dem Floß den Fluß hinaufgekommen waren, zwei Brüder aus der Familie, und am Big Bend eine Mühle gebaut hatten, als es dort noch nichts gab außer wildem Wald. Und jetzt wieder nichts, bis auf die Ruinen ihrer Mühle und ihres Wehrs. Die Farm hatte nie zum Lebensunterhalt gedient, sondern war als Hobby nebenbei eingerichtet worden, als sie das große Haus bauten und die Möbel aus Edinburgh kommen ließen. Die Betten, die Stühle, die geschnitzten Truhen, die in der Auktion weggingen. Sie schifften sie allesamt um Kap Horn, sagte Dorrie, und dann über den Huronsee und den Fluß hinauf. Ach, Dorrie, sagte Millicent, das ist unmöglich, und sie holte das Erdkundebuch aus der Schule vor, das sie behalten hatte, und zeigte ihr, warum. Dann muß es ein Kanal gewesen sein, sagte Dorrie. Ich erinnere mich an einen Kanal. Der Panama-Kanal? Wahrscheinlich eher der Erie-Kanal, sagte Millicent.

»Ja«, sagte Dorrie. »Um Kap Horn und dann in den Erie-Kanal.«

»Dorrie ist eine echte Dame, egal was die Leute sagen«, bemerkte Millicent zu Porter, der keinen Einwand machte. Er war ihre absoluten persönlichen Urteile gewohnt. »Sie ist hundertmal mehr eine Dame als Muriel Snow«, sagte Millicent und nannte damit die Person, die man wohl als ihre beste Freundin bezeichnen konnte. »Das sage ich, und ich liebe Muriel Snow von Herzen.«

Auch das war Porter zu hören gewohnt.

»Ich liebe Muriel Snow von Herzen, und ich würde jederzeit für sie einstehen«, pflegte Millicent zu sagen. »Ich liebe Muriel Snow, aber das heißt nicht, daß ich alles billige, was sie *tut*.«

Sie rauchte. Und sie sagte verdammt und Herrgott, und *pupen. Da hätte ich mir fast in die Hose gepupt.*

Muriel Snow war nicht Millicents erste Wahl gewesen, als sie eine beste Freundin suchte. In den frühen Tagen ihrer Ehe hatte sie ihre Hoffnungen hoch gesteckt. Die Anwaltsfrau Mrs. Nesbitt. Die Arztfrau Mrs. Finnegan. Mrs. Doud. Die ließen sie im sozialen Frauenverein der Kirche die Drecksarbeit machen, aber zu ihren Teeparties luden sie sie nicht ein. Sie betrat ihre Häuser nie, es sei denn zu Versammlungen. Porter war ein Farmer. Ganz gleich wie viele Farmen er hatte, ein Farmer. Das hätte ihr klar sein müssen.

Sie lernte Muriel kennen, als sie beschloß, daß ihre Tochter Betty Jean Klavierstunden nehmen sollte. Muriel war die Musiklehrerin. Sie gab in den Schulen und bei Privatfamilien Unterricht. Da die Zeiten schlecht waren, nahm sie nur zwanzig Cents die Stunde. Sie spielte die Orgel in der Kirche und fungierte als Leiterin einiger Chöre, aber teils ohne Entgelt. Sie und Millicent verstanden sich so gut, daß sie bald so oft bei Millicent war wie Dorrie, wenn auch auf ganz anderer Basis.

Muriel war über dreißig und noch unverheiratet. Ihr Heiratswunsch war etwas, das sie offen zur Sprache brachte, im Scherz und in Form von Klagen, vor allem wenn Porter dabei war. »Kennst du keine Männer, Porter?« fragte sie dann. »Nur einen einzigen anständigen Mann, den du für mich ausgraben könntest?« Porter antwortete meist, möglich wäre das schon, aber wer weiß, ob sie ihn dann überhaupt anständig fände. Im Sommer fuhr Muriel immer zu einer Schwester in Montreal, und einmal fuhr sie zu Verwandten in Philadelphia, die sie gar nicht persönlich kannte, nur aus Briefen. Das erste, wovon sie bei der Rückkehr berichtete, war die Männersituation.

»Schrecklich. Sie haben allesamt jung geheiratet, sie sind Katholiken, und die Frauen sterben nie – sie sind zu sehr damit beschäftigt, Kinder zu kriegen.

Ach, sie hatten schon einen für mich arrangiert, aber ich merkte gleich, daß nichts daraus werden konnte. Er war einer von diesen Muttersöhnchen.

Einen hab ich immerhin kennengelernt, aber der hatte einen schrecklichen Fehler. Er schnitt sich nie die Fußnägel. Große gelbe Fußnägel. Na? Willst du mich nicht fragen, woher ich das weiß?«

Muriel war immer in Blautönen gekleidet. Eine Frau sollte sich eine Farbe aussuchen, die ihr wirklich steht, und dann immer nur die tragen, sagte sie. Wie das Parfum. Es sollte dein Erkennungszeichen sein. Blau werde weithin für eine Farbe gehalten, die Blondinen gut stehe, aber das sei ein Irrtum. Blau mache eine Blondine oft noch blasser, als sie ohnehin schon sei. Es passe am besten zu einem warmen Hautton wie Muriels – einer Haut, die schnell braun wurde und die Bräune nie ganz verlor. Es passe zu braunen Haaren und braunen Augen, ebenfalls wie ihren. An Kleidung sparte sie nie – das sei ein Fehler. Ihre Fingernägel waren immer lackiert – mit einer kräftigen Kontrastfarbe, in Apricot oder Blutrubin oder sogar Gold. Sie war klein und rundlich, sie machte Gymnastik, um ihre schlanke Taille zu behalten. Sie hatte einen dunklen Leberfleck vorne am Hals, wie ein Edelstein an einer unsichtbaren Kette, und einen zweiten wie eine Träne im einen Augenwinkel.

»Das Wort für dich ist nicht hübsch«, sagte Millicent eines Tages zu ihrer eigenen Überraschung. »Sondern *betörend.*« Dann errötete sie über ihre Schmeichelei, weil sie wußte, daß es kindisch und übertrieben klang.

Auch Muriel wurde ein wenig rot, aber vor Freude. Sie sog Bewunderung begierig auf, ja suchte sie nachgerade offen. Einmal schaute sie auf dem Weg zu einem Konzert in Walley vorbei, von dem sie sich einen Erfolg erhoffte. Sie trug ein Kleid, das eisblau schillerte.

»Und das ist noch nicht alles«, sagte sie. »Alles, was ich anhabe, ist neu, und alles aus Seide.«

Es war nicht wahr, daß sie nie einen Mann fand. Sie fand recht häufig einen, aber kaum jemals einen, den sie zum Abendessen mitbringen konnte. Sie fand sie an anderen

Orten, in die sie mit ihren Chören zu Gruppenkonzerten fuhr, in Toronto bei Klavierabenden, zu denen sie manchmal vielversprechende Schüler mitnahm. Manchmal fand sie welche in den Häusern der Schüler selbst. Sie waren die Onkel, die Väter, die Großväter, und sie wollten nicht zu Millicent hereinkommen, sondern nur – die einen flüchtig, die andern verwegen – aus dem wartenden Auto winken, weil sie verheiratet waren. Mit einer bettlägerigen Frau, einer trinkenden Frau oder einer bösen Xanthippe? Mag sein. Manchmal blieb sie unerwähnt – die Frau als Gespenst. Die Männer begleiteten Muriel zu Musikabenden, da Liebe zur Musik sich als Ausrede anbot. Manchmal hatten sie sogar ein Kind, das vorspielte, als Anstandswauwau dabei. Sie luden Muriel in entfernten Städten zum Essen im Restaurant ein. Sie wurden als Freunde bezeichnet. Millicent nahm sie in Schutz. Wem konnte es schaden, wenn es alles so offen geschah? Aber so war es nicht, nicht ganz, und endete dann doch eines Tages mit Mißverständnissen, bösen Worten, Gemeinheiten. Und einer Verwarnung vom Schulamt. Miss Snow wird sich bessern müssen. Ein schlechtes Vorbild. Eine Ehefrau am Telephon. Miss Snow, leider werden wir die Klavierstunden kündigen ... Oder einfach Schweigen. Eine nicht eingehaltene Verabredung, eine Nachricht ohne Antwort, ein nie wieder zu erwähnender Name.

»Ich erwarte nicht sehr viel«, sagte Muriel. »Ich erwarte von einem Freund, daß er sich wie ein Freund verhält. Dann verduften sie beim ersten Anzeichen von dicker Luft, nachdem sie erst behauptet haben, sie würden immer zu mir stehen. Warum tun sie das?«

»Ja, weißt du, Muriel«, sagte Millicent einmal, »Freunde haben, ist gut und schön, aber verheiratet ist verheiratet.«

Da explodierte Muriel und meinte, Millicent denke das Schlimmste von ihr wie alle andern Leute auch; und durfte sie sich denn nie amüsieren, einfach unschuldig amüsieren? Sie warf die Tür ins Schloß und fuhr mit ihrem Auto über die

Kallas, gewiß mit Absicht. Einen Tag lang war Millicents Gesicht vom Weinen geschwollen. Aber die Feindschaft hielt nicht an, und Muriel kam wieder, ebenfalls in Tränen, und nahm alle Schuld auf sich.

»Ich war von Anfang an dumm«, sagte sie und ging in die gute Stube, um Klavier zu spielen. Mit der Zeit wurde Millicent das Muster vertraut. Wenn Muriel glücklich war oder einen neuen Freund hatte, spielte sie traurige, zärtliche Lieder wie »Die Blumen im Walde«. Oder:

»Sie zog sich an die Männertracht,
Und lustig bunt war sie –«

Und wenn sie enttäuscht war, haute sie hart und schnell in die Tasten und sang höhnisch:

»Hey, Johnny Cope, wach endlich auf«

Manchmal lud Millicent Leute zum Essen ein (aber nicht die Finnegans oder die Nesbitts oder die Douds), und dann lud sie auch gern Dorrie und Muriel ein. Dorrie half ihr hinterher, die Töpfe und Pfannen zu spülen, und Muriel konnte auf dem Klavier zur Unterhaltung beitragen.

Sie lud den anglikanischen Pfarrer zu Sonntag nach dem Abendgottesdienst ein, und er solle den Freund mitbringen, der, wie sie gehört habe, bei ihm wohne. Der anglikanische Pfarrer war Junggeselle, aber Muriel hatte ihn schon bald aufgegeben. Weder Fisch noch Fleisch, sagte sie. Schade. Millicent mochte ihn, in erster Linie seiner Stimme wegen. Sie war anglikanisch aufgewachsen, und obwohl sie zur United Church übergetreten war, zu der sich Porter, wie er sagte, bekannte (wie alle andern, wie alle wichtigen und angesehenen Leute der Stadt), waren ihr die anglikanischen Bräuche immer noch lieber. Der Abendgottesdienst, die Kirchglocke, der Chor, der so feierlich, wie es eben ging, singend den Mittelgang hinunterschritt – anstatt daß alle bloß ungeordnet hereindrängten und sich setzten. Am meisten liebte sie die Worte. *Doch bitten wir dich, o Herr, sei uns armen Sündern gnädig. Verschone die, o Herr, die sich zu ihren Verfehlungen bekennen. Hilf denen, die Reue zeigen, wie du es versprochen hast …*

Porter begleitete sie einmal und fand es furchtbar.

Die Vorbereitungen für dieses Abendessen waren beträchtlich. Alles wurde vorgeholt: die Damastdecke, der silberne Vorlegelöffel, die schwarzen Dessertteller mit handgemalten Stiefmütterchen. Die Tischdecke mußte gebügelt und das Silber mußte poliert werden, und dann blieb die Sorge, daß eine kleine Spur Politur übersehen wurde, ein grauer Schmier auf den Gabelzinken oder in den Weintrauben am oberen Rand der Hochzeitsteekanne. Millicent war Sonntag den ganzen Tag zwischen Vorfreude und Gequältheit, Hoffnung und Spannung zerrissen. Die Dinge, die schiefgehen konnten, wurden ständig mehr. Die Zitronencreme würde womöglich nicht fest werden (sie besaßen noch keinen Kühlschrank und mußten im Sommer Sachen kühlen, indem sie sie im Keller auf den Fußboden stellten). Der Biskuitkuchen würde womöglich nicht in seiner ganzen Herrlichkeit aufgehen. Und wenn er aufging, wurde er womöglich trocken. Die Hefebrötchen würden womöglich nach stockigem Mehl schmecken, oder aus dem Salat konnte ein Käfer krabbeln. Um fünf Uhr war sie vor Spannung und Sorge so aufgelöst, daß sich niemand bei ihr in der Küche aufhalten konnte. Muriel war früher gekommen, um zu helfen, aber sie hatte die Kartoffeln nicht fein genug geschnetzelt und es geschafft, sich beim Möhrenreiben die Fingerknöchel aufzuschürfen, so daß sie beschimpft wurde, sie sei zu nichts nutze, und aus der Küche geschickt wurde, zum Klavierspielen.

Muriel war mit einem türkisen Crêpekleid herausgeputzt und duftete nach ihrem spanischen Parfum. Den Pfarrer hatte sie zwar abgeschrieben, aber seinen Gast kannte sie noch nicht. Ein Junggeselle vielleicht, oder ein Witwer, da er allein unterwegs war. Reich, sonst würde er nicht reisen, nicht so weit. Er komme aus England, sagten die Leute. Irgendwer hatte gesagt, nein, aus Australien.

Sie versuchte sich an den »Polowezer Tänzen«. Dorrie ließ auf sich warten. Dadurch wurde es eng. Der Salat mit Aspik mußte wieder in den Keller gebracht werden, da er sonst weich wurde. Die Hefebrötchen, die zum Warmhalten im Ofen standen, mußten herausgeholt werden, damit sie nicht zu hart wurden. Die drei Männer saßen auf der Veranda – dort sollte das Mahl eingenommen werden, als kaltes Buffet – und tranken sprudelnde Limonade. Millicent hatte in ihrer eigenen Familie gesehen, was Alkohol anrichtete – ihr Vater war seiner Trunksucht erlegen, als sie zehn war –, und sie hatte Porter das Versprechen abgenommen, daß er nie wieder einen Tropfen anrühren würde. Natürlich tat er es trotzdem – er hatte eine Flasche im Kornspeicher stehen –, blieb aber, wenn er trank, auf Abstand, und sie glaubte wahrhaftig, daß er das Versprechen gehalten hatte. Dies war seinerzeit ein relativ übliches Muster, zumindest unter den Farmern – Trinken in der Scheune, Abstinenz im Haus. Die meisten Männer hätten das Gefühl gehabt, daß mit einer Frau, die keine solche Vorschrift machte, etwas nicht stimmte.

Aber als Muriel mit ihren hohen Absätzen und ihrem aufreizenden Crêpe auf die Veranda kam, rief sie sofort: »Ach, mein Lieblingsgetränk! Gin mit Zitrone!« Sie nahm einen Schluck, zog eine Flunsch und schaute Porter an: »Schon wieder. Du hast wieder den Gin vergessen!« Dann wandte sie sich dem Pfarrer zu und fragte neckisch, ob er nicht einen Flachmann in der Tasche habe. Der Pfarrer reagierte galant oder vielleicht durch die Langeweile übermütig. Er sagte, er wünschte, ja.

Der Gast, der aufstand, um sich vorzustellen, war groß und dünn und bleich, mit einem Gesicht, das in Falten zu hängen schien, scharf geschnitten und melancholisch. Muriel gab sich nicht der Enttäuschung hin. Sie setzte sich neben ihn und versuchte lebhaft, ihn in ein Gespräch zu ziehen. Sie erzählte ihm von ihrem Musikunterricht und ging schonungslos mit den Chören und Musikern des Ortes zu Gericht. Auch die Anglikaner schonte sie nicht. Sie zog den Pfarrer und Porter auf und erzählte von der lebenden Henne, die während eines Konzerts in der Landschule über die Bühne gelaufen war.

Porter hatte seine Arbeiten früh erledigt, sich gewaschen und den guten Anzug angezogen, aber er schaute immer wieder unruhig zum Hof hin, als wäre ihm etwas eingefallen, das noch ungetan war. Eine Kuh brüllte laut auf der Weide, und schließlich entschuldigte er sich, um nachsehen zu gehen, was mit ihr war. Er stellte fest, daß sich ihr Kalb unglücklich im Drahtzaun verfangen und sich erwürgt hatte. Er erwähnte nichts von diesem Verlust, als er mit frisch gewaschenen Händen wiederkam. »Kalb im Zaun verfangen«, war alles, was er sagte. Aber er verknüpfte das Mißgeschick irgendwie mit dieser Lustbarkeit, mit den steifen Kleidern und dem Von-den-Knien-essen-müssen. Er fand das unnatürlich.

»Diese Kühe sind wie die Kinder«, sagte Millicent. »Immer brauchen sie zur falschen Zeit unsere Aufmerksamkeit!« Ihre eigenen, früher abgefütterten Kinder spähten durch das Treppengeländer, um zu sehen, wie die Speisen auf die Veranda getragen wurden. »Ich glaube, wir werden ohne Dorrie anfangen müssen. Ihr Männer müßt schon ganz verhungert sein. Dies ist nur ein einfaches kleines Buffet. Wir essen Sonntag abends manchmal gern draußen.«

»Zu Tisch, zu Tisch!« rief Muriel, die mitgeholfen hatte, die vielen Schüsseln herauszutragen – den Kartoffelsalat, Möhrensalat, Kohlsalat, den Salat mit Aspik, die gefüllten Eier, das kalte gebratene Hähnchen, die Lachspastete, die warmen Hefebrötchen und die Soßen. Als sie gerade alles hingestellt hatten, kam Dorrie um die Hausecke. Sie wirkte erhitzt von ihrem Gang über das Feld oder von einer Aufregung. Sie trug ihr gutes Sommerkleid, aus marineblauem

Organdy mit weißen Punkten und einem weißen Kragen, passend für ein kleines Mädchen oder eine alte Dame. Fäden hingen lose, wo sie die kaputte Spitze vom Kragen gerissen hatte, statt sie zu flicken, und trotz der Hitze blitzte ein Träger ihres Unterhemds aus einem Ärmel. Ihre Schuhe waren vor so kurzer Zeit so nachlässig geputzt worden, daß sie weiße Farbspuren im Gras hinterließen.

»Ich wäre rechtzeitig dagewesen«, sagte Dorrie, »aber ich mußte eine Wildkatze schießen. Sie streifte bei mir ums Haus und machte einen unglaublichen Radau. Ich war überzeugt, sie hatte Tollwut.«

Sie hatte sich das Haar naßgemacht und es mit Haarklemmen in Wellen gelegt. Damit und mit ihrem rosig glänzenden Gesicht sah sie aus wie eine Puppe mit Porzellankopf und -gliedern, die an einen fest mit Stroh ausgestopften Stoffkörper genäht waren.

»Zuerst dachte ich, sie sei vielleicht läufig, aber dann verhielt sie sich doch nicht so. Sie rieb sich nicht so mit dem Bauch am Boden, wie ich es sonst sehe. Und mir fiel auf, daß sie spuckte. Deshalb dachte ich, das einzig Richtige wäre, sie zu erschießen. Dann habe ich sie in einen Sack gesteckt und Fred Nunn angerufen, um ihn zu bitten, sie nach Walley zu bringen, zum Tierarzt. Ich möchte wissen, ob sie wirklich Tollwut hatte, und Fred ist jede Ausrede recht, um sich ins Auto zu setzen. Ich hab ihm gesagt, er soll den Sack einfach vor die Tür legen, wenn der Tierarzt Sonntag abend nicht zu Hause ist.«

»Was er wohl denkt, was da drin ist?« sagte Muriel. »Ein Geschenk?«

»Nein. Ich hab vorsichtshalber einen Zettel dran gesteckt. Sie hat eindeutig gespuckt und gesabbert.« Dorrie faßte sich ins Gesicht, um zu zeigen, wo der Sabber gewesen war. »Ich hoffe, Sie haben einen angenehmen Aufenthalt«, sagte sie zum Pfarrer, der seit drei Jahren im Ort war und der ihren Bruder begraben hatte.

»Mr. Speirs ist derjenige, der zu Besuch ist, Dorrie«, sagte Millicent. Dorrie nickte zur Begrüßung und zeigte sich von ihrem Fehler nicht peinlich berührt. Sie sagte, sie habe das Tier für eine Wildkatze gehalten, weil das Fell völlig verfilzt und verdreckt gewesen sei, und sie glaube, daß eine Wildkatze nicht in die Nähe eines Wohnhauses käme, wenn sie nicht tollwütig wäre.

»Aber ich werde vorsichtshalber eine Erklärung in die Zeitung setzen. Es sollte mir leid tun, wenn sie jemandem gehört. Ich hab vor drei Monaten selbst mein Haustier verloren – meine Hündin Delilah. Sie wurde von einem Auto überfahren.«

Es war seltsam, sich Dorries Hund als Haustier vorzustellen, die große schwarze Delilah, die mit ihr kreuz und quer durch die Gegend gesprungen und mit so wilder Freude über die Felder gehetzt war, um Autos anzugreifen. Dorrie hatte bei ihrem Tod nicht wehmütig gewirkt; sie hatte sogar gesagt, daß sie eines Tages damit gerechnet habe. Doch als sie jetzt hörte, wie sie »Haustier« sagte, dachte Millicent, sie verspüre vielleicht eine Trauer, die sie nicht zeigte.

»Kommen Sie, nehmen Sie sich, oder wir werden alle verhungern müssen«, sagte Muriel zu Mr. Speirs. »Sie sind der Gast, Sie müssen den Anfang machen. Wenn das Eigelb dunkel aussieht, dann nur von dem, was die Hennen gegessen haben – Sie werden sich nicht dran vergiften. Ich selbst habe die Möhren für den Salat gerieben, wenn Sie also ein bißchen Blut finden, dann nur, wo ich mir im Überschwang ein bißchen Haut von den Knöcheln abgerieben habe. Und jetzt sollte ich lieber den Mund halten, sonst bringt Millicent mich um.«

Denn Millicent lachte ungehalten und sagte: »Ach, ist es doch gar nicht! Ach, ist doch nicht wahr!«

Mr. Speirs hatte bei allem, was Dorrie sagte, aufmerksam zugehört. Vielleicht war Muriel deshalb so keß. Millicent dachte, Dorrie sei vielleicht etwas Neues für ihn, eine wilde kanadische Frau, die in der Gegend herumballerte. Wahrscheinlich studierte er sie, damit er nach Hause fahren und sie seinen Freunden in England beschreiben konnte.

Dorrie schwieg beim Essen, und sie langte tüchtig zu. Mr. Speirs aß auch viel – Millicent freute sich, das zu sehen –, und er schien ohnehin ein schweigsamer Mensch zu sein. Der Pfarrer hielt das Gespräch in Gang, indem er ein Buch beschrieb, das er gerade las. Es hieß *Der Oregon-Treck*.

»Schrecklich, die Entbehrungen«, sagte er.

Millicent sagte, sie habe davon gehört. »Ich habe Verwandte draußen in Oregon, aber ich weiß nicht mehr, in welcher Stadt«, sagte sie. »Ich frage mich, ob sie auf der selben Strecke nach Oregon gekommen sind.«

Der Pfarrer erwiderte, wenn sie vor hundert Jahren ausgezogen seien, dann höchstwahrscheinlich ja.

»Ach, ich glaube nicht, daß es so lange her ist«, sagte sie. »Sie hießen Rafferty.«

»Ein Rafferty hat mal Brieftauben gehabt, für Wettflüge«, sagte Porter mit plötzlicher Begeisterung. »Das ist lange her, als es noch öfters so was gab. War 'ne Menge Geld drin, damals. Na ja, er merkt, daß er ein Problem mit dem Taubenschlag hat, sie gehen nicht gleich rein, und das heißt, sie berühren den Draht nicht und werden nicht gezählt. Deshalb nahm er ein Ei, auf dem eine seiner Tauben brütete, und blies es aus und sperrte einen Käfer drinnen ein. Und der Käfer im Ei machte einen solchen Radau, daß die Taube natürlich glaubte, eins ihrer Eier wollte platzen. Und sie flog schnurstracks nach Hause und trippelte über den Draht, und alle, die auf sie gewettet hatten, kriegten einen Haufen Geld. Er natürlich auch. Das war allerdings noch drüben in Irland, und der Mann, der die Geschichte erzählt hat, der hat auf die Art das Geld zusammengebracht, um nach Kanada auszuwandern.«

Millicent glaubte keine Sekunde, daß der Mann wirklich Rafferty geheißen hatte. Das war bloß ein Aufhänger gewesen.

»Sie haben also ein Gewehr im Haus?« sagte der Pfarrer zu Dorrie. »Heißt das, Sie haben Angst vor Landstreichern und dergleichen?«

Dorrie legte Messer und Gabel hin, kaute sorgfältig einen Bissen klein und schluckte. »Ich hab's, weil ich's zum Schießen brauche«, sagte sie.

Nach einer Pause fügte sie hinzu, daß sie Murmeltiere und Kaninchen schieße. Die Murmeltiere bringe sie ans andere Ende der Stadt und verkaufe sie an die Nerzfarm. Den Kaninchen ziehe sie das Fell ab und verkaufe es dann an einen Laden in Walley, der bei Touristen guten Umsatz mache. Sie esse Kaninchenfleisch gern gebraten oder gekocht, aber sie könne unmöglich alles selber verbrauchen, weshalb sie oft Kaninchen, ausgenommen und gehäutet, zu Familien bringe, die von der Fürsorge lebten. Häufig werde das Geschenk abgelehnt. Die Leute meinten, es wäre genauso schlimm, wie wenn man Hunde oder Katzen essen würde. Obwohl selbst das, glaubte sie, in China nicht unüblich sei.

»Das ist wahr«, sagte Mr. Speirs. »Ich habe beides schon gegessen.«

»Ja, dann können Sie es beurteilen«, sagte Dorrie. »Die Leute sind voreingenommen.«

Er fragte nach den Fellen und vermutete, daß sie wohl sehr sorgfältig abgezogen werden müßten, was Dorrie bejahte und sagte, man müsse ein Messer haben, auf das man sich verlassen könne. Sie beschrieb mit Genuß den ersten sauberen Längsschnitt über den Bauch. »Bei den Bisamratten ist es noch schwieriger, weil man mit dem Fell besser aufpassen muß; es ist mehr wert«, sagte sie. »Es ist viel dichter. Wasserdicht.«

»Die Bisamratten schießen Sie nicht?« fragte Mr. Speirs.

Nein, nein, sagte Dorrie. Sie fange sie in Fallen. Ja, in Fallen, sagte Mr. Speirs, und Dorrie beschrieb ihm ihre liebste Falle, an der sie noch kleine Verbesserungen angebracht hatte. Sie hatte dran gedacht, sie patentieren zu lassen, war aber nie dazu gekommen. Sie erzählte von den Wasserläufen im Frühling, den verzweigten Bächen, die sie abging, Tag für Tag meilenweit, nachdem der Schnee größtenteils geschmolzen war, die Bäume aber noch nicht grün, wenn das Fell der Bisamratten am besten war. Millicent wußte zwar, daß Dorrie dies alles tat, aber sie hatte geglaubt, sie täte es um des Geldes willen. Wenn man sie jetzt reden hörte, klang es, als liebte sie dieses Leben regelrecht. Die Kriebelmücken schon da, das kalte Wasser bis über den Stiefelrand, die ertrunkenen Ratten. Und Mr. Speirs hörte zu wie ein alter Hund, ein Jagdhund vielleicht, der bis eben mit halbgeschlossenen Augen dagesessen ist und nur durch seine hohe Meinung von sich Haltung bewahrt hat, statt in ungehörige Apathie zu versinken. Jetzt hat er eine Witterung von etwas aufgenommen, das niemand anders begreift – seine Augen öffnen sich weit, und seine Nase zittert, seine Muskeln zucken, und ihm laufen, weil in ihm die Erinnerung an einen Tag voll Übermut und Hingabe geweckt wird, aufgeregte Wellen über die Haut. Wie weit, fragte er, und wie hoch ist das Wasser, was wiegen sie, und mit wie vielen am Tag können Sie rechnen, und nimmt man für Bisamratten immer noch die selbe Art Messer?

Muriel bat den Pfarrer um eine Zigarette und bekam eine, rauchte ein paar Züge und drückte sie mitten in der Zitronencreme aus.

»Damit ich sie nicht mehr esse und dick werde«, sagte sie. Sie stand auf und begann beim Abdecken zu helfen, landete aber bald am Klavier, abermals bei den »Polowezer Tänzen«.

Millicent freute sich, daß ein Gespräch mit dem Gast entstanden war, auch wenn der Reiz des Themas ihr vollkommen entging. Außerdem fand sie, daß das Essen gut gewesen war und sie sich wegen nichts zu schämen brauchte, nirgendwo ein komischer Geschmack oder ein klebriger Tassenhenkel.

»Ich hatte geglaubt, die Fallensteller wären alle weiter im Norden«, sagte Mr. Speirs. »Ich dachte, sie jagten nördlich des Polarkreises oder zumindest auf dem präkambrischen Schild.«

»Früher wollte ich mal nach da oben gehen«, sagte Dorrie. Ihre Stimme war zum erstenmal vor Verlegenheit belegt – oder vor Erregung. »Ich dachte, ich könnte in einer Hütte leben und den ganzen Winter Fallen stellen. Aber ich hatte meinen Bruder. Ich konnte meinen Bruder nicht verlassen. Und hier kenne ich mich aus.«

Im Spätwinter kam Dorrie mit einem großen Stück weißen Satin zu Millicent ins Haus. Sie verkündete, sich ein Hochzeitskleid nähen zu wollen. Das war das erste, was von einer Hochzeit verlautete – sie sagte, im Mai solle sie sein –, und das erstemal, daß man Mr. Speirs' Vornamen vernahm. Er hieß Wilkinson. Wilkie.

Wann und wo hatte Dorrie ihn gesehen, seit jenem Abendessen auf der Veranda?

Nirgends. Er war nach Australien abgefahren, wo er Land besaß. Zwischen ihnen waren Briefe hin und her gegangen.

Der Tisch im Eßzimmer wurde an die Wand geschoben und der Fußboden mit Bettlaken ausgelegt. Darüber wurde der Satinstoff ausgebreitet. Sein schimmernder Glanz, seine helle Empfindlichkeit legten eine Beklommenheit über das ganze Haus. Die Kinder kamen, um ihn anzuschauen, und Millicent schrie, sie sollten machen, daß sie wegkämen. Sie hatte Angst davor, den ersten Schnitt zu tun. Und Dorrie, die sich so leicht damit tat, Tieren die Haut aufzuschlitzen, legte die Schere hin. Sie gestand, daß ihr die Hände zitterten.

Mit einem Anruf wurde Muriel gebeten, nach der Schule vorbeizukommen. Sie schlug die Hände aufs Herz, als sie die Neuigkeit erfuhr, und nannte Dorrie eine Füchsin, eine Kleopatra, die einen Millionär bezirzt hatte.

»Ich wette, er ist ein Millionär«, sagte sie. »Land in Australien – was heißt das? Bestimmt keine Schweinefarm! Ich kann nur hoffen, daß er vielleicht einen Bruder hat. Oh,

Dorrie, wie gemein von mir, ich hab dir nicht einmal gratuliert!«

Sie drückte Dorrie überschwengliche laute Küsse auf – und Dorrie hielt still wie eine Fünfjährige.

Dorrie hatte bei ihrer Ankündigung gesagt, sie und Mr. Speirs hätten vor, »sich irgendwie trauen« zu lassen. Was meinst du damit, fragte Millicent, wollt ihr euch in der Kirche trauen lassen, meinst du das, und Dorrie sagte ja.

Muriel machte den ersten Schnitt in den Satin und sagte, irgend jemand müsse es ja tun, obwohl sie den Schnitt vielleicht, wenn sie ihn noch einmal machen sollte, nicht ganz an der selben Stelle ansetzen würde.

Bald gewöhnten sie sich an Fehler. Fehler und Korrekturen. Jeden Tag am späten Nachmittag, wenn Muriel dazukam, wagten sie sich mit zusammengebissenen Zähnen und grimmigen Parolen an eine neue Etappe – Schneiden, Stecken, Heften, Nähen. Sie mußten das Schnittmuster während der Arbeit abändern, um unvorhergesehene Probleme zu bewältigen wie zu eng geschnittene Ärmel oder den Faltenwurf des schweren Satins an der Taille und die Eigenheiten von Dorries Figur. Dorrie machte nur Schaden, deshalb teilten sie ihr Aufgaben zu wie Reste aufkehren und aufspulen. Immer, wenn sie an der Nähmaschine saß, arbeitete sie mit der Zunge zwischen den Zähnen. Manchmal hatte sie nichts zu tun, dann ging sie in Millicents Haus von Zimmer zu Zimmer und blieb stehen, um aus dem Fenster auf den Schnee und Graupel zu starren, auf das sich unendlich hinziehende Ende des Winters. Oder sie stellte sich geduldig wie ein braves Tier in ihrer wollenen Unterwäsche, die deutlich ihren Körpergeruch verströmte, vor sie hin, während sie den Stoff an ihr zurechtzogen und -zupften.

Muriel hatte die Zuständigkeit für Kleiderfragen übernommen. Sie wußte, was sich gehörte. Dorrie mußte mehr haben als nur ein Hochzeitskleid. Sie brauchte ein Reisekostüm und ein Hochzeitsnachthemd und einen passenden

Morgenrock und natürlich komplett neue Unterwäsche. Seidenstrümpfe und einen Büstenhalter – den ersten, den Dorrie je getragen hatte.

Dorrie hatte das alles nicht gewußt. »Für mich war das Hochzeitskleid die größte Hürde«, sagte sie. »Weiter konnte ich nicht denken.«

Der Schnee schmolz, die Flüsse schwollen an, im kalten Wasser draußen mußten die Bisamratten schwimmen, geschmeidig und flink mit ihrem Schatz auf dem Rücken. Falls Dorrie an ihre Fallen dachte, ließ sie sich nichts anmerken. Der einzige Weg, den sie dieser Tage machte, war der von ihrem Haus über das Feld zu Millicent.

Durch die Erfahrung kühn geworden, schnitt Muriel ein Abendkostüm aus feiner rotbrauner Wolle mit Futter zu. Sie vernachlässigte ihre Chorproben sträflich.

Millicent war diejenige, die sich über das Hochzeitsessen den Kopf zerbrach. Es sollte im Brunswick Hotel stattfinden. Aber wen konnten sie einladen, außer dem Pfarrer? Viele Leute kannten Dorrie, aber sie kannten sie nur als die Frau, die gehäutete Kaninchen vor Türen deponierte, die mit Hund und Gewehr durch Feld und Wald streifte und mit hohen Gummistiefeln durch überflutete Bäche watete. Nur wenige Leute wußten etwas über die alten Becks, obwohl sich noch alle an Albert erinnerten und ihn gemocht hatten. Man spottete nicht wirklich über Dorrie – davor bewahrte sie etwas, entweder Alberts Beliebtheit oder ihre eigene Schroffheit und Würde –, aber die Nachricht von ihrer bevorstehenden Heirat hatte eine Menge Interesse geweckt, und nicht eben wohlwollendes. Man fand die Idee verrückt, ein bißchen skandalös, und hielt es für möglich, daß es eine Ente war. Porter erzählte, es würden Wetten darüber abgeschlossen, ob der Bräutigam erschiene.

Schließlich fielen Millicent ein paar Verwandte ein, die zu Alberts Beerdigung gekommen waren. Ganz gewöhnliche, ehrbare Leute. Dorrie hatte ihre Adressen, man schickte

Einladungen aus. Auch an die Gebrüder Nunn vom Lebensmittelgeschäft, für die Albert gearbeitet hatte, und an ihre Frauen. An ein paar von Alberts Freunden vom Bocciaspielen und deren Frauen. Und die Leute von der Nerzfarm, an die Dorrie ihre Murmeltiere verkaufte? Die Frau aus der Konditorei, die den Zuckerguß für die Torte machen sollte?

Die Torte wurde zu Hause gebacken und dann in die Konditorei zu der Frau gebracht, die in Chicago ein Diplom für Tortenverzierungen gemacht hatte. Die Torte sollte mit weißen Röschen, verschnörkelten Muscheln, Herzen und Girlanden und mit silbernen Blättern verziert werden, und mit diesen winzigen silbernen Zuckerkügelchen, an denen man sich einen Zahn abbrechen kann. Zunächst einmal mußte die Torte angerührt und gebacken werden, und da konnten Dorries starke Arme endlich zum Einsatz kommen und einen Teig rühren und rühren, bis er so steif war, daß er nur noch aus kandierten Früchten und Rosinen und Korinthen zu bestehen schien, die von ganz wenig goldgelbem Teig zusammengehalten wurden wie von Klebe. Als Dorrie die große Kuchenschüssel vor den Bauch nahm und den Rührlöffel in die Hand, hörte Millicent seit langem den ersten zufriedenen Seufzer aus ihrem Mund.

Muriel beschloß, daß es eine Brautjungfer geben müsse oder eine verheiratete Brautführerin. Sie konnte es nicht sein, weil sie die Orgel spielen würde. »O Perfect Love.« Und den Mendelssohn.

Es würde Millicent sein müssen. Muriel ließ kein Nein gelten. Sie brachte eines ihrer Abendkleider mit, ein langes himmelblaues Kleid, das sie an der Taille aufriß – wie selbstsicher und unbekümmert sie mittlerweile ans Schneidern ging! – und dann vorschlug, dort ein Spitzenband aus dunklerem Blau einzusetzen, und dazu ein passendes Spitzenbolero anzufertigen. Es wird aussehen wie neu und dir wie auf den Leib geschneidert sein, sagte sie.

Millicent lachte, als sie es zum erstenmal anprobierte, und sagte: »Mit dem Anblick können wir die Tauben verscheuchen!« Aber sie freute sich. Sie und Porter hatten keine sehr feierliche Hochzeit gehabt – nur die Zeremonie im Pfarrhaus, denn sie hatten beschlossen, das auf diese Weise gesparte Geld in Möbel zu stecken. »Ich nehme an, ich werde so ein Dingsda haben müssen«, sagte sie. »Irgendeine Kopfbedeckung.«

»Der Schleier«, rief Muriel. »Was ist mit Dorries Schleier? Wir waren so mit Hochzeitskleidern beschäftigt, daß wir den Schleier ganz vergessen haben!«

Da ließ sich Dorrie unerwarteterweise vernehmen und verkündete, sie werde unter keinen Umständen einen Schleier tragen. Sie könne es nicht aushalten, sich mit Tüll verhüllen zu lassen, sie würde sich vorkommen wie unter Spinnweben. Als sie »Spinnweben« sagte, schreckten Muriel und Millicent zusammen, weil im Ort Witze über Spinnweben an anderen Stellen kursierten.

»Sie hat recht«, sagte Muriel. »Ein Schleier wäre zuviel.« Sie überlegte, was sonst? Ein Blumenstrauß? Nein, auch zuviel. Ein Florentinerhut? Ja, sie mußten einen alten Sommerhut finden und den mit weißem Satin beziehen. Dann noch einen finden und mit dunkelblauer Spitze beziehen.

»Hier ist die Speisekarte«, sagte Millicent zweifelnd. »Hühnerragout in Königinpastete, kleine runde Brötchen, verschiedene Fleischsorten in Aspik, der Salat mit den Äpfeln und Walnüssen, rosaweißes Eis zur Torte –«

Im Gedanken an die Torte sagte Muriel: »Hat er zufällig ein Schwert, Dorrie?«

Dorrie fragte: »Wer?«

»Wilkie. Dein Wilkie. Hat er ein Schwert?«

»Wozu sollte er ein Schwert haben?« fragte Millicent.

»Ich dachte nur, vielleicht«, sagte Muriel.

»Das kann ich dir nicht sagen«, antwortete Dorrie.

Daran schloß sich ein Moment an, in dem sie alle still wurden, weil sie an den Bräutigam denken mußten. Sie mußten ihn ins Zimmer lassen und mitten in dieses Chaos setzen. Florentinerhüte. Hühnerragout. Silberne Blätter. Sie wurden von Zweifeln geplagt. Jedenfalls Millicent, und Muriel. Sie trauten sich kaum, einander anzusehen.

»Ich dachte bloß, weil er Engländer ist, oder was immer«, sagte Muriel.

Millicent sagte: »Er ist trotzdem ein guter Mann.«

Die Hochzeit wurde auf den zweiten Samstag im Mai festgesetzt. Mr. Speirs sollte Mittwoch eintreffen und beim Pfarrer unterkommen. Am Sonntag davor sollte Dorrie zu Millicent und Porter zum Abendessen kommen. Muriel war auch da. Dorrie erschien nicht, und sie fingen schließlich ohne sie an.

Mitten beim Essen stand Millicent auf. »Ich geh rüber«, sagte sie. »Sie muß zusehen, daß sie bei ihrer Hochzeit pünktlicher ist.«

»Ich kann dir Gesellschaft leisten«, sagte Muriel.

Millicent sagte, danke, lieber nicht. Zwei könnten es schlimmer machen.

Was schlimmer machen?

Sie wußte es nicht.

Sie ging allein über das Feld. Es war ein warmer Tag, und die Hintertür zu Dorries Haus stand offen. Zwischen dem Haus und der Stelle, wo früher die Scheune gestanden hatte, war ein Walnußhain, in dem die Zweige noch kahl waren, weil Walnußbäume zu den allerletzten gehören, die grün werden. Das heiße Sonnenlicht wirkte unnatürlich, wie es durch die kahlen Zweige strömte. Ihre Füße machten kein Geräusch im Gras.

Und dort auf der hinteren Veranda stand Alberts alter Sessel, der den ganzen Winter nicht hereingeholt worden war.

Was sie bedrückte, war der Gedanke, Dorrie könnte etwas zugestoßen sein. Irgend etwas mit einem Gewehr. Vielleicht beim Ausputzen des Laufs. Das kam immer mal vor. Oder vielleicht lag sie irgendwo auf einem Feld oder im Wald zwischen dem alten toten Laub und dem neuen Lauch und Blutwurz. Gestürzt, beim Klettern über einen Zaun. Mußte noch ein letztes Mal hinaus. Und dann hat sich nach all den Malen, wo es gutgegangen ist, ein Schuß gelöst. Millicent hatte sich noch nie Sorgen dieser Art um Dorrie gemacht, und sie wußte, daß Dorrie in mancher Hinsicht äußerst umsichtig und tüchtig war. Es kam wohl daher, daß das, was dies Jahr geschehen war, alles möglich zu machen schien. Die bevorstehende Heirat, so unvorhergesehenes Glück, konnte auch an Katastrophen glauben machen.

Aber der Gedanke, daß ihr etwas zugestoßen sein könnte, war nicht das, was sie bedrückte. Nicht wirklich. Unter diesen geschäftigen, bangen Phantasien von Unfällen verbarg sie das, wovor sie wirklich Angst hatte.

Sie rief Dorries Namen an der offenen Tür. Und sie war innerlich so vorbereitet auf die Stille, die folgen mußte, die grausige Stille und Gleichgültigkeit eines Hauses, das jüngst von einem Menschen verlassen wurde, dem ein Unglück zugestoßen ist (oder eines Hauses, in dem noch der Leichnam des Menschen liegt, der dabei umgekommen ist oder das Unglück gar verschuldet hat) – sie war so sehr auf das Schlimmste vorbereitet, daß sie erschrak, daß ihr die Knie weich wurden, als sie Dorrie leibhaftig erblickte, in abgewetzter Arbeitshose und Hemd.

»Wir haben auf dich gewartet«, sagte sie. »Wir erwarteten dich zum Abendessen.«

Dorrie entgegnete: »Ich muß die Zeit aus den Augen verloren haben.«

»Ach, sind deine Uhren alle stehengeblieben?« fragte Millicent, die ihren Schock überwand, als sie durch den hinteren, mit dem vertrauten mysteriösen Unrat gefüllten Flur geführt wurde. Sie konnte Essen auf dem Herd riechen.

Die Küche war dunkel, weil der große, wildwuchernde

Flieder ans Fenster drückte. Dorrie kochte auf dem alten, zum Haus gehörenden Holzofen, und sie hatte einen dieser alten Küchentische mit einer Schublade für das Besteck. Es war direkt eine Erleichterung, daß der Kalender an der Wand von diesem Jahr war.

Dorrie hatte ein Abendessen auf dem Herd. Sie war dabei, eine rote Gemüsezwiebel zu hacken, um sie zu den Speckwürfeln und Kartoffelscheiben zu geben, die sie in der Pfanne briet. Da sah man, wie sie die Zeit aus den Augen verloren hatte.

»Laß dich nicht stören«, sagte Millicent. »Mach ruhig dein Essen fertig. Ich hab schon ein paar Happen gegessen, bevor ich es mir in den Kopf gesetzt hab, dich suchen zu gehen.«

»Ich hab Tee fertig«, sagte Dorrie. Er stand hinten auf dem Herd warm, und als sie ihn einschenkte, war er wie Tinte.

»Ich kann nicht weg«, sagte sie und kratzte dabei Speck los, der in der Pfanne brutzelte. »Ich kann hier nicht weg.«

Millicent beschloß, darauf so einzugehen wie auf die Ankündigung eines Kindes, daß es nicht zur Schule gehen könne.

»Na, das wird ja eine hübsche Nachricht für Mr. Speirs sein«, sagte sie, »wenn er die weite Reise gemacht hat.«

Dorrie lehnte sich zurück, weil das Fett spritzte.

»Nimm das lieber von der Hitze weg«, sagte Millicent.

»Ich kann nicht weg.«

»Das habe ich schon beim erstenmal gehört.«

Dorrie nahm die Pfanne vom Herd und füllte das fertige Essen auf einen Teller. Sie gab Ketchup dazu und ein paar dicke Scheiben Brot, die sie mit dem in der Pfanne verbleibenden Fett tränkte. Sie ließ sich zum Essen nieder und sprach nicht.

Millicent saß ebenfalls da und wartete ab. Schließlich bat sie: »Nenn einen Grund.«

Dorrie zuckte die Achseln und kaute.

»Vielleicht weißt du etwas, das ich nicht weiß«, sagte Millicent. »Was hast du erfahren? Ist er arm?«

Dorrie schüttelte den Kopf. »Reich«, sagte sie.

Also hatte Muriel recht.

»Viele Frauen würden alles drum geben.«

»Das ist mir egal«, sagte Dorrie. Sie kaute und schluckte und wiederholte: »Das ist mir egal.«

Millicent mußte etwas wagen, auch wenn sie sich genierte. »Wenn du so was denkst, wie ich denke, daß du denkst, dann machst du dir vielleicht grundlos Sorgen. Oft wenn sie älter werden, lassen sie einen von sich aus damit in Frieden.«

»Ach, das ist es nicht! Das weiß ich doch alles.«

Ach, wirklich, dachte Millicent, und wenn ja, woher? Dorrie bildete sich vielleicht ein, Bescheid zu wissen, von den Tieren. Millicent hatte schon manchmal gedacht, wenn Frauen wirklich Bescheid wüßten, dann würde keine jemals heiraten.

Trotzdem sagte sie: »Die Ehe holt dich aus dir heraus und versetzt dich ins richtige Leben.«

»Ich habe ein Leben«, sagte Dorrie.

»Na schön«, sagte Millicent, als wollte sie nicht mehr mit ihr streiten. Sie saß da und trank ihren gallebitteren Tee. Ihr kam plötzlich eine Eingebung. Sie ließ ein wenig Zeit verstreichen, und dann sagte sie: »Das mußt du wissen, du ganz allein. Aber dann bleibt das Problem, wo du wohnen sollst. Hier kannst du nicht wohnen. Als Porter und ich hörten, daß du heiraten willst, haben wir dies Haus zum Verkauf angeboten, und wir haben es verkauft.«

Dorrie sagte wie aus der Pistole geschossen: »Du lügst.«

»Wir wollten nicht, daß es leersteht und Landstreichern eine Bleibe bietet. Also haben wir es verkauft.«

»Solchen Streich würdet ihr mir niemals spielen.«

»Wieso Streich, wenn du heiraten wolltest?«

Millicent glaubte bereits selbst, was sie behauptet hatte. Es konnte sich schon bald bewahrheiten. Sie konnten das Haus billig genug anbieten, daß irgendwer es kaufte. Es war noch zu retten. Oder man konnte es abreißen und die Ziegel und das Balkenwerk wiederverwenden. Porter würde sich freuen, es vom Hals zu haben.

Dorrie sagte: »Ihr würdet mich nicht aus meinem Haus vertrieben.«

Millicent schwieg.

»Du lügst, nicht?« sagte Dorrie.

»Gib mir deine Bibel«, sagte Millicent. »Ich werd's beschwören.«

Dorrie schaute sich wirklich um. Sie sagte: »Ich weiß nicht, wo sie ist.«

»Dorrie, hör zu. Dies ist alles nur zu deinem Besten. Es sieht vielleicht aus, als ob ich dich vor die Tür setze, Dorrie, aber im Grunde helfe ich dir nur, das zu tun, wozu dir allein die letzte Kraft fehlt.«

»Ach«, sagte Dorrie. »Warum?«

Weil die Hochzeitstorte fertig ist, dachte Millicent, und weil das Satinkleid fertig ist und das Hochzeitsmahl bestellt ist und die Einladungen verschickt sind. Weil man sich die viele Arbeit gemacht hat. Manche Leute würden vielleicht sagen, das sei kein richtiger Grund, aber die Leute, die das sagten, waren nicht diejenigen, die sich die Arbeit gemacht hatten. Soviel Mühe durfte einfach nicht für die Katz sein.

Aber es war mehr als das, denn sie glaubte an das, was sie gesagt hatte, als sie Dorrie erzählte, daß sie auf diese Weise zu einem Leben kommen könne. Und was meinte Dorrie mit »hier«? Wenn sie damit sagen wollte, daß sie Heimweh haben würde, dann bitte! Heimweh war nie und nirgends etwas, das nicht zu überwinden war. Auf das »hier« würde Millicent nichts geben. Niemand hatte ein Recht auf ein Leben »hier« draußen, wenn sie ein Angebot bekommen hatten wie Dorrie. Es war wie eine Sünde, ein solches Angebot auszuschlagen. Aus Starrsinn, aus Angst und Dummheit.

Ihr hatte sich der Eindruck vermittelt, daß Dorrie in der Falle saß. Daß sie dabei war aufzugeben oder sich von der Idee aufzugeben durchdringen ließ. Vielleicht. Sie saß stockstill, aber es bestand immer eine Möglichkeit, daß der Stock im Innern saftig war.

Aber dann war Millicent diejenige, die plötzlich zu weinen anfing. »Ach, Dorrie«, sagte sie. »Mach keine Dummheit!« Sie standen beide auf und fielen sich in die Arme, und dann mußte Dorrie diejenige sein, die gebieterisch tröstete, tätschelte und beruhigte, während Millicent weinte und mehrmals ein paar Wörter hervorstieß, die keinen Zusammenhang hatten. *Glücklich. Hilfe. Lächerlich.*

»Ich werde mich um Albert kümmern«, sagte sie, als sie sich einigermaßen beruhigt hatte. »Ich werde Blumen hinbringen. Und ich werde Muriel Snow nichts hiervon sagen. Und Porter auch nicht. Das muß keiner wissen.«

Dorrie sagte nichts. Sie wirkte ein bißchen verloren, ein bißchen geistesabwesend, so als wäre sie beschäftigt, etwas zu drehen und zu wenden und sich mit seinem Gewicht und seiner Eigentümlichkeit abzufinden.

»Dieser Tee ist ungenießbar«, sagte Millicent. »Können wir nicht einen machen, den man trinken kann?« Sie stand auf und goß den Inhalt ihrer Tasse in den Schmutzwassereimer.

Vor ihr stand Dorrie im trüben Licht des Fensters – starrsinnig, gehorsam, kindisch, weiblich – eine zutiefst rätselhafte und aufreizende Person, die Millicent jetzt besiegt zu haben und auf die Reise zu schicken schien. Wobei das Opfer, dachte Millicent, größer war, als sie sich vorgestellt hatte. Sie versuchte, Dorrie einen ernsten, aber aufmunternden Blick zu schenken, der ihre Tränen vergessen machte. Sie sagte: »Die Würfel sind gefallen.«

Dorrie ging zu Fuß zu ihrer Hochzeit.

Niemand hatte gewußt, daß sie es vorhatte. Als Porter und Millicent mit dem Auto vor ihrem Haus hielten, um sie abzuholen, war Millicent noch voll Sorge.

»Hup doch mal«, sagte sie. »Hoffentlich ist sie bald fertig.«

Porter entgegnete: »Ist sie das nicht, da vorne?«

Sie war es. Sie trug einen hellgrauen Mantel von Albert über ihrem Satinkleid und den Florentinerhut in einer Hand, einen Strauß Flieder in der andern. Sie hielten an, und sie sagte: »Nein, ich brauche die Bewegung. Damit ich einen klaren Kopf bekomme.«

Sie hatten keine andere Wahl, als weiterzufahren und an der Kirche zu warten und zuzusehen, wie sie die Straße hinaufmarschierte und die Leute neugierig aus den Geschäften kamen. Ein paar Autos hupten fröhlich, und einige Leute winkten ihr zu und riefen: »Hoch lebe die Braut!« Als sie sich der Kirche näherte, blieb sie stehen und zog Alberts Mantel aus, und da erstrahlte sie in wundervollem Glanz wie die Salzsäule in der Bibel.

Muriel spielte in der Kirche die Orgel, deshalb mußte sie nicht im letzten Moment entdecken, daß sie die Handschuhe vergessen hatten und daß Dorrie die hölzernen Fliederzweige in den bloßen Händen trug. Mr. Speirs war ebenfalls in der Kirche gewesen, aber er war gegen alle Regeln herausgekommen und hatte den Pfarrer dort allein stehenlassen. Er war genauso dürr und gelb und raubtierhaft, wie Millicent ihn in Erinnerung hatte, aber als er sah, wie Dorrie den alten Mantel hinten in Porters Auto warf und sich den Hut aufsetzte – Millicent mußte hinzukommen und ihn zurechtrücken –, machte er einen hochzufriedenen Eindruck. Millicent sah ihn und Dorrie vor sich hoch im Sattel, hoch auf dem Rücken geschmückter Elefanten, die sie mit schweren Schritten vorantrugen, ins Abenteuer hinein. Eine Vision. Sie war von Optimismus und Erleichterung erfüllt, als sie Dorrie zuflüsterte: »Er wird mit dir hingehen, wo du willst! Er wird dich zur Königin machen!«

»Ich bin so dick wie die Königin von Tonga«, schrieb Dorrie aus Australien, einige Jahre darauf. Ein Photo zeigte, daß sie nicht übertrieb. Ihr Haar war weiß, ihre Haut braun, als hätten ihre Sommersprossen sich selbständig gemacht und wären ineinandergeflossen. Sie trug ein weites Gewand in den Farben tropischer Blumen. Der Krieg war gekommen und hatte allen Reiseideen ein Ende gesetzt, und als er vorbei war, lag Wilkie im Sterben. Dorrie blieb in Queensland, auf einem großen Landbesitz, wo sie Zuckerrohr und Ananas anbaute, und Baumwolle, Erdnüsse, Tabak. Sie ritt regelmäßig aus, trotz ihrer Leibesfülle, und hatte einen Flugschein gemacht. Sie unternahm allein ein paar Reisen im Südpazifik. Sie hatte Krokodile gejagt. Sie starb in den fünfziger Jahren in Neuseeland beim Aufstieg auf einen Vulkan.

Millicent erzählte allen Leuten, was sie nicht zu sagen versprochen hatte. Natürlich nahm sie den Verdienst für sich in Anspruch und sprach vollkommen ohne Reue von ihrer Eingebung, ihrer raffinierten List. »Einer mußte den Stier bei den Hörnern packen«, sagte sie. Sie hatte das Gefühl, ein Leben erschaffen zu haben – bei Dorrie mehr als bei ihren eigenen Kindern. Sie hatte Glück geschaffen, oder etwas nahe dran. Sie vergaß, wie sie geweint hatte, ohne zu wissen warum.

Die Hochzeit hatte auch für Muriel Konsequenzen. Sie reichte ihre Kündigung ein, sie ging nach Alberta. »Ich geb mir ein Jahr«, sagte sie. Und binnen dieses Jahres fand sie einen Mann – der anders war als alle, mit denen sie bis dahin je zu tun gehabt hatte. Ein Witwer mit zwei kleinen Kindern. Ein christlicher Pfarrer. Millicent war verwundert, als Muriel ihn so bezeichnete. Waren nicht alle Pfarrer christlich? Als sie einmal zu Besuch kamen – mittlerweile mit noch zwei Kindern, ihren gemeinsamen –, sah sie den Sinn des Attributs ein. Rauchen und Trinken und Fluchen waren passé, und Makeup ebenfalls, und Musik, wie Muriel sie früher gespielt hatte. Sie spielte jetzt gerade solche Kirchenlieder, über die sie sich einst lustig gemacht hatte. Sie trug alle möglichen Farben und hatte eine schlechte Dauerwelle – ihr ergrauendes Haar stand über der Stirn in krausen Büscheln ab. »Wenn ich an mein Leben früher denke, dreht sich mir bei vielem einfach der

Magen um«, sagte sie, und Millicent bekam den Eindruck, daß sie und Porter im wesentlichen zu diesen magen-umdrehenden Zeiten gerechnet wurden.

Das Haus wurde weder verkauft noch vermietet. Es wurde auch nicht abgerissen, und es war so solide gebaut, daß lange nicht von Verfall die Rede sein konnte. Es stand noch viele Jahre und machte einen überzeugenden Eindruck. Zwischen den Ziegeln kann ein Baum aus Rissen sprießen, ohne daß die Wand einstürzt. Schiebefenster verziehen sich, aber das Fenster fällt nicht heraus. Die Türen waren abgeschlossen, aber trotzdem stiegen wahrscheinlich Kinder ein, die Dinge an die Wände schrieben und das Geschirr zerdepperten, das Dorrie hinterlassen hatte. Millicent ging nie hinein, um nachzuschauen.

Früher hatten Dorrie und Albert immer eine Sache zusammen gemacht, die Dorrie später allein weitermachte. Es mußte schon angefangen haben, als sie noch Kinder waren. Jedes Jahr im Herbst sammelten sie – sie zwei und dann sie allein – die Walnüsse auf, die von den Bäumen gefallen waren. Sie setzten diese Arbeit fort, bis die gesammelten Walnüsse weniger und weniger wurden und sie einigermaßen sicher waren, daß sie die letzte oder die vorletzte gefunden hatten. Dann zählten sie die Nüsse und schrieben die Endsumme an die Kellerwand. Das Datum, das Jahr, die Summe. Die Walnüsse fanden keine Verwendung, nachdem sie gesammelt waren. Sie wurden einfach an den Feldrand gekippt, wo sie verrotteten.

Millicent führte diese nutzlose Arbeit nicht fort. Sie hatte genug zu tun, und genug für ihre Kinder zu tun. Aber zu der Jahreszeit, wenn die Walnüsse im Gras lagen, erinnerte sie sich an diesen Brauch und daran, wie Dorrie gedacht haben mußte, daß sie sich bis zu ihrem Tod daran halten würde. Ein Leben der Bräuche, der Jahreszeiten. Die Walnüsse fallen von den Bäumen, die Bisamratten schwimmen im Fluß. Dorrie mußte geglaubt haben, daß ihr bestimmt war, so zu leben, in ihrer leichten Überspanntheit, ihrer erträglichen Einsamkeit. Wahrscheinlich hätte sie sich wieder einen Hund angeschafft.

Aber das wollte ich nicht zulassen, denkt Millicent. Sie wollte es nicht zulassen, und das war gewiß richtig. Sie ist sehr alt geworden, sie lebt heute noch, obwohl Porter schon vor Jahrzehnten gestorben ist. Sie nimmt das Haus nicht oft wahr. Es ist einfach da. Aber dann und wann sieht sie seine rissige Front und die leeren, schiefen Fenster. Die Walnußbäume dahinter, die ein ums andere Jahr ihr zartes Blätterdach verlieren.

Ich sollte es abreißen und die Ziegel verkaufen, sagt sie und scheint zu staunen, daß sie es nicht schon längst getan hat.

Die albanische Jungfrau

In den Bergen, in Maltsia e madhe, mußte sie versucht haben, ihnen zu sagen, wie sie heißt, und sie machten »Lottar« daraus. Sie hatte eine Wunde am Bein, von einem Sturz auf spitze Felsen, als ihr Führer erschossen wurde. Sie hatte Fieber. Wie lange es dauerte, sie in einen Teppich gewickelt und auf dem Rücken eines Pferdes durch die Berge zu bringen, wußte sie nicht. Sie gaben ihr dann und wann Wasser zu trinken, und manchmal *raki*, eine Art Branntwein, sehr stark. Sie konnte Pinien riechen. An einem Punkt waren sie auf einem Boot, und sie wachte auf und sah die Sterne aufscheinen und verbleichen und wanken – unstete Lichterhaufen, von denen ihr übel wurde. Später begriff sie, daß sie auf dem See gewesen sein mußten. Auf dem Skutari- oder Shkoder- oder Skodra-See. Sie landeten im Schilf. Im Teppich wohnte jede Menge Ungeziefer, das unter den Lappen kroch, mit dem ihr Bein verbunden war.

Am Ende ihrer Reise, von dem sie nicht wußte, daß es das Ende war, lag sie in einer kleinen Steinhütte, die als Nebengebäude zum großen Haus, der *kula*, gehörte. Es war die Hütte für die Kranken und Sterbenden. Nicht für das Kinderkriegen, die kriegten die Frauen hier in den Kornfeldern oder am Wegrand, wenn sie ihre Körbe zum Markt trugen.

Sie lag, vielleicht wochenlang, auf einem Bett aus aufgehäuften Farnwedeln. Sie waren bequem und hatten den Vorzug, daß sie sich leicht wechseln ließen, wenn sie blutig oder beschmutzt waren. Sie wurde von einer alten Frau gepflegt, die Tima hieß. Sie verschloß die Wunde mit einer Paste aus Bienenwachs, Olivenöl und Pinienharz. Mehrmals am Tag wurden die Verbände abgenommen, die Wunde mit *raki* ausgewaschen. Lottar konnte schwarze Spitzengardinen von den Balken hängen sehen, und sie dachte, sie wäre in ihrem Zimmer zu Hause und ihre Mutter (die tot war) pflegte sie. »Warum habt ihr diese Gardinen aufgehängt?« fragte sie. »Sie sind häßlich.«

Was sie sah, waren in Wirklichkeit Spinnweben, dick und pelzig vom Rauch – uralte Spinnweben, die von einem Jahr zum andern ungestört blieben.

Ebenfalls im Delirium hatte sie das Gefühl, als preßte ihr jemand ein breites Brett auf das Gesicht – so etwas wie einen Sargdeckel. Aber als sie zu sich kam, erfuhr sie, daß es nichts war als ein Kruzifix, ein hölzernes Kruzifix, das ein Mann ihr hinhielt, damit sie es küßte. Der Mann war ein Priester, ein Franziskaner. Er war ein hochgewachsener, wild aussehender Mann mit schwarzen Augenbrauen und einem schwarzen Schnurrbart und einem scharfen Geruch, und er trug außer dem Kruzifix eine Pistole bei sich, von der sie später erfuhr, daß es ein Browning Revolver war. Er erkannte an ihrem Aussehen, daß sie eine Giaurin war – eine Nichtmohammedanerin –, aber er kam nicht darauf, daß sie eine Ketzerin sein könnte. Er sprach ein wenig Englisch, aber mit einem Akzent, den sie nicht verstand. Und sie konnte die Sprache der Gegen nicht. Doch als das Fieber abklang und er es bei ihr mit ein paar Worten Italienisch probierte, konnten sie sich unterhalten, weil sie auf der Schule Italienisch gelernt hatte und ein halbes Jahr in Italien gereist war. Er verstand so viel mehr als alle andern um sie herum, daß sie von ihm zunächst erwartete, er müsse alles verstehen. Welches ist die nächste Stadt? fragte sie ihn, und er sagte Skutari. Dann gehen Sie bitte hin, sagte sie – gehen Sie und finden Sie das Britische Konsulat, wenn es eins gibt. Ich bin aus dem Britischen Empire. Sagen Sie ihnen, daß ich hier bin. Oder wenn es kein Britisches Konsulat gibt, gehen Sie zur Polizei.

Sie verstand nicht, daß man unter gar keinen Umständen zur Polizei gehen würde. Sie wußte nicht, daß sie jetzt zu diesem Stamm gehörte, dieser *kula*, obwohl es keine Absicht gewesen war, sie gefangenzunehmen, sondern ein peinlicher Fehler.

Es ist eine bodenlose Schande, eine Frau anzugreifen. Als sie ihren Führer erschossen hatten, hatten sie geglaubt, daß sie ihr Pferd umdrehen und die Bergstraße hinunter fliehen würde, zurück nach Bar. Aber ihr Pferd scheute, als der Schuß fiel, und stolperte auf den Felsen, und sie stürzte und verletzte sich am Bein. Da blieb ihnen keine Wahl, als sie mitzunehmen, zurück über die Grenze zwischen Crna Gora (was Schwarzer Fels heißt, oder Montenegro) und Maltsia e madhe.

»Aber warum haben sie den Führer ausgeraubt und nicht mich?« fragte sie, natürlich davon ausgehend, das Motiv sei Raub gewesen. Sie dachte daran, wie verhungert sie aussahen, der Mann und sein Pferd, und an die flatternden weißen Lumpen seines Kopfbundes.

»Oh, sie sind keine Räuber!« sagte der Franziskaner schockiert. »Sie sind ehrliche Männer. Sie haben ihn erschossen, weil er ihr Blutsfeind ist. Sie leben mit seinem Haus in Blutrache. Das ist ihr Gesetz.«

Er erzählte ihr, daß der Mann, der erschossen worden sei, ihr Führer, einen Mann aus dieser *kula* ermordet habe. Das habe er getan, weil der Mann, den er ermordet habe, einen Mann aus seiner *kula* ermordet habe. So werde es weitergehen, es gehe schon lange Zeit so, es würden immer neue Söhne geboren. Sie glauben, daß ihnen mehr Söhne geboren werden als anderen Völkern der Welt, und das zu diesem Zweck.

»Ja, es ist schrecklich«, schloß der Franziskaner. »Aber sie tun es für ihre Ehre, die Ehre ihrer Familie. Sie sind stets bereit, für ihre Ehre zu sterben.«

Sie entgegnete, ihr Führer könne wohl nicht so bereit gewesen sein, wenn er nach Crna Gora geflohen sei.

»Aber es hat ihm nichts geholfen, oder?« sagte der Franziskaner. »Selbst wenn er nach Amerika gegangen wäre, hätte ihm das nicht geholfen.«

In Triest war sie an Bord eines Dampfschiffs gegangen, um die dalmatinische Küste entlangzufahren. Von ihren Freunden Mr. und Mrs. Cozzens begleitet, die sie in Italien getroffen hatte, und von deren Freund Dr. Lamb, der aus England zu ihnen gestoßen war. Sie legten in dem kleinen Hafen Bar an, den die Italiener Antivari nennen, und stiegen für die Nacht im Europäischen Hof ab. Nach dem Essen gingen sie hinaus auf die Terrasse, aber Mrs. Cozzens hatte Angst, sich zu erkälten, deshalb gingen sie hinein und spielten Karten. Nachts regnete es. Sie wachte auf und lauschte dem Regen und war von Enttäuschung erfüllt, und von Abscheu für diese älteren Leute, vor allem für Dr. Lamb, denn sie glaubte, die Cozzens hätten ihn aus England gerufen, damit er sie kennenlernte. Sie dachten wahrscheinlich, sie sei reich. Eine Erbin aus Übersee, der sie ihren Akzent fast verzeihen konnten. Diese Leute aßen zuviel, und dann mußten sie Tabletten nehmen. Und fremde Orte flößten ihnen Angst ein – wozu waren sie hergekommen? Am nächsten Morgen würde sie wieder mit ihnen an Bord gehen müssen, sonst würden sie sich aufregen. Sie würden sich nie über die Berge nach Cetinje, der Hauptstadt Montenegros, aufmachen – man hatte ihnen gesagt, es sei nicht ratsam. Sie würde nie den Glockenturm zu sehen bekommen, an dem einst die Türkenköpfe gehangen hatten, oder die Platane, unter denen der Dichterprinz seine Audienzen für das Volk abgehalten hatte. Sie konnte nicht wieder einschlafen, deshalb beschloß sie beim ersten Licht, nach unten zu gehen und, selbst wenn es noch regnete, ein kleines Stück die Straße hinter der Stadt hinaufzuwandern, nur um die Ruinen zu sehen, von denen sie wußte, daß sie dort unter den Olivenbäumen lagen, und die österreichische Festung auf ihrem Fels und das dunkle Antlitz des Lovćen.

Das Wetter spielte mit, und auch der Mann an der Rezeption, der fast unverzüglich einen zerlumpten, aber munteren Führer und sein unterernährtes Pferd herbeizauberte. Sie brachen auf – sie zu Pferd, der Mann zu Fuß voraus. Die

Straße schlängelte sich steil durch eine Unzahl von Felsen, die Sonne wurde schnell heißer, und die Schatten zwischendurch waren kalt und schwarz. Sie bekam Hunger und dachte, sie würde bald umkehren müssen. Sie würde mit ihren Reisegenossen frühstücken, die spät aufstanden.

Ohne Zweifel hatte es eine Suche nach ihr gegeben, nachdem man die Leiche des Führers gefunden hatte. Die zuständige Behörde mußte alarmiert worden sein – was immer die zuständige Behörde war. Das Schiff mußte zur vorgesehenen Zeit abgefahren sein, ihre Freunde mußten mitgefahren sein. Das Hotel hatte ihre Pässe nicht einbehalten. Daheim in Kanada würde niemand auf die Idee kommen, Nachforschungen anzustellen. Sie schrieb niemandem regelmäßig, sie hatte sich mit ihrem Bruder erzürnt, ihre Eltern waren verstorben. Du wirst nicht nach Hause kommen, bis dein Erbe verbraucht ist, hatte ihr Bruder gesagt, und wer soll dann für dich sorgen?

Als sie auf dem Pferd durch den Pinienwald getragen wurde, wachte sie auf und merkte, daß sie trotz der Schmerzen und vielleicht eingelullt vom *raki* in einem Zustand ungläubiger Ergebung schwebte. Sie heftete die Augen auf das Bündel, das am Sattel des Mannes vor ihr baumelte und dem Pferd gegen den Rücken schlug. Darin war etwas ungefähr Kohlkopfgroßes, in ein steifes, rostig aussehendes Tuch gehüllt.

Diese Geschichte hörte ich im alten St. Joseph's Hospital in Victoria von Charlotte, einer Freundin von einer Sorte, die für meine erste Zeit dort typisch war. Meine Freundschaften damals waren irgendwie zugleich intim und unsicher. Ich wußte nie, warum Leute mir etwas erzählten oder was ich glauben sollte.

Ich war mit Blumen und Pralinen in das Krankenhaus gekommen. Charlotte hob ihren Kopf mit dem kurzgeschorenen, flauschigen weißen Haar den Rosen entgegen. »Bah!«

sagte sie. »Sie duften nicht! Jedenfalls rieche ich nichts. Aber hübsch sind sie natürlich.«

»Die Pralinen müssen Sie selber essen«, sagte sie. »Mir schmeckt alles nach Teer. Ich weiß nicht, woher ich weiß, wie Teer schmeckt, aber so kommt es mir vor.«

Sie fieberte. Ihre Hand fühlte sich in meiner heiß und verschwollen an. Man hatte ihr radikal die Haare abgeschnitten, und dadurch sah sie aus, als wäre sie im Gesicht und am Hals schmaler geworden. Der Teil ihres Körpers, der unter den Krankenhausdecken war, wirkte so groß und massig wie immer.

»Aber Sie müssen nicht denken, daß ich nicht dankbar bin«, sagte sie. »Nehmen Sie Platz. Holen Sie sich den Stuhl da – sie braucht ihn nicht.«

Im Zimmer lagen noch zwei weitere Frauen. Eine war bloß eine grau-gelbe Haarmähne auf dem Kissen, und die andere war auf einen Stuhl gefesselt, sie wand sich und grunzte.

»Es ist schrecklich hier«, sagte Charlotte. »Aber es hilft nichts, wir müssen möglichst versuchen, uns damit abzufinden. Ich freue mich sehr, daß Sie gekommen sind. Die da drüben schreit die ganze Nacht.« Sie nickte Richtung Bett am Fenster. »Wir müssen Gott dankbar sein, daß sie jetzt schläft. Ich mache Tag und Nacht kein Auge zu, aber ich habe die Zeit bisher sehr gut genutzt. Und wissen Sie, was ich gemacht habe? Ich habe mir eine Geschichte ausgedacht, für einen Film! Ich habe sie jetzt ganz im Kopf, und ich möchte, daß Sie sie sich anhören. Sie werden beurteilen können, ob sie sich gut für einen Film eignet. Ich glaube schon. Ich hätte gern Jennifer Jones als Hauptdarstellerin. Aber ich weiß nicht recht. Sie scheint nicht mehr den alten Elan zu haben. Seit die diesen Mongolen geheiratet hat.

Hören Sie zu«, fuhr sie fort. »(Ach könnten Sie das Kissen ein bißchen höher schieben, hinter meinem Kopf?) Die Geschichte spielt in Albanien, in Nordalbanien, oder Maltsia e madhe, wie es dortzulande heißt, in den zwanziger Jahren, als da noch sehr primitive Zustände herrschten. Sie handelt von einer jungen Frau, die allein reist. In der Geschichte heißt sie Lottar.«

Ich setzte mich hin und hörte zu. Charlotte beugte sich vor und schaukelte sogar ein wenig auf ihrem harten Bett, wenn sie eine Stelle für mich hervorheben wollte. Ihre verschwollenen Hände sausten auf und ab, sie riß ihre blauen Augen gebieterisch auf, und dann ließ sie sich von Zeit zu Zeit wieder in die Kissen sinken und schloß die Lider, bis sie die Geschichte wieder klar vor Augen hatte. Ah, ja, sagte sie. Ja, ja. Und fuhr fort.

»Ja, ja«, sagte sie schließlich. »Ich weiß, wie es weitergeht, aber das reicht für jetzt. Sie werden wiederkommen müssen. Morgen. Kommen Sie wieder?«

Ich sagte: Ja, morgen, und sie schien, ohne mich zu hören, eingeschlafen zu sein.

Die *kula* war ein massiver, unverputzter Steinbau mit einem Stall im Untergeschoß und Wohnquartieren darüber. Ringsum ging eine Veranda, und darauf saß immer eine alte Frau mit einem Hölzchen, das wie ein Vogel von einer Hand in die andere flog und einen Schweif aus glänzend schwarzem, geflochtenem Band hinter sich herzog, Meile auf Meile schwarzen Zopf, der die Hosen aller Männer zierte. Andere Frauen arbeiteten an den Webrahmen oder nähten die Ledersandalen zusammen. Mit Strickzeug saß keine da, weil niemand darauf gekommen wäre, sich zum Stricken hinzusetzen. Diese Frauen strickten, wenn sie mit auf den Rücken geschnallten Wasserkübeln zur Quelle gingen und zurück oder wenn sie den Weg zu den Feldern oder in den Buchenwald einschlugen, wo sie Fallholz sammelten. Sie strickten Strümpfe – schwarz und weiß, rot und weiß, mit Zickzackmustern wie zuckende Blitze. Frauenhände dürfen niemals ruhen. Vor Tagesanbruch kneteten sie den Brotteig im geschwärzten Holztrog, formten auf der Rückseite von

Backschaufeln Laibe daraus und buken diese über dem Feuer. (Es war ungesäuertes Maisbrot, das heiß gegessen wurde und im Magen aufging wie ein Hefekloß.) Dann mußten sie die *kula* ausfegen und die schmutzigen Farnwedel hinauswerfen und Arme voll frischer Farnwedel für das nächste Nachtlager aufhäufen. Mit dieser Aufgabe wurde Lottar oft betraut, da sie für alles andere zu ungeschickt war. Kleine Mädchen rührten den Joghurt, damit er beim Säuern keine Klumpen bildete. Größere Mädchen schlachteten vielleicht ein Kitz und nähten ihm den Bauch zu, den sie mit wildem Sandlauch und Salbei und Äpfeln gefüllt hatten. Oder sie gingen zusammen, die Frauen und die Mädchen aller Altersgruppen, und wuschen die weißen Kopftücher der Männer im nahen kalten Flüßchen, dessen Wasser klar war wie Glas. Sie pflegten das Tabakfeld und hängten die reifen Blätter zum Trocknen in den abgedunkelten Schuppen. Sie hackten zwischen dem Mais und den Gurken, molken die Mutterschafe.

Die Frauen hatten strenge Gesichter, waren es aber eigentlich nicht. Sie waren nur beschäftigt, und stolz auf sich, und darauf bedacht, gegen andere zu bestehen. Wer konnte die schwerste Holzladung tragen, am schnellsten stricken, die meisten Reihen Mais hacken? Tima, die Lottar während ihrer Krankheit gepflegt hatte, war konkurrenzlos die beste Arbeiterin von allen. Sie konnte mit einer Ladung Holz auf dem Rücken, die zehnmal so groß aussah wie sie, den Hang zur *kula* hinaufrennen. Und im Fluß sprang sie von Stein zu Stein und drosch auf die Tücher ein, als wären sie die Körper ihrer Feinde. »Oh, Tima, Tima!« riefen die andern Frauen mit ironischer Bewunderung, und »Oh, Lottar, Lottar!« in fast dem gleichen Ton, wenn Lottar, am anderen Ende der Nützlichkeitsskala, die Sachen in der Strömung davontreiben ließ. Manchmal schlugen sie Lottar mit einem Stock, wie sie ihre Esel schlugen, aber das eher aus Verzweiflung als aus Grausamkeit. Manchmal sagten die jungen Frauen: »Sprich deine Sprache!«, und dann sprach sie zu ihrer Unterhaltung Englisch. Sie verzogen die Gesichter und spuckten aus, weil es in ihren Ohren so seltsam klang. Sie versuchte ihnen einzelne Wörter beizubringen – »hand« und »nose« und so fort. Aber für sie waren das nur Witze, und sie wiederholten die Wörter für einander und lachten sich kringelig.

Frauen waren mit Frauen zusammen und Männer mit Männern, abgesehen von einigen Stunden in der Nacht (Frauen, die mit diesen Stunden geneckt wurden, genierten sich und bestritten alles, und manchmal wurden Ohrfeigen verteilt) und bei den Mahlzeiten, wo die Frauen den Männern das Essen servierten. Was die Männer den ganzen Tag machten, ging die Frauen nichts an. Männer stellten ihre Munition her und pflegten ausgiebig ihre Schußwaffen, von denen einige sehr schön anzusehen waren, mit Silbergravuren verziert. Sie sprengten auch Felsen, um die Straße frei zu machen, und waren für die Pferde verantwortlich. Wo immer sie waren, wurde viel gelacht und manchmal gesungen und mit Platzpatronen geballert. Wenn sie zu Hause waren, wirkten sie wie auf Urlaub, aber dann mußten immer einige zu einer Strafexpedition losreiten oder zu einer Ratsversammlung, die man einberufen hatte, um einer besonders schlimmen Mordwelle ein Ende zu setzen. Von den Frauen glaubte keine an den Erfolg dieser Versammlungen – sie lachten und sagten, das bedeute nur wieder zwanzig Tote mehr. Wenn ein junger Mann zu seinem ersten Mord aufbrach, machten die Frauen viel Aufhebens um seine Kleider und seine Frisur, um ihn zu beflügeln. Wenn er unverrichteter Dinge heimkehrte, würde ihn keine Frau heiraten – eine Frau, die etwas auf sich hielt, würde sich schämen, einen Mann zu heiraten, der noch niemanden umgebracht hatte –, und alle waren bestrebt, neue Bräute ins Haus zu bekommen, die mit der Arbeit halfen.

Eines Abends, als Lottar einem Mann das Essen servierte – einem Gast; zu den Mahlzeiten um den flachen Tisch, die *sofra*, waren ständig Gäste geladen –, fiel ihr auf, was für kleine

Hände er hatte, und unbehaarte Handgelenke. Dabei war er nicht jung, kein Heranwachsender. Ein runzliges, ledriges Gesicht ohne Schnurrbart. Sie lauschte bei den Gesprächen auf seine Stimme, und die erschien ihr heiser, aber fraulich. Aber er rauchte, er aß mit den Männern, er trug eine Schußwaffe.

»Ist das ein Mann?« fragte Lottar die Frau, die mit ihr das Essen auftrug. Die Frau schüttelte den Kopf, weil sie nicht sprechen wollte, wo die Männer sie hören konnten. Aber die jungen Mädchen, die ihre Frage zufällig mit angehört hatten, waren weniger diplomatisch. »Ist das ein Mann? Ist das ein Mann?« äfften sie Lottar nach. »Ach, Lottar, bist du blöd! Erkennst du nicht einmal eine Jungfrau, wenn du eine siehst?«

Deshalb fragte sie nicht weiter. Aber als sie den Franziskaner das nächstemal sah, lief sie hinter ihm her, um ihm ihre Frage zu stellen. Was ist eine Jungfrau? Sie mußte hinter ihm herlaufen, weil er nicht mehr zu ihr kam, um sich mit ihr zu unterhalten wie in der kleinen Hütte, als sie krank war. Sie war immer beschäftigt, wenn er in die *kula* kam, und er konnte ohnedies nicht viel Zeit bei den Frauen verbringen – sein Platz war bei den Männern. Sie lief hinter ihm her, als sie sah, daß er sich mit großen Schritten auf dem Weg zwischen den Sumachbäumen entfernte, der zu der nackten Holzkirche und der angebauten Klause führte, in der er wohnte.

Er sagte, das sei eine Frau, aber eine Frau, die wie ein Mann geworden sei. Die nicht heiraten wolle und vor Zeugen schwöre, es nie zu tun, und von da an trage sie Männerkleider und besitze ein eigenes Gewehr und ein Pferd, wenn sie sich eins leisten könne. Sie lebe, wie sie wolle. Gewöhnlich sei sie arm und habe keine Frau, die für sie arbeite. Aber sie werde von niemandem belästigt, und sie dürfe mit den Männern an der *sofra* essen.

Lottar bedrängte den Priester nicht mehr, nach Skutari zu gehen. Sie hatte mittlerweile begriffen, daß es dahin sehr weit sein mußte. Manchmal fragte sie ihn, ob er etwas gehört habe, ob jemand nach ihr suche, und er sagte jedesmal ernst, nein, niemand. Wenn sie daran dachte, wie sie sich anfangs in den ersten Wochen verhalten hatte – wie sie Befehle gegeben und ohne jede Verlegenheit Englisch gesprochen hatte, und wie sicher sie gewesen war, daß ihr besonderer Fall Aufmerksamkeit verdiente –, schämte sie sich, wie wenig sie damals begriffen hatte. Und je länger sie in der *kula* wohnte, je besser sie die Sprache beherrschte und sich an die Arbeit gewöhnte, um so seltsamer kam es ihr vor, wieder fortzugehen. Eines Tages würde sie gehen müssen, aber unmöglich jetzt. Wie sollte sie mitten bei der Tabakernte oder bei den Vorbereitungen für das Fest der Überführung der Gebeine des heiligen Nikolaus gehen?

In den Tabakfeldern zogen sie ihre Westen und Blusen aus und arbeiteten halbnackt in der Sonne, zwischen den hohen Pflanzenreihen versteckt. Der Tabaksaft war schwarz und klebrig wie Melasse, und er lief ihnen die Arme hinunter und verschmierte ihnen die Brüste. In der Abenddämmerung gingen sie zum Fluß hinunter und schrubbten sich sauber. Sie planschten im kalten Wasser, die Mädchen und die großen, breiten Frauen zusammen. Sie versuchten sich gegenseitig umzuschubsen, und hier vernahm Lottar ihren Namen im gleichen Ton wie alle andern Namen, zur Warnung und im Triumph gerufen, ohne Verachtung: »Lottar, paß auf! Lottar!«

Sie weihten sie in Dinge ein. Sie erzählten ihr, daß Kinder hier starben, durch die *Striga*. Selbst Erwachsene welken und sterben bisweilen, wenn die *Striga* sie verzaubert. Die *Striga* sieht aus wie eine normale Frau, deshalb erkennt man sie nicht. Sie trinkt Blut. Um sie zu fangen, muß man Ostersonntag in der Kirche ein Kreuz auf die Schwelle legen, wenn alle drinnen sind. Dann kann die Frau, die eine *Striga* ist, nicht hinaus. Man kann aber auch der Frau, die man unter Verdacht hat, folgen und sie beobachten, wie sie das Blut erbricht.

Wenn es einem gelingt, etwas von diesem Blut mit einer Silbermünze aufzukratzen, und man diese Münze immer bei sich trägt, kann einem nie wieder eine *Striga* etwas anhaben.

Wenn man bei Vollmond Haare schneidet, werden sie weiß.

Wenn du Gliederschmerzen hast, schneide dir ein paar Haare auf dem Kopf und in den Achselhöhlen ab und verbrenne sie – dann werden die Schmerzen vergehen.

Die Dämonen, die nachts herauskommen und Irrlichter aufblitzen lassen, um Reisende zu verwirren, heißen *Oras*. Du mußt dich hinhocken und den Kopf verstecken, sonst führen sie dich über einen Felsrand. Sie fangen einem auch die Pferde weg und reiten sie zu Tode.

Der Tabak war abgeerntet, die Schafe waren von den Berghängen geholt worden, Tiere und Menschen hatten die Wochen mit Schnee und kaltem Regen eingesperrt in der *kula* verlebt, und eines Tages im warmen Schein der ersten Frühlingssonne nahmen die Frauen Lottar und führten sie zu einem Stuhl auf der Veranda. Dort rasierten sie ihr, mit großer Feierlichkeit und Freude, das Haar über der Stirn. Dann kämmten sie schwarze, blasige Farbe in das verbleibende Haar. Die Farbe war fettig – das Haar wurde so steif, daß sie es zu Flügeln und Knoten formen konnten, fest wie Blutwurst. Alle scharten sich ringsum, bewunderten und übten Kritik. Sie bestäubten ihr das Gesicht mit Mehl und kleideten sie in Sachen, die sie aus einer der großen geschnitzten Truhen hervorgeholt hatten. Wozu, fragte sie, als sie in eine goldbestickte weiße Bluse, ein rotes Mieder mit fransenbesetzten Schulterstücken, eine gestreifte Seidenschärpe von beinahe einem Meter Breite und über zehn Metern Länge und einen schwarzroten Wollrock gesteckt wurde und die Frauen ihr Kette um Kette aus falschem Gold über die Haare und um den Hals drapierten. Damit du schön bist, sagten sie. Und als sie fertig waren, sagten sie: »Seht ihr! Sie ist schön!«

Die es sagten, klangen triumphierend, als trumpften sie gegen andere auf, die wohl Zweifel daran angemeldet hatten, daß die Verwandlung glücken konnte. Sie drückten auf die Muskeln in ihren Armen, die sie vom Unkrautjäten und Holzschleppen bekommen hatte, und klopften sie auf die breite, bemehlte Stirn. Dann kreischten sie auf, weil sie etwas ganz Wichtiges vergessen hatten – die schwarze Farbe, die die Augenbrauen über der Nase zu einem langen Strich verbindet.

»Da kommt der Priester!« rief eines der Mädchen, das sie als Wachtposten aufgestellt haben mußten, woraufhin die Frau, die gerade den schwarzen Strich zog, sagte: »Ha, er kann uns nichts anhaben!« Aber die übrigen wichen zurück.

Der Franziskaner feuerte wie immer ein paar Platzpatronen ab, um seine Ankunft anzukündigen, und die Männer des Hauses feuerten ebenfalls Platzpatronen ab, um ihn zu begrüßen. Aber diesmal blieb er nicht bei den Männern. Er kam sofort auf die Veranda hoch und rief: »Schande! Schande! Schande über euch, über euch alle! Schande!«

»Ich weiß, weshalb ihr Lottar die Haare gefärbt habt«, sagte er zu den Frauen. »Ich weiß, warum ihr sie in Brautkleider gesteckt habt. Alles für einen dreckigen Moslem!«

»Du! Du da in deiner bunten Pracht«, sagte er zu Lottar. »Weißt du nicht, wozu das ist? Weißt du nicht, daß sie dich an einen Moslem verkauft haben? Er kommt heute aus Vuthaj. Er wird noch vor dem Abend da sein!«

»Na und?« sagte eine der Frauen kühn. »Sie konnten nicht mehr als drei Napoleons für sie kriegen. Irgendwen muß sie doch heiraten.«

Der Franziskaner befahl ihr zu schweigen. »Willst du das?« sagte er zu Lottar. »Einen Ungläubigen heiraten und mit ihm nach Vuthaj gehen?«

Lottar verneinte. Sie hatte das Gefühl, sich unter dem Gewicht ihrer gefetteten Haare und ihres Putzes kaum bewegen oder den Mund aufmachen zu können. Unter diesem

Gewicht kämpfte sie wie eine, die sich bei Gefahr aus dem Tiefschlaf zu reißen versucht. Die Vorstellung, einen Moslem heiraten zu sollen, war noch zu fremd, um als Gefahr zu erscheinen – was sie begriff, war, daß sie vom Priester getrennt werden sollte und sich dann nie wieder eine Erklärung von ihm holen konnte.

»Wußtest du, daß du verheiratet werden solltest?« fragte er sie. »Ist das etwas, das du willst, verheiratet sein?«

Nein, sagte sie. Nein. Und der Franziskaner klatschte in die Hände. »Zieht ihr den goldenen Tand aus!« sagte er. »Zieht ihr die Sachen aus! Ich werde sie zur Jungfrau machen!

Wenn du Jungfrau wirst, kann nichts passieren«, sagte er an sie gewandt. »Dann braucht der Moslem niemanden zu erschießen. Aber du mußt schwören, niemals zu einem Mann zu gehen. Du mußt vor Zeugen schwören. *Per quri e per kruch*. Beim Stein und beim Kreuz. Verstehst du das? Ich werde es nicht zulassen, daß sie dich mit einem Moslem verheiraten, aber ich will nicht, daß auf diesem Land noch mehr geschossen wird.«

Das war eines der Dinge, gegen die der Franziskaner sich mit aller Macht wehrte – daß Frauen an Moslems verkauft wurden. Es machte ihn rasend, daß sie sich so leicht von ihrem Glauben freimachten. Sie verkauften Mädchen wie Lottar, die sonst nirgendwo einen Preis erzielen konnten, und Witwen, die nur Töchter zur Welt gebracht hatten.

Langsam und schmollend zogen ihr die Frauen die prächtigen Kleider aus. Sie holten Männerhosen hervor, abgetragen und ohne Zopf, dazu ein Hemd und einen Kopfbund. Lottar zog die Sachen an. Eine Frau mit einer häßlichen großen Schere katschte Lottar den größten Teil der verbleibenden Haare ab, was wegen der klebrigen Farbe nicht einfach war.

»Morgen wärst du eine Braut gewesen«, sagten sie zu ihr. Einige von ihnen wirkten traurig, einige verächtlich. »Jetzt wirst du nie einen Sohn zur Welt bringen.«

Die kleinen Mädchen schnappten sich die abgeschnittenen Haare und arrangierten sie auf ihren Köpfen zu unterschiedlichen Knoten und Ponyfransen.

Lottar legte den Schwur vor zwölf Zeugen ab. Selbstverständlich alles Männer, die über die neue Wendung der Dinge genauso verärgert wirkten wie die Frauen. Den Moslem bekam sie nicht zu Gesicht. Der Franziskaner machte den Männern Vorhaltungen und sagte, wenn so etwas nicht aufhörte, würde er den Kirchhof sperren und sie zwingen, ihre Toten in ungeweihter Erde zu bestatten. Lottar saß ein Stück von allen entfernt, in ihren ungewohnten Kleidern. Es war sonderbar und unangenehm, untätig zu sein. Als der Franziskaner mit seiner Strafpredigt fertig war, kam er zu ihr, stellte sich vor sie hin und schaute auf sie herunter. Er atmete schwer vor Zorn, oder weil ihn die Predigt so angestrengt hatte.

»Also dann«, sagte er. »So.« Er griff in eine Innenfalte seines Gewands und holte eine Zigarette hervor und gab sie ihr. Sie roch nach seiner Haut.

Eine Schwester brachte Charlotte das Abendessen, ein leichtes Mahl bestehend aus Suppe und Dosenpfirsichen. Charlotte nahm den Deckel von der Suppe, roch daran und wandte den Kopf ab. »Gehen Sie jetzt, sehen Sie sich diesen Fraß nicht an«, sagte sie. »Kommen Sie morgen wieder – Sie wissen, daß die Geschichte noch nicht aus ist.«

Die Schwester ging mit mir zur Tür, und sowie wir auf dem Korridor waren, sagte sie: »Diejenigen, die zu Hause am wenigsten haben, sind immer die pingeligsten. Sie ist nicht gerade einfach, aber man kann irgendwie nicht umhin, sie zu bewundern. Sie sind keine Verwandte, oder?«

Oh nein, sagte ich. Nein.

»Als sie eingeliefert wurde, haben wir nur gestaunt. Wir zogen ihr die Sachen aus, und irgendwer sagte, ach, was für hübsche Armbänder, und da wollte sie sie gleich verkaufen!

Und dann erst ihr *Mann*. Kennen Sie ihn? Die zwei sind wirklich einmalig.«

Charlottes Mann Gjurdhi war vor weniger als einer Woche eines kalten Morgens allein in meinen Buchladen gekommen. Er zog einen Karren voller Bücher hinter sich her, die er in eine Decke gehüllt hatte. Er hatte schon einmal versucht, mir Bücher zu verkaufen, in ihrer Wohnung, und ich dachte, es handelte sich vielleicht wieder um die selben. Beim erstenmal war ich verwirrt gewesen, aber jetzt in meinem eigenen Laden konnte ich energischer sein. Ich sagte, nein, ich handelte nicht mit antiquarischen Büchern, ich hätte kein Interesse. Gjurdhi nickte brüsk, als hätte ich ihm das nicht sagen müssen und als wäre es für unser Gespräch ohne Bedeutung. Er nahm weiter Buch für Buch in die Hand, forderte mich auf, die Qualität der Einbände zu fühlen, und ließ nicht locker, bis ich die Schönheit der Illustrationen begutachtet und mich von den Erscheinungsjahren hatte beeindrucken lassen. Ich mußte meine Ablehnung mehrmals wiederholen, und ich hörte, wie ich, ohne es zu wollen, Entschuldigungen anfügte. Er beschloß, jede Ablehnung so zu verstehen, als bezöge sie sich nur auf ein einzelnes Buch, holte schlicht das nächste hervor und sagte eifrig: »Auch dies! Dies ist sehr schön. Sie werden es sehen. Und es ist sehr alt. Sehen Sie, was für ein wunderschönes altes Buch!«

Etliche davon waren Reisebücher, aus der Zeit um die Jahrhundertwende. Nicht allzu alt also, und auch nicht besonders schön, mit ihren dunklen, körnigen Photographien. *Ein Treck durch die schwarzen Gipfel. Hochalbanien. Unbekannte Länder Südeuropas.*

»Sie werden sich ans Antiquariat wenden müssen«, sagte ich. »Das in der Fort Street. Das ist nicht mehr weit von hier.«

Er stieß einen Laut der Empörung aus, vielleicht um deutlich zu machen, daß er selbst wußte, wo es war, oder daß er es dort bereits erfolglos probiert hatte oder daß die meisten dieser Bücher auf die eine oder andere Weise ohnehin daher stammten.

»Wie geht es Charlotte?« fragte ich teilnehmend. Ich hatte sie länger nicht gesehen, obwohl sie früher recht häufig ins Geschäft gekommen war. Sie brachte mir öfters kleine Geschenke – Kaffeebohnen mit Schokoladenguß als Energiespender; ein Stück reine Glyzerinseife, gegen die Austrocknung der Haut durch den Umgang mit soviel Papier. Einen Briefbeschwerer, in den Gesteinsproben aus British Columbia eingelassen waren, einen Bleistift, der im Dunkeln leuchtete (damit ich Rechnungen schreiben konnte, wenn das Licht ausfiel). Sie trank mit mir Kaffee, plauderte und schlenderte diskret beschäftigt im Laden umher, wenn ich Kundschaft hatte. Den ganzen dunklen, windigen Herbst hindurch trug sie das Samtcape, in dem ich sie zum erstenmal gesehen hatte, und schützte ihn vor Regen mit einem überdimensionalen uralten schwarzen Schirm. Ihr Zelt nannte sie das Cape. Wenn sie sah, daß ich mich einem Kunden zu intensiv widmete, tippte sie mich auf die Schulter und sagte: »Ich stehle mich jetzt einfach leise mit meinem Zelt davon. Wir reden ein andermal.«

Einmal fragte mich ein Kunde frei heraus: »Wer ist die Frau? Ich hab sie schon häufiger mit ihrem Mann in der Stadt gesehen. Ich nehme an, daß er ihr Mann ist. Ich hab gedacht, sie wären fahrende Händler.«

Konnte Charlotte das mit angehört haben, fragte ich mich. Konnte sie im Verhalten meiner neuen Angestellten eine gewisse Kühle bemerkt haben? (Ihrerseits behandelte Charlotte sie auf jeden Fall kühl.) Vielleicht war ich einfach zu häufig beschäftigt gewesen. Ich glaubte nicht wirklich, daß die Besuche ein Ende gefunden hatten. Ich ging lieber davon aus, daß ein Zwischenraum länger geworden war, ohne daß dies notwendigerweise etwas mit mir zu tun hatte. Ich war ohnehin beschäftigt und müde, in der Vorweihnachtszeit. Eine angenehme Überraschung war die Menge der Bücher, die über den Ladentisch gingen.

»Ich möchte niemandem Übles nachsagen«, hatte die Angestellte zu mir gesagt. »Aber ich glaube, Sie sollten wissen, daß diese Frau und ihr Mann in vielen Geschäften der Stadt Ladenverbot haben. Man verdächtigt sie des Diebstahls. Ich weiß es nicht. Er trägt diesen Regenmantel mit den weiten Ärmeln, und sie hat ihr Cape. Ich weiß immerhin mit Sicherheit, daß sie früher in der Weihnachtszeit in fremden Gärten Stechpalmenzweige geschnitten haben. Die haben sie dann in großen Mietshäusern von Tür zu Tür zu verkaufen versucht.«

An jenem kalten Morgen fragte ich Gjurdhi, nachdem ich ihm keines der Bücher in seinem Karren abgenommen hatte, abermals, wie es Charlotte gehe. Er sagte, sie sei krank. Sein Ton war mißmutig, als gehe es mich nichts an.

»Bringen Sie ihr ein Buch mit«, sagte ich. Ich suchte ein Taschenbuch mit leichten Versen aus. »Bringen Sie ihr das – sagen Sie ihr, ich hoffe, daß es ihr gefällt. Sagen Sie ihr, ich hoffe, daß sie bald gesund wird. Vielleicht schaffe ich es, mal vorbeizuschauen.«

Er steckte das Buch in sein Bündel auf dem Karren. Vermutlich würde er es sofort zu verhökern versuchen.

»Nicht zu Haus«, sagte er. »Im Krankenhaus.«

Mir war, jedesmal wenn er sich über den Karren gebeugt hatte, ein großes hölzernes Kruzifix aufgefallen, das unter dem Mantel hervorschaukelte und wieder drunter geschoben werden mußte. Jetzt geschah es erneut, und ich sagte in meiner Verwirrung und Zerknirschtheit gedankenlos: »Ach, ist das schön! Was für schönes dunkles Holz! Als stammte es aus dem Mittelalter.«

Er zog es über den Kopf und sagte: »Sehr alt. Sehr schön. Eichenholz. Ja.«

Er drückte es mir in die Hand, und sobald mir klar wurde, was er wollte, drückte ich es in seine zurück.

»*Wunderbares* Holz«, sagte ich. Als er es wegsteckte, fühlte ich mich gerettet, wenn auch von gereiztem Mitgefühl erfüllt.

»Oh, ich hoffe, Charlotte ist nicht allzu krank!« sagte ich.

Er lächelte verächtlich und klopfte sich auf die Brust – vielleicht um mir die Ursache von Charlottes Leiden zu zeigen, vielleicht nur um die Haut zu fühlen, die dort erneut bloß war.

Dann entfernte er sich mitsamt dem Kruzifix, den Büchern und dem Karren aus meinem Laden. Ich hatte das Gefühl, auf beiden Seiten waren Beleidigungen ausgesprochen, Kränkungen erlitten worden.

Oben hinter dem Tabakfeld lag ein Buchenwald, in den Lottar oft gegangen war, um Feuerholz zu sammeln. Dahinter stieg ein grasiger Abhang auf – eine Gebirgswiese –, und am oberen Rand der Wiese, ungefähr eine halbe Stunde Aufstieg von der *kula*, stand eine kleine Wetterschutzhütte aus Stein, ein primitives Häuschen ohne Fenster, mit einem niedrigen, türlosen Eingang, einer Feuerecke ohne Schornstein. Schafe stellten sich dort unter; der Fußboden war mit ihrem Kot übersät.

In dieser Hütte kam sie unter, nachdem sie zur Jungfrau geworden war. Der Vorfall mit dem muslimischen Bräutigam hatte sich im Frühjahr ereignet, ungefähr ein Jahr, nachdem sie nach Maltsia e madhe gekommen war, und es war die Zeit, in der die Schafe auf die hohen Weiden getrieben wurden. Lottar mußte die Herde im Auge behalten und zusehen, daß kein Schaf in einen Abgrund stürzte oder sich zu weit entfernte. Und sie mußte jeden Abend die Mutterschafe melken. Man erwartete von ihr, daß sie Wölfe tötete, wenn sie in die Nähe kamen. Aber es kamen keine, niemand, der derzeit noch in der *kula* lebte, hatte je einen Wolf gesehen. Die einzigen wilden Tiere, die Lottar je gesehen hatte, waren ein Rotfuchs, einmal am Bach, und die Kaninchen, die reichlich und arglos waren. Sie lernte, sie zu schießen, zu häuten und zu kochen, indem sie sie ausnahm und zerteilte, wie sie es bei den Schlachtermädchen in der *kula* gesehen hatte, und indem sie anschließend die fleischigeren Stücke in ihrem Topf über dem Feuer schmorte, mit ein paar Zwiebeln Sandlauch.

Sie mochte nicht in der Schutzhütte schlafen, deshalb errichtete sie draußen an der Wand ein Dach aus Ästen als

Verlängerung des Hüttendachs. Darunter hatte sie ihren Farnhaufen und einen Filzläufer, den man ihr geschenkt hatte und den sie zum Schlafen über den Farn breitete. Am Ungeziefer störte sie sich nicht mehr. Zwischen den ungemörtelten Steinen hatte man ein paar Nagelhaken eingeschlagen. Sie wußte nicht, wozu sie da waren, aber sie eigneten sich gut zum Aufhängen der Milcheimer und der paar Kochtöpfe, die man ihr überlassen hatte. Sie holte sich das Wasser aus dem Bach, in dem sie den Kopfbund wusch und dann und wann auch sich selbst, mehr um sich in der Hitze zu erfrischen als aus Sorge um ihre Schmutzigkeit.

Alles war anders. Sie sah die Frauen nicht mehr. Sie verlor die Gewohnheit, ständig zu arbeiten. Die kleinen Mädchen kamen abends herauf, um die Milch abzuholen. So weit von der *kula* und ihren Müttern entfernt, wurden sie recht ausgelassen. Sie kletterten auf das Dach und brachen dabei oft durch das von Lottar verfertigte Gerüst aus Ästen. Sie sprangen in die Farnkräuter und schnappten sich manchmal einen Armvoll, drehten ihn zu einem primitiven Ball und bewarfen sich damit, bis er auseinanderfiel. Sie spielten so schön, daß Lottar sie bei Einbruch der Dämmerung fortjagen mußte, indem sie sie daran erinnerte, wie sie sich in der Dunkelheit im Buchenwald fürchteten. Sie glaubte, daß sie den ganzen Weg durch den Wald rannten und dabei ihre Milch zur Hälfte verschütteten.

Dann und wann brachten sie ihr Maismehl, das sie mit Wasser anrührte und auf ihrer Schaufel am Feuer buk. Einmal hatten sie einen Leckerbissen für sie, einen Schafskopf – Lottar fragte sich, ob sie ihn stibitzt hatten –, den sie im Topf kochte. Sie durfte einen Teil der Milch behalten, die sie, anstatt sie frisch zu trinken, meistens sauer werden ließ und zu Joghurt rührte, in den sie ihr Brot tunkte. So mochte sie es jetzt am liebsten.

Die Männer kamen, kurz nachdem die kleinen Mädchen durch den Wald hinuntergelaufen waren, auf demselben Weg hinauf. Anscheinend war das einer ihrer Sommerbräuche. Sie saßen gern am Bachufer und ballerten mit Platzpatronen und tranken *raki* und sangen, und manchmal redeten sie und rauchten sie bloß. Sie machten den Aufstieg nicht, um nach ihr zu sehen. Aber da sie nun einmal kamen, brachten sie ihr Geschenke von Kaffee und Tabak und wetteiferten mit Ratschlägen dafür, wie sie das Dach ihres Unterstands sichern müsse, damit es nicht einkrache, wie sie ihr Feuer bauen müsse, damit es die ganze Nacht über brenne, wie sie ihre Flinte benutzen müsse.

Sie hatte eine alte italienische Martiniflinte, die man ihr gegeben hatte, als sie die *kula* verlassen hatte. Manche Männer sagten, sie bringe Pech, weil sie einem Jungen gehört habe, der erschossen worden war, bevor er selbst jemanden erschossen hatte. Andere meinten, Martinis brächten überhaupt Pech und seien kaum zu gebrauchen.

Eine Mauser müßte man haben, für Treffsicherheit und Repetierfähigkeit.

Aber Mauserkugeln seien zu klein, um ausreichend Schaden anzurichten. Es gebe Männer, die voller Mauserlöcher durch die Gegend liefen – man könne den Wind durch sie pfeifen hören, wenn sie vorbeikämen.

Nichts kann sich wirklich mit einem schweren Steinschloßgewehr vergleichen, das gut mit Pulver, Kugeln und Nägeln gestopft ist.

Wenn sie nicht über Schußwaffen fachsimpelten, sprachen die Männer über die Morde der jüngeren Zeit und erzählten Witze. Einer erzählte einen Witz über einen Zauberer. Ein Zauberer wurde von einem Pascha im Kerker gehalten. Der Pascha ließ ihn herausholen, damit er seinen Gästen etwas vorzauberte. Bringt mir eine Schüssel mit Wasser, sagte der Zauberer. Nun ist dieses Wasser das Meer. Und welchen Hafen am Meer soll ich euch zeigen? Zeig uns einen Hafen auf der Insel Malta, sagten sie. Und schon war er da. Häuser und Kirchen und ein Dampfer, der gerade ablegen wollte.

Möchtet ihr jetzt sehen, wie ich auf dem Dampfer an Bord gehe? Und der Pascha lachte. Nur zu! Also stellte der Zauberer seinen Fuß in die Wasserschüssel und ging an Bord und fuhr nach Amerika! Wie findet ihr das!

»Es gibt keine echten Zauberer«, sagte der Franziskaner, der an diesem Abend, wie häufiger mal, mit den Männern heraufgekommen war. »Wenn du gesagt hättest ein Heiliger, wäre die Geschichte schon eher zu glauben.« Seine Stimme war streng, doch Lottar hatte den Eindruck, daß er glücklich war, wie sie alle, wie selbst sie sein durfte, in Gegenwart der Männer und seiner, auch wenn er ihr keine Beachtung schenkte. Der starke Tabak, den sie ihr zu rauchen gaben, machte sie schwindelig, und sie mußte sich ins Gras legen.

Es kam die Zeit, da Lottar daran denken mußte, sich in das Innere ihres Häuschens zurückzuziehen. Die Morgen waren kalt, die Farnwedel waren von Tau getränkt, und die Weinblätter wurden gelb. Sie nahm die Schaufel und schabte den Schafskot vom Boden, um ihre Bettstatt drinnen einrichten zu können. Sie begann, die Lücken zwischen den Steinen mit Gras und Blättern und Lehm zu verstopfen.

Als die Männer kamen, fragten sie, wozu sie das mache. Für den Winter, sagte sie, und sie lachten.

»Hier hält es niemand im Winter aus«, sagten sie. Sie zeigten ihr, wie hoch der Schnee liegen würde, indem sie die Hände ans Brustbein hielten. Und die Schafe werde man auch vom Berg hinuntergeholt haben.

»Es wird keine Arbeit für dich da sein – und was willst du essen?« sagten sie. »Glaubst du, die Frauen werden dir Brot und Joghurt abgeben, für nichts?«

»Wie kann ich in die *kula* zurückgehen?« fragte Lottar. »Ich bin eine Jungfrau, wo sollte ich schlafen? Was für Arbeit sollte ich machen?«

»Sie hat recht«, sagten sie freundlich. »Eine Jungfrau, die zu einer *kula* gehört, bekommt meistens ein Stück Land, auf dem sie für sich alleine leben kann. Aber diese gehört nicht richtig zur *kula*, sie hat keinen Vater, der ihr etwas schenken könnte. Was soll sie tun?«

Bald darauf – und mitten am Tag, wenn sonst nie Besucher kamen – stieg der Franziskaner die Wiese hinauf, ganz allein.

»Ich traue ihnen nicht«, sagte er. »Ich glaube, sie werden wieder versuchen, dich an einen Moslem zu verkaufen. Obwohl du deinen Schwur geleistet hast. Sie werden versuchen, aus dir ein wenig Geld herauszuschlagen. Wenn sie einen Christen für dich finden könnten, wäre es vielleicht nicht so schlimm, aber ich bin sicher, es wird ein Ungläubiger sein.«

Sie saßen im Gras und tranken Kaffee. Der Franziskaner sagte: »Hast du Habseligkeiten, die du mitnehmen willst? Nein. Wir brechen bald auf.«

»Wer wird die Mutterschafe melken?« fragte Lottar. Einige der Mutterschafe machten sich schon den Abhang hinunter auf den Weg; sie würden sich unten hinstellen und auf sie warten.

»Laß sie«, sagte der Franziskaner.

Auf diese Weise verließ sie nicht nur die Schafe, sondern auch ihre Schutzhütte, die Wiese, den wilden Wein und die Sumachbäume und die Bergeschen und die Wacholdersträucher und die Zwergeichen, die sie den ganzen Sommer angeschaut hatte, das Kaninchenfell, das sie als Kissen benutzt hatte und den Topf, in dem sie ihren Kaffee aufgebrüht hatte, den Stapel Holz, das sie erst den Vormittag gesammelt hatte, die Steine um ihr Feuer – von denen sie jeden an seiner besonderen Form und Farbe kannte. Ihr war klar, daß sie fortgehen würde, weil der Franziskaner so ernst war, aber es wurde ihr nicht so klar, daß sie sich veranlaßt fühlte, sich umzuschauen und alles ein letztes Mal anzusehen. Aber das war ohnehin nicht nötig. Sie würde nichts davon jemals vergessen.

Als sie in den Buchenwald traten, sagte der Franziskaner: »Jetzt müssen wir ganz leise sein. Ich werde einen anderen

Weg nehmen, der nicht so dicht an der *kula* vorbeiführt. Wenn wir jemanden auf dem Weg hören, werden wir uns verstecken.«

Nun wanderten sie stundenlang stumm durch die Buchen mit ihrer glatten Elefantenrinde und die schwarzstämmigen Eichen und die trockenen Pinien. Bergauf und bergab, über Gebirgskämme hinweg, auf Wegen, von deren Existenz Lottar nichts gewußt hatte. Der Franziskaner schritt aus, ohne je stehenzubleiben oder eine Rast anzukündigen. Als sie schließlich aus den Bäumen hervortraten, war Lottar überrascht, daß der Himmel noch so hell war.

Der Franziskaner holte einen Brotlaib und ein Messer aus einer Tasche in seinem Gewand hervor, und sie aßen im Gehen.

Sie kamen an ein trockenes Flußbett mit einem Grund aus Steinen, die nicht flach und leicht zu begehen waren, sondern ein Sturzbach, ein stiller Sturzbach aus Geröll zwischen Mais- und Tabakfeldern. Sie konnten Hunde bellen hören, und manchmal menschliche Stimmen. Der Mais und die Tabakpflanzen, die noch nicht abgeerntet waren, standen höher als ihre Köpfe, und sie liefen in ihrem Schutz durch den ausgetrockneten Fluß, während das Tageslicht gänzlich schwand. Als sie nicht mehr weitergehen konnten und die Dunkelheit ihnen sicheren Schutz bot, ließen sie sich auf die weißen Steine im Flußbett nieder.

»Wo bringst du mich hin?« fragte Lottar da endlich. Beim Aufbruch hatte sie gedacht, sie schlügen die Richtung zur Kirche und zum Haus des Priesters ein, doch mittlerweile hatte sie begriffen, daß dies nicht sein konnte. Sie waren viel zu weit gelaufen.

»Ich bringe dich zum Haus des Bischofs«, sagte der Franziskaner. »Er wird wissen, was mit dir zu tun ist.«

»Warum nicht in dein Haus?« fragte Lottar. »Ich könnte als Dienerin in deinem Haus wohnen.«

»Das ist verboten – ich darf keine Dienerin im Haus haben. Kein Priester darf das. Dieser Bischof jetzt erlaubt nicht einmal eine alte Frau. Und er hat recht, eine Frau im Haus bringt nur Scherereien.«

Nachdem der Mond aufgegangen war, gingen sie weiter. Sie liefen und machten Rast, liefen und machten Rast, schliefen aber nicht ein und suchten sich nicht einmal eine bequeme Stelle zum Hinlegen. Ihre Füße konnten einiges vertragen, und ihre Sandalen waren gut eingelaufen, und Lottar bekam keine Blasen. Beide waren es gewohnt, große Strecken zu Fuß zurückzulegen – der Franziskaner in seiner weitläufigen Gemeinde und Lottar, wenn sie mit den Schafen ging.

Mit der Zeit wurde der Franziskaner weniger ernst – vielleicht weniger besorgt – und redete mit ihr beinahe wie in den ersten Tagen ihrer Bekanntschaft. Er sprach italienisch, obwohl sie die Sprache der Gegend mittlerweile ziemlich fließend beherrschte.

»Ich bin in Italien geboren«, sagte er. »Meine Eltern waren Gegen, aber ich habe als Kind in Italien gelebt, und dort bin ich auch Priester geworden. Vor Jahren war ich noch einmal zu Besuch dort, und da rasierte ich mir den Schnurrbart ab, warum, weiß ich nicht mehr. Oh, doch, ich weiß es wieder – ich tat es, weil sie mich im Dorf auslachten. Und als ich wiederkam, traute ich mich im *madhe* nicht mehr, mein Gesicht zu zeigen. Dort ist kein Bart eine Schande. Ich setzte mich in Skutari in ein Zimmer, bis er wieder gewachsen war.«

»Gehen wir nach Skutari?«

»Ja, das ist die Stadt, wo der Bischof ist. Er wird eine Botschaft schicken, die besagt, daß ich richtig gehandelt habe, indem ich mit dir fortging, auch wenn es Diebstahl war. Sie sind Barbaren, im *madhe*. Sie kommen mitten in der Messe an und zupfen dich am Ärmel und bitten dich, einen Brief für sie zu schreiben. Hast du gesehen, was sie auf die Gräber setzen? Die Kreuze? Sie machen das Kreuz zu einem spindeldürren Mann mit einem Gewehr quer auf den Armen. Ist dir das nicht aufgefallen?« Er lachte und schüttelte den Kopf und sagte: »Ich weiß nicht, was ich mit ihnen machen soll. Aber sie sind trotzdem gute Menschen – sie würden nie jemanden hintergehen.«

»Aber du dachtest doch, sie würden wahrscheinlich trotz meines Schwures versuchen, mich zu verkaufen.«

»Ja, natürlich. Aber eine Frau zu verkaufen ist ein Mittel, an Geld zu kommen. Und sie sind so arm.«

Da ging Lottar auf, daß sie sich in Skutari in einer ungewohnten Position befinden würde – sie würde nicht mehr machtlos sein. Sobald sie dort ankamen, konnte sie ihm weglaufen. Sie konnte jemanden suchen, der Englisch sprach, sie konnte das Britische Konsulat finden. Wenn nicht das, dann das Französische.

Vor dem Morgengrauen war das Gras tropfnaß, und die Nacht wurde sehr kalt. Aber als die Sonne aufstieg, hörte Lottar auf zu zittern, und binnen einer Stunde war ihr heiß. Sie liefen den ganzen Tag weiter. Sie aßen den Rest Brot und tranken aus jedem Bach, den sie fanden und der noch Wasser führte. Den ausgetrockneten Fluß und die Berge hatten sie weit hinter sich gelassen. Lottar schaute sich um und sah eine Wand aus schroffen Felsen, an die unten ein wenig Grün geschmiegt war. Dieses Grün waren der Wald und die Wiesen, die für sie so weit oben gewesen waren. Sie folgten Wegen durch die heißen Felder, immer in Hörweite von bellenden Hunden. Sie begegneten Leuten auf den Wegen.

Zuerst sagte der Franziskaner: »Sprich mit niemandem – sie werden sich wundern, wer du bist.« Aber er mußte reagieren, wenn sie gegrüßt wurden.

»Geht es hier nach Skutari? Wir sind auf dem Weg nach Skutari zum Bischof. Dies hier ist mein Diener, der mit mir aus den Bergen gekommen ist.

Das kann man sagen. In diesen Sachen siehst du wie ein Diener aus«, sagte er zu Lottar. »Aber sprich nicht mit ihnen – wenn sie dich sprechen hören, werden sie ins Rätseln kommen.«

Ich hatte die Wände meines Buchladens in einem klaren, hellen Gelb gestrichen. Gelb steht für geistige Neugier und Offenheit. Das muß mir jemand gesagt haben. Ich eröffnete das Geschäft 1964 im März. In Victoria, in British Columbia.

Dort saß ich am Schreibtisch, vor meinem ausgebreiteten Sortiment. Die Verlagsvertreter hatte mir geraten, Bücher über Hunde und Pferde, über Segeln und Gartenbau in die Regale zu stellen, Vogelbücher und Blumenbücher – sie behaupteten, das sei alles, was Leute in Victoria kaufen würden. Ich verstieß gegen ihren Rat und bestellte Belletristik und Lyrik und Bücher über den Sufismus und die Relativitätstheorie und die Linear B. Und diese Bücher hatte ich, als sie kamen, so aufgestellt, daß Politikwissenschaft ohne scharfen Bruch in Philosophie übergehen konnte und Philosophie in Religion, und daß die Dichter, die miteinander harmonierten, Rücken an Rücken stehen konnten und die Anordnung der Bücherregale – wie ich glaubte – ein mehr oder weniger natürliches Schweifen der Gedanken reflektierte, bei dem ständig neue und vergessene Schätze zu entdecken waren. Ich hatte mir all diese Mühe gemacht – und jetzt? Jetzt wartete ich, und ich fühlte mich wie eine Frau, die sich für ein Fest extravagant zurechtgemacht hat, vielleicht sogar mit Schmuck aus der Pfandleihe oder dem Familientresor, nur um festzustellen, daß es ein Anlaß war, bei dem ein paar Nachbarn Karten spielen wollten. Bei dem es nur falschen Hasen und Kartoffelbrei in der Küche zu essen gab, und ein Glas prickelnden Roséwein.

Das Geschäft war oft mehrere Stunden lang leer, und wenn tatsächlich Leute hereinkamen, dann meistens, um nach einem Buch zu fragen, an das sie sich aus der Sonntagsschulbücherei erinnerten oder aus Großmutters Bücherschrank, oder das sie vor zwanzig Jahren in einem Hotel im Ausland vergessen hatten. Der Titel war ihnen gewöhnlich entfallen, aber sie erzählten mir meistens die Geschichte. Da ist dies kleine Mädchen, das mit seinem Vater nach Australien geht, um Gold zu schürfen, weil sie ein paar Minen geerbt haben. Da ist diese Frau, die in Alaska ganz allein ein Kind zur Welt gebracht hat. Es geht um ein Wettrennen zwischen einem der alten Klipper und dem ersten Dampfschiff, vor Urzeiten, in den 1840ern.

Na ja. Ich dachte halt, ich frag mal.

Und damit gingen sie wieder, ohne einen Blick auf die Reichtümer ringsum.

Ein paar Leute äußerten immerhin überschwengliche Dankbarkeit: Was für ein wunderbarer Zuwachs für die Stadt. Sie schauten sich um und schmökerten eine halbe Stunde, oder eine ganze, um dann fünfundsiebzig Cents auszugeben.

Es braucht Zeit.

Ich fand eine Einzimmerwohnung mit Kochnische in einem alten Haus an einer Ecke mit dem Namen »The Dardanelles«. Das Bett ließ sich an die Wand klappen. Aber ich machte mir gewöhnlich nicht die Mühe, es hochzuklappen, weil ich nie Besuch hatte. Und der Haken kam mir nicht stabil vor. Ich befürchtete, das Bett könnte irgendwann einmal von der Wand springen, wenn ich gerade meine Dosensuppe oder gebackene Kartoffeln zum Abendbrot verzehrte. Und mich erschlagen. Außerdem ließ ich stets das Fenster auf, weil ich einen leisen Gasgeruch wahrzunehmen glaubte, selbst wenn beide Flammen und der Ofen ausgestellt waren. Da ich daheim das Fenster und im Geschäft die Tür offen hatte, um Kunden anzulocken, mußte ich mich stets dick einpacken, in meinen schwarzen Wollpullover oder meinen roten Kordmorgenmantel (ein Gewand, das einst einen rosa Hauch auf alle Taschentücher und Unterhosen meines verlassenen Mannes abgefärbt hatte). Es fiel mir schwer, mich so lange von diesen wärmenden Kleidungsstücken zu trennen, daß sie gewaschen werden konnten. Ich war viel müde, ich war unterernährt, und mich fröstelte.

Aber ich verlor den Mut nicht. Ich hatte in meinem Leben eine radikale Veränderung vollzogen, und darauf war ich trotz der Trauer, die mich noch täglich überfiel, stolz. Es war ein Gefühl, als wäre ich endlich mit einer neuen, wahren Haut auf die Welt gekommen. Wenn ich am Schreibtisch saß, trank ich meine Tasse Kaffee oder dünne rote Suppe so langsam, daß sie eine Stunde hielt, und umklammerte die Tasse mit den Händen, solange sie noch Wärme abgab. Ich las, aber ohne Ziel oder Engagement. Ich las verstreute Sätze in den Büchern, die ich immer schon hatte lesen wollen. Oft erschienen mir diese Sätze so befriedigend oder so schwer faßbar und schön, daß ich nicht anders konnte, als alle sie umgebenden Worte zu ignorieren und mich einem seltsamen Zustand zu überlassen. Ich war wach und verträumt, von allen Menschen als einzelnen abgeschnitten, aber der Stadt selbst unablässig bewußt – und sie erschien mir ein seltsamer Ort.

Eine Kleinstadt, hier am äußersten westlichen Ende des Landes. Kitschige Winkel für Touristen. Die Tudor-Ladenfassaden und Doppeldeckerbusse und Blumenkübel und Fahrten mit der Pferdekutsche: beinahe beleidigend. Und dagegen das Licht vom Meer in den Straßen, die hageren und gesunden alten Leute, die sich auf ihrem täglichen Spaziergang über die mit Ginster bewachsenen Klippen in den Wind lehnen, die schäbigen, leicht barocken Bungalows mit ihren Schuppentannen und Ziersträuchern in den Gärten. Kastanienbäume blühen, wenn der Frühling kommt, Rot- und Weißdornbäume an den Straßen tragen ihre roten und weißen Blüten, dickblättrige Büsche produzieren üppigen rosa und rosenroten Flor, wie man ihn im Hinterland nie zu sehen bekäme. Wie eine Stadt aus einer Geschichte, fand ich – wie die verpflanzte Stadt am Meer aus einer Geschichte, die in Neuseeland spielt oder Tasmanien. Aber sie hat dennoch etwas Nordamerikanisches. Schließlich stammen so viele Einwohner aus Winnipeg oder Saskatchewan. Zur Mittagszeit treibt der Essensgeruch aus armen, schlichten Wohnhäusern. Brutzelndes Fleisch, dünstendes Gemüse – Bauernessen, das zur Tagesmitte in engen Kochnischen gekocht wird.

Woran merkte ich, was mir so gefiel? Es war gewiß nicht das, wonach eine neue Geschäftsfrau auf der Suche wäre – Betriebsamkeit und Energie, die Hoffnung auf kommerziellen Erfolg weckten. *Nicht viel los* lautete die Botschaft, die mir die Stadt vermittelte. Und wenn jemand, der ein Geschäft eröffnet, sich nicht an der Botschaft *Nicht viel los* stört, mag man wohl fragen: Was geht da vor? Man eröffnet ein Geschäft, um etwas zu verkaufen, man hofft darauf, viel zu tun zu haben, damit man vergrößern muß, wiederum mehr verkauft und reich wird, bis man eines Tages gar nicht mehr selbst hinter dem Ladentisch stehen muß. Stimmt das nicht? Aber gibt es auch Leute, die einen Laden aufmachen, weil sie hoffen, dort aufgehoben zu sein, zwischen den Dingen, die sie am meisten schätzen – Wolle oder Teetassen oder Bücher –, und mit dem schlichten Wunsch, sich auf bequeme Weise zu behaupten? Als Teil des Straßenbilds, der Straße selbst, als ein Fleck auf der Landkarte, die man von der Stadt im Kopf hat, und schließlich als Bestandteil der allgemeinen Erinnerung. Sie werden vormittags dasitzen und Kaffee trinken, sie werden den vertrauten Silbertand zu Weihnachten hervorholen, sie werden im Frühling die Schaufenster putzen, bevor sie die neuen Waren ausstellen. Für diese Leute sind Läden das, was für andere eine Hütte im Wald ist – eine Zuflucht und eine Rechtfertigung.

Ein paar Kunden braucht man natürlich. Die Miete wird fällig, und die Ware will bezahlt sein. Ich hatte ein wenig Geld geerbt – dieses Geld hatte es mir ermöglicht, hierher zu kommen und den Laden einzurichten –, aber wenn das Geschäft nicht zumindest ein bißchen anzog, würde ich mich nur bis zum Sommer halten können. Das war mir klar. Ich freute mich, daß mehr Leute zu kommen begannen, als es wärmer wurde. Ich verkaufte mehr Bücher, es begann sich abzuzeichnen, daß ich überleben konnte. Zum Ende des Schuljahres waren an den Schulen Buchpreise ausgesetzt, und das brachte die Lehrer mit ihren Listen und ihrem Lob und ihrer bedauerlichen Erwartung, daß sie Rabatt bekämen. Die Leute, die zum Blättern und Schmökern kamen, kauften regelmäßig, und einige von ihnen wurden zu Freunden – oder zu der Sorte Freunde, die ich hier hatte, wo es schien, als wäre ich damit zufrieden, Tag für Tag mit Leuten zu reden, ohne je ihre Namen zu erfahren.

Als Lottar und der Priester die Stadt Skutari zum erstenmal erblickten, schien sie über dem Uferschlamm zu schweben, ihre Kuppeln und Türme leuchteten, als wären sie Nebelschleier. Aber als sie sie am frühen Abend betraten, verflüchtigte sich diese Ruhe vollkommen. Die mit großen, groben Kopfsteinen gepflasterten Straßen wimmelten von Menschen und Eselskarren, frei herumlaufenden Hunden und von Schweinen, die irgendwohin getrieben wurden, und über allem schwebte der Geruch von Feuern und Essen und Dung und etwas Widerlichem – wie verrottenden Tierhäuten. Ein Mann mit einem Papagei auf der Schulter kam vorbei. Der Vogel schien Flüche in einer unbekannten Sprache zu kreischen. Der Franziskaner hielt mehrmals Leute an, um sie nach dem Weg zum Haus des Bischofs zu fragen, aber sie schoben sich, ohne zu antworten, an ihm vorbei oder lachten ihn aus oder sagten ein paar Worte, die er nicht verstand. Ein junger Bursche sagte, er würde ihm den Weg zeigen, gegen Geld.

»Wir haben kein Geld«, sagte der Franziskaner. Er zog Lottar in einen Hauseingang, und dort setzten sie sich hin, um zu verschnaufen. »In Maltsia e madhe«, sagte er, »würden viele von diesen Leuten, die so viel auf sich halten, bald ein anderes Lied singen.«

Lottar hatte die Idee, ihm davonzulaufen, längst verworfen. Zum einen hätte sie nicht besser nach dem Weg fragen können als er. Zum andern hatte sie das Gefühl, sie seien Bundesgenossen, die in dieser Stadt nicht zu überleben vermochten, wenn sie sich aus den Augen verloren. Sie hatte nicht gewußt, wie sehr sie vom Geruch seiner Haut, der bekümmerten Entschlossenheit seiner langen Schritte, dem Schwung seines schwarzen Schnurrbarts abhängig war.

Der Franziskaner sprang auf und sagte, er wisse jetzt wieder – er wisse wieder, wie man zum Haus des Bischofs komme. Er eilte vor ihr durch schmale, mit hohen Mauern gesäumte Hintergassen, in denen nichts von den Häusern oder Innenhöfen zu sehen war – nur Mauern und Tore. Das Kopfsteinpflaster war so verworfen, daß man darauf nicht besser laufen konnte als in dem trockenen Flußbett. Aber er hatte recht, er stieß einen Triumphschrei aus, sie waren am Tor zum Haus des Bischofs angelangt.

Ein Diener öffnete das Tor und ließ sie ein, aber erst nach einem schrillen Wortwechsel. Lottar mußte sich gleich hinter dem Tor auf die Erde setzen, und der Franziskaner wurde ins Haus geleitet, zum Bischof. Schon bald wurde jemand durch die Straßen zum Britischen Konsulat gesandt (ohne daß man es Lottar mitteilte) und kehrte mit dem Hausdiener des Konsuls zurück. Da war es bereits dunkel, und der Diener des Konsuls hatte eine Laterne dabei. Und Lottar wurde abermals weitergeführt. Sie folgte dem Diener und seiner Laterne zum Konsulat.

Eine Wanne mit heißem Wasser für sie zum Baden, draußen im Hof. Ihre Kleider wurden ihr weggenommen. Wahrscheinlich verbrannt. Ihre fettigen, schwarzen, ungezieferverseuchten Haare abgeschnitten. Petroleum über den Schädel gegossen. Sie mußte ihre Geschichte erzählen – die Geschichte, wie sie nach Maltsia e madhe gekommen war –, und das war schwierig, weil sie nicht mehr gewohnt war, Englisch zu sprechen, aber auch, weil die Zeit so weit entfernt und unwichtig zu sein schien. Sie mußte lernen, auf einer Matratze zu schlafen, auf einem Stuhl zu sitzen, mit Messer und Gabel zu essen.

Sobald wie möglich brachte man sie auf ein Schiff.

Charlotte hielt inne. Sie sagte: »Der Rest ist nicht mehr von Interesse.«

Ich war nach Victoria gekommen, weil ich nirgendwo weiter von London in Ontario fort konnte, ohne Kanada zu verlassen. In London hatten mein Mann Donald und ich eine Souterrainwohnung in unserem Haus an ein Ehepaar namens Nelson und Sylvia vermietet. Nelson war Anglistikstudent an der Universität und Sylvia war Krankenschwester. Donald war Dermatologe, und ich schrieb an einer Dissertation über Mary Shelley – ohne große Eile. Ich hatte Donald kennengelernt, als ich ihn wegen eines Hautausschlags am Hals aufsuchte. Er war acht Jahre älter als ich – ein großer, sommersprossiger Mann, der leicht errötete und intelligenter war, als er aussah. Ein Dermatologe wird mit Kummer und Verzweiflung konfrontiert, auch wenn die Probleme, die man an ihn heranträgt, vielleicht nicht in der gleichen Kategorie rangieren wie Tumore und Thrombosen. Er sieht Sabotage von innen her, und zutiefst unglückliche Schicksale. Er sieht, wie Fragen von Liebe und Glück von einer Fläche gereizter Zellen abhängig sein können. Diese Erfahrung hatte Donald gütig gestimmt, auf leise, unpersönliche Art. Er sagte, mein Ausschlag sei wahrscheinlich auf Streß zurückzuführen, und er könne sehen, daß ich eine wundervolle Frau sein würde, wenn ich nur ein paar Probleme in den Griff bekäme.

Wir luden Sylvia und Nelson zu uns nach oben zum Essen ein, und Sylvia erzählte uns von der winzigen Kleinstadt, aus der sie beide stammten, in Nord-Ontario. Sie erzählte, daß Nelson immer der Klügste in ihrer Klasse und ihrer Schule und wahrscheinlich in der ganzen Stadt gewesen sei. Als sie das sagte, schaute Nelson sie mit einem vollkommen ausdruckslosen und umwerfend schönen Gesichtsausdruck an, einer Miene, die mit unendlicher Geduld und freundlichster Neugier auf eine Erklärung zu warten schien, bis Sylvia lachte und sagte: »Ich mache natürlich nur Spaß.«

Wenn Sylvia im Krankenhaus Spätschicht hatte, lud ich Nelson manchmal ohne besonderen Anlaß ein, mit uns zu essen. Wir gewöhnten uns an sein Schweigen und seine mäßigen Tischmanieren und an die Tatsache, daß er keinen Reis und keine Nudeln, keine Auberginen, Oliven, Krabben, Avocados und keinen Paprika aß, und zweifellos auch sonst etliches andere nicht, weil man es in der kleinen Stadt in Nord-Ontario nicht kannte.

Nelson sah älter aus, als er war. Er war klein und untersetzt, von fahler Hautfarbe, ernst, und in seinen Zügen lag eine Andeutung von besonnenem Hohn und lauernder Streitlust, so daß man ihn eher für einen Hockeytrainer oder einen intelligenten, ungebildeten, aufrichtigen und unflätigen Vormann einer Baukolonne gehalten hätte als für einen schüchternen, zweiundzwanzigjährigen Studenten.

In der Liebe war er nicht schüchtern. Ich empfand ihn als erfinderisch und entschlossen. Die Verführung war gegenseitig, und es war für uns beide die erste Affäre. Ich hatte einmal jemanden auf einer Party sagen hören, eines der schönen Dinge am Verheiratetsein sei, daß man richtige Affären haben könne – eine Affäre vor der Ehe laufe immer Gefahr, nichts zu sein als ein Freien. Ich war von dieser Äußerung entsetzt, und mir wurde angst und bange bei dem Gedanken, daß das Leben so trostlos und trivial sein könnte. Aber als meine eigene Affäre mit Nelson begann, staunte ich nur noch. Sie hatte nichts Trostloses oder Triviales, sondern war von Skrupellosigkeit und klarer Begierde geprägt, und von funkelnder Heimlichkeit.

Nelson war derjenige, der sich zuerst den Dingen stellte. Eines Nachmittags drehte er sich auf den Rücken und sagte heiser und offensiv: »Wir werden weggehen müssen.«

Ich dachte, er meinte, er und Sylvia würden weggehen müssen, weil sie nicht mehr in diesem Haus leben konnten. Aber er meinte sich und mich. »Wir« hieß er und ich. Natürlich hatten er und ich »wir« gesagt, wo es um unsere Verabredungen, unsere Schandtat ging. Jetzt hatte er es zum »Wir« unserer Entscheidung gemacht – vielleicht für ein gemeinsames Leben.

Meine Dissertation hatte eigentlich die späten Romane Mary Shelleys zum Thema, von denen niemand weiß, *Lodore, Perkin Warbeck, The Last Man*. Aber in Wirklichkeit interessierte ich mich mehr für Marys Leben vor der Zeit, als sie ihre bitteren Lektionen lernte und sich dahinterklemmte, ihren Sohn zu einem Baronet zu erziehen. Ich las mit Vorliebe von den anderen, die sie gehaßt oder beneidet hatten oder schlicht in ihrem Umfeld gelebt hatten: Harriet, Shelleys erste Frau, und Fanny Imlay, Marys Halbschwester, die vielleicht selbst in Shelley verliebt gewesen war, und Marys Stiefschwester, Mary Jane Clairmont, die meinen Namen – Claire – annahm und sich Mary und Shelley auf ihrer Hochzeitsreise ohne Trauschein anschloß, damit sie Byron weiter nachstellen konnte. Ich hatte mich mit Donald oft über die stürmische Mary und den verheirateten Shelley unterhalten und über ihre Treffen am Grab von Marys Mutter, über die Selbstmorde von Harriet und Fanny und die Hartnäckigkeit Claires, die ein Kind von Byron bekam. Aber Nelson gegenüber erwähnte ich von alledem nichts, teils weil wir wenig Zeit zum Reden hatten und teils weil ich nicht wollte, daß er glaubte, ich beziehe Trost oder Anregung aus diesem Wirrwarr von Liebe und Verzweiflung, Betrug und Selbstinszenierung. Ich wollte es selbst nicht glauben. Und Nelson war kein Liebhaber des neunzehnten Jahrhunderts oder der Romantiker. Das sagte er deutlich. Er sagte, er wolle über die Muckraker-Bewegung arbeiten. Vielleicht sollte das ein Witz sein.

Sylvia verhielt sich nicht wie Harriet. Ihr Empfinden war nicht von Literatur beeinflußt oder verstellt, und als sie dahinterkam, was wir getrieben hatten, wurde sie von einem gesunden Zorn erfaßt.

»Du Vollidiot«, sagte sie zu Nelson.

»Du falsches Huhn«, sagte sie zu mir.

Wir saßen zu viert in unserem Wohnzimmer. Donald reinigte und stopfte in einem fort seine Pfeife, klopfte sie aus, steckte sie an, umsorgte und inspizierte sie, zog daran, steckte sie abermals an – alles so sehr wie jemand im Film, daß es mir seinetwegen peinlich war. Dann packte er ein paar Bücher und die neueste Ausgabe von *Macleans* in seine Aktentasche, ging ins Bad, um seinen Rasierer zu holen, und ins Schlafzimmer, um seinen Pyjama zu holen, und verließ das Haus.

Er begab sich geradewegs in die Wohnung einer jungen Witwe, die in seiner Klinik als Sekretärin arbeitete. In einem Brief, den er mir später schrieb, sagte er, daß diese Frau für ihn bis zu jenem Abend nie etwas anderes als eine einfache Freundin gewesen sei, aber da sei ihm plötzlich aufgegangen, wie schön es sein müsse, eine liebe und vernünftige, *unneurotische* Frau zu lieben.

Sylvia mußte um elf bei der Arbeit sein. Nelson begleitete sie normalerweise auf dem Weg zum Krankenhaus – sie hatten kein Auto. An diesem Abend teilte sie ihm mit, sie würde sich lieber von einem Skunk begleiten lassen.

Damit waren Nelson und ich allein. Die Szene hatte viel weniger Zeit beansprucht, als ich erwartet hatte. Nelson wirkte niedergeschlagen, aber erleichtert, und wenn mich das Gefühl beschlichen hatte, daß mit der Vorstellung, die Liebe sei eine mitreißende Flut, ein glorreiches und aufwühlendes Erlebnis, heute abend kurzer Prozeß gemacht worden war, dann wußte ich, daß ich es nicht zeigen durfte.

Wir legten uns aufs Bett, um unsere Pläne zu besprechen, und gingen bald dazu über, uns zu lieben, weil wir es so gewohnt waren. Irgendwann in der Nacht wachte Nelson auf und beschloß, daß es das beste sei, sich nach unten ins eigene Bett zu begeben.

Ich stand im Dunkeln auf, zog mich an, packte einen Koffer, schrieb einen kurzen Brief und ging zum Telephon an der Ecke, wo ich ein Taxi anrief. Ich nahm den Sechs-Uhr-Zug nach Toronto, der gleich Anschluß nach Vancouver hatte. Es war billiger, den Zug zu nehmen, wenn man bereit war, drei Nächte durchzufahren, und das war ich.

So saß ich am traurigen, langsam dahinschleichenden Vormittag im Tagesabteil und fuhr durch den steilen Fraser Canyon hinab in das regennasse Fraser Valley, wo die kleinen, tropfenden Häuser, die braunen Kletterpflanzen, die dornigen Büsche und die zusammengedrängten Schafe alle rauchverhangen waren. Dieses Erdbeben in meinem Leben hatte sich im Dezember ereignet. Weihnachten fiel für mich aus. Der Winter mit seinen Schneewehen und Eiszapfen und belebenden Schneestürmen fiel aus, zugunsten dieser trüben Zeit voll Matsch und Regen. Ich hatte Verstopfung, ich wußte, daß ich aus dem Mund roch, meine Arme und Beine waren steif, und meine Stimmung war auf dem Nullpunkt. Und meldete sich da nicht der Gedanke: Was für ein Unfug zu glauben, ein Mann sei so anders als der andere, wo doch das einzige, was im Leben wirklich zählt, die Frage ist, wo man eine anständige Tasse Kaffee bekommt und ein Zimmer, in dem man sich ausstrecken kann? Kam mir nicht der Gedanke, daß sich Nelson, selbst wenn er hier neben mir säße, in einen grauen Fremden verwandelt hätte, dessen Verlassenheit und Unsicherheit lediglich eine Ergänzung meiner eigenen war?

Nein. Nein. Nelson wäre für mich immer noch Nelson. Ich hatte mich nicht verändert, was seine Haut und seinen Geruch und seine strengen Augen anging. Bei Nelson schien ich mir am leichtesten sein Äußeres vorstellen zu können, während es bei Donald die inneren Regungen und Sympathien waren, die bemühte Güte und die geheimen Befürchtungen, die ich durch Schmeicheln und Komplizenschaft kennengelernt hatte. Wenn ich meine Liebe für diese beiden Männer vereinigen und auf einen einzigen Mann richten könnte, wäre ich eine glückliche Frau. Wenn ich allen auf der Welt so bis ins kleinste zugetan wäre wie Nelson und so ruhig und ohne sinnliche Begierde gern hätte, wie ich nunmehr Donald liebte, wäre ich eine Heilige. Statt dessen hatte ich einen doppelten, scheinbar mutwilligen Schlag ausgeteilt.

Die regelmäßigen Kunden, die sich zu so etwas wie Freunden entwickelt hatten, waren: eine Frau in den mittleren Jahren, die als Bilanzbuchhalterin arbeitete, aber vorzugsweise solche Bücher las wie *Sechs existentialistische Denker* und *Die Bedeutung der Bedeutung*; ein Provinzbeamter, der prächtig aufgemachte, teure Pornographiebücher einer Art bestellte, die mir bis dahin vollkommen unbekannt gewesen war (die reich bebilderten orientalischen oder etruskischen Beispiele erschienen mir grotesk und uninteressant, verglichen mit Nelsons und meinen einfachen, wirksamen, schrecklich vermißten Ritualen); ein Notar, der hinter seiner Kanzlei am Fuß der Johnson Street wohnte (»Ich wohne im Elendsviertel«, erzählte er mir. »Ich warte nur darauf, daß eines Nachts ein lauter Rüpel bei mir um die Ecke torkelt und ›*Ste-el-la*‹ brüllt.«); und die Frau, die ich später als Charlotte kannte – beim Notar hieß sie nur die Duchess. Für einander hatten diese Leute alle nicht viel übrig, und ein früher Versuch von mir, die Buchhalterin und den Notar miteinander ins Gespräch zu bringen, war ein Fehlschlag.

»Verschonen Sie mich vor Damen mit welken, geschminkten Visagen«, sagte der Notar, als er das nächstemal in den Laden kam. »Ich hoffe, Sie haben sie heute abend nicht wieder irgendwo in einer Ecke versteckt.«

Es stimmte zwar, daß die Buchhalterin ihr schmales, kluges, fünfzig Jahre altes Gesicht ungeschickt schminkte und sich Augenbrauen anmalte, die wie zwei dicke Tuschestriche aussahen. Aber was bildete sich der Notar eigentlich ein, mit seinen nikotingelben Stummelzähnen und den vernarbten Wangen?

»Ich hatte den Eindruck, er ist ein ziemlich seichter Mensch«, sagte die Buchhalterin, als hätte sie die über sie gemachten Bemerkungen erraten und tapfer abgewehrt.

Das war es nun mit meinem Versuch, Leute zu Pärchen zu vereinen, schrieb ich an Donald. *Und was habe ich mir überhaupt dabei eingebildet?* Ich schrieb Donald regelmäßig, schilderte ihm den Laden und die Stadt und sogar, so gut ich konnte, meine eigenen unerklärbaren Gefühle. Er lebte mit Helen, der Sekretärin, zusammen. Ich schrieb auch an Nelson, der vielleicht allein lebte und vielleicht nicht, der sich vielleicht mit Sylvia versöhnt hatte und vielleicht nicht. Ich glaubte es nicht. Ich schätzte sie als Frau ein, die an unverzeihliches Verhalten glaubte und an eindeutige Lösungen. Er hatte eine neue Adresse. Ich hatte im Londoner Telephonbuch in der Stadtbücherei nachgeschaut. Donald schrieb mir, nach anfänglichem Widerwillen, wieder. Er schrieb unpersönliche, mäßig interessante Briefe über gemeinsame Bekannte oder Vorkommnisse in der Klinik. Nelson schrieb überhaupt nicht. Ich ging dazu über, ihm die Briefe per Einschreiben zu schicken. Da wußte ich wenigstens, daß er sie abholte.

Charlotte und Gjurdhi mußten zusammen in den Laden gekommen sein, aber ich begriff nicht, daß sie zusammengehörten, bis es für sie Zeit wurde zu gehen. Charlotte war eine dicke, formlose, aber flinke Frau von rosiger Gesichtsfarbe, mit leuchtend blauen Augen und einer dichten Mähne glänzender weißer Haare, die sie wie ein Mädchen in offenen Wellen bis über die Schultern trug. Obwohl es recht warm war, trug sie ein Cape aus dunkelgrauem Samt mit einem dünnen grauen Pelzbesatz – ein Gewand, das aussah, als gehöre es, oder als habe es einmal auf die Bühne gehört. Darunter waren ein weites Hemd und karierte Wollhosen zu sehen, und an den breiten, bloßen, staubigen Füßen trug sie Sandalen. Sie klirrte, als trüge sie versteckt eine Rüstung. Ein nach einem Buch ausgestreckter Arm verriet, was da so klirrte. Armbänder – jede Menge, schwer oder schmal, geschwärzt oder blitzend. Einige waren mit großen, eckigen Steinen besetzt, in der Farbe von Karamell oder Blut.

»Kaum vorzustellen, daß die alte Schwindlerin immer noch durch die Weltgeschichte geistert«, sagte sie zu mir, als knüpfte sie an ein zwangloses, angenehmes Gespräch an.

Sie hatte ein Buch von Anaïs Nin in der Hand.

»Machen Sie sich nichts draus«, sagte sie. »Ich sage schreckliche Dinge. Im Grunde mag ich die Frau sogar. Er ist derjenige, den ich nicht ausstehen kann.«

»Henry Miller?« fragte ich, allmählich folgen könnend.

»Genau.« Sie erzählte weiter über Henry Miller, Paris, Kalifornien, und ihr Ton war spöttisch, energisch, halb liebevoll. Sie schien zumindest Tür an Tür mit den Leuten gelebt zu haben, von denen sie sprach. Schließlich fragte ich naiv, ob das der Fall sei.

»Nein, nein. Ich habe nur das Gefühl, sie alle zu kennen. Nicht persönlich. Oder doch persönlich. Wie soll man sie sonst kennen? Ich meine, ich bin ihnen nie von Angesicht zu Angesicht begegnet. Aber in ihren Büchern? Entspricht das nicht auch ihrer Absicht? Ich kenne sie. Ich kenne sie so gut, daß sie mich langweilen. Wie andere Bekannte auch. Geht es Ihnen nicht ähnlich?«

Sie schlenderte hinüber zu dem Tisch, auf dem ich die Taschenbücher von New Directions ausgelegt hatte.

»Das ist also die neue Avantgarde«, sagte sie, »meine Güte«, und machte große Augen beim Anblick der Bilder von Ginsberg und Corso und Ferlinghetti. Sie fing zu lesen an und vertiefte sich so, daß ich das nächste, was sie sagte, für eine Zeile aus einem Gedicht hielt.

»Auf dem Weg hier vorbei habe ich Sie gesehen«, sagte sie. Sie legte das Buch hin und mir ging auf, daß sie mich meinte. »Ich habe Sie hier sitzen sehen, und ich hab mir gedacht, daß eine junge Frau wie Sie wahrscheinlich manchmal gern draußen wäre. In der Sonne. Sie hätten nicht vielleicht Lust, mich einzustellen, damit ich mich hier hinsetze und Sie mal rauskämen?«

»Nun, abgeneigt wäre ich nicht -«, sagte ich.

»Ich bin nicht gerade dumm. Eigentlich sogar ziemlich gebildet. Fragen Sie mich nur, von wem Ovids *Metamorphosen* sind. Schon gut, Sie brauchen nicht zu lachen.«

»Ich wäre gar nicht abgeneigt, aber ich kann es mir wirklich nicht leisten.«

»Na ja. Dagegen ist wohl nichts zu sagen. Ich mache nicht viel her. Und ich würde wahrscheinlich einiges verpatzen. Ich würde mich mit den Leuten streiten, wenn sie Bücher kaufen, die ich nicht leiden kann.« Sie wirkte nicht enttäuscht. Sie nahm *The Dud Avocado* in die Hand und sagte: »Da! Das muß ich kaufen, wegen des Titels.«

Sie stieß einen kleinen Pfiff aus, und der Mann, für den er gemeint zu sein schien, blickte von dem Tisch mit Büchern auf, die er betrachtet hatte, ziemlich weit hinten im Laden. Ich hatte gewußt, daß er da war, ihn aber nicht mit ihr in Verbindung gebracht. Ich hielt ihn bloß für einen der Männer, die zufällig von der Straße hereinkommen und sich umschauen, als versuchten sie zu ergründen, was für ein Geschäft dies ist oder wozu die Bücher da sind. Kein Penner oder Bettler, und bestimmt niemand, vor dem man Angst haben mußte – nur einer von etlichen schäbigen, vollkommen unkommunikativen alten Männern, die beinahe wie die Tauben zum Stadtbild gehören und den ganzen Tag ruhelos in einem bestimmten Bezirk umherlaufen, ohne je einem Menschen ins Gesicht zu sehen. Er trug einen Mantel, der ihm bis an die Knöchel reichte, aus einem glänzenden, gummierten, leberfarbenen Material, und eine braune Samtkappe mit einer Troddel. Eine Kappe, wie sie wohl ein tattriger alter Gelehrter oder ein Geistlicher in einem alten Film getragen haben mochte. Es gab demnach eine Ähnlichkeit zwischen ihnen – sie trugen beide Sachen, die ausrangierte Kostüme aus einer Requisitenkiste hätten sein können. Aber aus der Nähe wirkte er um Jahre älter als sie. Ein langes, gelbliches Gesicht, tabakbraune Hängeaugen, ein unappetitlicher, zottiger Schnurrbart. Ein paar schwache Relikte einstiger Stattlichkeit oder Manneskraft. Eine unterdrückte Heftigkeit. Er kam auf ihren – halb ernst, halb ironisch wirkenden – Pfiff hin herbei und stand stumm und in sich selbst ruhend wie ein Hund oder ein Esel daneben, während die Frau sich zu zahlen anschickte.

Damals erhob die Provinz British Columbia eine Verkaufssteuer auf Bücher. In diesem Fall betrug sie vier Cents.

»Die kann ich nicht bezahlen«, sagte sie. »Eine Steuer auf Bücher. Das widerspricht der Moral. Ich würde lieber ins Gefängnis gehen. Sind Sie nicht auch meiner Meinung?«

Ich stimmte ihr zu. Ich wies sie nicht – wie ich es bei jedem andern getan hätte – darauf hin, daß der Laden mit dieser Begründung nicht um die Steuer herumkommen würde.

»Hör mich einer an«, sagte sie. »Sehen Sie, was diese Regierung mit den Leuten macht? Sie macht sie zu *Volksrednern.*«

Sie steckte das Buch in die Tasche, ohne die vier Cents zu bezahlen, und sie zahlte die Steuer auch in Zukunft nie.

Ich beschrieb die zwei dem Notar. Er wußte sofort, wen ich meinte.

»Ich nenne sie die Duchess und den Algerier«, sagte er. »Ich kenne ihre Vorgeschichte nicht. Ich finde, er könnte ein ehemaliger Terrorist sein. Sie laufen mit einem Karren durch die Stadt, wie Lumpensammler.«

Ich bekam eine Karte mit einer Einladung zum Abendessen für einen Sonntag. Sie war mit Charlotte unterzeichnet, ohne Familienname, aber Wortwahl und Handschrift waren recht förmlich.

Mein Mann Gjurdhi und ich würden uns freuen -

Bis zu diesem Zeitpunkt hatte ich keine solche Einladung gewollt, und ich hätte es als unangenehm und störend empfunden, eine zu bekommen. Deshalb war ich überrascht, wie sehr ich mich freute. Charlotte bot deutlich eine Verheißung; sie war anders als die andern, die ich nur im Laden zu sehen wünschte.

Das Haus, in dem sie wohnten, lag in der Pandora Street. Es war mit mostrichfarbenem Stuck verziert und hatte ein winziges, gefliestes Foyer, das mich an eine öffentliche Toilette erinnerte. Es stank aber nicht, und die Wohnung war nicht richtig dreckig, nur unglaublich unaufgeräumt. Bücher lagen in Stapeln an den Wänden, und überall hingen schlaffe gemusterte Stoffreste, um die Tapete zu verdecken. Vor dem Fenster hing ein Bambusrollo, die Glühbirnen waren mit buntem – bestimmt leicht entflammbarem – Papier verkleidet, das mit Nadeln festgesteckt war.

»Wie lieb von Ihnen, daß Sie gekommen sind«, rief Charlotte. »Wir befürchteten, Sie würden tausend interessantere Dinge zu tun haben, als uns alte Leutchen zu besuchen. Wo können Sie sich setzen? Wie wäre es hier?« Sie nahm einen Stapel Zeitschriften von einem Korbsessel. »Ist er bequem? Macht so interessante Geräusche, der Korb. Manchmal sitze ich hier ganz allein, und dann fängt der Sessel an zu knarren und zu knacken, als ob wirklich jemand darin hin und her rutschte. Ich könnte sagen, es sei ein Geist, aber ich kann mich nicht dazu bringen, solchen Unsinn zu glauben. Ich hab's versucht.«

Gjurdhi schenkte einen süßen gelben Wein aus. Für mich ein langstieliges Glas, das nicht entstaubt worden war, für Charlotte ein Whiskyglas, für sich selbst einen Plastikbecher. Ich konnte mir unmöglich vorstellen, daß aus der winzigen Kochnische, wo Lebensmittel und Töpfe und Geschirr bunt durcheinander gestapelt waren, ein Essen zu produzieren sein sollte, aber es roch lecker nach Brathähnchen, und schon bald trug Gjurdhi den ersten Gang auf – Platten mit frischen Gurkenscheiben, Schüsseln mit Joghurt. Ich saß auf dem Korbsessel und Charlotte auf dem einzigen Lehnstuhl. Gjurdhi saß auf dem Fußboden. Charlotte trug ihre Hose und ein enges rosenrotes T-Shirt, unter dem sich ihr ungestützter Busen abzeichnete. Sie hatte sich die Fußnägel passend zum T-Shirt lackiert. Ihre Armbänder schlugen laut gegen den Teller, wenn sie sich Gurke nahm. (Wir aßen mit den Fingern.) Gjurdhi trug seine Kappe und einen dunkelroten seidigen Hausmantel über der Hose. Flecken hatten sich mit dem Muster vermengt.

Nach der Gurke aßen wir Hähnchen mit Rosinen und goldenen Gewürzen und Sauerteigbrot und Reis. Charlotte und ich bekamen Gabeln, aber Gjurdhi schaufelte seinen Reis mit Brot auf. Ich dachte in späteren Jahren oft an dieses Mahl zurück, als ähnliche Mahlzeiten, die gleiche formlose Art zu sitzen und zu essen modern geworden war und vertraut. Mein Bekanntenkreis, ich eingeschlossen, verzichteten – eine Zeitlang – auf Eßtische, einheitliche Weingläser und bis zu einem gewissen Grad auf Bestecke und Stühle. Wenn ich irgendwo eingeladen war oder mich selbst darin versuchte, Gäste auf diese Weise zu unterhalten, dachte ich häufig an Charlotte und Gjurdhi und den Beigeschmack echter Entbehrung zurück, an die gefährliche Authentizität, durch die sie sich von all diesen späteren Nachahmungen unterschieden. Damals war mir das alles völlig neu, und ich war zugleich verunsichert und begeistert. Ich hoffte, mich der Exotik würdig zu erweisen, aber nicht über Gebühr strapaziert zu werden.

Mary Shelley trat alsbald ans Licht. Ich führte die Titel der späten Romane auf, und Charlotte sagte träumerisch: »Perkin War-beck. War er nicht derjenige – war er nicht derjenige, der vorgab, ein kleiner Prinz zu sein, und der im Tower ermordet wurde?«

Sie war der einzige Mensch, dem ich je begegnet war – und der kein Historiker, kein Historiker der Tudorzeit war –, der das von sich aus wußte.

»Daraus könnte man gut einen Film machen«, sagte sie. »Glauben Sie nicht? Die Frage, die mir bei solchen Hochstaplern immer kommt, ist, für wen halten *die* sich eigentlich selber? Glauben sie an ihre Behauptung, oder was? Aber noch besser wäre ein Film über Mary Shelleys eigenes Leben, nicht? Ich wundere mich, daß noch keiner ihn gedreht hat. Was meinen Sie, wer sollte Mary spielen? Nein. Nein, lassen Sie uns zuerst mit Harriet anfangen. Wer müßte Harriet spielen?«

»Eine, die sich als Ertrunkene gut macht«, sagte sie und riß ein goldenes Stück Hähnchenfleisch ab. »Elizabeth Taylor? Zu kleine Rolle. Susannah York?

Wer war der Vater?« sinnierte sie und meinte Harriets ungeborenes Kind. »Ich glaube nicht, daß es Shelley war. Das habe ich nie geglaubt. Sie?«

Das war alles sehr nett, sehr amüsant, aber ich hatte gehofft, wir würden zu Erklärungen vordringen – persönlichen Bekenntnissen, wenn auch nicht gleich Vertraulichkeiten. So etwas durfte man doch erwarten, bei solchen Anlässen. Hatte Sylvia nicht an meinem eigenen Tisch von der Stadt in Nord-Ontario erzählt und davon, daß Nelson der Schlaueste an der ganzen Schule war? Ich war erstaunt festzustellen, wie sehr ich darauf brannte, endlich meine Geschichte zu erzählen. Donald und Nelson – ich freute mich darauf, jemandem, die Wahrheit, oder wenigstens einen Teil der Wahrheit in all ihrer verletzenden Komplexität zu erzählen, jemandem der nicht überrascht oder empört sein würde. Ich hätte mir gern in guter Gesellschaft über mein Verhalten den Kopf zerbrochen. Hatte ich Donald als Vaterfigur benutzt – oder als Elternersatz, da meine Eltern beide verstorben waren? Hatte ich ihn verlassen, weil ich wütend auf *sie* war, weil sie *mich* verlassen hatten? Was bedeutete Nelsons seltsames Schweigen, und war es jetzt endgültig? (Allerdings dachte ich doch nicht, daß ich jemandem von dem Brief erzählen würde, der letzte Woche an mich zurückgegangen war, mit der Bemerkung »unter dieser Anschrift nicht bekannt.«)

Das war aber nicht das, was Charlotte im Sinn hatte. Es ergab sich keine Gelegenheit, kein Austausch. Nach dem Hähnchen wurden das Weinglas, das Whiskyglas und der Plastikbecher abgeräumt und mit einem extrem süßen rosafarbenen Sorbet gefüllt, das sich leichter trinken als mit dem Löffel essen ließ. Dann kamen kleine Tassen mit unglaublich starkem Kaffee. Gjurdhi steckte zwei Kerzen an, als das Zimmer dunkler wurde, und gab mir eine, die ich ins Bad mitnahm, oder das Klo mit Dusche, wie sich herausstellte. Charlotte sagte, das Licht sei ausgefallen.

»Irgendwelche Reparaturen«, sagte sie. »Oder sie haben keine Lust. Ich glaube wirklich, sie schalten den Strom nach Lust und Laune ein und aus. Aber zum Glück haben wir unseren Gasherd. Solange wir den Gasherd haben, können wir über ihre Launen lachen. Ich bedaure nur, daß wir keine Musik machen können. Ich wollte Ihnen ein paar alte politische Lieder vorspielen – ›I dreamed I saw Joe Hill last night‹«, sang sie in einem spöttischen Bariton. »Kennen Sie das?«

Ich kannte es tatsächlich. Donald und ich hatten es gesungen, wenn er beschwipst war. Normalerweise hatten die Leute, die »Joe Hill« sangen, gewisse vage, aber erkennbare politische Sympathien, aber bei Charlotte konnte ich mir das nicht vorstellen. Sie würde nicht von Sympathien oder Prinzipien ausgehen. Sie würde mit dem spielen, was andere Leute ernst nahmen. Ich war nicht sicher, ob und wie sie mir gefiel. Es war keine einfache Zuneigung oder Hochachtung. Sondern eher der Wunsch, mich mit Selbstverständlichkeit in ihrem Element zu bewegen. Heiter zu sein, selbst-spöttisch, leicht maliziös, nicht unterzukriegen.

Unterdessen zeigte mir Gjurdhi ein paar von den Büchern. Wie hatte das angefangen? Wahrscheinlich durch einen Kommentar von mir – wie viele es waren oder dergleichen –, als ich auf dem Weg zurück von der Toilette über welche stolperte. Er holte Bücher mit Leder- und Kunstledereinbänden hervor – woher sollte ich den Unterschied kennen? – mit marmorierten Vorsatzblättern, Aquarellfrontispizen, Stahlstichen. Zuerst glaubte ich, von mir wäre vielleicht nicht mehr verlangt als Bewunderung, und bewunderte alles. Aber dicht an meinem Ohr hörte ich die Zahlen – Geldbeträge – waren das die ersten deutlichen Worte, die ich Gjurdhi je hatte sagen hören?

»Ich handle nur mit neuen Büchern«, sagte ich. »Die hier sind wunderschön, aber ich verstehe wirklich nichts davon. Das ist ein ganz anderes Geschäft, mit solchen Büchern.«

Gjurdhi schüttelte den Kopf, als hätte ich ihn nicht verstanden und er wolle sich jetzt erneut, diesmal deutlich, zu erklären versuchen. Er wiederholte den Preis mit mehr Nachdruck in der Stimme. Dachte er, ich wolle mit ihm feilschen? Oder vielleicht erzählte er mir, wieviel er für das Buch gegeben hatte? Es konnte sein, daß wir ein spekulatives Gespräch über den Preis führten, den es erzielen könnte – und nicht darüber, ob ich es kaufen sollte.

Ich sagte immer wieder nein und ja und bemühte mich, diese Antworten passend abzuwechseln. *Nein*, ich kann sie nicht für meinen Laden nehmen. *Ja*, sie sind sehr schön. *Nein*, wirklich, ich bin nicht die Richtige, um das zu beurteilen.

»Wenn wir in ein anderes Land gegangen wären, hätten Gjurdhi und ich vielleicht etwas machen können«, sagte Charlotte unterdessen. »Oder wenn wenigstens die Filmindustrie hierzulande je in Gang gekommen wäre. Das hätte ich liebend gerne gemacht. Beim Film gearbeitet. Als Komparsin. Oder vielleicht sind wir nicht farblos genug, um als Komparsen zu taugen, vielleicht hätten sie uns kleine Rollen gegeben. Ich glaube, Komparsen müssen Leute sein, die in der Menge nicht auffallen, damit man sie immer wieder einsetzen kann. Gjurdhi und ich sind einprägsamer. Gjurdhi vor allem – aus *dem* Gesicht ließe sich was machen.«

Sie schenkte der zweiten Unterhaltung, die sich entwickelt hatte, keinerlei Beachtung, sondern redete weiter mit mir und schüttelte gelegentlich mit Blick auf Gjurdhi nachsichtig den Kopf, wie um zu zeigen, daß sein Verhalten sie für ihn einnahm, auch wenn es womöglich aufdringlich war. Ich mußte leise mit ihm reden, zu einer Seite hin, und ihr dabei ständig zur Antwort zunicken.

»Sie sollten sie wirklich ins Antiquariat bringen«, sagte ich. »Ja, sie sind sehr schön. Bücher wie diese kommen für mich nicht in Frage.«

Gjurdhi jammerte nicht, er zeigte keine Neigung, sich einzuschmeicheln. Er war eher gebieterisch. Als wollte er mir etwas befehlen, und als würde er empört sein, wenn ich dem nicht nachkäme. In meiner Verwirrung nahm ich mir noch von dem gelben Wein und schenkte ihn mir in das ungespülte Sorbetglas. Das war vermutlich eine schwere Beleidigung. Gjurdhi wirkte entsetzlich verstimmt.

»Können Sie sich in modernen Romanen Illustrationen vorstellen?« sagte Charlotte, sich endlich darauf einlassend, die beiden Gespräche zu verbinden. »Zum Beispiel bei Norman Mailer? Sie müßten abstrakt sein. Meinen Sie nicht? So Stacheldraht und Kleckse?«

Ich ging mit Kopfschmerzen und einem Gefühl genervter Unzulänglichkeit heim. Ich wurde einfach verkniffen, wenn Leute Kaufen und Verkaufen mit Gastfreundschaft verwechselten. Ich hatte mich vielleicht ungeschickt verhalten, ich hatte sie enttäuscht. Und sie hatten mich enttäuscht. Ich fragte mich, warum sie mich eingeladen hatten.

Ich hatte Heimweh nach Donald, wegen »Joe Hill«.

Außerdem sehnte ich mich nach Nelson, ausgelöst durch einen Ausdruck in Charlottes Gesicht, als ich ging. Ein sinnlicher und zufriedener Blick, dem ich ansah, daß er mit Gjurdhi zu tun hatte, obwohl ich es kaum glauben wollte. Mir drängte sich der Gedanke auf, daß, sobald ich auf der Treppe war und das Gebäude verließ und auf die Straße hinaustrat, dort zwischen den Büchern und dem dreckigen Geschirr ein heißes und knochiges, schleimiges, gelbliches, liederliches altes Ungetüm, ein räudiger, aber zudringlicher alter Tiger umherspringen und ein vertrautes Chaos anrichten würde.

Einen oder zwei Tage darauf bekam ich einen Brief von Donald. Er wollte die Scheidung, damit er Helen heiraten konnte.

Ich stellte eine Aushilfe ein, eine Studentin, für ein paar Stunden am Nachmittag, damit ich zur Bank gehen und die Büroarbeit erledigen konnte. Als Charlotte sie zum erstenmal sah, trat sie zu ihr an den Schreibtisch und klopfte auf einen Stapel Bücher, der zum schnellen Verkauf bereitlag.

»Schicken die Manager jetzt ihre kleinen Angestellten los, das zu kaufen?« sagte sie. Das junge Mädchen lächelte diplomatisch, ohne zu antworten.

Charlotte hatte recht. Es war ein Buch mit dem Titel *Psycho-Kybernetik*, über die Entwicklung eines positiven Selbstbildes.

»Sie waren schlau, sie an meiner Stelle zu nehmen«, sagte Charlotte. »Sie sieht viel flotter aus, und sie wird nicht den Mund aufreißen und die Kunden abschrecken. Sie wird ihre Vorurteile für sich behalten.«

»Über die Frau muß ich Ihnen was sagen«, sagte die Aushilfe, nachdem Charlotte gegangen war.

Der Rest ist nicht mehr von Interesse.

»Was heißt das?« fragte ich. Aber ich war nicht ganz bei der Sache gewesen, an diesem dritten Nachmittag im Krankenhaus. Im letzten Abschnitt von Charlottes Geschichte hatte ich an eine Sonderbestellung gedacht, die nicht gekommen war, ein Buch über Kreuzfahrten im Mittelmeer. Außerdem hatte ich an den Notar gedacht, der am Abend zuvor zusammengeschlagen worden war, in seinem Büro in der Johnson Street. Er war nicht tot, aber es konnte sein, daß er erblindet war. Ein Raubüberfall? Oder ein Racheakt, eine Greueltat, die mit einer Ebene seines Lebens zu tun hatte, von der ich nichts ahnte?

Melodrama und Zwielichtigkeit ließen den Ort für mich in einem normaleren Licht erscheinen, aber weniger greifbar.

»Natürlich ist er von Interesse«, entgegnete ich. »Vom Anfang bis zum Ende. Es ist eine faszinierende Geschichte.«

»Faszinierend«, wiederholte Charlotte geziert. Sie verzog das Gesicht, so daß sie aussah wie ein Baby, das einen Löffel voll Brei wieder ausspuckt. Ihre Augen, die noch fest auf mich gerichtet waren, schienen die Farbe zu verlieren, ihr kindliches, leuchtendes und selbstherrliches Blau zu verlieren. Gereiztheit wandelte sich zu Entrüstung. In ihren Augen stand wütende Entrüstung und ein unsäglicher Überdruß – wie ihn Leute vielleicht vor dem Spiegel zeigen, aber kaum jemals voreinander. Vermutlich aufgrund der Gedanken, die mir ohnehin durch den Kopf gingen, befürchtete ich plötzlich, daß Charlotte sterben könnte. Sie konnte jeden Moment sterben. In diesem Moment. Jetzt.

Sie zeigte auf das Wasserglas mit dem krummen Plastikhalm. Ich hielt ihr das Glas so hin, daß sie trinken konnte, und stützte ihr den Kopf. Ich konnte die Wärme ihrer Kopfhaut spüren, ein Pochen unten am Hinterkopf. Sie trank gierig, und der schreckliche Ausdruck wich aus ihrem Gesicht.

Sie sagte: »Abgestanden.«

»Ich glaube, daraus ließe sich ein ausgezeichneter Film machen«, sagte ich und ließ sie sachte wieder auf die Kissen sinken. Sie packte mein Handgelenk und ließ wieder los.

»Wo haben Sie die Idee her?« fragte ich.

»Aus dem Leben«, sagte Charlotte undeutlich. »Warten Sie einen Augenblick.« Sie wandte den Kopf ab, als müßte sie ungestört etwas ordnen. Dann fing sie sich und erzählte noch ein wenig weiter.

Charlotte starb nicht. Zumindest starb sie nicht im Krankenhaus. Als ich am nächsten Tag, ziemlich spät nachmittags, hinkam, war ihr Bett leer und frisch bezogen. Die Schwester, die sich vorher mit mir unterhalten hatte, versuchte gerade bei der Frau, die an den Stuhl gefesselt war, Fieber zu messen. Sie lachte, als sie mein Gesicht sah.

»Oh, nein!« sagte sie. »Das nicht. Sie ist heute morgen entlassen worden. Ihr Mann hat sie abgeholt. Wir wollten sie in eine Langzeitklinik draußen in Saanich überweisen, und er sollte sie hinbringen. Er sagte, er habe das Taxi unten vor der Tür. Dann kriegten wir diesen Anruf, daß sie da überhaupt nicht aufgetaucht sind! Sie waren beim Abschied bester Stimmung. Er brachte ihr einen Haufen Geld, und sie warf die Scheine in die Luft. Ich weiß nicht, vielleicht waren es bloß einzelne Dollars. Aber wir haben keine Ahnung, wo sie geblieben sind.«

Ich machte mich gleich zum Wohnhaus in der Pandora Street auf. Ich dachte, sie wären vielleicht einfach nach Hause gegangen. Vielleicht hatten sie die Wegbeschreibung zum Pflegeheim verloren und mochten nicht fragen. Vielleicht hatten sie beschlossen, um jeden Preis zusammen in ihrer Wohnung zu bleiben. Vielleicht hatten sie das Gas aufgedreht.

Zuerst konnte ich das Haus nicht finden und dachte, ich müßte in der falschen Straße sein. Aber ich erinnerte mich noch an den Eckladen und an einige der Häuser. Das Haus war verändert – deshalb also. Der Stuck war rosa gestrichen; man hatte große neue Fenster und Glastüren eingebaut; kleine Balkons mit gußeisernem Geländer. Die eleganten Balkons waren weiß gestrichen worden, das ganze Haus sah aus wie ein Eiscafé. Zweifellos war es auch innen renoviert worden, und man hatte die Mieten heraufgesetzt, so daß Leute wie Charlotte und Gjurdhi keine Hoffnung mehr hatten, dort wohnen bleiben zu können. Ich las die Namen an der Tür, und natürlich war ihrer verschwunden. Sie mußten schon vor einiger Zeit ausgezogen sein.

Das umgebaute Wohnhaus schien eine Botschaft für mich zu haben. Über das Verschwinden. Ich wußte, daß Charlotte und Gjurdhi nicht wirklich verschwunden waren – sie waren irgendwo, tot oder lebendig. Aber für mich waren sie verschwunden. Und deshalb – nicht etwa, weil ich ihren Verlust nicht verschmerzen konnte – wurde ich von einem Entsetzen erfaßt, das mich viel mehr verunsicherte als alle kleinen Anwandlungen von Reue, die mir im Lauf des letzten Jahres zu schaffen gemacht hatten. Ich hatte die Orientierung verloren. Ich mußte in meinen Laden zurück, damit meine Aushilfe Feierabend machen konnte, aber ich hatte das Gefühl, genausogut einen anderen Weg einschlagen zu können, irgendeinen x-beliebigen Weg. Meine Verbindung war in Gefahr – das war alles. Manchmal wird unsere Verbindung brüchig, sie ist in Gefahr, sie reißt beinahe ab. Ausblicke und Straßen scheinen nichts von uns zu wissen, die Luft wird dünn. Hätten wir dann nicht lieber ein Geschick, in das wir uns fügen müssen, etwas, das einen Anspruch auf uns erhebt, egal was, alles andere als diese dürftigen Optionen, diese willkürlichen Tage?

Da ließ ich mich gehen und malte mir ein Leben mit Nelson aus. Wenn ich es mir genau ausgemalt hätte, dann wäre dies dabei herausgekommen:

Er kommt nach Victoria. Aber er hält nichts von der Idee, im Geschäft zu arbeiten, andere Leute zu bedienen. Er findet eine Stelle als Lehrer an einer Jungenschule, einer Nobelschule, wo die Unterschichtszähigkeit in seinem Gesicht, seine verletzende Art ihn bald zum Liebling werden lassen.

Wir ziehen aus der Wohnung in The Dardanelles in einen geräumigen Bungalow ein paar Straßen vom Meer. Wir heiraten.

Aber das ist der Anfang einer Phase der Entfremdung. Ich werde schwanger. Nelson verliebt sich in die Mutter eines Schülers. Ich verliebe mich in einen Praktikanten, den ich im Kreißsaal kennenlerne.

Wir kommen über das alles hinweg – Nelson und ich zusammen. Wir bekommen ein zweites Kind. Wir finden Freunde, Möbel, Rituale. Wir gehen zu bestimmten Jahreszeiten auf zu viele Parties und reden regelmäßig davon, ein neues Leben beginnen zu wollen, irgendwo weit weg, wo wir niemanden kennen.

Wir werden uns fremd und wieder nah – fremd, nah – immer und immer wieder.

Als ich in den Laden trat, fiel mir auf, daß in der Nähe der Tür ein Mann stand, der halb aus dem Fenster schaute, halb die Straße hinauf, und dann mich anschaute. Es war ein kleiner Mann im Trenchcoat und mit Filzhut. Ich hatte den Eindruck, er sei verkleidet. Aus Spaß verkleidet. Er kam auf mich zu und stieß mich an, und ich schrie auf, als hätte ich den Schock meines Lebens bekommen, und damit hatte ich ganz recht. Denn es war wirklich Nelson, der gekommen war, um mich zurückzuholen. Oder zumindest, um mich zu stellen und zu sehen, was passiert.

Wir sind sehr glücklich geworden.
Ich habe mich oft sehr allein gefühlt.
Es gibt in diesem Leben immer etwas zu entdecken.
Die Tage und die Jahre sind in einer Art Schummer verflossen.
Im ganzen bin ich zufrieden.

Als Lottar den Hof des Bischofs verließ, wurde sie in einen langen Umhang gehüllt, den man ihr gegeben hatte, vielleicht um ihre zerlumpten Kleider zu verdecken, vielleicht um ihren Geruch zu dämmen. Der Diener des Konsuls sprach Englisch mit ihr, als er ihr sagte, wohin sie gingen. Sie konnte ihn verstehen, aber sie konnte nicht antworten. Es war nicht ganz dunkel. Sie konnte noch die blassen Formen von Rosen und Apfelsinen im Bischofsgarten sehen.

Der Diener des Bischofs hielt ihnen das Tor auf.

Den Bischof hatte sie nie zu Gesicht bekommen. Und den Franziskaner hatte sie nicht mehr gesehen, seit er dem Diener des Bischofs ins Haus gefolgt war. Jetzt, im Gehen, rief sie nach ihm. Sie wußte keinen Namen, den sie hätte rufen können, deshalb rief sie: *»Xoti! Xoti! Xoti«*, was in der Sprache der Gegend »Führer« oder »Meister« heißt. Aber es kam keine Antwort, und der Konsulatsdiener schwang seine Laterne ungeduldig in die Richtung, die sie einschlagen sollte. Ihr Licht fiel versehentlich auf den Franziskaner, der halb versteckt an einem Baum stand. Der Baum, hinter dem er stand, war ein kleiner Apfelsinenbaum. In dem fahlen Licht schaute sein Gesicht bleich wie die Apfelsinen aus den Zweigen hervor, alle dunkle Farbe wie ausgewaschen. Es war ein fahles Gesicht, das im Baum hing, der wehmütige Ausdruck völlig unpersönlich und ohne jeden Anspruch, wie der Ausdruck, den man im Gesicht eines frommen, aber stolzen Apostels in einem Kirchenfenster sehen mochte. Dann war es fort und nahm ihr alle Luft, wie sie wußte, zu spät.

Sie rief und rief nach ihm, und als das Schiff im Hafen von Triest anlegte, wartete er am Kai.

Offene Geheimnisse

An einem Samstag morgen
Nach einem Regenguß
Zog die fromme alte Miss Johnstone
Mit sieben Mädchen zum Fluß.

»Und beinahe wären sie nicht gefahren«, sagte Frances. »Wegen des Wolkenbruchs am Samstag morgen. Sie stellten sich eine halbe Stunde im Keller der United Church unter, und sie sagte fröhlich, ach, das hört gleich wieder auf – meine Ausflüge fallen nie ins Wasser! Und jetzt wette ich, sie wünscht, er wäre ausgefallen. Dann hätten wir jetzt eine ganz andere Geschichte.«

Es hörte tatsächlich auf zu regnen, sie marschierten wirklich los, und es wurde, kaum waren sie unterwegs, schon so heiß, daß Miss Johnstone sie an einem Farmhaus haltmachen ließ, wo die Frau ihnen Coca-Cola in Flaschen brachte und der Mann ihnen erlaubte, den Gartenschlauch anzustellen und sich abzukühlen. Sie rissen sich gegenseitig den Schlauch aus der Hand und sprühten sich naß, und Frances behauptete, Mary Kaye hätte gesagt, daß Heather Bell die schlimmste gewesen sei, die übermütigste. Sie habe sich den Schlauch geschnappt und den Wasserstrahl auf die anderen gerichtet, auf alle verbotenen Stellen.

»Sie werden versuchen, sie als arme Unschuld hinzustellen, aber dem widersprechen die Tatsachen völlig«, sagte Frances. »Es könnte sein, daß alles abgemacht war, daß sie sich mit jemand verabredet hat. Ich meine, mit einem Mann.«

Maureen sagte: »Das halte ich für ziemlich weit hergeholt.«

»Jedenfalls glaube ich nicht, daß sie ertrunken ist«, sagte Frances. »Das kann ich nicht glauben.«

Die Wasserfälle am Peregrine River waren nicht zu vergleichen mit den Wasserfällen, die man auf Bildern sieht. Sie waren bloß Wasser, das über Kalksteinstufen fällt, von denen keine mehr als gut mannshoch war. Es gab einen Ruheflecken, wo man hinter dem niederprasselnden Vorhang aus Wasser stehen konnte, und ringsum in den Kalkfelsen waren glattwandige Becken, nicht viel größer als Badewannen, in denen sich das Wasser fing und aufwärmte. Man müßte schon ziemlich entschlossen sein, um darin zu ertrinken. Trotzdem hatten sie dort nachgeschaut – die anderen Mädchen waren herumgelaufen und hatten Heathers Namen gerufen und in alle Wasserbecken gespäht, ja, sie hatten sogar die Köpfe in die trockene Höhle hinter dem lauten Vorhang aus Wasser gesteckt. Sie waren rufend und brüllend auf dem nackten Fels umhergesprungen und hatten sich schließlich von Kopf bis Fuß naß gemacht, indem sie immer durch den Vorhang getaucht waren, rein und raus. Bis Miss Johnstone sie mit Gewalt zurückpfiff.

Sie waren Lucille Chambers
Und Betsy und Eva Trowell
Und Ginny Bos und Robin Sands und Mary Kaye
Trevelyan und die arme Heather Bell.

»Mehr als sieben hatte sie nicht auftreiben können«, sagte Frances. »Und für jede gab es einen Grund. Robin Sands, Arzttochter. Lucille Chambers, Pastorentochter. Die können nicht drumherum. Die Trowells – vom Land. Immer froh, wenn was los ist. Ginny Bos, das gelenkige Äffchen – die ist zum Schwimmen dabei und zum Blödsinn machen. Mary Kaye wohnt bei Miss Johnstone nebenan. Das sagt genug. Und Heather Bell neu zugezogen. *Und* ihre Mutter war ebenfalls übers Wochenende weg – die hat die Gelegenheit wahrgenommen. Selbst was auf die Beine zu stellen.«

Es waren etwa vierundzwanzig Stunden vergangen, seit Heather Bell verschwunden war, während des alljährlichen Wanderausflugs des C.G.I.T. – die Abkürzung für Canadian Girls in Training – zu den Wasserfällen am Peregrine River. Mary Johnstone, die mittlerweile Anfang sechzig war, organisierte diesen Ausflug schon seit vielen Jahren, schon seit vor dem Krieg. Früher waren jedes Jahr mindestens zwei Dutzend Mädchen eines Samstag morgens im Juni über die County Road hinausgezogen. Alle in marineblauen Shorts und weißen Blusen, mit roten Halstüchern. Maureen war auch dabeigewesen, vor gut zwanzig Jahren.

Miss Johnstone ließ sie jedesmal das selbe Lied anstimmen.

Für die Schönheit, die auf Erden wohnt,
Für die Schönheit hoch am Himmel droben,
Für die Liebe, die uns von Geburt belohnt,
Dafür lasset Gott uns loben -

Und jedesmal konnte man leise, aber deutlich, einen anderen Text unter den Worten des Kirchenliedes vernehmen.

Für den Anblick von Miss Johnstones Po,
Wie er watschelt sacht auf stillen Straßen.
Wir sind die Idioten, wir singen so froh –
Ach, wie wir die Kröte hassen.

Ob sonst wer in Maureens Alter sich noch an diesen Text erinnerte? Alle, die noch in der Stadt wohnten, waren Mütter – sie hatten Töchter, die alt genug waren, beim Ausflug mitzumachen, und älter. Die würden sich, wie es sich für Mütter gehörte, über die ordinären Ausdrücke aufregen. Durch Kinder veränderte man sich. Durch sie war man eindeutig auf die Seite der Erwachsenen gestellt, so daß bestimmte Anteile – Anteile von früher – ganz und gar eliminiert werden und in Vergessenheit geraten konnten. Beruf und Ehe reichten dazu nicht ganz – die erreichten bloß, daß man sich so *verhielt*, als wisse man nichts mehr davon.

Maureen hatte keine Kinder.

Maureen saß mit Frances Wall bei Kaffee und Zigaretten am Frühstückstisch, der in die alte Speisekammer gequetscht worden war, unter die hohen Glasschränke. Das war 1965, in Maureens Haus in Carstairs. Sie wohnte seit acht Jahren in dem Haus, aber sie hatte immer noch das Gefühl, sich darin auf ziemlich schmalen Schienen zu bewegen, von einer Stelle, an der sie sich heimisch fühlte, zu einer andern. Sie hatte sich dieses Eckchen zurechtgemacht, damit es außer am großen Tisch im Eßzimmer einen Platz zum Essen gab, und sie hatte den Wintergarten neu mit Chintz eingerichtet. Es war viel Arbeit, ihren Mann zu Neuerungen zu bewegen. Die vorderen Zimmer standen mit teuren, schweren Möbeln voll, aus Eiche und Nußbaum, und an den Fenstern hingen grünviolette Brokatvorhänge, wie in einem edel wirkenden Hotel – da war gar nicht daran zu denken, etwas zu verändern.

Frances arbeitete für Maureen im Haus, aber nicht wie eine Dienerin. Sie waren Cousinen, wenngleich Frances fast eine Generation älter war. Sie hatte schon viele Jahre in dem Haus gearbeitet, bevor Maureen einzog – sie hatte für die erste Frau gearbeitet. Manchmal sagte sie »Missus« zu Maureen. Im Scherz, halb freundlich gemeint, und halb nicht. Wieviel haben die Koteletts gekostet, Missus? Oh, da haben die dich aber übers Ohr gehauen! Sie sagte Maureen auch gern, daß sie mittschiffs allmählich breit werde und daß ihr die Frisur nicht stehe, hoch aufgetürmt und mit Spray gesichert wie eine umgekehrte Rührschüssel. Und das, obwohl Frances selbst eine eher wabbelige Frau mit einem nichtssagenden, frechen Gesicht war, der das graue Haar wie Dorngestrüpp um den Kopf stand. Maureen empfand sich selbst nicht als schüchtern – sie wirkte durchaus stattlich –, und inkompetent war sie gewiß nicht, hatte sie doch die Kanzlei ihres Mannes gemanagt, bevor sie zur Frau seines Hauses »aufgestiegen« war (wie sie und er beide zu sagen pflegten). Sie dachte manchmal, sie sollte versuchen, Frances zu mehr Respekt zu erziehen – aber sie brauchte jemanden im Haus zum Kabbeln und Spaßmachen. Mit anderen Frauen klatschen konnte sie nicht, wegen der Position ihres Mannes, und sie glaubte auch nicht, daß es ihrer Natur entsprochen hätte, aber sie ließ Frances eine Menge gehässige Bemerkungen durchgehen und wilde, herzlose, vertrauliche Spekulationen.

(Zum Beispiel das, was Frances über Heather Bells Mutter sagte und über Mary Johnstone und den Wanderausflug allgemein. Frances glaubte, dazu befugt zu sein, weil Mary Kaye Trevelyan ihre Enkelin war.)

Mary Johnstone war eine Frau, deren Namen man in Carstairs kaum in den Mund nehmen durfte, ohne das Wort »wundervoll« hinzuzufügen. Sie hatte Kinderlähmung gehabt und war fast daran gestorben, im Alter von dreizehn oder vierzehn Jahren. Davon hatte sie kurze Beine übrigbehalten, einen kurzen, breiten Rumpf, krumme Schultern und einen leicht verdrehten Hals, wodurch ihr Kopf stets ein bißchen zu einer Seite geneigt war. Sie hatte Buchhalterin gelernt, sie hatte bei Douds in der Fabrik eine Stelle im Büro ergattert, und sie hatte sich in ihrer Freizeit den jungen Mädchen gewidmet, wobei sie oft betonte, daß ihr noch kein schlechtes Mädchen untergekommen sei, nur manche, die desorientiert waren. Jedesmal, wenn Maureen Mary Johnstone auf der Straße oder in einem Geschäft begegnete, schrumpfte sie innerlich. Zuerst kamen das forschende Lächeln, die zudringlich in deinen lesenden Augen, die Freude an jedem Wetter – ob Wind oder Hagel oder Sonne oder Regen, jede Witterung hatte etwas für sich –, dann die lachende Frage. *Und was treiben Sie so, Mrs. Stephens?* Mary Johnstone ließ es sich nie nehmen, »Mrs. Stephens« zu sagen, aber sie sagte es, als wäre es der Titel eines Theaterstücks und als dächte sie die ganze Zeit: Es ist nur Maureen Coulter. (Die Coulters waren genau wie die Trowells, von denen Frances geredet hatte – vom Land. Nicht mehr, nicht weniger.) *Was haben Sie in letzter Zeit Interessantes getrieben, Mrs. Stephens?*

Dann hatte Maureen das Gefühl, ihr werde das Messer auf die Brust gesetzt und sie könne nichts dagegen tun, als würde sie provoziert, und zwar wahrscheinlich ihrer glücklichen Heirat wegen und ihres hochgewachsenen, gesunden Körpers, dessen einziger Fehler ein verborgener war – ihre Eileiter waren abgebunden, um sie empfängnisunfähig zu machen –, und ihrer rosigen Haut und kastanienbraunen Haare wegen, und wegen der Kleider, auf die sie viel Geld und Zeit verwendete. Als ob sie Mary Johnstone etwas schuldete, eine niemals spezifizierte Kompensation. Oder als ob Mary Johnstone mehr Mängel an ihr entdeckte, als Maureen sich selbst eingestehen mochte.

Frances hatte ebenfalls nichts für Mary Johnstone übrig, aus dem schlichten und einfachen Grund, daß sie für niemanden etwas übrig hatte, der sich zu wichtig nahm.

Miss Johnstone hatte sie vor dem Frühstück auf eine kleine Wanderung mitgenommen, wie immer, auf den Felsen – den Kalksteinblock, der hoch über dem Peregrine River aufragte und in diesem Teil des Landes eine solche Seltenheit war, daß er keinen anderen Namen hatte als »The Rock«. Sonntag morgens mußten immer alle mit auf diese Wanderung, auch wenn sie noch so groggy davon waren, sich die ganze Nacht wachzuhalten, und halb krank vom Rauchen mitgeschmuggelter Zigaretten. Und zitterten, weil die Sonne noch nicht tief zwischen die Bäume schien. Der Weg hatte kaum den Namen verdient – man mußte über morsche Baumstämme klettern und durch Farnkraut und Maiäpfel waten, die einem von Miss Johnstone gezeigt wurden, und wilden Storchschnabel und kanadischen Ingwer. Diesen zog sie mit der Wurzel aus und knabberte sie an, ohne gründlich den Dreck zu entfernen. Seht, was die Natur uns schenkt.

Ich hab meinen Pullover vergessen, sagte Heather auf halbem Wege nach oben. Kann ich zurücklaufen und ihn holen?

Früher hätte Miss Johnstone wahrscheinlich nein gesagt. Lauf tüchtig zu, dann wirst du auch ohne warm, hätte sie gesagt. Sie muß diesmal unsicher gewesen sein, wegen der schwindenden Popularität ihrer Wanderausflüge, wofür sie dem Fernsehen, berufstätigen Müttern, häuslicher Nachlässigkeit die Schuld gab. Sie sagte ja.

Ja, aber beeil dich. Daß du uns schnell wieder einholst.

Was Heather Bell aber nicht getan hatte. Auf dem Fels sahen sie sich den Blick an (Maureen entsann sich noch, daß sie sich zwischen den Bierflaschen und Bonbonpapieren nach Parisern umgesehen hatten – sagte man noch so dazu?), und Heather hatte sie noch nicht eingeholt. Auf dem Rückweg begegneten sie ihr nicht. Sie war nicht im großen Zelt und nicht im kleinen Zelt, in dem Miss Johnstone geschlafen hatte, und nicht zwischen den Zelten. Sie war nicht in irgendwelchen Blätterhöhlen oder Liebesnestern unter den Zedern um den Zeltplatz. Dieser Suche setzte Miss Johnstone schnell ein Ende.

»Pfannkuchen«, rief sie. »Pfannkuchen und Kaffee! Mal sehen, ob der Duft von Pfannkuchen und Kaffee unsere Madame Unfug nicht aus ihrem Versteck lockt.«

Sie mußten sich hinsetzen und essen – nachdem Miss Johnstone das Tischgebet gesprochen hatte, in dem sie Gott für alles im Wald und daheim dankte –, und während sie aßen, rief Miss Johnstone: »Mm-jammjamm!«

»Was kriegt man nur für einen Appetit an der frischen Luft!« sagte sie, so laut sie konnte. »Sind das nicht die besten Pfannkuchen, die ihr je gegessen habt? Heather muß sich beeilen, sonst kriegt sie keinen mehr ab. Heather? Hörst du mich? Keinen einzigen mehr!«

Sobald sie aufgegessen hatten, fragte Robin Sands, ob sie jetzt gehen könnten, ob sie losgehen dürften, um Heather zu suchen?

»Erst wird gespült, mein Fräulein«, sagte Miss Johnstone. »Auch wenn ihr zu Hause bei euch nie ein Spültuch in die Hand nehmt.«

Robin brach fast in Tränen aus. Niemand redete je in diesem Ton mit ihr.

Als sie alles sauber hatten, ließ Miss Johnstone sie gehen, und das war der Punkt, an dem sie noch einmal zu den Wasserfällen gingen. Aber sie holte sie schon nach kurzer Zeit zurück und befahl ihnen, sich naß, wie sie waren, in einen Halbkreis zu setzen. Dann setzte sie sich im Schneidersitz vor die Mädchen und rief laut, daß jeder, der sie hörte, herzlich eingeladen sei, hinzuzukommen. »Falls sich hier noch irgendwo jemand versteckt und uns erschrecken will, ist er herzlich willkommen! Komm jetzt raus, und wir stellen keine Fragen! Sonst werden wir einfach ohne dich weitermachen müssen!«

Damit hob sie zu ihrer Rede an, ihrer »Predigt zum Sonntag morgen auf dem Wanderausflug«, völlig ohne Bedenken oder Sorgen. Sie predigte und predigte und stellte hin und wieder eine Frage, um sicherzugehen, daß sie zuhörten. Die Sonne trocknete ihre Shorts, und Heather Bell kam nicht wieder. Sie tauchte und tauchte nicht aus den Bäumen auf, und Miss Johnstone hörte und hörte nicht auf zu predigen. Sie hielt sie fest, bis Mr. Trowell mit seinem Laster auf den Zeltplatz gefahren kam und das Eis für das Mittagessen zum Nachtisch brachte.

Sie erteilte ihnen auch da keine Erlaubnis, aber sie ließen sich nicht mehr halten. Sie sprangen auf und rannten zum Laster. Sie fingen alle gleichzeitig an zu erzählen. Jupiter, der Hund der Trowells, sprang über die Ladeklappe, und Eva Trowell umschlang ihn und fing an zu heulen, als wäre er der Vermißte.

Miss Johnstone stand auf und kam herbei und rief Mr. Trowell über das Geschrei der Mädchen hinweg zu:

»Eine ist auf die gloriose Idee gekommen verlorenzugehen!«

Nun zogen die Suchmannschaften aus. Douds machte zu, damit jeder, der mitwollte, gehen konnte. Man nahm Hunde mit. Man sprach davon, den Fluß unterhalb der Fälle mit Netzen abzusuchen.

Als der Wachtmeister zu Heather Bells Mutter ging, um ihr zu berichten, war sie gerade von ihrem eigenen Wochenende zurück, noch in rückenfreiem Sommerkleid und Stöckelschuhen.

»Dann sehen Sie mal zu, daß Sie sie finden«, sagte sie. »Dafür werden Sie schließlich bezahlt.«

Sie arbeitete im Krankenhaus – sie war Krankenschwester. »Entweder geschieden oder von vornherein unverheiratet«, sagte Frances. »Den einen nehmen und den andern nicht lassen, das ist ihre Devise.«

Maureens Mann rief nach ihr, und sie eilte in den Wintergarten. Nach seinem Schlaganfall vor zwei Jahren, im Alter von neunundsechzig Jahren, hatte er seine Anwaltskanzlei aufgegeben, aber er hatte immer noch hier und da Briefe zu schreiben und kleinere Angelegenheiten für alte Klienten zu bearbeiten, die sich nie mit jemandem Neuen abgefunden hätten. Maureen tippte seine gesamte Korrespondenz und half ihm täglich mit seinen Pflichten, wie er zu sagen pflegte.

»Wamachu dahinn?« sagte er. Er konnte nur noch undeutlich sprechen, weshalb sie an seiner Seite bleiben und für Leute dolmetschen mußte, die ihn nicht gut kannten. Wenn er mit ihr allein war, gab er sich weniger Mühe, und sein Ton konnte unwirsch und klagend werden.

»Frances und ich haben uns unterhalten«, sagte Maureen.

»Wo-über?«

»Dies und das.«

»Jaah.«

Er zog das Wort mißmutig in die Länge, wie um zu sagen, daß er wohl wisse, worüber sie sich unterhalten hätten, und daß es ihn nicht interessiere. Tratsch, Gerüchte, die kalte Lust an Katastrophen. Er hatte nie viel vom Reden gehalten, weder jetzt noch in den Zeiten, als er noch ohne Probleme sprechen konnte – selbst seine Rügen waren kurz, eine Sache des Tons und der Andeutung. Als beriefe er sich auf einen Glaubenssatz, auf Regeln, die allen anständigen Menschen, ja vielleicht allen Menschen bekannt waren, selbst denen, die sich ihr Leben lang nicht an sie hielten. Er wirkte dann immer ein bißchen gequält, ein bißchen peinlich berührt um der Betroffenen willen und gleichzeitig furchterregend. Seine Rügen waren außerordentlich wirksam.

Die Leute in Carstairs gewöhnten sich gerade die Anrede Lawyer So-und-So für Rechtsanwälte ab, die man bislang wie die Ärzte stets mit Titel angeredet hatte. Sie sprachen von den jüngeren Anwälten nie mehr als Lawyer, aber von Maureens Mann sprachen sie stets als Lawyer Stephens. Selbst Maureen nannte ihn in Gedanken oft so, obwohl sie ihn mit Alvin anredete. Er kleidete sich noch immer jeden Tag wie früher, als er in seine Kanzlei ging – in einen dreiteiligen grauen oder braunen Anzug –, und seine Sachen schienen, obwohl sie genug Geld kosteten, nie gut zu sitzen oder seinen langen, wulstigen Körper zu ebnen. Sie schienen auch nie frei zu sein von einem feinen Geriesel aus Zigarettenasche, Krümeln, vielleicht sogar Hautschüppchen. Sein vorgeneigter Kopf wackelte, sein Gesicht war schlaff vor Versunkenheit, seine Miene gewitzt und geistesabwesend – man konnte nie sicher sein, welches von beidem. Den Leuten gefiel es – es gefiel ihnen, daß er ein bißchen ungepflegt und verloren wirkte und dann manchmal plötzlich mit irgendeinem imposanten Detail aufwartete. Er kennt sich im Gesetzbuch aus, sagten sie. Er muß nicht nachschlagen. Er hat alles im Kopf. Sein Schlaganfall hatte ihr Vertrauen nicht erschüttert und hatte auch in der Tat weder seine Erscheinung noch seine Art wesentlich verändert, nur das bereits Vorhandene stärker betont.

Alles glaubte, er hätte es zum Richter bringen können, wenn er es geschickt angestellt hätte. Er hätte es zum Senator bringen können. Aber er war zu ehrenhaft. Er katzbuckelte niemals. Einen wie ihn fand man selten.

Maureen setzte sich zu ihm auf einen Lederpuff, um mitzustenographieren. Im Büro war sein Name für sie »das Goldstück« gewesen, weil sie intelligent und zuverlässig und eigentlich in der Lage war, eigenständig Urkunden zu entwerfen und Briefe zu schreiben. Selbst in seinem Haushalt hatten seine Frau und die beiden Kinder, Helena und Gordon, sie so genannt. Die Kinder gebrauchten den Namen immer noch manchmal, auch jetzt, wo sie erwachsen waren und anderswo lebten. Helena gebrauchte ihn liebevoll und provozierend, Gordon mit ernster, narzistischer Güte. Helena war eine unsichere alleinstehende Frau, die selten heimkam, und wenn, sich mit ihnen anlegte. Gordon war Dozent an einer Militärakademie, der gern mit Frau und Kindern nach Carstairs kam und nicht müde wurde, die provinziellen Tugenden des Ortes und seines Vaters und Maureens anzupreisen.

Maureen konnte es immer noch genießen, das Goldstück zu sein. Oder zumindest war es ihr bequem. Ein Teil ihrer Gedanken konnte sich abspalten und selbständig machen. So dachte sie jetzt daran, wie das lange Abenteuer der Nacht begann, in den Zelten, zu Miss Johnstones hingebungsvollem Schnarchen, und an das Ziel – bis zum Morgengrauen wachzubleiben – und an die vielen Strategien und Vergnügungen, derer sie sich bedienten, um es zu erreichen, wenngleich sie nie gehört hatte, daß es tatsächlich geglückt war. Die Mädchen spielten Karten, sie erzählten Witze, sie rauchten, und gegen Mitternacht kam das große Spiel »Du traust dich nicht«: Wer die Wahrheit nicht sagen mochte, mußte sich auf ein Wagnis einlassen. Beispielsweise das Pyjamaoberteil ausziehen und die Brüste zeigen; eine Zigarettenkippe verspeisen; Dreck schlucken; den Kopf in einen Wasserbottich stecken und bis hundert zu zählen versuchen; vor Miss Johnstones Zelt pinkeln. Fragen, auf die man die Wahrheit sagen mußte, waren: Haßt du deine Mutter? Vater? Schwester? Bruder? Wieviele Schwänze hast du schon gesehen, und wessen waren es? Hast du schon einmal gelogen? Geklaut? Was Totes angefaßt? Maureen spürte fast wieder das Gefühl der Übelkeit und Schwindeligkeit als Folge von zu vielen, zu schnell gerauchten Zigaretten und den Geruch des Rauches unter dem schweren, mit der Sonne des Tages vollgesogenen Zeltstoff, den Geruch der Mädchen, die stundenlang im Fluß geschwommen waren und im Schilf am Rand Versteck gespielt hatten und die Blutegel an den Beinen hatten abbrennen müssen.

Ihr fiel ein, wie laut sie damals gewesen war. Eine Kreischerin, ein Wagehals. Kurz vor dem Übergang auf die High School hatte sie eine Tendenz zu Übermut gehabt, der echt oder gespielt oder halb und halb sein konnte. Dieser verging bald, und ihr mutiger Körper verschwand in diesem fülligen, und sie wurde ein fleißiges, schüchternes junges Mädchen, das leicht errötete. Sie entwickelte die Eigenschaften, die ihr Mann später erkannte und wertschätzte, als er sie einstellte und als er den Heiratsantrag machte.

Du traust dich nicht wegzulaufen. War das möglich? Es gibt Zeiten, da sind Mädchen nicht zu halten, und kein Wagnis ist ihnen groß genug. Sie wollen Heldinnen sein, um jeden Preis. Sie wollen es mit einem Streich weiter treiben als je einer zuvor. Leichtsinnig zu sein, unerschrocken, Chaos anrichten zu können – das war die verlorene Hoffnung der Mädchen.

Vom chintzbezogenen Lederpuff an der Seite ihres Gatten blickte sie hinaus auf die alten Blutbuchen und sah hinter ihnen nicht den sonnigen Rasen, sondern die wildwachsenden Bäume am Fluß – die dichtstehenden Zedern und die Eichen mit ihren glänzenden Blättern und die blitzenden Pappeln. Eine unregelmäßige Wand mit versteckten Eingängen und versteckten Pfaden dahinter, wo Tiere wandelten und manchmal einsame Menschen, die dort anders wurden als draußen, erfüllt von anderen Verantwortungen, Gewißheiten, Intentionen. Sie konnte sich vorstellen zu verschwinden. Aber natürlich verschwand man nicht einfach, und überall war schon jemand, der sich dir in den Weg stellte und der schon, bevor es soweit war, den Kopf voller Pläne für dich hatte.

Als sie den Nachmittag zum Postamt ging, um die Briefe ihres Mannes abzuschicken, hörte Maureen zwei neue Berichte. Man hatte ein hellhaariges Mädchen gesehen, wie es Sonntag mittag gegen eins ein Stück nördlich von Walley am Bluewater Highway in ein schwarzes Auto eingestiegen war. Vielleicht war sie getrampt. Oder hatte nur auf ein bestimmtes Auto gewartet. Das war zwanzig Meilen von den Wasserfällen entfernt, ein Weg von gut fünf Stunden zu Fuß, quer über Land. Zu schaffen war es. Oder sie hatte sich vielleicht von einem anderen Auto mitnehmen lassen.

Aber ein paar Leute, die auf einem abgelegenen Landfriedhof im nordöstlichsten Winkel des Bezirks dabei gewesen waren, Familiengräber in Ordnung zu bringen, hatten mitten am Nachmittag einen Schrei gehört, einen schrillen Schrei. Wer war das? hatten sie sich gegenseitig gefragt, das wußten sie noch. Nicht *was*, sondern *wer. Wer war das?* Allerdings hatten sie sich später überlegt, daß es ein Fuchs gewesen sein konnte.

Außerdem war das Gras an einer Stelle unweit des Zeltplatzes niedergetrampelt, und dort lagen auch frische Kippen herum. Aber was bewies das schon – es waren immer Leute da draußen. Liebespaare. Halbstarke mit dummem Zeug im Kopf.

Und vielleicht hat ein Mann sie dort getroffen,
Der mit einem Messer in den Wald gekommen.
Er fand sie, und ihr half kein Hoffen,
Er hat ihr einfach das Leben genommen.

Doch mancher weiß es anders schon
Ob Freund oder Fremder, es war längst geplant.
Im schwarzen Auto fuhr sie davon,
Und das Ende, das bleibt unbekannt.

Dienstag morgen, als Frances das Frühstück richtete und Maureen ihrem Mann beim Anziehen half, erklang ein Klopfen an der Haustür, von jemandem, der die Klingel nicht sah oder ihr nicht traute. Es kam gelegentlich vor, daß Leute so früh hereinschauten, aber es war nicht gern gesehen, weil Lawyer Stephens in der Frühe zumeist größere Schwierigkeiten mit dem Sprechen hatte, und auch sein Gehirn ein wenig Zeit zum Aufwärmen brauchte.

Durch die körnige Glasscheibe in der Haustür sah Maureen die verschwommenen Umrisse eines Mannes und einer Frau. Sie hatten sich feingemacht, zumindest die Frau – mit Hut. Das hieß, es war etwas Ernstes. Doch was für die Betroffenen etwas Ernstes war, konnte für andere trotzdem eine Lappalie sein. Es hatte schon Morddrohungen wegen einer Kommode gegeben, und einem Grundstücksbesitzer konnte wegen einer Auffahrt, die eine Handbreit über sein Land ging, eine Ader platzen. Verschwundenes Feuerholz, bellende Hunde, ein böser Brief – all so etwas konnte die Leute in Wallung bringen und sie zu ihnen führen. *Geh damit zu Lawyer Stephens. Geh hin und erkundige dich, was das Gesetz dazu sagt.*

Natürlich bestand die unwahrscheinliche Möglichkeit, daß dieses Paar in Sachen Religion unterwegs war.

Das war nicht der Fall.

»Wir möchten zum Anwalt«, sagte die Frau.

»Nun«, sagte Maureen. »Es ist noch sehr früh.« Sie wußte nicht gleich, wer sie waren.

»Tut mir leid, aber wir haben ihm etwas zu sagen«, erklärte die Frau und war irgendwie in die Eingangsdiele getreten, und Maureen hatte ein paar Schritte rückwärts gemacht. Der Mann schüttelte den Kopf wie vor Unbehagen oder zur Entschuldigung und um anzuzeigen, daß er keine andere Wahl hatte, als seiner Frau zu folgen.

Die Diele füllte sich mit dem Geruch von Rasierseife, Cremedeo und billigem Parfum aus der Drogerie. Maiglöckchen. Jetzt erkannte Maureen die Leute.

Es war Marian Hubbert. Sie sah nur anders aus, in einem blauen Kostüm, das für dieses Wetter zu dick war – und mit braunen Stoffhandschuhen und einem braunen Federhut. In der Stadt sah man sie gewöhnlich mit langen Hosen aus Stoff oder sogar mit Drillichbuchsen, die wie Männerarbeitshosen aussahen. Sie war eine stämmige Person ungefähr in Maureens Alter – sie waren zusammen auf der High-School gewesen, wenn auch ein, zwei Jahre auseinander. Marian war plump, aber flink, und ihre grauen Haare waren so kurz geschnitten, daß man im Nacken die Borsten sah. Sie hatte eine laute Stimme, normalerweise eine ungestüme Art. Jetzt wirkte sie eher gedämpft.

Der Mann bei ihr war der Mann, den sie vor nicht allzulanger Zeit geheiratet hatte. Vielleicht vor zwei, drei Jahren. Er war groß und wirkte jungenhaft, in einem billigen cremefarbenen Jackett mit zuviel Watte in den Schultern. Welliges braunes Haar, mit einem nassen Kamm fixiert. »Verzeihen Sie uns«, sagte er mit leiser Stimme – die seine Frau vielleicht nicht hören sollte –, als Maureen sie ins Eßzimmer führte. Aus der Nähe waren seine Augen nicht so jung – in seinem Blick lag eine Anspannung und Stumpfheit oder Verwirrung. Vielleicht war er nicht sehr gescheit. Maureen fiel nun die Geschichte ein, daß Marian ihn angeblich über eine Anzeige kennengelernt hatte. *Frau mit Farm, schuldenfrei. Geschäftsfrau mit Farm* hätte es auch heißen können, denn Marian Hubbert trug den Spitznamen »Corset Lady«. Viele, viele Jahre lang hatte sie maßgeschneiderte Korsetts verkauft, und vielleicht machte sie es immer noch, für die schrumpfende Zahl der Frauen, die noch welche trugen. Maureen stellte sie sich beim Maßnehmen vor, rücksichtslos zupackend wie eine Krankenschwester, herrisch und sachlich nüchtern beleidigend. Aber sie war zu ihren alten Eltern gut gewesen, die bis ins hohe Alter draußen auf der Farm gelebt und jede Menge Leiden gehabt hatten. Und nun stieg eine andere Geschichte aus der Versenkung auf, eine weniger böse, über ihren Mann. Er hatte den Bus gefahren, der alte Leute zur Bewegungstherapie ins Hallenbad nach Walley brachte – das war es, wie sie sich kennengelernt hatten. Maureen hatte sogar noch ein Bild von ihm – wie er den alten Vater auf den Armen in Dr. Sands Praxis getragen hatte. Marian flink voran, die Handtasche am Riemen schwingend, bereit, ihm die Tür aufzureißen.

Sie begab sich zu Frances, um das Frühstück ins Eßzimmer zu bestellen und sie zu bitten, noch zwei Kaffeetassen zu decken. Dann ging sie zu ihrem Mann, um ihn zu warnen.

»Es ist Marian Hubbert, so hieß sie wenigstens früher«, sagte sie. »Und wie immer der Mann heißt, den sie geheiratet hat.«

»Slater«, sagte ihr Mann in dem gleichen trockenen Ton, mit dem er die Klauseln eines Kauf- oder Pachtvertrags aufzählte, obwohl man es nicht für möglich gehalten hätte, daß er sie so ohne weiteres im Kopf haben konnte. »Theo.«

»Du bist besser auf dem laufenden als ich«, sagte Maureen.

Er fragte, ob sein Haferbrei fertig sei. »Iß und hör zu«, sagte er.

Frances brachte den Haferbrei, und er machte sich sogleich darüber her. In Sahne ertränkt und mit braunem Zucker war Haferbrei sein Leibgericht, winters wie sommers.

Als sie den Kaffee brachte, drückte sich Frances noch herum, aber Marian fixierte sie mit einem Blick, der sie zurück in die Küche lenkte.

Aha, dachte Maureen. Sie setzt sich besser durch als ich.

Marian Hubbert war eine Frau ohne einen einzigen sichtbaren Vorzug. Sie hatte ein grobes Gesicht, eine Schlaffheit in den Wangen – sie erinnerte Maureen irgendwie an einen

Hund. Nicht unbedingt einen häßlichen Hund. Kein richtig häßliches Gesicht. Nur ein grobes und entschlossenes. Aber Marian präsentierte sich überall, wo sie war, wie jetzt in Maureens Eßzimmer, stets, als hätte sie absolute Rechte. Sie war nicht zu übergehen.

Sie hatte ein dickes Make-up aufgelegt, und vielleicht war das mit ein Grund, weshalb Maureen sie nicht gleich erkannt hatte. Es war hell und rosig und paßte nicht zu ihrer bräunlichen Haut, ihren schwarzen, schweren Augenbrauen. Sie sah damit merkwürdig aus, aber nicht lächerlich. Es wirkte, als könnte sie es wie Hut und Kostüm aufgelegt haben, um zu demonstrieren, daß sie sich genauso zurechtzumachen verstand wie andere Frauen, daß sie wußte, was man erwartete. Andererseits war es vielleicht ein Versuch, sich hübsch zu machen. Vielleicht sah sie sich durch das helle Puder verwandelt, das an ihren Wangen hing, und durch den dicken rosa Lippenstift – vielleicht hatte sie sich, als sie fertig war, kokett zu ihrem Mann umgedreht. Als er anstelle seiner Frau die Frage nach Zucker im Kaffee beantwortete, kicherte er fast, als er *Klümpchen* sagte.

Er sagte, so oft es ging, bitte und danke. Er sagte: »Vielen Dank, ja, bitte. Danke. Für mich genausoviel. Danke.«

»Wir haben von diesem Mädchen erst erfahren, als alle andern anscheinend längst Bescheid wußten«, sagte Marian gerade. »Ich meine, wir wußten nicht einmal, daß jemand vermißt wurde und nichts. Nicht, bis wir gestern in die Stadt kamen. Gestern? Montag? Gestern war Montag. Ich bringe die Tage ganz durcheinander, weil ich im Moment ein Schmerzmittel nehme.«

Marian war keine Frau, die einem erzählte, daß sie Tabletten nahm, und es dabei beließ. Sie würde auch erzählen, weshalb.

»Also, ich hatte einen dicken Furunkel im Genick, da hinten.« Sagte sie. Sie würgte den Kopf herum, um ihnen den Verband zu zeigen. »Der quälte mich furchtbar, und ich kriegte obendrein noch Kopfschmerzen, und ich glaube, die hingen damit zusammen. Sonntag ging es mir dann so schlecht, daß ich mir einfach einen heißen Lappen auf den Nacken legte und ein paar Schmerztabletten nahm und mich erstmal hinlegte. Er hatte den Tag frei, aber jetzt wo er arbeitet, hat er immer viel zu tun, wenn er zu Hause ist. Er arbeitet im Atomkraftwerk.«

»Douglas Point?« fragte Lawyer Stephens und blickte kurz von seinem Haferbrei auf. Bei der Erwähnung des neuen Atomkraftwerks am Douglas Point zeigten alle Männer eine gewisse Neugier, ja Hochachtung – selbst Lawyer Stephens war keine Ausnahme.

»Da arbeitet er jetzt«, sagte Marian. Wie viele Frauen vom Land und auch viele Frauen aus Carstairs sprach sie von ihrem Mann als *er* – es wurde mit besonderer Betonung ausgesprochen –, anstatt seinen Namen zu benutzen. Maureen hatte sich selbst ein paarmal dabei ertappt, hatte es sich aber wieder abgewöhnt, ohne daß sie erst jemand darauf hätte hinweisen müssen.

»Er mußte den Kühen das Salz rausbringen«, sagte Marian, »und dann mußte er nochmal hin, um am Zaun zu arbeiten. Es war ein ganzes Stück zu laufen, deshalb nahm er den Laster. Aber Bounder ließ er da. Er fuhr ohne ihn los. Bounder ist unser Hund. Bounder legt keine größeren Entfernungen zurück, wenn er nicht gefahren wird. Er ließ ihn sozusagen als Wache zurück, weil er wußte, daß ich mich drinnen hingelegt hatte. Ich hatte ein paar 222er genommen und hab eher gedöst als richtig geschlafen, und dann hörte ich Bounder bellen. Da bin ich hellwach geworden, als Bounder bellte.«

Da stand sie auf, zog ihren Morgenmantel über und ging nach unten. Sie hatte sich bloß in Unterwäsche hingelegt. Sie schaute zur Haustür hinaus, auf die Zufahrt, aber da war niemand. Bounder sah sie auch nicht, und er bellte mittlerweile auch nicht mehr. Er hörte auf, wenn es jemand war, den er kannte. Oder jemand, der bloß auf der Straße vorbeiging. Trotzdem war sie nicht beruhigt. Sie schaute aus den Küchenfenstern, die zum Garten an der Seite hinausgingen, aber nicht nach hinten. Immer noch niemand. Den Hinterhof konnte sie aus der Küche nicht sehen – dazu mußte man ganz durchgehen, durch die Hinterküche, wie sie sagten. Das war bloß eine Art Mehrzweckraum, wie ein angebauter Schuppen, der mit allem möglichen vollgestellt war. Da war ein Fenster nach hinten, aber da konnte man nicht ran und nicht rausgucken, weil Pappkartons davor aufgetürmt waren und die alten Sprungfedern vom Sofa hochkant davorstanden. Man mußte ganz durchgehen und die Tür aufmachen, um rauszugucken. Und da dachte sie, sie hörte an der Tür ein Geräusch wie von Krallen, die kratzen. Vielleicht Bounder. Vielleicht nicht.

In der stickigen Hinterküche voller Krimskrams war es so heiß, daß sie kaum Luft kriegte. Unter ihrem Morgenmantel klebte sie vor Schweiß. Sie sagte sich: Na, wenigstens hast du kein Fieber, du schwitzt wie ein Schwein.

Die Not, wieder Luft zum Atmen zu bekommen, war größer als ihre Angst vor dem, was da draußen sein mochte, deshalb stieß sie die Tür auf. Sie ging nach außen auf, so daß der Kerl, der sich dagegenstemmte, weggeschoben wurde. Er taumelte, aber er fiel nicht hin. Und sie erkannte ihn. Es war Mr. Siddicup, aus der Stadt.

Bounder kannte ihn natürlich, weil er oft vorbeikam und manchmal auf seinen Spaziergängen quer über ihr Land lief, wovon sie ihn auch nie abhielten. Manchmal kam er direkt über ihren Hof – aber nur, weil er es nicht mehr besser wußte. Sie brüllte ihn nie an, wie manche anderen Leute. Sie hatte ihn sogar schon eingeladen, sich auf die Stufen zu setzen und auszuruhen, wenn er müde war, und ihm eine Zigarette angeboten. Die Zigarette nahm er auch. Aber setzen wollte er sich nie.

Bounder schnüffelte bloß herum und wedelte mit dem Schwanz. Bounder war nicht wählerisch.

Maureen kannte Mr. Siddicup, wie alle Leute. Er war früher der Klavierstimmer bei Douds gewesen. Er war früher ein würdiger, sarkastischer kleiner Engländer gewesen, mit einer netten Frau. Sie lasen Bücher aus der Bücherei und waren für ihren Garten bekannt, vor allem die Erdbeeren und die Rosen. Dann setzte vor einigen Jahren eine Pechsträhne ein. Mr. Siddicup mußte sich einer Kehlkopfoperation unterziehen – höchstwahrscheinlich wegen Krebs –, und danach konnte er nicht mehr sprechen, nur noch Pfeif- und Grunztöne herausbringen. Doud hatte ihn schon in Rente geschickt – sie hatten jetzt eine elektronische Methode zum Klavierstimmen, die besser war als das menschliche Ohr. Seine Frau verstarb plötzlich. Danach kamen die Veränderungen im Galopptempo – er degenerierte in wenigen Monaten von einem anständigen alten Mann zu einem mißmutigen und ziemlich verkommenen alten Schlingel. Schmutzige Bartstoppeln, Sabbertropfen auf den Sachen, ein saurer, rauchiger Geruch und in den Augen ständiger Argwohn, manchmal Abscheu. Wenn er beim Kaufmann nicht das fand, was er suchte, oder wenn sie die Waren umgestellt hatten, warf er absichtlich Konservenbüchsen und Cornflakes-Packungen um. Er war im Café nicht mehr gern gesehen, und er ging nie mehr in die Bücherei. Eine Zeitlang bekam er noch Besuch von Frauen aus der Gemeindegruppe seiner Frau, die ihm ein Fleischgericht brachten oder Gebäck. Aber der Geruch im Haus war widerlich und die Unordnung pervers – selbst für einen alleinlebenden Mann unverzeihlich –, und er zeigte sich alles andere als dankbar. Er warf alle Kuchen- und Bratenreste hinaus auf den Gehsteig vor dem Haus, und dabei zerbrach das Geschirr. Keine Frau wollte, daß der Witz umging, nicht einmal Mr. Siddicup könne ihr Essen herunterbringen. Deshalb ließen sie ihn in Ruhe. Wenn man mit dem Auto unterwegs war, sah man ihn manchmal irgendwo mucksmäuschenstill stehen, irgendwo im Graben, fast vollkommen im hohen Gras versteckt, während die Autos vorübersausten. Man konnte ihm auch in einer Stadt begegnen, die meilenweit von zu Hause entfernt war, und dort ging dann etwas Seltsames mit ihm vor. Vorbereitend auf die freudige, obligatorische Überraschung, auf die Begrüßung zwischen Leuten, die in einem Ort wohnen und sich in einem anderen treffen, nahm sein Gesicht fast wieder den alten Ausdruck an. Dann sah es wirklich aus, als hätte er eine Hoffnung, daß der Moment sich öffnen, daß Worte herausbrechen würden, ja, daß die Veränderungen vielleicht ausgelöscht würden, hier, an einem andern Ort – daß ihm seine Stimme und seine Frau und sein alter stabiler Platz im Leben wiedergeschenkt werden könnten.

Die Leute waren im allgemeinen nicht unfreundlich. Sie waren bis zu einem gewissen Punkt geduldig. Marian sagte, es wäre ihr niemals eingefallen, ihn zu verjagen.

Sie sagte, diesmal habe er ziemlich wild ausgesehen. Nicht nur so, wie er aussah, wenn er versuchte, etwas herauszubringen und es nicht kommen wollte, oder wenn er auf Kinder wütend war, die ihn hänselten. Sein Kopf wackelte auf und ab, und sein Gesicht wirkte verquollen wie bei einem Kind, das schreit.

Na, na, sagte sie. Na, Mr. Siddicup, was haben Sie denn? Was wollen Sie mir sagen? Möchten Sie eine Zigarette? Wollen Sie mir sagen, daß heute Sonntag ist und Ihnen die Zigaretten ausgegangen sind?

Schüttelte den Kopf hin und her, wackelte damit auf und ab, und schüttelte ihn wieder hin und her.

Nun mal los. Entscheiden Sie sich, sagte Marian.

Er sagte nichts als *ah*, *ahh*. Er hob beide Hände an den Kopf und stieß sich die Mütze runter. Dann ging er ein Stück zurück und fing an, zwischen der Pumpe und der Wäscheleine im Zickzack über den Hof zu laufen und immer noch diese Laute auszustoßen – *ah*, *ahh* –, aus denen sich einfach keine Worte bilden wollten.

An dieser Stelle schob Marian ihren Stuhl so heftig zurück, daß er beinahe umstürzte. Sie stand auf und fing an, ihnen genau vorzumachen, wie Mr. Siddicup sich aufgeführt hatte. Sie torkelte und kauerte sich nieder und schlug sich mit den Händen an den Kopf, allerdings ohne ihren Hut zu verschieben. Vor dem Buffet, vor dem silbernen Teeservice, das man Lawyer Stephens als Anerkennung für seine jahrelange Mitarbeit in der Law Society geschenkt hatte, gab sie diese Vorführung. Ihr Mann hielt seine Kaffeetasse mit beiden Händen fest und nahm offensichtlich seinen Willen zusammen, um seinen ehrerbietigen Blick nicht von ihr abzuwenden. Irgend etwas zuckte in seinem Gesicht – ein Tick, ein Nerv, der in seiner Wange zitterte. Sie beobachtete ihn trotz ihrer Darbietung, und ihr Blick sagte: Laß. Sei still.

Lawyer Stephens hatte, soweit Maureen sehen konnte, nicht ein einziges Mal aufgeblickt.

So machte er, sagte Marian, als sie sich wieder setzte. So habe er gemacht, und weil sie sich selbst nicht wohl gefühlt habe, sei sie auf die Idee gekommen, daß er vielleicht Schmerzen habe.

Mr. Siddicup. Mr. Siddicup. Wollen Sie mir sagen, daß Ihnen der Kopf wehtut? Soll ich Ihnen eine Tablette holen? Soll ich Sie zum Arzt bringen?

Keine Antwort. Er blieb nicht bei ihr stehen, um ihr zuzuhören. *Ah, ahh.*

Im Torkeln kam er an die Pumpe. Sie hatten jetzt fließend Wasser im Haus, hatten die Pumpe draußen aber noch in Betrieb und füllten dort Bounders Trinkgefäß. Als Mr. Siddicup merkte, was es war, machte er sich an die Arbeit. Er nahm den Griff und pumpte wie verrückt auf und ab. Es hing kein Becher zum Trinken da, wie früher. Aber sobald Wasser kam, steckte er den Kopf drunter. Es spritzte und hörte auf zu laufen, weil er nicht weiter pumpte. Dann pumpte er wieder los und steckte den Kopf wieder drunter, und so weiter, Pumpen, Druntersteckcken, immer wieder, daß sich das Wasser über seinen Kopf und sein Gesicht ergoß, über Brust und Schultern, bis er triefte, und trotzdem stieß er, sofern er konnte, Laute aus. Bounder war aufgeregt und sprang umher und rempelte kläffend mit ihm zusammen und winselte dann wieder mitleidig.

Das reicht, ihr zwei! schrie Marian sie an. Laß die Pumpe los! Laß los und sei still!

Nur Bounder hörte auf sie. Mr. Siddicup mußte weitermachen, bis er so durchnäßt und blind war, daß er den Griff nicht mehr fand. Da hörte er auf. Und dann hob er einen Arm, er hob ihn und zeigte nach hinten ungefähr in die Richtung des Waldstücks am Fluß. Er zeigte und stieß seine Laute aus. Zu dem Zeitpunkt habe sie nicht begriffen, was das sollte. Sie habe erst später drüber nachgedacht. Dann ließ er ab und setzte sich still auf das Brunnendach, naß und zitternd, den Kopf zwischen den Händen.

Vielleicht ist es doch etwas ganz Einfaches, dachte sie. Vielleicht beschwert er sich, daß kein Becher da ist.

Wenn Sie einen Becher wollen, dann geh ich Ihnen einen holen. Deshalb müssen Sie sich nicht wie ein kleines Kind aufführen. Bleiben Sie hier, ich hole Ihnen einen Becher. Sie ging in die Küche und nahm einen Becher. Und dann kam ihr noch eine Idee. Sie schmierte ihm ein paar Grahamcracker mit Butter und Marmelade. Grahamcracker aßen Kinder gern, aber auch alte Leute. Das wußte sie noch von ihrer Mutter und ihrem Papa.

Dann ging sie wieder zur Tür und schob sie mit vollen Händen auf. Aber von ihm war nichts mehr zu sehen. Im Hof war keiner außer Bounder, der so dreinschaute wie immer, wenn er wußte, daß er sich blamiert hatte.

Wo ist er hin, Bounder? In welche Richtung ist er weggegangen?

Bounder schämte sich und maulte und zeigte keine Reaktion. Er schlich an seinen Platz im Schatten des Hauses, im Dreck, an der Grundmauer.

Mr. Siddicup! Mr. Siddicup! Gucken Sie mal, was ich für Sie hab! Totenstille. Und ihr pochte der Schädel. Sie fing an, die Cracker selbst zu vertilgen, aber das hätte sie nicht tun sollen – ein paar Happen und ihr war speiübel.

Sie schluckte noch zwei Tabletten und legte sich wieder nach oben. Die Fenster auf und die Jalousien zu. Jetzt wünschte sie sich sehnlichst, sie hätten im Sonderverkauf bei Canadian Tire einen Ventilator gekauft. Aber sie schlief auch ohne ein, und als sie wieder aufwachte, war es fast dunkel. Sie konnte den Rasenmäher hören – *er*, ihr Mann, mähte draußen noch den Rasen am Haus. Sie ging in die Küche hinunter und sah, daß er kalte Kartoffeln kleingeschnitten und ein Ei gekocht und ein paar Lauchzwiebeln herausgezogen hatte, für einen Salat. Er war nicht wie manche anderen Männer – ein hoffnungsloser Fall in der Küche, der darauf wartete, daß seine Frau sich vom Krankenbett erhob, um ihm eine Mahlzeit zu bereiten. Sie stocherte im Salat, brachte aber nichts runter. Noch eine Tablette und ab nach oben und tot für die Welt bis zum nächsten Morgen.

Wir müssen mit dir zum Arzt, sagte er da. Er rief auf der Arbeit an. Ich muß meine Frau zum Arzt fahren.

Marian schlug vor, sie könnte einfach eine Nadel abkochen, und dann könnte er ihn aufstechen? Aber er konnte den Gedanken, ihr weh zu tun, nicht ertragen und hatte auch die Befürchtung, er könnte etwas verkehrt machen. Also stiegen sie in den Laster und fuhren in die Stadt zu Dr. Sands. Dr. Sands war unterwegs, sie mußten warten. Im Wartezimmer berichteten ihnen andere Leute die Neuigkeit. Alle staunten, daß sie nichts davon wußten. Aber sie hatten kein Radio gehört. Sie war diejenige, die es immer anstellte, und sie konnte, in ihrem Zustand, den Lärm nicht ertragen. Und ihnen waren auch keine Männertrupps auf der Straße oder sonst etwas Besonderes aufgefallen.

Dr. Sands heilte den Furunkel, aber er stach ihn nicht auf. Er wurde mit einem Furunkel fertig, indem er ihm einen tüchtigen Schlag versetzte, ihm flink eins auf den Kopf gab, wenn du noch dachtest, er sähe ihn sich bloß an. So! sagte er, daß ist weniger Aufstand als mit der Nadel und tut auch nicht so weh, weil Sie nicht erst Zeit haben, Angst zu bekommen. Er reinigte die Stelle und legte einen Verband auf und versprach ihr, sie werde sich bald besser fühlen.

Und so war es, aber müde war sie noch. Sie war dermaßen zu nichts nütze und so dumm im Kopf, daß sie wieder ins Bett ging und schlief, bis ihr Mann gegen vier mit einer Tasse Tee nach oben kam. Da fielen ihr die Mädchen ein, die Samstag morgen mit Miss Johnstone hereingeschaut hatten, weil sie durstig waren. Sie hatte jede Menge Coca-Cola da, und sie brachte sie ihnen in geblümten Gläsern, mit Eiswürfeln. Miss Johnstone wollte nur Wasser. *Er* ließ sie mit dem Schlauch spielen, sie sprangen herum und spritzten sich gegenseitig naß und hatten großen Spaß. Sie versuchten, über die Wasserstrahlen zu springen, und sie trieben es einigermaßen wild, wenn Miss Johnstone nicht hinsah. Er mußte ihnen den Schlauch regelrecht entwinden und ein paarmal den Strahl auf sie richten, bis sie spurten.

Sie versuchte sich vorzustellen, welches Mädchen es war. Die Pfarrerstochter kannte sie und Dr. Sands Tochter und die Trowellmädchen – mit ihren kleinen Schafsaugen würde man eine Trowell überall erkennen. Aber welche von den andern? Sie erinnerte sich an eine, die sehr laut war und noch hochsprang, um an den Schlauch zu kommen, als er ihn wegnahm, und eine hatte Rad geschlagen, und eine war ein hübsches kleines Ding, dünn mit blonden Haaren. Sie fragte abends ihren Mann, ob er wisse, welche von ihnen, aber er war schlimmer als sie – er kannte die Leute hier nicht und konnte sie nicht auseinanderhalten.

Sie erzählte ihm auch von Mr. Siddicup. Das fiel ihr alles plötzlich wieder ein. Wie aufgeregt er war, das Pumpen, wie er gezeigt und gestikuliert hatte. Es quälte sie, was das heißen konnte. Sie redeten drüber und rätselten herum und arbeiteten sich in einen Zustand hinein, daß sie vor Fragen kaum schlafen konnten. Bis sie schließlich zu ihm sagte: Ich weiß, was wir tun müssen. Wir müssen zu Lawyer Stephens gehen und mit ihm reden.

Und so waren sie aufgestanden und so bald wie möglich gekommen.

»Polizei«, sagte Lawyer Stephens jetzt.

»Polizei. An die muß man sich wenden.«

Da sprach der Mann. Er sagte: »Wir wußten nicht, ob wir das tun hätten sollen oder nicht.« Er hatte beide Hände auf dem Tisch, die Finger gespreizt auf die Decke gepreßt, daß sie sich verzog.

»Keine Anzeige«, sagte Lawyer Stephens. »Information.«

Er hatte schon vor dem Schlaganfall in solchen Kürzeln gesprochen. Und Maureen war schon vor langer Zeit aufgefallen, wie nur ein paar Worte von ihm, keineswegs in freundlichem Ton gesagt – ja, eindeutig in einem schroffen, tadelnden Ton gesagt –, Leute aufmuntern und ihnen eine Last von den Schultern nehmen konnten.

Sie war in Gedanken bei dem anderen Grund gewesen, weshalb die Frauen ihre Besuche bei Mr. Siddicup eingestellt hatten. Ihnen mißfielen die Sachen. Frauensachen, Unterwäsche – alte zerschlissene Unterkleider und Büstenhalter und ausgeleierte Schlüpfer und knubbelige Strümpfe, die über Stühlen hingen oder von einer Leine über der Heizung oder einfach in einem Haufen auf dem Tisch. All diese Sachen mußten natürlich seiner Frau gehört haben, und zuerst sah es aus, als wasche und trockne er sie und sortiere sie aus, ehe er sie aus dem Haus schaffte. Aber sie blieben Woche für Woche da, und die Frauen begannen sich zu fragen: Wollte er damit, daß er sie herumliegen ließ, etwas sagen? Zog er sie selber an, direkt auf der Haut? War er pervers?

Nun würde das alles ans Licht kommen, und sie würden ihm das ankreiden.

Pervers. Vielleicht hatten sie recht. Vielleicht würde er sie an die Stelle führen, wo er Heather im Sexrausch erwürgt oder zu Tode geprügelt hatte, oder vielleicht würden sie etwas von ihr bei ihm im Haus finden. Und die Leute würden mit gehässiger Stimme hinter vorgehaltener Hand sagen, nein, sie überrasche das nicht. *Mich hat das nicht überrascht, Sie?*

Lawyer Stephens hatte eine Frage zur Arbeitsstelle am Douglas Point gestellt, und Marian sagte: »Er arbeitet in der Wartungsabteilung. Jeden Tag, wenn er rauskommt, muß er durch die Röntgenkontrolle, und sogar die Lappen, mit denen er sich die Stiefel putzt, müssen vergraben werden.«

Als Maureen die Tür hinter dem Ehepaar zumachte und ihre Gestalten durch die gekörnte Glasscheibe davonwackeln sah, war sie nicht recht zufrieden. Sie stieg die drei Stufen zum Treppenabsatz hoch, an dem ein kleines Bogenfenster war. Sie schaute ihnen nach.

Nirgends war ein Auto oder Laster zu sehen oder was sie noch hatten. Sie mußten ihn auf der Main Street abgestellt haben oder auf dem Platz hinter dem Rathaus. Möglicherweise wollten sie nicht, daß er vor Lawyer Stephens Haus gesehen wurde.

Im Rathaus war auch das Polizeirevier. Tatsächlich gingen sie zuerst in die Richtung, aber dann überquerten sie schräg die Straße und setzten sich, noch in Maureens Blickweite, auf das Steinmäuerchen, das den alten Friedhof und die Anlage umgab, die Pioneer Park hieß.

Wieso verspürten sie das Bedürfnis sich hinzusetzen, wenn sie gerade, so kam ihr vor, mindestens eine Stunde im Eßzimmer gesessen hatten? Sie redeten nicht miteinander und sahen sich nicht an, wirkten aber vereint, als legten sie bei einer schweren gemeinsamen Arbeit eine Pause ein.

Wenn Lawyer Stephens in nostalgischer Stimmung war, redete er gern davon, wie sich die Leute früher auf dem Mäuerchen ausgeruht hatten. Farmersfrauen, die in die Stadt laufen mußten, um Geflügel oder Butter zu verkaufen. Landmädchen auf dem Weg zur High School, bevor es einen Schulbus oder dergleichen gab. Sie machten dort halt und versteckten ihre Galoschen und holten sie auf dem Heimweg wieder hervor.

Zu andern Zeiten hatte er keine Geduld mit solchen Reminiszenzen.

»Alte Zeiten. Wer will die wiederhaben?«

Jetzt zog Marian ein paar Nadeln heraus und nahm vorsichtig den Hut ab. Das war es also – ihr Hut drückte. Sie setzte ihn sich auf den Schoß, und ihr Mann griff hinüber. Er nahm ihn ihr ab, als wäre er eifrig bemüht, ihr alles abzunehmen, was sie belasten könnte. Er legte ihn sich auf den Schoß. Er beugte sich darüber und fing an, ihn, wie tröstend, zu streicheln. Er streichelte den Hut aus häßlichen braunen Federn, als beruhigte er ein kleines verschrecktes Huhn.

Aber Marian wollte es nicht. Sie sagte etwas zu ihm, sie hielt seine Hand gewaltsam fest. So wie eine Mutter manchmal ein dummes Kind dazu bringt, etwas zu lassen – mit einem Ausbruch von Widerwillen, einem momentanen Bruch in ihrer strapazierten Liebe.

Maureen verspürte ein Unbehagen. Sie spürte ein Schrumpfen in den Knochen.

Ihr Mann kam aus dem Eßzimmer. Sie wollte nicht, daß er sie dabei ertappte, wie sie sie beobachtete. Sie drehte die Vase mit den Trockengräsern auf der Fensterbank um. Sie sagte: »Ich dachte, sie hört nie auf zu reden.«

Er hatte nichts gemerkt. Er hatte etwas anderes im Kopf.

»Komm her«, sagte er.

Bald nach ihrer Heirat hatte Maureens Mann ihr gegenüber erwähnt, daß er und die erste Mrs. Stephens nicht mehr miteinander geschlafen hatten, nachdem Helena, das zweite Kind, geboren war. »Wir hatten unseren Sohn und unsere Tochter«, sagte er und meinte damit, daß es nicht nötig war, sich um mehr zu bemühen. Maureen begriff damals nicht, daß er für sie vielleicht einen ähnlichen Schlußpunkt im Sinn hatte. Sie war verliebt, als sie ihn heiratete. Es stimmte zwar, daß sie, als er ihr zum erstenmal den Arm um die Taille legte, dachte, er müsse meinen, sie sei auf dem Weg zur falschen Tür, und lenke sie deshalb in eine andere Richtung – aber zu diesem Schluß gelangte sie aufgrund seiner Korrektheit, nicht, weil sie sich nicht danach gesehnt hatte, seinen Arm dort zu spüren. Leute, die glaubten, sie gehe eine Vernunftehe ein, wenn auch eine sehr vorteilhafte, hätten gestaunt, wie glücklich sie auf ihrer Hochzeitsreise war – und das, obwohl sie Bridge spielen lernen mußte. Sie kannte seine Macht – seine Art, sie zu gebrauchen, wie seine Art, sie zu kontrollieren. Sie fand ihn attraktiv und stieß sich nicht an seinem Alter, seiner Plumpheit, den Nikotinflecken an seinen Zähnen und Fingern. Seine Haut war warm. Als sie ein paar Jahre verheiratet waren, hatte sie eine Fehlgeburt, bei der sie so viel Blut verlor, daß man ihr die Eileiter abgebunden hatte, um zu verhindern, daß so etwas je wieder geschah. Danach war der intime Teil ihres Lebens mit ihrem Mann zum Erliegen gekommen. Es schien, als hätte er es im wesentlichen ihr zuliebe getan, weil er meinte, daß es nicht richtig sei, einer Frau die Möglichkeit zu versagen, ein Kind zu bekommen.

Manchmal piesackte sie ihn ein wenig, und dann sagte er: »Na, Maureen. Was soll das denn?« Oder er empfahl ihr, endlich erwachsen zu werden. »Werd endlich erwachsen« war eine Anordnung, die er von seinen Kindern übernommen hatte und weiter verwandte, als sie schon längst drüber hinaus waren, ja schon aus dem Haus.

Sie fühlte sich gedemütigt, wenn er das sagte, und ihre Augen füllten sich mit Tränen. Er war ein Mann, der Tränen mehr als alles verabscheute.

Und jetzt, dachte sie, wie wäre ich froh, wenn ich zu diesem Stand der Dinge zurück könnte! Denn der Appetit ihres Mannes war wiedererwacht – oder eher gesagt, er hatte einen völlig neuen Appetit entwickelt. Von der etwas unbeholfenen

Zeremonie, der förmlichen Zuneigung ihrer frühen Zeit zusammen war jetzt nichts mehr übrig. Jetzt wurde sein Blick verschwommen, und sein Gesicht wirkte bedrückt. Seine Stimme wurde knapp und drohend, und manchmal schob und schubste er sie oder versuchte gar, ihr von hinten die Finger hineinzubohren. Das wäre alles gar nicht nötig gewesen, um sie zur Eile anzutreiben – sie war ohnedies bestrebt, ihn so schnell wie möglich ins Schlafzimmer zu bugsieren, weil sie befürchtete, er würde sie sonst anderswo kompromittieren. Sein ehemaliges Büro im Parterre war zu einem Schlafzimmer mit Bad umgebaut worden, damit er nicht die Treppe hinauf mußte. Zum Glück ließ sich das Zimmer abschließen, damit Frances nicht hereinplatzen konnte. Aber das Telephon konnte klingeln, dann konnte es sein, daß Frances sie suchen kommen mußte. Es konnte sein, daß sie vor der Tür stehen blieb, und dann konnten ihr die Geräusche nicht entgehen – Lawyer Stephens' Keuchen und Grunzen und Kujonieren, das empörte Zischen, mit dem er Maureen befahl, dies oder das zu tun, wie er ganz zum Schluß auf sie einbummerte, und das Kommando, das er dann bellte, ein Kommando, das vielleicht niemand außer Maureen verstehen konnte, das seine Not aber trotzdem deutlich zum Ausdruck brachte, wie Geräusche auf der Toilette.

»Sa waschlimmes! Los, waschlimmes.«

Dieser Befehl kam von einem Mann, der einst Helena in ihr Zimmer gesperrt hatte, weil sie zu ihrem Bruder »du Scheißkerl« gesagt hatte.

Maureen kannte Wörter genug, aber es fiel ihr in diesem Zustand der Erschütterung schwer, ausgerechnet die passenden zu finden und sie in einem Ton vorzubringen, der überzeugend klang. Sie versuchte es aber. Es war ihr vor allem wichtig, ihm weiterzuhelfen.

Hinterher sank er in den kurzen Schlaf, der den Zwischenfall aus seinem Gedächtnis zu löschen schien. Maureen floh ins Badezimmer. Dort nahm sie die erste Säuberung vor und eilte dann nach oben, um einige Sachen zu wechseln. Oft mußte sie sich dann am Geländer festhalten, so hohl und schwach fühlte sie sich. Und sie mußte den Mund zupressen, nicht um ein Protestgeheul, sondern einen langgezogenen, nichtswürdigen Klagelaut zu unterdrücken, der sich angehört hätte, als käme er von einem geschlagenen Hund.

Heute überstand sie es besser als üblich. Sie konnte in den Badezimmerspiegel schauen und ihre Augenbrauen, ihre Lippen und Wangen so zurechtrücken, daß ihr Ausdruck wieder normal wurde. So, das hätten wir hinter uns, schien sie zu sagen. Sogar mittendrin hatte sie schon an andere Dinge denken können. Sie hatte daran gedacht, daß sie einen Pudding machen wollte, und überlegt, ob sie genug Milch und Eier hatten. Und während ihr Mann sich austobte, hatte sie die ganze Zeit an die Finger gedacht, die sich in den Federn bewegten, an die Hand der Frau, die sich auf die des Mannes legte und sie niederdrückte.

Deshalb wollen wir von Heather Bell singen
Bis aller Tage Abend ist.
Steif und kalt lag sie im Wald,
Sie war so jung, sie wurd nicht alt.

»Es ist schon ein Gedicht drauf gemacht und aufgeschrieben«, sagte Frances. »Ich hab's hier, sauber getippt.«

»Ich dachte, ich mache einen Pudding«, sagte Maureen.

Wieviel hatte Frances von dem gehört, was Marian Hubbert gesagt hatte? Wahrscheinlich alles. Sie klang ganz außer Atem von der Anstrengung, es alles für sich zu behalten. Sie hielt Maureen die getippten Zeilen vors Gesicht, und Maureen sagte: »Es ist zu lang, ich habe keine Zeit.« Sie begann, die Eier zu trennen.

»Es ist gut«, sagte Frances. »Es ist so gut, daß man es vertonen könnte.«

Sie las es laut vor. Maureen sagte: »Ich muß mich konzentrieren.«

»Dann soll ich wohl abmarschieren«, sagte Frances und ging den Wintergarten putzen.

Und nun hatte Maureen den Frieden der Küche für sich – die alten weißen Fliesen und hohen gelbgestrichenen Wände, die Schüsseln und Töpfe und Geräte ihr tröstlich vertraut, wie ihrer Vorgängerin wahrscheinlich auch.

Was Mary Johnstone den Mädchen in ihrer Predigt erzählte, war immer mehr oder weniger das gleiche, und die meisten wußten, was sie zu erwarten hatten. Sie konnten sogar füreinander vorbereitete Fratzen schneiden. Sie erzählte ihnen, wie Jesus zu ihr gekommen war und gesprochen hatte, als sie in der eisernen Lunge lag. Sie meinte nicht in einem Traum, sagte sie, oder als Vision, oder als sie im Delirium war. Sie meinte, daß er zu ihr kam und sie ihn erkannte, aber nichts Merkwürdiges daran fand. Sie erkannte ihn sofort, obwohl er einen weißen Kittel trug wie ein Arzt. Sie dachte: Ah, das ist vernünftig, sonst hätten sie ihn nicht reingelassen. So hatte sie es aufgefaßt. In der eisernen Lunge war sie zugleich klar im Kopf und dumm, wie man eben ist, wenn einem so etwas passiert. (Sie meinte Jesus, nicht die Kinderlähmung.) Jesus sagte: »Du mußt wieder an den Ball, Mary.« Mehr nicht. Sie war eine gute Softballspielerin, und er benutzte eine Sprache, von der er wußte, daß sie sie verstehen konnte. Dann ging er fort. Und sie klammerte sich ans Leben, wie er es ihr befohlen hatte.

Danach folgten weitere Themen, über die Einmaligkeit und Besonderheit jedes ihrer Leben und Körper, was natürlich als Überleitung zu dem Kapitel diente, das Mary Johnstone als »offene Aussprache« bezeichnete, über Jungen und Triebe. (Das war der Teil, in dem sie die Grimassen schnitten – während sie von Jesus redete, waren sie zu verlegen.) Und über Alkohol und Zigaretten und wie eins zum andern führen kann. Sie hielten sie für verrückt – und sie merkte nicht einmal, daß sie sich gestern abend halb krank geraucht hatten.

Sie stanken nach Rauch, und sie sprach es mit keinem Wort an.

Sie war wohl auch – verrückt. Aber alle Welt ließ sie über Jesus im Krankenhaus reden, weil man fand, daß sie ein Recht habe, daran zu glauben.

Aber angenommen, man sah wirklich etwas? Nicht gerade Jesus, aber irgend etwas? Maureen ist das schon passiert. Manchmal beim Einschlafen, wenn sie noch richtig schläft, noch nicht träumt, dann hat sie etwas erhascht. Oder sogar tagsüber, während der Zeit, die für sie ihr normales Leben ist. Dann kann es sein, daß sie einen Blick von sich erhascht, wie sie auf einer Steintreppe sitzt und Kirschen ißt und einen Mann beobachtet, der mit einem Päckchen die Treppe heraufkommt. Sie hat weder die Treppe noch den Mann je gesehen, aber für einen Augenblick scheinen sie Teil eines anderen Lebens zu sein, das sie führt, eines Lebens, das genauso lang und kompliziert und seltsam und langweilig ist wie dieses. Und sie ist nicht überrascht. Es ist bloß eine Tücke des Geschicks, ein schnell zu korrigierender Fehler, daß sie von beiden Leben gleichzeitig weiß. Es wirkte so normal, denkt sie hinterher. Die Kirschen. Das Päckchen.

Was sie jetzt sieht, hat nichts mit ihrem eigenen Leben zu tun. Sie sieht eine der wurstfingrigen Hände, die sich in ihr Tischtuch gepreßt haben und die in den Federn gewühlt haben, und diese Hand wird widerstandslos, aber durch einen fremden Willen niedergedrückt – wird auf die unbesetzte Flamme auf dem Herd gedrückt, wo Maureen den Pudding im Wasserbad rührt, und wird dort nur eine oder zwei Sekunden festgehalten, gerade lange genug, um die Haut an der roten Spirale zu versengen, sie zu versengen, aber nicht zu verstümmeln. Das geschieht schweigend und einvernehmlich – ein kurzer, barbarischer, notwendiger Akt. So will es ihr scheinen. Die bestrafte Hand dunkel wie ein Handschuh oder ein Handschatten, die Finger gespreizt. Immer noch in den selben Sachen. Cremefarbener Ärmel, mattes Blau.

Maureen hört ihren Mann in der Eingangsdiele rumoren, deshalb stellt sie den Herd aus und legt den Löffel hin und geht zu ihm. Er hat seine Kleider geordnet. Er ist fertig zum Ausgehen. Sie weiß, ohne zu fragen, wohin er gehen will. Aufs Polizeirevier, um zu erfahren, was gemeldet worden ist, was unternommen wird.

»Vielleicht sollte ich dich fahren«, sagt sie. »Es ist heiß draußen.«

Er schüttelt den Kopf, er murmelt.

»Ich könnte auch zu Fuß mitgehen.«

Nein. Er hat einen ernsten Gang zu tun, und von einer Ehefrau begleitet oder chauffiert zu werden, würde ihn erniedrigen.

Sie öffnet ihm die Haustür, und er sagt: »Dankeschön«, in seinem steifen, seltsam reuigen Ton. Im Vorbeigehen beugt er sich vor und schürzt in der Nähe ihrer Wange die Lippen in der Luft.

Sie sind weg, jetzt sitzt niemand mehr auf dem Mäuerchen.

Heather Bell wird nicht gefunden werden. Keine Leiche, keine Spur. Sie ist davongeweht wie Asche. Das ausgehängte Photo von ihr wird in öffentlichen Gebäuden verblassen. Das verkniffene Lächeln, das in einem Mundwinkel festgebissen ist, wie um ein respektloses Lachen zu unterdrücken, wird mit ihrem Verschwinden in Verbindung zu stehen scheinen, anstatt mit ihrem Spott für den Schulphotographen. Man wird darin immer die Spur ihres eigenen freien Willens sehen.

Mr. Siddicup wird keine Hilfe sein. Er wird zwischen Verwirrung und Wutanfällen schwanken. Sie werden nichts finden, wenn sie sein Haus durchsuchen, es sei denn, man zählte die alte Unterwäsche seiner Frau, und wenn sie seinen Garten umgraben, sind die einzigen Knochen, die sie finden werden, die alten Knochen, die von Hunden vergraben wurden. Viele Leute werden weiterhin glauben, daß er etwas getan oder gesehen hat. *Er hatte was damit zu tun.* Wenn er in die

Heilanstalt eingewiesen wird – das Provincial Asylum, das heute den Namen Therapeutisches Zentrum trägt –, werden in der Lokalzeitung Leserbriefe erscheinen, die von Sicherungsverwahrung reden und von Stalltüren, die erst abgeschlossen werden, wenn das Pferd gestohlen ist.

Es werden auch Briefe von Mary Johnstone in der Zeitung stehen, die erklären, warum sie sich so verhalten hat, wie sie es getan hat, warum sie sich an jenem Sonntag aus Vernunft und gutem Glauben so verhalten hat. Zu guter Letzt wird der Chefredakteur ihr mitteilen müssen, daß Heather Bell nicht mehr gefragt und beileibe nicht das einzige ist, wofür die Stadt bekannt sein möchte, und wenn die Wanderausflüge ein Ende haben, wird es nicht das Schlimmste von der Welt sein, man kann die Geschichte doch nicht ewig durchkauen.

Maureen ist noch eine junge Frau, auch wenn sie es nicht glaubt, und sie hat ein Leben vor sich. Zuerst einen Tod – der steht bald bevor –, dann eine neue Ehe, neue Orte und Häuser. In Küchen Hunderte und Tausende von Meilen von hier wird sie zuschauen, wie sich hinten auf einem Holzlöffel die weiche Haut bildet, und dann wird ihr Gedächtnis zucken, aber ohne ihr diesen Moment ganz zu offenbaren, in dem sie in ein offenes Geheimnis zu blicken scheint, auf etwas, das nicht zum Staunen ist, bis dir einfällt, davon erzählen zu wollen.

Das Jack Randa Hotel

Auf der Rollbahn in Honolulu verliert das Flugzeug Fahrt, verliert Mut, stockt und steuert auf das Gras, und kommt holpernd zum Stehen. Scheinbar wenige Meter vom Ozean. An Bord lacht alles. Zunächst tiefe Stille, dann das Lachen. Gail lachte mit. Dann stellten sich ringsum alle aufgeregt vor. Neben Gail sitzen Larry und Phyllis, aus Spokane.

Larry und Phyllis sind auf der Reise zum Turnier der linkshändigen Golfspieler auf den Fidschi-Inseln, wie viele andere Pärchen auf diesem Flug. Larry ist der linkshändige Golfspieler – Phyllis ist die Ehefrau, die ihn zum Zuschauen und Zujubeln begleitet, und zum Zeitvertreib.

Sie sitzen im Flugzeug – Gail und die linkshändigen Golfer – und bekommen einen Mittagsimbiß im Picknickkarton. Keine Getränke. Grausame Hitze. Aus dem Cockpit kommen witzige und verwirrende Ansagen. *Ein kleines Problem. Wir bitten um Ihr Verständnis. Nichts Ernstes, aber es sieht aus, als müßten wir hier noch eine Weile schmoren.* Phyllis hat schreckliche Kopfschmerzen, die Larry zu heilen versucht, indem er Fingerdruck auf Punkte an ihrem Handgelenk und der Handfläche ausübt.

»Es hilft nicht«, sagt Phyllis. »Jetzt hätte ich schon mit Suzy in New Orleans sein können.«

Larry sagt: »Armer Hase.«

Gail erspäht das grelle Funkeln von Brillantringen, als Phyllis die Hand wegzieht. Ehefrauen haben Brillantringe und Kopfschmerzen, denkt Gail. Immer noch. Zumindest die wirklich erfolgreichen. Sie haben wohlgenährte Gatten, linkshändige Golfer, die lebenslang die festgelegte Spielbahn entlangbuckeln, immer um Frieden bemüht.

Nach geraumer Zeit werden die Passagiere, die nicht nach Fidschi wollen, sondern weiter nach Sydney, aus dem Flugzeug geholt. Sie werden zum Terminal geführt, und dort wandern sie, von ihrem Flugbegleiter verlassen, umher, holen ihr Gepäck, gehen durch den Zoll und versuchen die Fluglinie ausfindig zu machen, die angeblich ihre Tickets annehmen wird. An einem Punkt werden sie von einem Begrüßungskomitee eines der Inselhotels überfallen, das nicht aufhören will, hawaiische Lieder zu singen und ihnen Blumengirlanden umzuhängen. Doch schließlich finden sie sich in einem anderen Flugzeug wieder. Sie essen und trinken und schlafen, und die Schlangen vor den Toiletten werden länger, und in den Gängen sammelt sich der Müll, und die Stewards und Stewardessen verstecken sich in ihren Kabäuschen und plaudern über Kinder und Geliebte. Dann kommt der beunruhigend helle Morgen und tief unten die gelbsandige Küste Australiens, und die falsche Tageszeit, und selbst die bestgekleideten, bestaussehenden Passagiere sind abgespannt und unwillig, unlustig, wie nach einer langen Überfahrt im Zwischendeck. Und bevor sie aus dem Flugzeug dürfen, wird noch ein letzter Anschlag verübt. Behaarte Männer in Shorts schwärmen an Bord und besprühen alles mit Insektenspray.

»So werden wir vielleicht eines Tages auch im Himmel empfangen«, hört sich Gail schon zu Will sagen. »Leute überhäufen dich mit Blumen, die du nicht haben willst, und alle Leute werden Kopfschmerzen und Verstopfung haben, und zu guter Letzt mußt du dich gegen Erdenkeime besprühen lassen.«

Ihre alte Gewohnheit, sich schlagfertige und leichtherzige Dinge auszudenken, die sie zu Will sagen kann.

Nach Wills Fortgehen kam es Gail vor, als füllte sich ihr Geschäft mit Frauen. Die nicht unbedingt Kleider kauften. Das machte ihr nichts. Es erinnerte sie an längst vergangene Zeiten, vor Will. Frauen saßen in uralten Sesseln neben Gails Bügelbrett und Zuschneidetisch, hinter dem ausgeblichenen Batikvorhang, und tranken Kaffee. Gail fing wieder an, die Kaffeebohnen selbst zu mahlen, wie früher. Die Schneiderpuppe war bald mit Perlenschnüren behängt und hier und da mit obszönen Graffiti beschmiert. Man erzählte sich Geschichten über Männer, für gewöhnlich Männer, die gegangen waren. Lügen und Ungerechtigkeiten und Streitereien. Seitensprünge, die so horrend waren – und dabei so abgedroschen –, daß man sich nur vor Lachen biegen konnte, wenn man davon hörte. Männer hielten einfältige Reden *(Es tut mir leid, aber ich fühle mich nicht mehr an diese Ehe gebunden).* Sie boten ihren Frauen Autos und Möbel zum Verkauf an, die die Frauen selbst bezahlt hatten. Sie machten stolzgeschwellte Luftsprünge, weil es ihnen gelungen war, ein taufrisches Püppchen von einer Frau zu schwängern, das jünger war als ihre eigenen Kinder. Sie waren unmenschlich und kindisch. Was konnte man anderes tun, als ihnen abzuschwören? In aller Ehre, aus Stolz, und zum eigenen Schutz?

Gail verging schon bald die Freude an diesem Treiben. Zuviel Kaffee konnte die Haut röten. Unter den Frauen brach ein heimlicher Krieg aus, als sich herausstellte, daß eine von ihnen eine Anzeige unter Bekanntschaften aufgegeben hatte. Gail wechselte von Kaffee mit den Freundinnen zu Drinks mit Cleata, Wills Mutter. Von da an wurde ihre Stimmung merkwürdigerweise nüchterner. Ein Rest Überdrehtheit war noch in den Zetteln zu erkennen, die sie an ihre Tür hängte, damit sie an Sommernachmittagen früher gehen konnte. (Ihre Assistentin, Donalda, war im Urlaub, und es war zuviel Aufstand, noch eine weitere einzustellen.)

Bin in der Oper.
Bin in der Klapse.
Bin Sack und Asche einkaufen.

Dabei waren es gar nicht ihre eigenen Erfindungen, sondern Sprüche, die Will früher in ihrer ersten Zeit aufgeschrieben und an ihre Tür gepinnt hatte, wenn sie nach oben entfliehen wollten. Sie hörte, daß Leute, die von weither kamen, um ein

Kleid für eine Hochzeit zu kaufen, oder Mädchen, die losgezogen waren, um sich für das College einzukleiden, den frivolen Ton nicht billigten. Es war ihr gleich.

Auf Cleatas Veranda wurde Gail ruhig, sie schöpfte verhalten Hoffnung. Wie die meisten richtigen Alkoholiker hielt sich Cleata an ein Getränk – bei ihr war es Whisky –, und Abwechslungen schienen sie zu amüsieren. Aber sie machte Gail einen Gin Tonic oder einen Bacardi mit Soda. Sie servierte ihr zum erstenmal Tequila. »Himmlisch ist das«, sagte Gail manchmal und meinte nicht nur den Drink, sondern die Fliegenfensterveranda und den von Hecken umgebenen Hintergarten, das alte Haus hinter ihnen mit den Fensterläden, gebohnerten Fußböden, unpraktisch hohen Küchenschränken und altmodischen Blümchengardinen. (Cleata hatte nichts fürs Renovieren übrig.) Dies war das Haus, in dem Will geboren war und Cleata ebenfalls, und als Will zuerst Gail mit dahin gebracht hatte, hatte sie gedacht: So leben wirklich zivilisierte Menschen. Die Kombination aus Nachlässigkeit und Vornehmheit, der Respekt für alte Bücher und altes Geschirr. Die absurden Dinge, über die Will und Cleata ganz natürlich redeten. Und die Dinge, über die sie und Cleata nicht redeten – Wills derzeitige Desertion, die Krankheit, die Cleatas Arme und Beine unter ihrer tiefen Bräune wie lackierte Stöcklein aussehen läßt und ihre von den lose zurückgesteckten weißen Haaren umrahmten Wangen ausgehöhlt hat. Sie und Will haben das gleiche leicht äffische Gesicht, mit verträumten, spöttischen, dunklen Augen.

Statt dessen sprach Cleata über das Buch, das sie gerade las, *The Anglo-Saxon Chronicle.* Sie behauptete, das finstere Mittelalter sei nicht etwa finster gewesen, weil wir nichts darüber erfahren könnten, sondern weil wir nichts von dem, was wir erführen, behalten könnten, und zwar wegen der Namen.

»Caedwalla«, sagte sie. »Egfrith. Das sind einfach keine Namen, die uns heutzutage leicht über die Zunge gehen.«

Gail versuchte sich daran zu erinnern, in welchen Zeiten oder Jahrhunderten das finstere Mittelalter geherrscht hatte, aber ihr Unwissen war ihr nicht peinlich. Cleata machte sich ohnehin lustig über diese ganzen Geschichten.

»Aelfflaed«, sagte Cleata und buchstabierte den Namen. »Aelfflaed, was für ein Name für eine Heldin!«

Wenn Cleata an Will schrieb, schrieb sie wahrscheinlich von Aelfflaed und Egfrith. Nicht von Gail. Nicht: *Gail war hier und sah sehr hübsch aus in so was wie einem seidigen grauen Sommer-Pyjama-Anzug. Sie war gut in Form, machte mehrere recht geistreiche Bemerkungen* ... Genau wie sie nie zu Gail sagen würde: »Ich habe meine Zweifel, was die Turteltauben angeht. Wenn ich zwischen den Zeilen lese, drängt sich mir die Frage auf, ob nicht die Desillusionierung eingesetzt hat ...«

Als sie Will und Cleata kennenlernte, kamen sie Gail vor wie Gestalten aus einem Buch. Ein Sohn, der, anscheinend zufrieden, noch in mittleren Jahren bei seiner Mutter lebte. Gail stellte sich ein Leben vor, das förmlich und absurd und beneidenswert war und zumindest dem Anschein nach zölibatäre Züchtigkeit und Sicherheit bot. Sie sieht es immer noch ein wenig so, obwohl die Wahrheit will, daß Will nicht immer zu Hause gelebt hat und weder zölibatär noch heimlich homosexuell ist. Er war jahrelang fort gewesen, in sein eigenes Leben entlassen – als er für den National Film Board und die Canadian Broadcasting Corporation gearbeitet hatte – und hatte erst kurz zuvor gekündigt, um nach Walley zurückzukehren und Lehrer zu werden. Was hatte ihn zur Kündigung veranlaßt? Dies und das, sagte er. Machiavellis hier und dort. Hausmachtpolitik. Erschöpfung.

Gail kam eines Sommers in den siebziger Jahren nach Walley. Ihr damaliger Freund war Bootsbauer, und sie verkaufte Kleidung, die sie schneiderte – Capes mit Applikationen, Hemden mit bauschigen Ärmeln, lange bunte Röcke. Man räumte ihr hinten im Kunsthandwerksladen einen Platz ein, als der Winter kam. Sie lernte, wie man Ponchos und dicke Socken aus Bolivien und Guatemala importierte. Sie fand Frauen vor Ort, die für sie Pullover strickten. Eines Tages sprach Will sie auf der Straße an und bat sie, ihm mit den Kostümen für das Stück zu helfen, das er inszenierte. – *Wir sind noch einmal davongekommen*. Ihr Freund zog nach Vancouver.

Sie erzählte Will gleich zu Anfang einiges von sich, falls er sonst auf die Idee käme, daß sie mit ihrem stabilen Körperbau und ihrer rosigen Haut und der breiten sanftmütigen Stirn genau die richtige Frau zur Gründung einer Familie wäre. Sie erzählte ihm, sie habe einmal ein Kind gehabt, und als sie und ihr Freund in einem geborgten Laster Möbel transportiert hätten, von Thunder Bay nach Toronto, sei Kohlenmonoxid eingedrungen, gerade soviel, daß ihnen übel geworden sei, aber genug, um das Baby zu vergiften, das sieben Wochen alt war. Danach wurde Gail krank – sie bekam eine Unterleibsentzündung. Sie überlegte sich, daß sie kein Kind mehr bekommen wollte, und das wäre ohnehin schwierig gewesen, deshalb entschloß sie sich zu einer Totaloperation.

Will bewunderte sie. Und sagte ihr das. Er fühlte sich nicht verpflichtet zu sagen: Oh, wie tragisch! Er spielte nicht einmal indirekt darauf an, daß der Tod eine Folge der Entscheidungen war, die Gail getroffen hatte. Damals war er von ihr hingerissen. Er fand sie mutig und großzügig und einfallsreich und begabt. Die Kostüme, die sie für ihn entwarf und nähte, waren perfekt, unfaßbar gut. Gail fand, diese Sicht ihrer Person, ihres Lebens zeigte eine rührende Unschuld. Ihr schien, daß sie, weit davon entfernt, ein freier, großzügiger Geist zu sein, oft ängstlich und verzweifelt gewesen war und viel Zeit damit zugebracht hatte, Wäsche zu waschen und sich Sorgen ums Geld zu machen und in dem Gefühl zu leben, sie stehe bei jedem Mann, der sich mit ihr abgab, in tiefer Schuld. Sie hatte damals nicht den Eindruck, in Will verliebt zu sein, aber ihr gefiel sein Aussehen – sein kraftvoller Körper, den er so aufrecht hielt, daß er größer wirkte, als er war, sein zurückgeworfener Kopf, die glänzende hohe Stirn, das ergrauende weiche Kraushaar. Sie beobachtete ihn gern bei den Proben oder wenn er sich mit seinen Schülern unterhielt. Wie fähig und unerschrocken er als Regisseur wirkte, was für eine starke Persönlichkeit, wie er durch die High-School-Korridore oder die Straßen von Walley ging. Und dann die leicht altmodischen, bewundernden Gefühle, die er für sie hegte, seine Zuvorkommenheit als Liebhaber, das fremdartig Ansprechende seines Hauses und seines Lebens mit Cleata – das alles vermittelte Gail das Gefühl, jemand zu sein, der einmalig herzlich aufgenommen wurde, wo sie womöglich gar nicht wirklich ein Daseinsrecht hatte. Das machte ihr damals nichts aus – sie hatte die Oberhand.

Wann hatte sie die denn abgegeben? Als es zur Gewohnheit wurde, mit ihr zu schlafen, nachdem sie zusammengezogen waren, als sie soviel Arbeit in das Häuschen am Fluß steckten und sich herausstellte, daß sie sich bei solchen Arbeiten geschickter anstellte als er?

War sie ein Mensch, der glaubte, einer müsse die Oberhand haben?

Es kam eine Zeit, da konnte schon der Ton seiner Stimme, die sagte: »Dein Schnürsenkel ist offen«, wenn sie auf einem Spaziergang vor ihm ging, da konnte schon der Ton allein sie mit Verzweiflung füllen, weil er ihr zeigte, daß sie in ein trostloses Terrain geraten waren, wo seine Enttäuschung grenzenlos war, wo gegen seine Verachtung für sie nicht mehr anzukommen war. Irgendwann strauchelte sie dann und wurde von Zorn übermannt – sie durchlebten Tage und Nächte grimmiger Hoffnungslosigkeit. Bis zum Durchbruch, zur süßen Versöhnung, wenn die Witze kamen und die verwirrte Erleichterung. So ging es in ihrem Leben fort – sie verstand es weder richtig, noch wußte sie zu sagen, ob es bei allen andern auch so ging. Aber die friedlichen Phasen schienen länger zu werden, die Gefahren zu weichen, und sie hatte nicht die leiseste

Ahnung, daß er darauf lauerte, jemanden wie diese Neue kennenzulernen, diese Sandy, die ihm genauso fremdartig und betörend vorkommen würde wie seinerzeit Gail.

Wahrscheinlich hatte Will ebenfalls keine Ahnung. Er hatte nie viel über Sandy – Sandra – zu sagen gehabt, die im vergangenen Jahr mit einem Austauschprogramm nach Walley gekommen war, um zu sehen, wie an kanadischen Schulen Schauspiel unterrichtet wurde. Er hatte gesagt, sie sei eine junge Janitscharin. Dann hatte er gesagt, den Ausdruck kenne sie aber vielleicht gar nicht. Sehr bald hatte sich mit ihrem Namen eine knisternde Spannung oder Gefahr verbunden. Gail wurden Informationen zugetragen. Sie erfuhr, daß Sandy Will vor seiner Klasse herausgefordert hatte. Sandy hatte gesagt, die Stücke, die er aufführen wolle, seien »irrelevant«. Oder vielleicht »nicht revolutionär«.

»Aber er mag sie«, sagte einer seiner Schüler. »Oh, ja, er ist ganz hin und weg von ihr.«

Sandy blieb nicht lange in Walley. Sie reiste weiter, um an anderen Schulen beim Schauspielunterricht zu hospitieren. Aber sie schrieb Will, und vermutlich schrieb er wieder. Denn es stellte sich heraus, daß sie verliebt waren. Will und Sandy hatten sich ernsthaft verliebt, und am Ende des Schuljahres folgte Will ihr nach Australien.

Sie liebten sich. Als Will es ihr sagte, rauchte Gail gerade einen Joint. Sie hatte wieder angefangen, weil das Zusammensein mit Will sie so nervös machte.

»Du meinst, es liegt nicht an mir?« sagte Gail. »Du meinst, ich bin nicht die Ursache des Kummers?«

Sie war vor Erleichterung wie berauscht. Sie steigerte sich in eine verwegene, ausgelassene Stimmung hinein und verwirrte Will so, daß er mit ihr ins Bett ging.

Am nächsten Morgen vermieden sie es nach Möglichkeit, sich gleichzeitig im selben Zimmer aufzuhalten. Sie kamen überein, sich nicht zu schreiben. Vielleicht später, sagte Will. Gail sagte: »Wie du meinst.«

Doch eines Tages sah Gail bei Cleata seine Schrift auf einem Umschlag, der ganz gewiß so hingelegt worden war, daß sie ihn finden mußte. Cleata hatte ihn hingelegt – Cleata, die nie ein Wort über die Flüchtigen sagte. Gail schrieb sich den Absender ab: 16 Eyre Rd., Toowong, Brisbane, Queensland, Australia.

Erst beim Anblick von Wills Handschrift ging ihr auf, wie sinnlos alles für sie geworden war. Dieses schmucklose, präviktorianische Haus in Walley, und die Veranda, und die Drinks und der Trompetenbaum, den sie immerfort anschaute, hinten in Cleatas Garten. Alle Bäume und Straßen von Walley, alle befreienden Ausblicke auf den See und der Komfort ihres Ladens. Sinnlose Ausschneidefiguren, Imitate und Kulissen. Die wirkliche Handlung war ihr verborgen, in Australien.

Das war der Grund, weshalb sie sich in dem Flugzeug neben der Frau mit den Brillantringen wiederfand. Ihre eigenen Hände tragen keine Ringe, keinen Lack auf den Nägeln – ihre Haut ist vom vielen Arbeiten mit Stoff trocken. Früher hatte sie die Kleider, die sie schneiderte, als »Handarbeit« bezeichnet, bis Will ihr den Ausdruck als peinlich verleidete. Sie sieht immer noch nicht recht ein, was daran verkehrt war.

Den Laden hat sie verkauft – an Donalda, die ihn schon lange kaufen wollte. Sie nahm das Geld, und sie buchte einen Flug nach Australien und erzählte niemandem, wohin die Reise ging. Sie log, sprach von einem langen Urlaub, der in England beginnen sollte. Dann für den Winter irgendwo nach Griechenland, und dann wer weiß?

Am Abend vor ihrer Abfahrt vollzog sie eine Verwandlung ihres Äußeren. Sie schnitt sich das schwere rötlichgraue Haar ab und tönte sich das, was übrig war, dunkelbraun. Die dabei resultierende Farbe war seltsam – ein tiefes Kastanienbraun, offensichtlich künstlich, aber viel zu düster, um nach versuchtem Schick auszusehen. Sie suchte sich aus ihrem Laden –

obwohl sein Inhalt ihr nicht mehr gehörte – ein Kleid in einem Stil aus, den sie normalerweise nie tragen würde, ein dunkelblaues Jackenkleid im Leinen-Look aus Polyester mit roten und gelben Blitzstreifen. Sie ist groß, mit breiten Hüften, und sie trägt normalerweise Sachen, die weit und fließend fallen. Dieser Aufzug macht ihr quadratische Schultern und schneidet ihre Beine an einer wenig schmeichelhaften Stelle über den Knien ab. In welchen Frauentyp hatte sie sich verwandeln wollen? In den Typ, mit dem eine Frau wie Phyllis gern Bridge spielte? Wenn ja, dann hat sie ihr Ziel verfehlt. Sie hat erreicht, daß sie wie eine Frau aussieht, die den größten Teil ihres Lebens in Uniform zugebracht hat, in einem ehrenwerten, schlecht bezahlten Job (vielleicht in einer Krankenhauskantine?), und die jetzt zuviel Geld für ein flottes Kleid ausgegeben hat, das sich auf dem Urlaub ihres Lebens als unpassend und unbequem erweisen wird.

Das macht nichts. Es ist eine Verkleidung.

Im Waschraum am Flughafen, auf einem neuen Kontinent, sieht sie, daß die dunkle, am Abend vorher nicht genügend ausgespülte Haartönung sich mit ihrem Schweiß vermischt und ihr den Hals hinunterrinnt.

Gail ist in Brisbane gelandet, immer noch nicht darauf eingestellt, welche Tageszeit herrscht, und von einer ach so heißen Sonne verfolgt. Sie trägt immer noch ihr scheußliches Kleid, aber sie hat sich die Haare gewaschen, so daß die Farbe nicht mehr verläuft.

Sie hat ein Taxi genommen. Müde wie sie ist, kann sie nicht rasten oder ruhen, bis sie gesehen hat, wo sie wohnen. Sie hat bereits einen Stadtplan gekauft und die Eyre Road gefunden. Eine kurze Straße, die in einem Bogen verläuft. Sie läßt sich an der Ecke absetzen, wo es ein kleines Lebensmittelgeschäft gibt. Das dürfte der Laden sein, wo sie ihre Milch kaufen, vermutet sie, oder andere Sachen, die einem so ausgehen. Spülmittel. Aspirin. Tampons.

Daß Gail Sandy nie kennengelernt hat, war natürlich ein bedrohliches Zeichen. Es muß bedeutet haben, daß Will sehr schnell etwas geahnt hat. Spätere Versuche, ihm eine Beschreibung abzuluchsen, brachten nicht viel. Eher groß als klein. Eher dünn als dick. Eher blond als dunkel. Vor Gails geistigem Auge entstand das Bild eines dieser langbeinigen, kurzhaarigen, dynamischen und knabenhaft attraktiven Mädchen. *Frauen.* Aber sie würde Sandy nicht erkennen, wenn sie ihr über den Weg lief.

Würde jemand Gail erkennen? Mit ihrer Sonnenbrille und ihrem komischen Haar fühlt sie sich so verändert, als wäre sie unsichtbar. Auch die Tatsache, daß sie in einem fremden Land ist, hat sie verwandelt. Sie ist noch nicht darauf eingestimmt. Wenn sie erst eingestimmt ist, wird sie die mutigen Dinge, die sie jetzt tun kann, womöglich nicht mehr vollbringen können. Sie muß sofort durch diese Straße gehen, das Haus anschauen, sonst wird sie es vielleicht gar nicht mehr fertigbringen.

Die Straße, die das Taxi hinaufgefahren ist, führte steil vom braunen Fluß bergauf. Die Eyre Road liegt oben auf einem Kamm. Sie hat keinen Bürgersteig, nur einen staubigen Fußpfad. Niemand zu Fuß unterwegs, keine vorbeifahrenden Autos, kein Schatten. Zäune aus Brettern oder einer Art Geflecht aus Ästen und in einigen Fällen hohe, blühende Hecken. Nein, die Blüten sind in Wirklichkeit rosaviolette oder purpurfarbene Blätter. Gail unbekannte Bäume schauen über die Zäune. Sie haben kräftige, staubige Blätter, schuppige oder faserige Rinde, verbreiten eine schäbig dekorative Atmosphäre. Sie haben etwas Gleichgültiges oder vage Böswilliges, das sie mit den Tropen assoziiert. Vor ihr auf dem Pfad trippeln zwei Perlhühner, stolz und grotesk.

Das Haus, in dem Will und Sandy wohnen, ist hinter einem blaßgrün gestrichenen Bretterzaun versteckt. Gails Herz krampft sich zusammen – ihr Herz wird grausam umklammert, als sie diesen Zaun sieht, dieses Grün.

Die Straße ist eine Sackgasse, deshalb muß sie umdrehen. Sie geht abermals am Haus vorbei. Im Zaun ist ein Doppeltor, durch das ein Auto aus- und einfahren kann. Und ein Briefschlitz. Sie hat schon so einen gesehen, in einem Zaun vor einem andern Haus, der ist ihr aufgefallen, weil eine Zeitung daraus hervorragte. Demnach ist der Briefkasten nicht sehr tief, und eine Hand, die hineinschlüpft, könnte einen Umschlag finden, der hinten liegt. Wenn die Post noch nicht von jemandem, der im Haus wohnt, herausgeholt worden ist. Und Gail steckt wirklich ihre Hand hinein. Sie kann nicht anders. Sie findet dort einen Brief, genau wie sie sich das gedacht hat. Sie steckt ihn in die Handtasche.

Aus dem Laden an der Ecke ruft sie ein Taxi an. »Wo sind Sie denn her in den Staaten?« fragt sie der Mann im Laden.

»Texas«, sagt sie. Sie hat eine Ahnung, daß Leute aus Texas gern gesehen sind, und tatsächlich zieht der Mann die Augenbrauen hoch und pfeift.

»Hab ich mir gedacht«, sagt er.

Auf dem Umschlag ist Wills Schrift. Kein Brief an Will also, sondern ein Brief von ihm. Ein Brief, adressiert an Ms. Catherine Thornaby, 491 Hawtre Street. Ebenfalls in Brisbane. Quer darüber steht in einer anderen Handschrift gekritzelt: »Zurück, Empfänger am 13. Sept. verstorben.« Einen Augenblick lang glaubt Gail in ihrer geistigen Verwirrung, das heiße, Will sei verstorben.

Sie muß sich beruhigen, sammeln, eine Zeitlang aus der Sonne.

Nichtsdestotrotz nimmt sie, sobald sie den Brief in ihrem Hotelzimmer gelesen und sich frisch gemacht hat, noch einmal ein Taxi, diesmal in die Hawtre Street, und findet wie erwartet ein Schild im Fenster: »Wohnung frei.«

Doch was steht in dem Brief, den Will an Ms. Catherine Thornaby in der Hawtre Street geschrieben hat?

Liebe Ms. Thornaby,
Sie kennen mich nicht, aber ich hoffe, wir können uns, wenn ich erklärt habe, wer ich bin, einmal treffen und uns unterhalten. Ich glaube, ich könnte ein kanadischer Verwandter von Ihnen sein, denn mein Großvater ist irgendwann in den siebziger Jahren des letzten Jahrhunderts aus Northumberland nach Kanada ausgewandert, etwa zur gleichen Zeit, als ein Bruder von ihm nach Australien gegangen ist. Mein Großvater hieß William, wie ich, sein Bruder hieß Thomas. Natürlich verfüge ich über keinen Beweis, daß Sie eine Nachfahrin dieses Thomas sind. Ich habe schlicht in das Brisbaner Telephonbuch geschaut und zu meiner Freude eine Thornaby gefunden, die sich genauso schreibt wie ich. Früher fand ich diese Suche nach alten Verwandten unvorstellbar blöde und langweilig, aber jetzt, da ich selbst darangehe, finde ich es merkwürdig aufregend. Vielleicht ist es mein Alter – ich bin 56 –, das mich plötzlich drängt, Verbindungen zu finden. Außerdem habe ich mehr Zeit und Muße, als ich gewohnt bin. Meine Frau arbeitet hier an einem Theater, das sie Tag und Nacht auf Trab hält. Sie ist eine hochintelligente, dynamische junge Frau. (Sie schimpft mit mir, wenn ich ein weibliches Wesen über 18 als Mädchen bezeichne, und ist selbst erst 28!) In Kanada war ich an einer High School als Lehrer für Schauspiel, aber in Australien habe ich bislang noch keine Arbeit gefunden.

Meine Frau. Er bemüht sich, bei der möglichen Cousine einen ehrenwerten Eindruck zu machen.

Lieber Mr. Thornaby,
es könnte sein, daß unser gemeinsamer Name häufiger vorkommt, als Sie vermuten, auch wenn ich zur Zeit Ihre einzige Namensvetterin im Brisbaner Telephonbuch bin. Vielleicht ist Ihnen nicht bekannt, daß der Name von

> Thorn Abbey kommt, einer Ruine, die bis heute in Northumberland zu besichtigen ist. Die Schreibweise wechselt – Thornaby, Thornby, Thornabbey, Thornabby. Im Mittelalter wurde der Name des Gutsherrn von allen, die auf seinem Land arbeiteten, als Familienname angenommen, einschließlich der Tagelöhner, Schmiede, Schreiner, etc. Folglich leben in aller Welt verstreut eine Unzahl von Leuten, die sich eines Namen bedienen, auf den sie – strenggenommen – kein Anrecht besitzen. Nur wer seinen Stammbaum auf die Familie im zwölften Jahrhundert zurückführen kann, zählt zu den echten, Wappen führenden Thornabys. Das heißt, ist berechtigt, das Familienwappen zu benutzen. Zu diesen Thornabys gehöre ich, und da Sie weder etwas von dem Wappen erwähnen noch Ihre Ahnenreihe weiter als bis zu diesem William verfolgen, nehme ich an, Sie nicht. Mein Großvater hieß Jonathan.

Dies schreibt Gail auf einer alten tragbaren Schreibmaschine, die sie im Secondhandladen an ihrer Straße erstanden hat. Mittlerweile wohnt sie Nummer 491 Hawtre Street, in einem Wohnhaus mit dem Namen Miramar. Es ist ein zweigeschossiges Haus mit dickem, schmuddelig cremefarbenem Putz und gedrehten Säulen beidseits eines vergitterten Eingangs. Der Baustil ist entfernt maurisch oder spanisch oder kalifornisch, wie manche alten Filmtheater. Der Hausmeister behauptete, die Wohnung sei sehr modern.

»Eine ältere Dame hat drin gewohnt, aber sie ist ins Krankenhaus gekommen. Als sie starb, ist jemand gekommen und hat ihre persönliche Habe abgeholt, aber die Grundausstattung, die zur Wohnung gehört, ist noch da. Aus welchem Teil der USA sind Sie?«

Oklahoma, sagte Gail. Mrs. Massie, aus Oklahoma.

Der Hausmeister sieht aus wie ungefähr siebzig. Er trägt eine Brille, die seine Augen vergrößert, und er hat einen schnellen, aber recht unsicheren, leicht vorgebeugten Gang. Er spricht von Schwierigkeiten – der Zunahme ausländischer Elemente in der Bevölkerung, die es einem schwermacht, gute Handwerker zu finden, der Nachlässigkeit einiger Mieter, den bösen Passanten, die ständig Müll auf den Rasen werfen. Gail fragt ihn, ob er dem Postamt schon Bescheid gegeben habe. Er sagt, er habe es längst vorgehabt, aber die Dame habe kaum Post bekommen. Nur einmal einen Brief. Der merkwürdigerweise genau einen Tag nach ihrem Tod gekommen sei. Er habe ihn zurückgeschickt.

»Ich mach's«, sagte Gail. »Ich geb auf der Post Bescheid.«

»Ich werd aber unterschreiben müssen. Bringen Sie mir eins von diesen Formularen mit, und ich unterschreib's, und Sie können es einreichen. Da wär ich dankbar.«

In der Wohnung sind die Wände weiß gestrichen – das muß das Moderne daran sein. Sie hat Bambusrollos, eine winzige Küche, eine grüne Schlafcouch, einen Tisch, eine Kommode und zwei Stühle. An der Wand ein Bild, das ein Gemälde oder ein koloriertes Photo sein könnte. Eine gelblich-grüne Wüstenlandschaft mit Felsen und Beifußgestrüpp und fernen grauen Bergen. Gail ist sicher, es schon einmal gesehen zu haben.

Sie hat die Miete bar bezahlt. Sie hatte eine Zeitlang zu tun, Bettlaken und Handtücher und Lebensmittel zu besorgen, ein paar Töpfe, ein bißchen Geschirr, die Schreibmaschine. Sie mußte ein Konto eröffnen, sich aus einer Reisenden zu einer Bewohnerin des Landes machen. Kaum einen Straßenblock entfernt liegen Geschäfte. Ein Supermarkt, ein Secondhandladen, eine Drogerie, eine Teestube. Es sind allesamt bescheidene Unternehmen, die bunte Papierstreifen im Eingang hängen haben und über dem Bürgersteig hölzerne Vordächer. Sie verfügen über ein beschränktes Angebot. Die Teestube hat nur zwei Tische, der Secondhandladen enthält kaum mehr als das aussortierte Allerlei, das sich in einem einzigen normalen Haushalt ansammelt. Im Supermarkt stehen die

Cornflakes-Packungen und in der Drogerie die Hustensaftflaschen einzeln auf den Regalen, als wären sie von besonderem Wert oder besonderer Bedeutung.

Aber sie hat alles gefunden, was sie braucht. Im Secondhandladen hat sie ein paar weite geblümte Baumwollkleider gefunden, eine Strohtasche für ihre Einkäufe. Jetzt schaut sie aus wie die anderen Frauen, die sie auf der Straße sieht. Hausfrauen mittleren Alters mit bloßen, aber blassen Armen und Beinen, die früh morgens oder nachmittags spät einkaufen gehen. Sie hat sich auch einen Schlapphut aus Stroh gekauft, wie die anderen Frauen, um ihr Gesicht vor der Sonne zu schützen. Schattige, weiche, sommersprossige Gesichter mit zusammengekniffenen Augen.

Die Nacht kommt plötzlich gegen sechs Uhr, und sie muß eine Beschäftigung für die Abendstunden finden. Sie hat keinen Fernseher in der Wohnung. Doch ein Stückchen weiter als die Geschäfte ist eine Leihbücherei, die eine alte Frau im Wohnzimmer ihres Hauses unterhält. Diese Frau trägt ein Haarnetz und trotz der Hitze graue Baumwollstrümpfe. (Wo kann man heute noch graue Baumwollstrümpfe finden?) Sie hat einen unterernährten Körper und farblose, verkniffene, niemals lächelnde Lippen. Sie ist diejenige, in die Gail sich hineinversetzt, als sie den Brief von Catherine Thornaby schreibt. In Gedanken nennt sie die Frau mit der Bücherei jedesmal so, wenn sie sie sieht, also fast jeden Tag, weil man nur ein Buch auf einmal ausleihen darf und Gail meistens ein Buch die Nacht liest. Sie denkt: Da ist Catherine Thornaby, tot und ein paar Straßen weiter in eine neue Existenz geschlüpft.

Den ganzen Schmus über Wappen führende und nicht Wappen führende Thornabys hat Gail aus einem Buch. Nicht aus einem der Bücher, die sie jetzt liest, sondern aus einem, das sie in ihrer Jugend gelesen hat. Der Held war der nicht Wappen führende, aber hochverdiente Erbe eines großen Besitzes. An den Titel erinnert sie sich nicht. Damals lebte sie mit Leuten zusammen, die in einem fort *Steppenwolf* oder *Dune* oder Texte von Krischnamurti lasen, und sie schämte sich dafür, daß sie historische Romane las. Sie glaubte nicht, daß Will ein solches Buch gelesen haben würde oder sich mit solchen Sachverhalten auskannte. Und sie ist sicher, daß er sich melden wird, um Catherine den Kopf zu waschen.

Sie wartet und liest die Bücher aus der Leihbücherei, die aus einer noch früheren Zeit zu stammen scheinen als die Romane, die sie vor zwanzig Jahren gelesen hat. Manche hatte sie sich aus der öffentlichen Bücherei in Winnipeg geholt, bevor sie von zu Hause wegging, und schon damals hatten sie altmodisch gewirkt. *The Girl of the Limberlost. The Blue Castle. Maria Chapdelaine.* Solche Bücher erinnerten sie naturgemäß an ihr Leben vor Will. Ein solches Leben gab es, und sie konnte durchaus etwas daraus herüberretten, wenn ihr so zumute war. Sie hat eine Schwester in Winnipeg. Sie hat eine Tante dort, in einem Pflegeheim, die noch immer Bücher auf russisch liest. Gails Großeltern sind aus Rußland eingewandert, ihre Eltern konnten noch russisch sprechen, sie heißt in Wirklichkeit nicht Gail, sondern Galya. Sie hat sich von ihrer Familie losgesagt – oder die sich von ihr –, als sie mit achtzehn von zu Hause weggegangen ist, um durch das Land zu ziehen, wie es damals üblich war. Zunächst mit mehreren Freunden, dann mit einem festen Freund, dann mit dem nächsten Freund. Sie zog Perlen auf und batikte Schals und verkaufte sie auf der Straße.

Liebe Ms. Thornaby,
haben Sie Dank für Ihre Aufklärung über den wichtigen Unterschied zwischen den Wappen führenden und nicht Wappen führenden Thornabys. Ich entnehme Ihren Worten, daß Sie einen starken Verdacht hegen, ich könnte mich als einer der letzteren entpuppen. Verzeihen Sie bitte vielmals – ich hatte nicht die Absicht, auf so heiligen Grund zu treten oder das Wappen der Thornaby

auf meinem T-Shirt zu tragen. In meiner Heimat legen wir nicht viel Wert auf solche Dinge, und ich dachte, in Australien wäre das nicht anders, aber wie ich sehe, habe ich mich getäuscht. Vielleicht sind Sie im Alter bereits zu fortgeschritten, um den vollzogenen Wertewandel mitbekommen zu haben. Anders als ich, der ich im Lehrberuf tätig gewesen bin und zudem ständig mit den energischen Argumenten einer jungen Ehefrau konfrontiert bin.
Ich hatte schlicht die unschuldige Absicht, Kontakt zu einem Menschen in diesem Land zu knüpfen, der außerhalb des Theater- und Universitätsmilieus lebt, dem meine Frau und ich nicht zu entkommen scheinen. Ich habe eine Mutter in Kanada, die mir fehlt. Um ehrlich zu sein, hat Ihr Brief mich ein bißchen an sie erinnert. Sie wäre imstande, einen solchen Brief als Witz zu verfassen, aber ich bezweifle, ob Sie ihn als Witz meinten. Mir klingt er eher wie ein Fall von übertriebenem Ahnenstolz.

Wenn er beleidigt und auf eine bestimmte Weise beunruhigt ist – auf eine Weise, die schwer vorherzusehen und für die meisten Leute schwer zu erkennen ist –, wird Will grob sarkastisch. Die Ironie verläßt ihn. Er schlägt um sich und erreicht damit, daß die Betroffenen peinlich berührt sind, nicht ihrer selbst wegen, wie er es beabsichtigt, sondern seinetwillen. Es kommt selten vor, und wenn, dann bedeutet es meistens, daß er sich zutiefst ungewürdigt fühlt. Es bedeutet, daß er sich nicht einmal mehr selbst zu würdigen weiß.

Das ist es also, was mit ihm geschehen ist. So sieht es Gail. Vielleicht machten Sandy und ihre jungen Freunde ihn mit ihrem ungestümen Selbstvertrauen, ihrer taktlosen Selbstgerechtigkeit unglücklich. Vielleicht wurde sein Geist nicht wahrgenommen, seine Passionen waren überholt. Und er fand keine Möglichkeit, sich bei ihnen durchzusetzen. Bis sein Stolz darauf, mit Sandy liiert zu sein, allmählich schal wurde.

So sieht sie es. Er ist unsicher und unglücklich und sucht eine neue Bekanntschaft. Er ist auf Familienbande verfallen, hier in diesem Land unaufhörlicher Blüte und kiebiger Vögel und sengend heißer Tage und plötzlich pechschwarzer Nächte.

Lieber Mr. Thornaby,
haben Sie wirklich erwartet, daß ich, bloß weil ich den selben Familiennamen habe wie Sie, die Tür aufreiße und den »roten Teppich« auslege – wie Sie, glaube ich, in Amerika sagen, wozu Kanada wohl eindeutig gehört? Es mag sein, daß Sie hier eine zweite Mutter suchen, aber das verpflichtet mich wohl kaum dazu, eine zu sein. Übrigens täuschen Sie sich in meinem Alter – ich bin einige Jahre jünger als Sie, deshalb stellen Sie sich mich bitte nicht als ältliche Jungfer mit Haarnetz und grauen Baumwollstrümpfen vor. Ich kenne die Welt wahrscheinlich genausogut wie Sie. Als Einkäuferin für Damenmode für ein großes Kaufhaus komme ich viel herum. Deshalb sind meine Vorstellungen nicht so überholt, wie Sie glauben. Sie sagen nicht, ob Ihre vielbeschäftigte, dynamische junge Frau an dieser familiären Freundschaft teilhaben sollte. Es überrascht mich, daß Sie einen Wunsch nach weiteren Kontakten hegen. In den Medien lese und höre ich ständig von diesen »Mai-Dezember-Beziehungen« und wie belebend sie wirken und wie glücklich die Männer sich in die Häuslichkeit und die Elternschaft zurückziehen. (Ohne daß jemals die »Probeläufe« mit gleichaltrigen Frauen Erwähnung finden oder ein Wort darüber verloren wird, wie diese Frauen sich mit ihrem Leben in Einsamkeit abfinden!) Vielleicht sollten Sie demnach Vater werden, um Ihren »Familiensinn« zu befriedigen!

Gail staunt, wie flüssig sie schreibt. Das Briefeschreiben ist ihr immer schwergefallen, und die Resultate waren langweilig und bruchstückhaft, mit vielen Bindestrichen und unvollendeten Sätzen und Entschuldigungen für fehlende Zeit. Woher hat sie diesen geschliffenen, bösen Stil – aus irgendeinem Buch, wie den Unsinn mit den Wappen? Sie geht abends im Dunklen zur Post, um den Brief abzuschicken, und fühlt sich mutig und zufrieden. Aber am nächsten Morgen wacht sie früh mit dem Gefühl auf, daß sie mit Sicherheit zu weit gegangen ist. Darauf wird er nie antworten, sie wird nie wieder von ihm hören.

Sie steht auf und geht aus dem Haus, macht einen Morgenspaziergang. Die Läden sind noch geschlossen, in der Wohnzimmerbücherei sind, so gut es eben geht, die lädierten Jalousien heruntergelassen. Sie läuft bis an den Fluß, wo neben einem Hotel ein schmaler Park liegt. Später am Tag könnte sie sich dort nicht aufhalten, weil die Hotelveranden immer von lärmenden Biertrinkern belagert sind und der Park in Hörweite oder sogar in Flaschenwurfweite liegt. Jetzt sind die Veranden menschenleer, die Türen sind geschlossen, und sie tritt in den Park ein, unter die Bäume. Das braune Wasser des Flusses fließt träge durch die Mangrovenstümpfe. Vögel fliegen über das Wasser und lassen sich auf dem Hoteldach nieder. Es sind keine Möwen, wie sie anfangs gedacht hat. Sie sind kleiner als Möwen, und ihre leuchtend weißen Flügel und Bäuche sind mit Rosa durchsetzt.

In dem Park sitzen zwei Männer – einer auf einer Bank, einer im Rollstuhl neben der Bank. Sie erkennt sie – sie wohnen bei ihr im Haus und gehen jeden Tag spazieren. Einmal hat sie ihnen die Gittertür aufgehalten, als sie durchwollten. Sie hat sie in den Läden gesehen und in der Teestube am Fenstertisch. Der Mann im Rollstuhl sieht ziemlich alt und krank aus. Sein Gesicht ist narbig wie alte, aufgeplatzte Farbe. Er trägt eine dunkle Brille und ein rabenschwarzes Toupet und darauf eine schwarze Baskenmütze. Er ist von oben bis unten in eine Decke gehüllt. Auch später am Tag, wenn die Sonne heiß ist – jedesmal wenn sie die beiden gesehen hat –, war er in seine karierte Decke gehüllt. Der Mann, der den Rollstuhl schiebt und der jetzt auf der Bank sitzt, ist jung genug, um wie ein zu groß gewordener Junge auszusehen. Er ist lang, mit kräftigen Armen und Beinen, ohne männlich zu wirken. Ein junger Riese, von seiner Körpergröße verwirrt. Stark, aber nicht sportlich, mit einer vielleicht von Schüchternheit herrührenden Steifheit in den runden Armen und Beinen und dem feisten Hals. Rote Haare, nicht nur auf dem Kopf, sondern auch auf den bloßen Armen und über den Hemdknöpfen.

Im Vorbeigehen hält Gail bei ihnen inne, sie sagt guten Morgen. Der junge Mann antwortet fast unhörbar. Es scheint seine Gewohnheit zu sein, mit majestätischer Gleichgültigkeit in die Welt hinauszusehen, aber sie hat den Eindruck, ihr Gruß hat ihn aus Verlegenheit oder Ängstlichkeit zusammenzucken lassen. Trotzdem spricht sie ihn erneut an, sie sagt: »Was sind das für Vögel, die ich überall sehe?«

»Galahs«, sagt der junge Mann, so daß es in ihren Ohren fast so klingt wie ihr Kindername. Sie will ihn gerade bitten, den Namen noch einmal zu wiederholen, als der alte Mann losbrüllt und allem Anschein nach einen Strom von Flüchen losläßt. Wegen seines australischen, mit einem europäischen vermischten Akzents verfließen seine Worte miteinander und sind für sie nicht zu verstehen, aber die konzentrierte Brutalität ist nicht zu überhören. Und die Worte sind für sie gemeint – der Alte hat sich vorgebeugt, ja er versucht sogar krampfhaft, sich aus den Gurten zu befreien, die ihn festhalten. Er möchte sie anspringen, sich auf sie stürzen und sie verjagen. Der junge Mann entschuldigt sein Verhalten nicht und nimmt keine Notiz von Gail, sondern beugt sich zu dem alten Mann vor und schiebt ihn mit Worten, die sie nicht hören kann, sanft zurück. Sie sieht ein, daß sie keine Erklärung bekommen wird. Sie geht weiter.

Zehn Tage ohne Brief. Ohne ein Wort. Sie weiß nicht, was sie tun soll. Sie geht jeden Tag spazieren – das ist im wesentlichen alles, was sie macht. Das Miramar liegt nur ungefähr eine Meile von Wills Straße entfernt. Sie betritt die Straße nie wieder und auch nicht den Laden, wo sie dem Mann gesagt hat, sie stamme aus Texas. Sie kann sich nicht vorstellen, woher sie am ersten Tag den Mut genommen hat. Allerdings geht sie durch die Straßen in unmittelbarer Nähe. Diese Straßen führen jeweils auf Hügelkämmen entlang. Zwischen den Kämmen, an denen die Häuser kleben, liegen steile Schluchten voller Vögel und Bäume. Auch wenn die Sonne heiß wird, verstummen die Vögel nicht. Elstern führen ihr beunruhigendes Gespräch fort, fliegen von Zeit zu Zeit auf und kommen bedrohlich auf ihren hellen Hut zugeschossen. Die Vögel mit dem Namen, der wie der ihre klingt, stoßen törichte Schreie aus, wenn sie aufstieben und ihre Bögen fliegen und im Laub verschwinden. Sie läuft, bis sie von der Hitze benommen ist und schwitzt und einen Sonnenstich zu bekommen fürchtet. Sie fröstelt trotz der Hitze – vor Angst, vor Sehnsucht, Wills ach so vertraute Gestalt zu sehen, dieses eine eher kompakte, kecke, frei ausschreitende Paket auf der Welt, in dem alles steckt, was ihr Schmerz oder Frieden bringen kann.

> Lieber Mr. Thornaby,
> dies ist nur ein kurzes Schreiben, um mich bei Ihnen zu entschuldigen, falls meine Antworten auf Ihre Briefe unhöflich und übereilt waren, wie ich eigentlich vermute. Ich habe in letzter Zeit einiges durchgemacht und habe mich jetzt zur Erholung beurlauben lassen. Unter solchen Umständen verhält man sich nicht immer so, wie man möchte, und sieht die Dinge nicht so rational …

Eines Tages geht sie am Hotel und dem Park vorbei. Auf den Veranden hallt der Lärm der Nachmittagstrinker. Im Park sind alle Bäume aufgeblüht. Die Blüten haben eine Farbe, die sie kennt, sich aber nie auf Bäumen hätte vorstellen können

– ein silbriger Blauton, oder ein silbriges Lila, so zart und schön, daß man meinen könnte, rundum müßte alles vor Staunen schweigen und in Betrachtung versinken, aber anscheinend ist das nicht der Fall.

Als sie wieder im Miramar ankommt, trifft sie den jungen Mann mit den roten Haaren auf dem Korridor im Parterre an, vor der Tür der Wohnung, in der er mit dem alten Mann wohnt. Durch die geschlossene Wohnungstür dringen die Geräusche einer Tirade.

Diesmal lächelt der junge Mann ihr zu. Sie bleibt stehen, und sie lauschen zusammen.

Gail sagt: »Wenn Sie sich mal einen Augenblick hinsetzen möchten, während Sie warten, Sie sind oben immer willkommen.«

Er schüttelt den Kopf, lächelt aber weiter, als wäre das ein Witz zwischen ihnen. Sie glaubt, noch etwas sagen zu müssen, bevor sie ihn dort zurückläßt, deshalb fragt sie ihn nach den Bäumen im Park. »Diese Bäume am Hotel«, sagt sie. »Wo ich Sie neulich morgen getroffen habe? Die stehen jetzt alle in voller Blüte. Wie heißen die?«

Er sagt ein Wort, das sie nicht mitbekommt. Sie bittet ihn, es noch einmal zu wiederholen. »Jack Randa«, sagt er. »Das ist das Hotel Jack Randa.«

Liebe Ms. Thornaby,

ich war verreist, und als ich wiederkam, lagen Ihre beiden Briefe für mich da. Ich öffnete sie in der falschen Reihenfolge, obwohl das wirklich ohne Bedeutung ist. Meine Mutter ist gestorben. Ich bin zu ihrer Beerdigung in Kanada »nach Hause« gefahren. Es ist kalt dort, Herbst. Vieles hat sich verändert. Warum ich das Bedürfnis habe, Ihnen das zu erzählen, weiß ich schlicht nicht. Wir haben eindeutig den falschen Ton angeschlagen miteinander. Selbst wenn ich Ihre erklärenden Zeilen nach dem ersten Brief nicht bekommen hätte, hätte ich mich auf eine seltsame Art über den ersten Brief gefreut. Ich hatte Ihnen einen sehr barschen und unfreundlichen Brief geschrieben, und Sie schrieben mir im gleichen Ton zurück. Die Barschheit und die Unfreundlichkeit und die Bereitschaft zum Einschnappen kommen mir irgendwie bekannt vor. Soll ich es riskieren, Ihren Wappen tragenden Zorn auf mich zu lenken, indem ich abermals zu bedenken gebe, ob wir nicht doch verwandt sein könnten? Ich finde hier keinen Halt. Ich bewundere meine Frau und ihre Freunde vom Theater für ihren Schwung, ihre Direktheit und ihr Engagement, und für ihre Hoffnung darauf, ihre Talente zur Schaffung einer besseren Welt einsetzen zu können. (Wobei ich allerdings gestehen muß, daß sich mir häufig der Eindruck aufdrängt, der Schwung und die Hoffnung wären größer als die Talente.) Ich gehöre nicht zu ihnen. Wobei ich zugeben muß, daß sie das eher erkannt haben als ich. Wahrscheinlich kann ich, weil mir von dem Wahnsinnsflug und der Zeitverschiebung noch ganz schwummrig ist, dieser Erkenntnis jetzt endlich ins Gesicht sehen und mich in einem Brief an eine Frau wie Sie dazu bekennen, die Sie Ihre eigenen Probleme haben und zu Recht deutlich gemacht haben, daß Sie mit meinen nicht behelligt zu werden wünschen. In der Tat sollte ich lieber schließen, bevor ich Sie mit weiterem Geschwafel über meine Psyche belästige. Ich könnte Ihnen keinen Vorwurf machen, wenn Sie gar nicht so weit gelesen hätten …

Gail liegt auf der Couch und preßt sich den Brief mit beiden Händen an den Bauch. Es hat sich viel verändert. Er war also in Walley – man hat ihm erzählt, daß sie den Laden verkauft hat und zu ihrer großen Weltreise aufgebrochen ist. Aber hätte er das nicht ohnehin schon gehört gehabt, von Cleata? Vielleicht nicht. Cleata war verschwiegen. Und als sie kurz vor Gails Abreise ins Krankenhaus gegangen war, hatte sie gesagt: »Ich will eine Zeitlang niemanden sehen, von niemandem hören und keine Briefe schreiben. Diese Behandlungen dürften ein bißchen melodramatisch werden.«

Cleata ist tot.

Gail hat gewußt, daß Cleata sterben würde, aber irgendwie geglaubt, daß dort alles stillstehen werde, nichts wirklich geschehen könne, während sie, Gail, hier war. Cleata ist tot, und Will hat außer Sandy niemand mehr, und Sandy ist ihm vielleicht keine rechte Hilfe mehr.

Es klopft an der Tür. In heller Aufregung springt Gail auf und sucht nach einem Schal, den sie sich über das Haar binden kann. Es ist der Hausverwalter, er ruft sie mit ihrem falschen Namen.

»Ich wollte Ihnen nur sagen, daß jemand bei mir war und Fragen gestellt hat. Er fragte mich nach Miss Thornaby, und ich sagte: Oh, die ist gestorben. Sie ist schon vor einer ganzen Weile gestorben. Er sagte: Nein, wirklich? Ich sagte: Ja, doch, und er sagte: Das ist aber seltsam.«

»Hat er gesagt warum?« fragt Gail. »Hat er gesagt, warum er das seltsam fand?«

»Nein, ich sagte, sie ist im Krankenhaus gestorben, und ich habe jetzt eine Amerikanerin in der Wohnung wohnen. Ich hatte vergessen, was Sie gesagt haben, wo Sie her sind. Er klang auch wie ein Amerikaner, deshalb hätte er damit vielleicht was anfangen können. Ich sagte: Da ist noch ein Brief für Miss Thornaby gekommen, als sie schon tot war, war der von Ihnen? Ich erzählte ihm, daß ich ihn umgeschickt hatte. Ja, sagte er, der war von mir, aber ich habe ihn nicht wiedergekriegt. Da muß irgendwo ein Irrtum vorliegen, sagte er.«

Gail stimmt ihm zu. »Eine Verwechslung vielleicht«, sagt sie.

»Ja, irgendsowas.«

Liebe Ms. Thornaby,

ich habe kürzlich erfahren, daß Sie tot sind. Ich weiß, das Leben ist seltsam, aber ganz so seltsam wie momentan ist es mir noch nie vorgekommen. Wer sind Sie, und was geht hier vor? Mir scheint, dieser ganze Schmonzes über die Thornabys muß genau das gewesen sein – Schmonzes. Sie müssen auf jeden Fall ein Mensch mit viel Zeit und einem Hang zur Phantasie sein. Es ärgert mich, daß Sie mich an der Nase herumgeführt haben, aber ich kann die Versuchung, glaube ich, verstehen. Allerdings bin ich der Ansicht, daß Sie mir jetzt eine Erklärung dahingehend schuldig sind, ob meine Erklärung richtig ist und die ganze Sache ein Witz ist. Oder habe ich es mit einer »Einkäuferin für Damenmode« aus dem Jenseits zu tun? (Wo haben Sie dieses Detail her, oder ist es die Wahrheit?)

Als Gail ausgeht, um Lebensmittel zu kaufen, benutzt sie den Hintereingang des Hauses, sie geht auf Umwegen in die Geschäfte. Bei der Rückkehr über die gleiche Route durch den Hintereingang begegnet sie an den Mülltonnen dem jungen rothaarigen Mann. Wäre er nicht so groß, hätte man sagen können, er sei zwischen den Mülltonnen versteckt. Sie spricht ihn an, aber er gibt keine Antwort. Er sieht sie durch Tränen hindurch an, als wären die Tränen nichts als welliges Glas, etwas ganz Normales.

»Ist Ihr Vater krank?« fragt Gail ihn. Sie hat beschlossen, daß dies ihr Verwandtschaftsgrad sein muß, obwohl der Altersunterschied größer wirkt als üblicherweise zwischen Vater und Sohn und die beiden sich nicht ähnlich sehen und die Geduld und Treue des jungen Mannes – heutzutage allemal – um etliches weitergehen als alles, was ein Sohn normalerweise zu geben bereit ist. Aber sie gehen auch weiter als alles, was ein bezahlter Pfleger je an den Tag legen würde.

»Nein«, sagt der junge Mann, und obwohl seine Miene sonst ruhig bleibt, steigt eine tiefe Röte in sein Gesicht, unter der zarten Rothaarigenhaut.

Ein Liebespaar, denkt Gail. Sie ist sich auf einmal sicher. Sie wird von Sympathie durchrieselt, einer seltsamen Freude.

Ein Liebespaar.

Als es dunkel ist, geht sie an ihren Briefkasten und findet dort einen weiteren Brief.

Ich vermutete fast, Sie wären zu einer Ihrer Mode-Einkaufstouren abgereist, aber der Hausmeister behauptet, Sie seien, seitdem Sie die Wohnung genommen haben, nicht fort gewesen, deshalb muß ich davon ausgehen, daß Ihr Erholungsurlaub noch andauert. Er hat mir außerdem erzählt, daß Sie eine Brünette sind. Eigentlich finde ich, wir könnten Beschreibungen austauschen – und dann, mit Bangigkeit, Bilder – auf die gleiche grausame Art wie Leute, die sich über eine Zeitungsannonce kennenlernen. Anscheinend bin ich in meinem Bemühen, Ihre Bekanntschaft zu machen, bereit, mich einigermaßen zum Narren zu machen. Wobei das natürlich nichts Neues ist …

Gail verläßt zwei Tage die Wohnung nicht. Sie verzichtet auf Milch, trinkt ihren Kaffee schwarz. Was wird sie tun, wenn ihr der Kaffee ausgeht? Sie ißt seltsame Mahlzeiten – Thunfischpaste auf Cracker, als sie kein Brot mehr hat, ein trockenes Stück Käse, ein paar Mangos. Sie wagt sich hinaus in den oberen Korridor des Miramar – öffnet die Tür zunächst einen Spalt, um zu prüfen, ob die Luft rein ist – und geht an das Bogenfenster mit dem Blick auf die Straße. Da wird sie von einem Gefühl aus alter Zeit eingeholt – dem Gefühl, eine Straße zu beobachten, den sichtbaren Abschnitt einer Straße, wo wahrscheinlich gleich ein Wagen auftauchen wird, jedenfalls vielleicht, vielleicht auch nicht. Sie erinnert sich jetzt sogar an die Wagen selbst – ein blauer Austin-Mini, ein kastanienbrauner Chevrolet, ein Familienkombi. Autos, in denen sie jeweils ein kurzes Stück mitfuhr, unerlaubt und in einem mutigen Rausch der Bereitschaft. Lange vor Will.

Sie weiß nicht, wie Will gekleidet sein wird, oder was er für einen Haarschnitt hat oder ob sich sein Gang oder Gesichtsausdruck verändert haben, seinem hiesigen Leben entsprechend. Er kann sich nicht stärker verändert haben als sie. Sie hat in der Wohnung keinen Spiegel außer dem kleinen am Badezimmerschränkchen, aber selbst der kann ihr sagen, wieviel dünner sie geworden und wieviel rauher ihre Haut geworden ist. Anstatt blaß und faltig zu werden, wie das bei heller Haut in diesem Klima häufig vorkommt, hat sie einen Teint wie schmuddeliges Segeltuch bekommen. Das ließe sich reparieren – das weiß sie. Mit dem richtigen Make-up ließe sich der Eindruck exotischer Dumpfheit herstellen. Ihr Haar ist eher problematisch – an den Wurzeln kommt das Rot durch, mit leuchtend grauen Strähnen. Sie versteckt sie fast immer unter einem Tuch.

Als der Hausmeister wieder an ihre Tür klopft, macht sie nur ein, zwei Sekunden verrückter Erwartung durch. Er ruft sie gleich beim Namen. »Mrs. Massie, Mrs. Massie! Ah, ich hab gehofft, daß Sie da sein würden. Könnten Sie vielleicht einen Augenblick runterkommen und mir helfen? Es ist der alte Mann im Parterre, er ist vom Bett gefallen.«

Er geht vor ihr die Treppe hinunter, hält sich am Geländer fest und setzt jedesmal den Fuß unsicher, gehetzt auf die nächste Stufe.

»Sein Freund ist nicht da. Ich hatte mich schon gewundert. Ich hab ihn gestern nicht gesehen. Ich bemühe mich, halbwegs auf dem laufenden zu sein, aber ich mische mich nicht gern ein. Ich dachte, wahrscheinlich ist er in der Nacht zurückgekommen. Ich fegte gerade das Foyer, da hörte ich einen Bums und ließ mich in die Wohnung ein – um zu wissen, was los war. Da war der Alte ganz allein, auf dem Boden.«

Die Wohnung ist nicht größer als Gails und hat den gleichen Schnitt. Über den Bambusrollos hängen Vorhänge, das macht sie sehr dunkel. Es riecht nach Zigaretten und kaltem Essen und künstlichem Tannennadelduft. Das Couchbett ist ausgezogen, zum Doppelbett, und der alte Mann liegt mit einem Teil des Bettzeugs davor auf dem Boden. Ohne das Toupet ist sein Kopf glatt, wie ein schmutziges Stück Seife. Seine Augen sind halb geschlossen, und tief aus seinem Innern dringt ein Geräusch, das klingt wie ein Motor, der leerdreht und nicht anspringt.

»Haben Sie einen Krankenwagen gerufen?« fragt Gail.

»Wenn Sie ihn nur am einen Ende hochheben könnten«, sagt der Hausmeister. »Ich hab ein kaputtes Kreuz, und ich will mir nicht schon wieder einen Hexenschuß holen.«

»Wo ist das Telephon?« fragt Gail. »Er könnte einen Schlaganfall gehabt haben. Er könnte sich eine Hüfte gebrochen haben. Er muß ins Krankenhaus.«

»Meinen Sie? Sein Freund konnte ihn ohne Probleme hin- und herheben. Er hatte genug Kraft. Und jetzt ist er verschwunden.«

Gail sagt: »Ich ruf an.«

»Oh, nein. Oh, nein. Ich hab die Nummer über dem Telephon in meinem Büro stehen. Da lasse ich niemand anders rein.«

Mit dem alten Mann alleingelassen, der sie wahrscheinlich nicht hören kann, sagt Gail: »Keine Sorge. Keine Sorge. Wir holen Ihnen Hilfe.« Ihre Stimme hat einen dämlichen, leutseligen Ton. Sie bückt sich, um ihm die Decke über die Schulter zu ziehen, und zu ihrer großen Überraschung huscht eine Hand hervor, sucht und ergreift die ihre. Seine Hand ist schmal und knochig, aber recht warm und schrecklich stark. »Ich bin hier, ich bin hier«, sagt sie und fragt sich, ob sie den rothaarigen jungen Mann spielt oder einen anderen jungen Mann oder eine Frau oder gar seine Mutter.

Der Krankenwagen kommt schnell, mit seinem durchdringenden, rhythmischen Geheul, und die Pfleger treffen bald mit ihrer Rollbahre in dem Zimmer ein, der Hausmeister humpelt hinter ihnen her und sagt: » ... ließ sich nicht bewegen. Hier ist Mrs. Massie, die mir in der Not zu Hilfe gekommen ist.«

Als sie den alten Mann auf die Bahre heben, muß Gail ihre Hand wegziehen, und er beginnt sich zu beschweren, jedenfalls hört sie es heraus – zu dem ständigen Geräusch, das er unfreiwillig auszustoßen scheint, kommt ein zusätzliches *ah-ann-ahn.* Deshalb nimmt sie, sobald es geht, wieder seine Hand und läuft nebenher, als er hinausgerollt wird. Er hält sie so fest, daß sie das Gefühl hat, von ihm mitgezogen zu werden.

»Er war früher der Besitzer des Hotels«, sagt der Hausmeister. »Vor Jahren. War das.«

Auf der Straße sind ein paar Leute, aber niemand bleibt stehen, niemand will sich beim Gaffen ertappen lassen. Sie wollen sehen, sie wollen nicht sehen.

»Soll ich mitfahren?« fragt Gail. »Er scheint mich nicht loslassen zu wollen.«

»Wie Sie wollen«, sagt einer der Krankenpfleger, und sie steigt ein. (Das heißt, sie wird von der klammernden Hand hineingezogen.) Der Fahrer klappt einen kleinen Sitz für sie aus, die Türen werden geschlossen, als sie losfahren, heult die Sirene auf.

Da sieht sie Will durch das Fenster in der Hecktür. Er ist ungefähr einen Block vom Miramar und geht darauf zu. Er trägt eine helle kurzärmelige Jacke und eine passende Hose – wahrscheinlich ein Safarianzug, und sein Haar ist weißer geworden oder von der Sonne ausgeblichen, aber sie erkennt ihn sofort, sie wird ihn immer erkennen, und wird immer seinen Namen rufen müssen, wenn sie ihn sieht, so wie jetzt, wo sie sogar vom Sitz aufzuspringen und dem alten Mann die Hand wegzuziehen versucht.

»Da ist Will«, sagt sie zu dem Krankenpfleger. »Oh, das tut mir leid. Da ist mein Mann.«

»Na, lassen Sie ihn lieber nicht sehen, wie Sie aus einem fahrenden Krankenwagen springen«, sagt der Mann. Dann sagt er: »Oh, je. Was haben wir denn da?« Und wendet sich für die Dauer der nächsten Minute oder so dem alten Mann zu. Bald richtet er sich wieder auf und sagt: »Aus.«

»Er hält mich immer noch fest«, sagt Gail. Aber sie merkt, als sie es sagt, daß es nicht stimmt. Vor einem Augenblick hat er sie festgehalten – mit großer Kraft, wie es schien, genug Kraft, um sie zurückzuhalten, als sie Will entgegenspringen wollte. Jetzt ist sie diejenige, die sich an ihm festhält. Seine Finger sind noch warm.

Als sie aus dem Krankenhaus kommt, findet sie den Brief, auf den sie wartet.

Gail. Ich weiß, daß du es bist.

Schnell. Schnell. Ihre Miete ist bezahlt. Sie muß dem Hausmeister einen Brief dalassen. Sie muß das Geld von der Bank holen, zum Flughafen fahren, einen Flug bekommen. Ihre Kleider können dableiben – ihre unscheinbaren pastellfarbenen Druckkleider, ihr Schlapphut. Das letzte Büchereibuch kann auf dem Tisch unter dem Beifußbild liegenbleiben. Es kann liegenbleiben und Mahngebühren sammeln.

Was wird sonst passieren?

Was sie mit aller Macht gewollt hat. Wovor sie urplötzlich, ebenfalls mit aller Macht, fortzulaufen getrieben ist.

Gail, ich weiß, daß du da drinnen bist! Ich weiß, daß du hinter der Tür bist.

Gail! Galya!

Sprich mit mir, Gail. Antworte mir doch. Ich weiß, daß du da bist.

Ich kann dich hören. Ich höre dein Herz durchs Schlüsselloch schlagen und deinen Magen knurren und dein Hirn auf- und abspringen.

Ich kann dich durchs Schlüsselloch riechen. Dich. Gail.

Leidenschaftlich ersehnte Worte können sich verändern. Mit ihnen kann, während du wartest, etwas vorgehen. *Liebe – brauchen – vergeben. Liebe – brauchen – für immer.* Der Klang solcher Worte kann sich zu einem Gedröhn entwickeln, zu einem lauten Getöse wie von Preßlufthämmern auf der

Straße. Man kann nur noch weglaufen, um nicht aus Gewohnheit auf sie zu hören.

Im Flughafenshop sieht sie eine Reihe kleiner Kästen, die von australischen Aborigines hergestellt sind. Sie sind rund und leicht wie Pennies. Sie wählt einen aus, der ein gelbes, unregelmäßig über einen dunkelroten Untergrund verteiltes Pünktchenmuster hat. Davon hebt sich eine gewölbte schwarze Gestalt ab – eine Schildkröte vielleicht, mit kurzen gespreizten Beinen. Hilflos auf dem Rücken.

Gail denkt: Ein Geschenk für Cleata. Als ob ihre ganze Zeit hier ein Traum war, etwas, das sie loswerden konnte, indem sie zu einem beliebigen Punkt zurückkehrte, einem Anfang.

Nicht für Cleata. Ein Geschenk für Will?

Ein Geschenk für Will also. Gleich schicken? Nein, mit nach Kanada nehmen, ganz mit zurück, und von da schicken. Die über die Fläche verstreuten gelben Pünktchen erinnern Gail an etwas, das sie letzten Herbst gesehen hat. Sie hat es mit Will gesehen. Sie waren an einem sonnigen Nachmittag spazieren. Sie gingen von ihrem Haus am Fluß stromauf das Ufer entlang, und dort erwartete sie ein Anblick, von dem sie gehört, den sie aber noch nie gesehen hatten.

Hunderte, vielleicht Tausende von Schmetterlingen hingen in den Bäumen und ruhten sich vor ihrem langen Flug aus, der am Ufer des Huronsees entlangführte, über den Eriesee und dann weiter bis nach Mexiko. Wie Blätter aus Metall hingen sie dort, wie Blattgold – wie emporgeworfene Goldflocken, die an den Zweigen hängengeblieben waren.

»Wie der Goldregen aus der Bibel«, sagte Gail.

Will sagte, sie verwechsle Jupiter und Jehova.

An jenem Tag hatte Cleata bereits zu sterben begonnen, und Will hatte Sandy bereits kennengelernt. Dieser Traum hatte bereits begonnen – Gails Reise und ihre Täuschungen, dann die Worte, die sie sich durch die Tür zu hören einbildete – oder durch die Tür zu hören glaubte.

Liebe – vergeben
Liebe – vergessen
Liebe – für immer
Preßlufthämmer auf der Straße.

Was konnte man in ein Kästlein wie dieses packen, bevor man es einwickelte und in die Ferne schickte? Eine Perle, eine Feder, eine starke Pille? Oder ein Briefchen, klein zusammengefaltet, etwa auf die Größe eines Spuckebällchens.

Jetzt bist du an der Reihe, mir nachzureisen.

Ein Vorposten in der Wildnis

I

Miss Margaret Cresswell, Vorsteherin, Haus der Arbeit, Toronto, an Mr. Simon Herron, North Huron, 15. Januar 1852.

Da Ihrem Brief ein Empfehlungsschreiben Ihres Pfarrers beigefügt ist, antworte ich gern. Wir erhalten häufig Anfragen wie die Ihre, jedoch ohne eine solche Empfehlung können wir nicht darauf vertrauen, daß sie in ehrlicher Absicht gemacht sind.

Wir haben in unserem Heim kein Mädchen im heiratsfähigen Alter, da wir die Mädchen gewöhnlich im Alter von vierzehn oder fünfzehn Jahren ausschicken, ihren eigenen Unterhalt zu verdienen, aber wir halten durchaus noch einige Jahre Kontakt zu ihnen, meistens bis zu ihrer Heirat. In Fällen wie dem Ihren empfehlen wir zuweilen eines dieser Mädchen und arrangieren dann eine Begegnung, und von da an obliegt es natürlich den beiden betroffenen Parteien, festzustellen, ob sie für eine Ehe geeignet sind.

Es kommen zwei Mädchen von achtzehn Jahren in Frage, mit denen wir noch in Kontakt stehen. Beide sind Lehrlinge bei einer Putzmacherin und sind gute Näherinnen, würden aber eine Verehelichung mit einem passenden Mann wahrscheinlich einer lebenslangen Tätigkeit in diesem Beruf vorziehen. Mehr als das läßt sich nicht sagen, es muß dem Mädchen selbst überlassen bleiben, und natürlich Ihrer Sympathie für sie oder Ihrer Antipathie.

Die beiden Mädchen sind eine Miss Sadie Johnstone und eine Miss Annie McKillop. Es sind beides eheliche Töchter christlicher Eltern, die nach dem Tod ihrer Eltern in das Heim eingewiesen wurden. Trunkenheit oder Unmoral haben keine

Rolle gespielt. In Miss Johnstones Familie hat es allerdings Schwindsucht gegeben, und obwohl sie die hübschere von beiden ist und ein molliges, rosiges junges Mädchen, empfinde ich es als geboten, die Warnung auszusprechen, daß sie für die harte Arbeit eines Lebens im Busch vielleicht nicht geeignet ist. Das andere junge Mädchen, Miss McKillop, ist von zäherer Natur, wenn auch magerer von Gestalt und nicht so hübscher Gesichtsfarbe. Sie hat eine Muskelschwäche in einem Auge, aber dies beeinträchtigt ihr Sehvermögen nicht, und sie ist eine ausgezeichnete Näherin. Die dunkle Farbe ihrer Augen und die braune Färbung ihrer Haut sind kein Zeichen gemischter Herkunft, da beide Eltern aus Fife stammten. Sie ist ein kräftiges junges Mädchen und wäre meiner Ansicht nach für das Leben geeignet, das Sie zu bieten haben, da sie auch nicht die törichte Schüchternheit hat, die wir oft bei Mädchen ihres Alters beobachten. Ich werde mit ihr sprechen und ihr die Idee vorstellen, und erwarte Ihren Brief mit Ihrem Vorschlag für einen Termin, an dem Sie sie kennenlernen möchten.

II

Carstairs *Argus*, Ausgabe zum fünfzigsten Jubiläum, 3. Februar 1907. Mr. George Herrons Erinnerungen.

Am ersten September 1851 packten mein Bruder Simon und ich eine Kiste mit Bettzeug und Hausrat und luden sie auf einen Wagen mit einem Pferd davor und setzten uns in Halton County in Marsch, um unser Glück in der Wildnis von Huron und Bruce zu probieren, denn wild war die Gegend damals zweifelsohne. Die Habseligkeiten hatten wir von Archie Frame, für den Simon arbeitete, sie zählten als Teil seines Lohns. Auch das Haus mußten wir nach der gleichen Manier von ihm mieten, und sein Sohn, der ungefähr in meinem Alter war, begleitete uns, um Haus und Wagen wieder in Besitz zu nehmen.

Es sollte gleich zu Anfang gesagt werden, daß mein Bruder und ich alleingelassen waren, da zuerst unser Vater und dann unsere Mutter binnen fünf Wochen nach unserer Ankunft in diesem Land am Fieber starben, als ich drei und Simon acht Jahre alt war. Simon mußte sich bei Archie Frame verdingen, der ein Cousin unserer Mutter war, und ich wurde von dem Schulmeister und seiner Frau aufgenommen, die selbst keine Kinder hatten. Das war in Halton, und ich wäre es zufrieden gewesen, weiter dort zu leben, aber Simon, der nur wenige Meilen entfernt wohnte, besuchte mich häufig und sagte immer, sobald wir alt genug seien, würden wir uns irgendwo ein Stück Land nehmen und für uns selber arbeiten, nicht für andere, denn so habe es unser Vater gewollt. Archie Frame schickte Simon nicht zur Schule, während ich zur Schule ging, deswegen wollte Simon immer fort. Als ich vierzehn Jahre alt geworden und zu einem kräftigen Burschen herangewachsen war wie mein Bruder, da sagte er, jetzt sollten wir aufbrechen und uns nördlich des Huron Tract ein Stück Kronenland nehmen.

Wir kamen am ersten Tag nicht weiter als Preston, weil die Straßen über Nassageweya und Puslinch holperig und unwegsam waren. Am Tag darauf schafften wir es bis nach Shakespeare und am dritten Nachmittag nach Stratford. Die Straßen wurden stetig schlechter, je weiter wir nach Westen kamen, deswegen beschlossen wir, es sei das beste, unsere Kiste mit der Postkutsche weiter nach Clinton zu schicken. Aber die Kutsche hatte wegen der schweren Regenfälle ihren Dienst eingestellt, und man wollte warten, bis die Straßen gefroren waren, deswegen sagten wir Archie Frames Sohn, er solle umkehren und mit dem Pferd und Wagen und unserer Habe nach Halton zurückfahren. Dann schulterten wir unsere Äxte und marschierten zu Fuß nach Carstairs.

Dort war vor uns kaum eine Seele gewesen. Von Carstairs gab es kaum mehr als den Namen, einen rohen Holzbau, der Laden und Gasthof in einem war, und außerdem einen Deutschen namens Roem, der eben angefangen hatte, ein Sägewerk zu errichten. Ein Mann, der vor uns da war und bereits eine ansehnliche Blockhütte hingestellt hatte, war Henry Treece, der später mein Schwiegervater wurde.

Wir stiegen in dem Gasthof ab, wo wir auf dem nackten Fußboden schliefen und uns eine Decke oder ein Quilt teilten. Der Winter kam, obwohl es noch früh war, mit kaltem Regenwetter und Feuchtigkeit überall, aber wir wußten – oder zumindest Simon wußte –, daß wir mit Entbehrungen zu rechnen hatten. Mein Leben war bis dahin hart gewesen. Er sagte, wir müßten uns damit abfinden, also fand ich mich damit ab.

Wir machten uns daran, einen Weg zu unserem Stück Land von Unterholz freizuhacken, und dann steckten wir das Gelände ab und fällten die Stämme für unsere Hütte und schnitten große Scheiben für das Dach. Wir konnten uns von Henry Treece einen Ochsen leihen, um die Stämme zu bewegen. Aber Simon war entschlossen, nichts zu borgen und sich von niemandem abhängig zu machen. Er war entschlossen zu versuchen, die Hütte mit mir allein zu errichten, aber als er einsah, daß es nicht zu schaffen war, machte ich mich zu den Treeces auf, und mit Henry und zwei seiner Söhne und einem Burschen vom Sägewerk gelang die Sache. Wir begannen am nächsten Tag, die Spalten zwischen den Stämmen mit Lehm zuzuschmieren, und wir holten uns Hemlockzweige, damit wir kein Geld mehr für die Übernachtung im Gasthof ausgeben mußten, sondern in unserem eigenen Haus schlafen konnten. Als Tür nahmen wir eine dicke Ulmenbohle. Mein Bruder hatte von irgendwelchen Frankokanadiern, die bei Archie Frame zu Besuch waren, gehört, daß man in den Holzfällerlagern das Feuer immer mitten in der Hütte baute. Deswegen beschloß er, daß wir es auch so machen sollten, und wir holten vier Pfosten, auf die wir unseren Schornstein setzen wollten wie ein Haus, um ihn dann innen und außen mit Lehm zu verkleiden. Wir stiegen bei einem schönen Feuer in unser Hemlockbett, aber als wir mitten in der Nacht aufwachten, sahen wir, daß unser Holz lichterloh brannte und auch die Dachscheiben schnell von den Flammen gefressen wurden. Wir rissen den Schornstein ab, und die Scheiben ließen sich, da sie aus grünem Lindenholz waren, schnell löschen. Sobald der Tag anbrach, machten wir uns daran, den Schornstein auf die übliche Weise am Ende des Hauses zu errichten, und ich hielt es für das klügste, mich jeder Bemerkung zu enthalten.

Nachdem die kleinen Bäume und das Gestrüpp ein Stück weit gerodet waren, nahmen wir die großen Bäume in Angriff. Wir fällten eine große Esche und schnitten daraus Bretter für unseren Fußboden. Unsere Kiste, die uns aus Halton geschickt werden sollte, ließ immer noch auf sich warten, deswegen schickte uns Henry Treece ein sehr großes und bequemes Bärenfell als Zudecke für unser Bett, aber mein Bruder wollte den Gefallen nicht annehmen und schickte es mit der Bemerkung zurück, daß wir es nicht brauchten. Nach mehreren Wochen kam dann unsere Kiste, und wir mußten darum bitten, sie mit dem Ochsen aus Clinton holen zu dürfen, aber mein Bruder sagte, das ist das letzte Mal, daß wir jemand um Hilfe bitten müssen.

Wir gingen zu Fuß nach Walley und schleppten Mehl und Stockfisch auf dem Rücken nach Hause. Bei Manchester ruderte uns ein Mann für teures Geld über den Fluß. Damals gab es noch keine Brücken und den ersten ganzen Winter nicht genug Frost, um zu Fuß über die Flüsse zu können.

Um Weihnachten herum meinte mein Bruder, er fände, wir hätten den Haushalt jetzt gut genug in Schuß, daß er sich eine Frau nehmen könne, damit wir eine hätten, die für uns koche und schaffe und die Kuh melke, sobald wir uns eine anschaffen könnten. Das war das erste, was ich von einer Frau hörte, und ich sagte, ich hätte nichts davon gewußt, daß er eine Bekannte habe. Er sagte, er habe auch keine, aber man könne an das Waisenhaus schreiben und anfragen, ob sie dort ein

Mädchen hätten, das bereit wäre, über die Aussicht nachzudenken, und das sie empfehlen könnten, und wenn ja, würde er hinfahren und sich das Mädchen anschauen. Er wolle eins zwischen achtzehn und zweiundzwanzig Jahren, das gesund und nicht arbeitsscheu sei und das im Waisenhaus aufgewachsen sei, nicht erst seit kurzem dort aufgenommen, damit sie keinen Luxus erwarte und nicht bedient werden wolle und nicht wehmütig an die Zeiten zurückdenken werde, als das Leben leichter war. Ich bezweifle nicht, daß es einem, wenn man heute davon hört, merkwürdig vorkommt, auf die Weise eine Ehefrau zu suchen. Es war nicht, daß mein Bruder nicht selbst auf Freiersfüßen hätte wandeln können, denn er war ein gutaussehender Bursche, aber er hatte weder die Zeit noch das Geld noch die Lust, er war vollkommen damit ausgelastet, unseren Besitz aufzubauen. Und wenn ein Mädchen Eltern hatte, dann würden die wahrscheinlich nicht wollen, daß sie weit weg ging, auf einen Hof, wo es so wenig Komfort und so viel Arbeit gab.

Daß es ein ehrbares Vorgehen war, läßt sich daran erkennen, daß der Pfarrer, Mr. McBain, der kurz zuvor in den Distrikt gekommen war, Simon half, den Brief zu verfassen, und selbst ein Schreiben beifügte, in dem er sich für ihn verbürgte.

Es kam also ein Brief zurück, daß es ein passendes Mädchen gebe, und Simon machte sich auf den Weg nach Toronto, um sie zu holen. Ihr Name war Annie, aber ihren Mädchennamen habe ich vergessen. Bei Hullet mußten sie durch die Bäche und nach dem Verlassen der Kutsche in Clinton durch tiefen Schnee stapfen, und als sie ankamen, war sie erschöpft und sehr darüber erstaunt, was sie sah, da sie, wie sie sagte, sich niemals so viel Wald vorgestellt hatte. Sie hatte eine Kiste mit Geschirr und Töpfen und ein paar Bettlaken, die ihr Frauen geschenkt hatten und die das Haus wohnlicher machten.

Anfang April gingen mein Bruder und ich los, um in der entferntesten Ecke unseres Grundstücks ein paar Bäume zu fällen. Während Simon fort gewesen war, um seine Braut zu holen, hatte ich auf der anderen Seite, zu den Treeces hin, gerodet, aber Simon wollte unsere Grenzen rundum freigeschlagen haben und nicht da weiterroden, wo ich angefangen hatte. Der Tag brach mild an, und im Busch lag noch jede Menge Schnee. Wir fällten einen Baum an der Stelle, die Simon bestimmt hatte, und irgendwie, ich kann nicht sagen wie, kam ein Ast heruntergekracht, wo wir nicht damit rechneten. Wir hörten nur die kleinen Zweige brechen, wo er fiel, und blickten auf, um ihn zu sehen, und er traf Simon auf den Kopf, und er war sofort tot.

Ich mußte seine Leiche durch den Schnee zur Hütte zurückschleppen. Er war ein großer Kerl, wenn er auch nicht viel Fleisch auf den Knochen hatte, und es war eine unangenehme Aufgabe und außerordentlich anstrengend. Es war im Lauf des Tages kälter geworden, und als ich zur Lichtung kam, sah ich Schneetreiben, wie wenn ein Sturm losbricht. Unsere Fußstapfen, die wir vorher gemacht hatten, waren wieder zu. Simon war von oben bis unten voll Schnee, der nicht mehr auf ihm schmolz, und seine Frau, die an die Tür kam, war sehr verblüfft, weil sie dachte, daß ich einen Baumstamm mitschleppte.

In der Hütte wusch Annie ihn ab, und wir saßen eine Weile still, ohne zu wissen, was wir tun sollten. Der Pfarrer wohnte im Gasthof, da es noch keine Kirche und kein Haus für ihn gab, und der Gasthof war nur ungefähr vier Meilen entfernt, aber der Sturm war sehr heftig geworden, so daß man nicht einmal die Bäume am Rand der Lichtung sehen konnte. Es sah nach einem Sturm aus, der zwei oder drei Tage andauern würde, bei Wind aus Nordwest. Uns war klar, daß wir die Leiche nicht in der Hütte behalten konnten, und draußen in den Schnee konnten wir sie auch nicht legen, weil wir befürchteten, daß die Rotluchse sich über sie hermachen würden, deswegen mußten wir versuchen, ihn unter die Erde zu bringen. Unter dem Schnee war der Boden nicht gefroren, deswegen hob ich neben der Hütte ein Grab aus, und Annie nähte ihn in ein Laken ein, und wir legten ihn in sein Grab und sprachen, ohne uns lange im Wind aufzuhalten, das Vater Unser und lasen einen Psalm aus der Bibel. Welchen, weiß ich nicht mehr genau, aber ich weiß noch, daß er fast am Ende des Psalters war und sehr kurz.

Dies war am dritten April 1852.

Es war der letzte Schnee des Jahres, und eine Weile darauf kam der Pfarrer und hielt den Trauergottesdienst, und ich stellte eine hölzerne Tafel auf. Später bekamen wir unser Grab auf dem Friedhof und stellten dort seinen Stein auf, aber er liegt nicht darunter, da es meiner Ansicht nach töricht und nutzlos ist, die Knochen eines Mannes umzubetten, wenn es nur die Knochen sind und die Seele vor Gottes Thron getreten ist.

Ich mußte nun allein hacken und roden und begann alsbald, Seite an Seite mit den Treeces zu arbeiten, die mich mit vorzüglicher Freundlichkeit behandelten. Wir arbeiteten alle zusammen auf meinem Land oder auf ihrem Land, ohne Rücksicht darauf, ob es das eine oder das andere war. Ich begann meine Mahlzeiten in ihrem Haus einzunehmen und sogar dort zu schlafen und lernte ihre Tochter Jenny kennen, die ungefähr in meinem Alter war, und wir faßten Heiratspläne und heirateten auch zu gegebener Zeit. Wir lebten ein langes gemeinsames Leben mit vielen Entbehrungen, aber am Ende ging alles gut, und wir zogen acht Kinder groß. Ich habe zugesehen, wie meine Söhne neben meinem eigenen das Land meines Schwiegervaters übernahmen, da meine beiden Schwager fortgingen und es im Westen zu Wohlstand brachten.

Die Frau meines Bruders blieb nicht in Carstairs, sondern ging ihrer Wege nach Walley.

Heute führen Kiesstraßen nach Norden, Süden, Osten und Westen, und es gibt eine Bahnstrecke keine halbe Meile von meiner Farm. Abgesehen von den Waldparzellen ist von dem

Busch nichts mehr übrig, und ich denke oft an die Bäume, die ich gefällt habe, und wenn ich sie heute noch zum Fällen hätte, wäre ich ein reicher Mann.

Reverend Walter McBain, Pfarrer der Freien Presbyterianischen Gemeinde in North Huron, an Mr. James Mullen, Distriktsekretär, Walley, Vereinigte Distrikte von Huron und Bruce, 10. September 1852.

Ich schreibe Ihnen, verehrter Sir, um Ihnen die wahrscheinliche Ankunft einer jungen Frau aus diesem Distrikt namens Annie Herron, einer Witwe und Mitglied meiner Gemeinde, in Ihrer Stadt anzukündigen. Diese junge Frau hat ihr Heim hier in der Nachbarschaft von Carstairs in Holloway Township verlassen, ich vermute, sie hat vor, nach Walley zu laufen. Sie wird sich vermutlich im Gefängnis melden und um Aufnahme bitten, deshalb ist es meine Pflicht, Ihnen mitzuteilen, wer und was sie ist, und ihre Geschichte dieserorts, seit meiner Bekanntschaft mit ihr, zu erzählen.

Ich bin im November des vergangenen Jahres in diesen Landesteil gekommen, als erster Pfarrer überhaupt, der sich in diese Wildnis vorwagte. Meine Gemeinde besteht bislang in erster Linie aus Busch, und die einzige mögliche Unterkunft für mich ist das Carstairs Inn. Ich bin im westlichen Schottland geboren und als Gesandter der Glasgow Mission in dieses Land gekommen. Ich rief Gott den Herrn an, um seinen Willen zu erfahren, und erhielt von ihm den Befehl, mich an den Ort aufzumachen, wo man am dringendsten einen Geistlichen brauchte. Dies berichte ich Ihnen, damit Sie wissen, was für ein Mensch Ihnen hier seinen Bericht von und seine Ansichten über die Angelegenheiten dieser Frau vorträgt.

Sie ist gegen Ende des vergangenen Winters als Braut des jungen Simon Herron in diese Gegend gekommen. Er hatte auf meinen Rat hin an das Waisenhaus in Toronto geschrieben, sie möchten ihm eine christliche, vorzugsweise presbyterianische Frau empfehlen, die seinen Bedürfnissen entspreche, und sie war diejenige, die ihm empfohlen wurde. Er heiratete sie unverzüglich und brachte sie hierher in die Hütte, die er mit seinem Bruder gebaut hatte. Diese beiden jungen Burschen, ebenfalls Waisen ohne Erwartungen, waren in diese Gegend gekommen, um ein Stück Land zu roden und in Besitz zu nehmen. Mit dieser Arbeit waren sie eines Tages gegen Ende des Winters befaßt, als ein Unglück geschah. Ein Ast brach ab, während sie einen Baum fällten, und stürzte so auf den älteren Bruder nieder, daß dieser sofort tot war. Dem jüngeren gelang es, die Leiche zur Hütte zurückzuschaffen, und da sie in einem schweren Schneesturm eingeschlossen waren, führten sie ihre eigene Trauerfeier und Bestattung durch.

Der Herr ist streng in seiner Gnade, und wir müssen seine Schläge hinnehmen als Zeichen seiner Sorge und Güte, denn als solche werden sie sich erweisen.

Der Hilfe seines Bruders verlustig, fand der junge Bursche einen Platz in einer benachbarten Familie, ebenfalls angesehene Mitglieder meiner Gemeinde, die ihn wie einen Sohn aufgenommen haben, obwohl er immer noch bestrebt ist, den Besitztitel für sein eigenes Land zu erwerben. Diese Familie wäre auch bereit gewesen, die junge Witwe aufzunehmen, aber sie wollte von ihrem Angebot nichts wissen und schien eine Aversion gegen alle zu entwickeln, die ihr helfen wollten. Vor allem gegen ihren Schwager schien sie eingenommen zu sein, der sagte, er habe nie auch nur den geringsten Streit mit ihr gehabt, und gegen meine Person. Wenn ich mit ihr sprach, gab sie durch nichts zu erkennen, daß ihre Seele sich beugte. Es ist eine meiner Schwächen, daß ich für Gespräche mit Frauen nicht gut gerüstet bin. Ich bin nicht ungezwungen genug, um ihr Vertrauen zu gewinnen. Ihre Verbohrtheit ist anderer Natur als die der Männer.

Damit wollte ich nur ausdrücken, daß ich keinen guten Einfluß auf sie hatte. Sie hörte auf, den Gottesdienst zu besuchen, und der Verfall ihres Grundstücks zeigte ihren Geistes- und Seelenzustand. Sie pflanzte weder Erbsen noch Kartoffeln an, obwohl man ihr welche zum Anbau zwischen den Stümpfen schenkte. Sie schnitt die wilden Reben um ihre Tür nicht zurück. Meistens machte sie kein Feuer, um Haferkuchen oder Brei essen zu können. Da ihr Schwager ausgezogen war, fehlte ihren Tagen jede äußere Ordnung. Als ich sie besuchte, stand die Tür offen, und es war deutlich, daß Tiere in dem Haus ein und aus gingen. Falls sie da war, versteckte sie sich, um mich zu verhöhnen. Wer ihrer ansichtig wurde, berichtete, daß ihre Kleider vom Umherkriechen im Gestrüpp verschmutzt und zerrissen waren und daß sie von Dornen zerkratzt und vom Mückengetier zerstochen war und ihre Haare ungekämmt und ungeflochten verfilzen ließ. Ich nehme an, sie lebte von Stockfisch und Mehlkuchen, die ihr die Nachbarn oder ihr Schwager brachten.

Und dann, als ich noch rätselte, wie ich einen Weg finden konnte, ihren Körper vor dem Winter zu schützen und die wichtigere Gefahr für ihre Seele zu bannen, kommt die Nachricht, daß sie fort ist. Sie hat die Tür offen gelassen und ist ohne Umhang oder Haube aufgebrochen und hat mit einem verkohlten Stock zwei Worte auf den Hüttenfußboden geschrieben: »Walley, Gefängnis.« Ich lese daraus, daß sie die Absicht hat, dorthin zu gehen und sich zu stellen. Ihr Schwager meint, es sei sinnlos, daß er ihr nachgehe, da sie ihm so unfreundlich gesonnen sei, und ich kann nicht fort, weil ich an einem Totenbett gebraucht werde. Ich bitte Sie daher, mir Nachricht zu geben, ob sie angekommen ist und in welchem Zustand und was Sie mit ihr zu tun gedenken. Ich betrachte sie weiterhin als eine Seele unter meiner Obhut, und ich werde versuchen, ihr, falls Sie sie dabehalten, vor dem Winter einen Besuch abzustatten. Sie ist ein Kind der presbyterianischen Kirche und des Covenants, und als solches hat sie das Recht auf einen Geistlichen ihres eigenen Glaubens, und Sie dürfen nicht meinen, daß es reiche, ihr einen Pfarrer der anglikanischen Kirche oder einen Baptisten oder Methodisten zu schicken.

Falls sie nicht den Weg ins Gefängnis findet, sondern in den Straßen umherstreift, sollte ich Ihnen sagen, daß sie dunkelhaarig und groß ist, mager von Gestalt, nicht hübsch, aber nicht unrecht, abgesehen davon, daß ein Auge zur Seite wegrutscht.

Mr. James Mullen, Distriktsekretär, Walley, an Reverend Walter McBain, Carstairs, North Huron, 30. September 1852.

Ihr an mich gerichteter, die junge Frau Annie Herron betreffender Brief traf dankenswerterweise gerade zur rechten Zeit bei mir ein. Sie hat ihre Wanderung nach Walley unbeschadet und ohne wesentliche Verletzungen überstanden, obschon sie schwach und hungrig war, als sie sich im Gefängnis meldete. Auf die Frage, was sie dort wolle, antwortete sie, daß sie gekommen sei, einen Mord zu gestehen und sich einsperren zu lassen. Man beriet sich hin und her, man schickte nach mir, und da es fast Mitternacht war, erklärte ich mich einverstanden, sie die Nacht in einer Zelle verbringen zu lassen. Am nächsten Tag besuchte ich sie und erfragte so viele Einzelheiten, wie ich konnte.

Was sie über ihre Kindheit in einem Waisenhaus, ihre Lehre bei einer Putzmacherin, ihre Heirat und ihr Mitkommen nach North Huron erzählt, stimmt ziemlich mit dem überein, was Sie mir geschrieben haben. Die Ereignisse in ihrem Bericht beginnen sich erst mit dem Tod ihres Mannes zu unterscheiden. In dieser Sache behauptet sie das folgende:

An dem Tag Anfang April, als ihr Mann und sein Bruder Bäume fällen gingen, wurde ihr befohlen, den beiden Männern etwas zum Mittagessen zuzubereiten, und da sie es nicht fertig hatte, als sie aufbrechen wollten, versprach sie, es ihnen in den Wald zu bringen. Daraufhin buk sie Haferkuchen und packte Stockfisch ein und folgte ihren Spuren und fand sie ein gutes Stück entfernt bei der Arbeit. Doch als ihr Mann sein Essen auswickelte, war er sehr enttäuscht, da sie es so verpackt hatte, daß das salzige Öl vom Fisch in die Kuchen gelaufen war, sie waren alle zerbröckelt und fast ungenießbar. In seiner Enttäuschung wurde er wütend und versprach ihr eine Tracht Prügel, sobald er die Muße dazu hatte. Darauf drehte er ihr, auf einem Baumstamm sitzend, den Rücken zu, und sie nahm einen Stein und zielte auf ihn und traf ihn am Kopf, so daß er bewußtlos und, wie sich herausstellte, tot zu Boden fiel. Da trugen sie und sein Bruder die Leiche zum Haus zurück. Bis dahin war ein Schneesturm aufgezogen, und sie waren im Haus eingeschlossen. Der Bruder sagte, sie sollten die Wahrheit nicht bekennen, da sie ihn nicht habe ermorden wollen, und sie stimmte zu. Dann begruben sie ihn – wobei sich ihre Geschichte wieder mit der Ihren deckt –, und das hätte das Ende der Sache sein können, aber sie wurde immer bedrückter und bedrückter und war immer mehr davon überzeugt, daß sie ihn doch mit Absicht umgebracht hatte. Wenn sie ihn nicht umgebracht hätte, sagt sie, hätte sie nur noch mehr Prügel bekommen, und warum hätte sie das riskieren sollen? Deshalb habe sie sich schließlich zum Geständnis entschlossen, und sie reichte mir, als ob sie damit etwas beweisen wollte, eine steife, blutverschmierte Haarlocke.

So lautet ihre Geschichte, und ich glaube sie nicht einen Augenblick. Kein Stein, den dieses Mädchen erheben könnte, zusammengenommen mit der Kraft, die sie zum Werfen aufzubringen vermöchte, wäre imstande, einen Mann zu töten. Ich befragte sie diesbezüglich, und sie änderte ihre Geschichte ab und sagte, es sei ein großer Stein gewesen, den sie mit beiden Händen aufgehoben habe, und sie habe ihn nicht geworfen, sondern ihm von hinten auf den Kopf gehauen. Ich sagte, warum hat Sie der Bruder nicht daran gehindert, und sie sagte, er habe in die andere Richtung geschaut. Darauf sagte ich, dann müsse ja wirklich irgendwo ein blutiger Stein im Wald liegen, und sie sagte, sie habe ihn mit Schnee reingewaschen. (In der Tat ist es nicht einmal wahrscheinlich, daß sich leicht ein Stein hätte finden lassen, wenn der Schnee noch überall so hoch lag.) Ich bat sie, sich den Ärmel hochzukrempeln, damit ich beurteilen könne, ob ihre Armmuskeln für so etwas taugten, und sie sagte, sie sei vor einigen Monaten noch eine wesentlich kräftigere Frau gewesen.

Ich schließe aus alledem, daß sie lügt oder sich selbst täuscht. Aber ich sehe im Moment keine andere Möglichkeit, als sie ins Gefängnis aufzunehmen. Ich fragte sie, was sie meine, was jetzt mit ihr geschehen werde, und sie sagte, nun, ihr werdet mich vor Gericht stellen und dann werdet ihr mich erhängen. Aber im Winter erhängt ihr niemanden, sagte sie, deswegen kann ich bis zum Frühling hierbleiben. Und wenn Sie mich hier arbeiten lassen, werden Sie meine Arbeit vielleicht weiter brauchen und werden mich nicht erhängt haben wollen. Ich weiß nicht, wie sie auf diese Idee kommt, daß im Winter keine Leute erhängt werden. Ihr Fall verwirrt mich zutiefst. Wie Sie vielleicht wissen, haben wir hier ein sehr schönes neues Gefängnis, in dem die Insassen warm und trocken wohnen und anständig ernährt und mit aller Menschlichkeit behandelt werden, und man hört bereits Beschwerden, daß einige es nicht bedauern – und in dieser Jahreszeit sogar froh sind –, eingekerkert zu werden. Aber es ist eindeutig, daß sie nicht mehr lange umherwandern kann, und aus Ihrem Bericht geht hervor, daß sie nicht bereit ist, bei Freunden unterzukommen, und nicht in der Lage ist, sich selbst ein annehmbares Heim einzurichten. Das Gefängnis dient derzeit als Haftlokal für Geisteskranke und Kriminelle zugleich, und wenn sie für geisteskrank erklärt wird, könnte ich sie den Winter über hier behalten, unter Umständen mit einer Überweisung nach Toronto im Frühling. Ich habe einen Arzt beauftragt, sie zu besuchen. Ich erzählte ihr von Ihrem Brief und Ihrer Hoffnung, sie bald einmal aufsuchen zu können, aber sie zeigte sich gar nicht einverstanden. Sie bittet darum, daß niemand zu ihr vorgelassen werde außer einer Miss Sadie Johnstone, die nicht in diesem Teil des Landes lebte.

Ich füge einen Brief bei, den ich an ihren Schwager geschrieben habe, mit der Bitte, diesen an ihn weiterzusenden, damit er wisse, was sie gesagt hat, und mir erzählen könne, was er davon hält. Ich bedanke mich bei Ihnen im voraus für die Übermittlung des Briefes an ihn, des weiteren für die Mühe, der Sie sich unterzogen haben, indem Sie mich so ausführlich informiert haben. Ich bin Mitglied der anglikanischen Kirche, aber habe Hochachtung für die Bemühungen anderer protestantischer Konfessionen, in diesen Teil der Welt, in dem wir uns hier befinden, ein geordnetes Leben zu bringen. Bitte glauben Sie mir, daß ich tun werde, was in meiner Macht steht, um Ihnen die Möglichkeit zu verschaffen, auf die Seele dieser jungen Frau einzuwirken, aber es könnte geraten sein zu warten, bis sie der Sache gewogen ist.

Reverend Walter McBain an Mr. James Mullen, 18. November 1852.

Ich habe Ihren Brief unverzüglich zu Mr. George Herron gebracht und glaube, daß er geantwortet und Ihnen seine Erinnerungen an den Verlauf der Ereignisse mitgeteilt hat. Er war über die Selbstanklage seiner Schwägerin erstaunt, da sie weder ihm noch sonst irgendwem je etwas davon gesagt hatte. Er sagt, es sei alles ihre Erfindung oder Einbildung, da sie nicht im Wald war, als es geschah, und auch kein Anlaß bestand, weil sie ihr Essen selber mitgenommen hatten, als sie aus dem Haus gegangen waren. Er sagt, sein Bruder habe ihr zu anderer Zeit einmal Vorhaltungen gemacht, weil sie irgendwelche Kuchen durch die Nähe zu Fisch verdorben hatte, aber nicht an diesem Tage. Auch hätten keine Steine herumgelegen, mit denen eine solche Tat spontan auszuführen gewesen wäre, wenn sie dagewesen wäre und den Wunsch dazu verspürt hätte.

Die Verzögerung meiner Antwort auf Ihr Schreiben, für die ich um Verzeihung bitte, ist auf eine Erkrankung zurückzuführen. Ich hatte einen Anfall von Nierensteinkoliken und rheumatischen Bauchschmerzen, die schlimmer waren als alles, worunter ich bisher jemals gelitten habe. Im Moment befinde ich mich auf dem Wege der Besserung und werde, wenn alles gutgeht, von der nächsten Woche an wieder wie üblich meinen Pflichten nachgehen.

Was die Frage der geistigen Zurechnungsfähigkeit der jungen Frau betrifft, weiß ich nicht, zu welchem Urteil Ihr Arzt gelangen wird, aber ich habe darüber nachgedacht und Gott den Herrn befragt und bin zu folgender Ansicht gelangt: Es ist gut möglich, daß ihr Gehorsam gegen ihren Gatten so kurz nach der Heirat noch zu wünschen übrigließ und daß dies zu Nachlässigkeiten in der Pflege seiner Bedürfnisse und zu bösen Worten und zänkischem Verhalten führte, sowie zu dem verderblichen Schmollen und Schweigen, zu dem ihr Geschlecht neigt. Dadurch, daß sein Tod eintrat, bevor dieses Verhalten gesühnt war, wurde sie gewiß von natürlicher und quälender Reue geplagt, und das muß sie so beschäftigt haben, daß sie sich tatsächlich für seinen Tod verantwortlich zu fühlen begann. Auf diese Weise werden, denke ich, viele Leute in den Wahnsinn getrieben. Manche Menschen spielen zunächst mit dem Wahnsinn und werden dann später für ihre Oberflächlichkeit und Dreistigkeit bestraft, indem sie merken, daß es nicht länger ein Spiel ist und daß der Teufel jede Möglichkeit der Flucht versperrt hat.

Ich hoffe immer noch darauf, mit ihr sprechen zu können und ihr dies nahezubringen. Allerdings macht mir im Moment nicht nur mein elender Körper zu schaffen, sondern auch die Tatsache, daß ich in einem abscheulichen und lauten Gasthof untergebracht und Tag und Nacht einem Lärm ausgesetzt bin, der mir den Schlaf und jede Arbeitsruhe raubt und selbst in mein Gebet eindringt. Der Wind pfeift bitterkalt durch die Stämme in der Wand, aber wenn ich zum Feuer hinuntergehe, bin ich von Trunksucht und übelster Unflätigkeit umgeben. Und draußen nichts als Bäume, die jeden Ausgang vereiteln, und eisiger Morast, der Mensch und Pferd verschluckt. Man hatte versprochen, eine Kirche und eine Wohnstatt zu bauen, aber diejenigen, die das Versprechen machten, haben sich wieder in ihre eigenen Angelegenheiten vertieft, und es scheint in Vergessenheit geraten zu sein. Ich habe freilich trotz meiner Krankheit das Predigen nicht aufgegeben – in allen Scheunen und Häusern, die zur Verfügung gestellt werden. Ich fasse Mut, indem ich mich eines großen Mannes besinne, des großen Predigers und Verkünders des göttlichen Willens, Thomas Boston, der in den letzten Tagen seines Siechtums vom Kammerfenster zu einer Menge von gut zweitausend über die Größe Gottes predigte. So will ich bis zum Ende predigen, auch wenn meine Gemeinde kleiner sein wird.

Wenn es einen Gauner unter euch gibt, so ist er von Gott geschaffen. Thomas Boston.

Diese Welt ist eine Wildnis, in der wir zwar die Posten wechseln können, aber der Wechsel wird sein von einem Vorposten in der Wildnis zum anderen. Ibid.

Mr. James Mullen an Reverend Walter McBain, 17. Januar 1853.

Gern teile ich Ihnen mit, daß sich unsere junge Frau bei stabiler Gesundheit befindet und daß sie nicht mehr so vogelscheuchenhaft aussieht, da sie gut ißt und sich und ihre Sachen in Ordnung hält. Auch seelisch wirkt sie gefestigt. Sie hat die Aufgabe übernommen, die Gefängniswäsche zu flicken, und macht es gut. Aber ich muß Ihnen sagen, daß sie sich so entschieden wie eh und je gegen jeden Besuch wehrt, und ich kann Ihnen nicht raten, sich hierher auf den Weg zu machen, da ich glaube, daß Ihre Mühe vergebens sein könnte. Die Reise ist im Winter sehr hart und würde Ihrer Gesundheit alles andere als guttun.

Ihr Schwager hat mir einen sehr höflichen Brief geschrieben, in dem er bestätigt, daß ihre Geschichte aller Wahrheit entbehrt, so daß die Sache für mich erledigt ist.

Vielleicht interessiert es Sie, was der Arzt, der sie besucht hat, zu ihrem Fall zu sagen hatte. Er ist der Ansicht, daß sie unter einer Wahnvorstellung leidet, die ausschließlich Frauen befällt und die durch eine Sehnsucht nach Wichtigkeit und den Wunsch motiviert ist, der Monotonie ihres Lebens zu entfliehen oder der Schinderei, die von Geburt ihr Schicksal ist. So kann es sein, daß sie sich einbilden, sie wären von den Mächten des Bösen besessen oder sie hätten verschiedene und scheußliche Verbrechen begangen und so weiter. Zuweilen berichten sie, zahlreiche Liebhaber gehabt zu haben, aber es werden alles eingebildete Liebhaber sein, und die Frau, die sich für ein Ausbund des Lasters hält, wird in Wirklichkeit keusch und unberührt sein. Die Schuld an all diesem gibt er – der Arzt – der Lektüre, die sich diese Frauen zu Gemüte führen, ob sie von Gespenstern oder Dämonen handelt oder von Liebesabenteuern mit Grafen und Fürsten und dergleichen. Viele finden vorübergehend Geschmack an solchen Erzählungen und geben sie auf, wenn die wahren Lebensaufgaben in den Vordergrund treten. Andere frönen ihnen dann und wann, wie Süßigkeiten oder Xereswein, aber einige sind ihnen vollkommen ausgeliefert und leben in ihnen wie in einem Opiumtraum. Er konnte der jungen Frau keinen Bericht über ihre Lektüre entlocken, aber er hält es für möglich, daß sie mittlerweile vergessen hat, was sie gelesen hat, oder die Antwort aus Berechnung unterschlägt.

Bei dieser Befragung ist ferner etwas ans Licht gekommen, von dem wir nichts wußten. Als er sie fragte, ob sie sich nicht vor dem Tod durch das Seil fürchte, entgegnete sie: nein, denn es gibt einen Grund, weshalb ihr mich nicht erhängen werdet. Du meinst, sie werden dich für geisteskrank erklären? sagte er, und sie sagte: ach, das vielleicht, aber stimmt es nicht auch, daß man keine Frau erhängt, die ein Kind bekommt?

Darauf untersuchte sie der Arzt, um zu sehen, ob es stimmte, und sie ließ die Untersuchung zu, so daß sie die Behauptung im guten Glauben gemacht haben mußte. Er stellte jedoch fest, daß sie sich getäuscht hatte. Die Zeichen, die sie zu diesem Schluß verleitet hatten, waren schlicht die Folge ihrer durch lange Unterernährung verursachten schlechten Gesundheit, und später wahrscheinlich ihrer Hysterie. Er erklärte ihr seinen Befund, aber es ist schwer zu sagen, ob sie ihm geglaubt hat.

Man muß wirklich zugeben, daß dies für Frauen wahrlich ein hartes Land ist. Kürzlich ist hier eine zweite Geisteskranke eingewiesen worden, und ihr Fall ist mitleiderregender, da sie durch eine Vergewaltigung wahnsinnig geworden ist. Die beiden Täter sind gefaßt worden und sitzen nur durch eine Wand von ihr getrennt in der Männerabteilung. Die Schreie des Opfers erschallen manchmal mehrere Stunden am Stück, was das Gefängnis zu einem wesentlich weniger angenehmen Aufenthaltsort macht. Aber ob das unsere angebliche Mörderin dazu bringt, zu widerrufen und uns zu verlassen, vermag ich nicht zu sagen. Sie ist eine gute Näherin und könnte, wenn sie wollte, eine Anstellung finden.

Es hat mir leid getan zu hören, daß Ihnen Ihre Gesundheit und die erbärmliche Unterkunft so zu schaffen machen. In diesem Städtchen geht es bereits so zivilisiert zu, daß wir die Not im Hinterland vergessen. Wer sich wie Sie entschließt, dort auszuharren, verdient unsere Bewunderung. Aber gestatten Sie mir bitte die Bemerkung, daß man wohl mit ziemlicher Gewißheit davon ausgehen kann, daß ein Mann von schwacher Gesundheit in Ihrer Situation kaum lange wird durchhalten können. Ihre Kirche würde Sie bestimmt nicht für treulos halten, wenn Sie sich dazu entschlössen, ihr länger zu dienen, indem Sie sich an einen heimeligeren Ort versetzen lassen.

Ich füge einen Brief bei, den die junge Frau an eine Miss Sadie Johnstone nach Toronto in die King Street geschrieben und abgeschickt hat. Wir haben ihn abgefangen, um mehr über ihren Geisteszustand zu erfahren, aber wieder zugeklebt und weitergesandt. Doch ist er mit dem Vermerk »Empfänger unbekannt« zurückgekommen. Wir haben der Schreiberin nichts davon erzählt, weil wir die Hoffnung hegen, sie werde noch einmal und ausführlicher schreiben und uns etwas offenbaren, das uns zu entscheiden hilft, ob sie eine bewußte Lügnerin ist oder nicht.

Mrs. Annie Herron, Bezirksgefängnis, Walley, Vereinigte Distrikte von Huron und Bruce, an Miss Sadie Johnstone, 49 King Street, Toronto, 20. Dezember 1852.

Sadie, ich bin hier im Gefängnis ziemlich gesund und sicher und ohne Grund zur Klage weder über das Essen noch über Wolldecken. Es ist ein gutes Haus aus Stein und ein bißchen wie das Heim. Wenn du kommen und mich besuchen könntest würde ich mich sehr freuen. Ich rede oft eine Menge mit dir in meinem Kopf was ich nicht aufschreiben will weil was ist wenn sie mich ausspionieren. Ich mache die Näharbeit hier, die Sachen waren in kein guten Zustand als ich angekommen bin aber jetzt sind sie ganz gut. Und ich nähe Forhänge für das Opernhaus, ein Auftrag von draußen. Ich hoffe du kommst mich besuchen. Du könntest mit der Postkutsche bis in diese Stadt fahren. Vielleicht magst du nicht so gern im Winter kommen, aber magst im Frühling kommen.

Mr. James Mullen an Reverend Walter McBain, 7. April 1853.

Da ich keine Antwort auf meinen letzten Brief erhalten habe, will ich darauf vertrauen, daß Sie gesund sind und sich vielleicht noch für Annie Herrons Fall interessieren. Sie ist noch hier, ist emsig mit Näharbeiten beschäftigt, die ich ihr von draußen habe beschaffen können. Nichts verlautet mehr von einer Schwangerschaft oder vom Erhängtwerden oder von ihrer Geschichte. Sie hat noch einmal an Sadie Johnstone geschrieben, aber ziemlich kurz, und ich füge ihren Brief hier bei. Haben Sie eine Ahnung, wer diese Sadie Johnstone sein könnte?

Ich kriege keine Antwort von dir Sadie ich glaube nicht, daß sie meinen Brief weitergeschickt haben. Heute ist der erste April 1853. Aber ohne Aprilscherze wie wir sie früher getrieben haben miteinander. Bitte komm mich besuchen wenn du kannst. Ich bin in Walley im Gefängnis, aber sicher und wohlauf.

Mr. James Mullen von Edward Hoy, Inhaber des Carstairs Inn, 19. April 1853.

Ihr Brief an Mr. McBain zurück, er starb am 25. Februar hier im Gasthof. Es sind noch ein paar Bücher hier, keiner will sie haben.

III

Annie Herron, Bezirksgefängnis, Walley, an Sadie Johnstone, Toronto.

Finder bitte weitersenden.

George kam mit ihm über den Schnee geschleppt ich dachte es war ein Stück Holz das er schleppte. Ich wußte nicht daß er es war. George hat gesagt, das ist er. Ein Ast ist vom Baum gefallen und hat ihn getroffen, sagte er. Er sagte nicht daß er tot war. Ich sah ihn an ob er was sagt. Sein Mund war ein Stück auf mit Schnee drin. Auch seine Augen ein Stück auf. Wir mußten ihn reinholen weil es anfing zu stürmen wie nichts. Wir schleppten ihn jeder an einem Bein rein. Ich tat als ich sein Bein nahm so als ob es noch das Stück Holz war. Drinnen wo ich das Feuer brennen hatte war es warm und der Schnee auf ihm fing an zu schmelzen. Sein Blut taute und er blutete ein bißchen hinter dem Ohr. Ich wußte nicht was ich tun sollte und ich hatte Angst in seine Nähe zu kommen. Ich dachte seine Augen beobachteten mich.

George saß mit seinem dicken Mantel an und seinen Stiefeln an am Feuer. Er hatte mir den Rücken zugedreht. Ich saß am Tisch, der aus halbrunden Hölzern war. Ich sagte, woher weißt du ob er tot ist? George sagte, faß ihn an wenn du es wissen willst. Aber das mochte ich nicht. Draußen tobte ein furchtbarer Sturm, der Wind heulte in den Bäumen und über unser Dach. Ich sagte, Vater unser, der du bist im Himmel, und dadurch kriegte ich wieder Mut. Ich sagte es jedesmal wieder wenn ich mich bewegte. Ich muß ihn abwaschen, sagte ich. Hilf mir. Ich holte den Eimer wo ich Schnee zum Schmelzen hatte. Ich fing an den Füßen an und mußte ihm die Stiefel ausziehen, ganz schön schwer. George drehte sich nicht einmal um und hörte nicht hin und half mir nicht wenn ich ihn darum bat. Ich hab ihm die Hose und den Mantel nicht ausgezogen, ich konnte es nicht. Aber ich wusch seine Hände und die Handgelenke. Ich paßte immer auf daß der Lappen zwischen meiner Hand und seiner Haut war. Das Blut und die Nässe wo der Schnee auf ihm geschmolzen war machte den Fußboden unter seinem Kopf und den Schultern naß deswegen wollte ich ihn umdrehen und aufwischen. Aber ich schaffte es nicht. Deswegen ging ich zu George und nahm ihn beim Arm und zog. Hilf mir, sagte ich. Was? sagte er. Ich sagte wir müßten ihn umdrehen. Und er kam und half mir und wir kriegten ihn umgedreht, er lag mit dem Gesicht nach unten. Und dann sah ich, wo die Axt zugeschlagen hatte.

Keiner von uns sagte etwas. Ich wusch sie aus, Blut und alles sonst. Ich sagte zu George, geh und hol mir das Laken aus meiner Kiste. Ich hatte noch das gute Leintuch das ich nicht aufs Bett legen wollte. Ich konnte keinen Sinn drin sehen ihm seine Sachen auszuziehen obwohl sie gutes Tuch waren. Wir hätten sie abschneiden müssen wo das Blut klebte und was hätten wir dann gehabt außer Lappen. Ich schnitt das eine kleine Stück Haar ab weil mir einfiel daß sie das als Lila im

Heim starb gemacht haben. Dann ließ ich mir von George helfen ihn auf das Laken zu rollen und fing an ihn in das Laken einzunähen. Beim Nähen sagte ich zu George, geh raus auf die Leeseite vom Haus wo das Holz gestapelt ist und vielleicht ist es da geschützt genug daß du ihm ein Grab schaufeln kannst. Schaff das Holz weg und da drunter ist der Boden wahrscheinlich weicher.

Ich mußte mich beim Nähen so tief bücken daß ich fast neben ihm auf dem Fußboden lag. Ich nähte seinen Kopf zuerst ein und legte dabei das Laken drüber weil ich ihm in Augen und Mund gucken mußte. George ging raus und ich konnte durch den Sturm hören daß er tat was ich gesagt hatte und daß Holz hochgeworfen wurde und manchmal die Hauswand traf. Ich nähte weiter, und bei jedem Stück das ich nicht mehr sehen konnte mußte ich laut sagen, nu ist es weg. Ich hatte die Falte über dem Kopf gut hingekriegt aber unten an den Füßen hatte ich nicht genug Stoff für alles, deswegen nähte ich meinen Unterrock mit dem Lochmuster dran den ich im Heim genäht hatte um den Stich zu lernen und auf die Weise kriegte ich ihn ganz eingenäht.

Ich ging nach draußen um George zu helfen. Er hatte das ganze Holz beiseite geräumt und war am Graben. Der Boden war weich genug, wie ich gedacht hatte. Er hatte den Spaten deswegen holte ich die Schaufel und wir arbeiteten vor uns hin, er grub und lockerte und ich schaufelte.

Dann holten wir ihn raus. Jetzt konnten wir nicht mehr jeder an einem Bein anfassen, deswegen nahm George ihn am Kopf und ich ihn an den Knöcheln wo der Unterrock war und wir rollten ihn in die Erde und machten uns wieder an die Arbeit um ihn zuzuschaufeln. George hatte die Schaufel und konnte scheinbar nicht genug Erde auf den Spaten kriegen, deswegen schob ich sie mit meinen Händen rein ins Loch und half mit den Füßen nach wie es gerade kam. Als alles wieder drin war, klopfte George es mit der Schaufel so platt wie es ging. Dann holten wir das ganze Holz wieder und suchten im

Schnee wo es war und stapelten es ordentlich wieder auf, damit es nicht so aussah, als wäre jemand dran gewesen. Ich glaube wir hatten weder Hut noch Schal an aber die Arbeit hielt uns warm.

Wir nahmen mehr Feuerholz mit ins Haus und legten den Riegel über die Tür. Ich wischte den Fußboden und ich sagte zu George, zieh die Stiefel aus. Dann, zieh den Mantel aus. George tat was ich ihm sagte. Er setzte sich ans Feuer. Ich kochte den Tee mit Katzenminzblättern von dem Mrs. Treece mir das Rezept gesagt hat und ich gab ein Stück Zucker rein. George wollte ihn nicht. Er ist zu heiß, sagte ich. Ich ließ ihn abkühlen aber da wollte er ihn auch nicht. Deswegen fing ich an, und redete mit ihm.

Du hast es nicht gewollt.

Es war im Zorn, du hast das nicht gewollt was du getan hast.

Ich hab ihn manchmal gesehen und was er dir dann antat. Ich hab oft gesehen wie er dich für eine Kleinigkeit zusammengeschlagen hat und wie du dann einfach aufgestanden bist und nie ein Wort gesagt hast. Genau wie er es mit mir gemacht hat.

Wenn du es nu nicht getan hättest hätte er es eines Tages getan, mit dir.

Hör zu, George. Hör mir zu.

Was glaubst du was passiert wenn du gestehst? Sie hängen dich auf. Dann bist du tot, dann kannst du niemand mehr nützen. Was wird dann aus deinem Land? Wahrscheinlich geht es zurück an die Krone und dann kriegt es jemand anders und du hast die ganze Arbeit für die gemacht.

Was soll hier aus mir werden wenn sie dich wegholen?

Ich nahm ein paar Haferkuchen die kalt waren und wärmte sie auf. Ich legte ihm einen aufs Knie. Er nahm ihn und biß ab und kaute aber er konnte ihn nicht runterkriegen und spuckte ihn ins Feuer.

Ich sagte, hör zu, ich kenn mich aus. Ich bin älter als du. Ich glaub auch an Gott und bete jeden Abend und meine Gebete werden erhört. Ich weiß so gut wie jeder Pastor was Gott will und ich weiß daß er nicht will daß ein guter Junge wie du aufgehängt wird. Du brauchst nur zu sagen daß du es bereust. Sag daß du es bereust und daß du es gut meinst und Gott wird dir vergeben. Ich werde es mit dir sagen, ich bereue auch weil ich als ich gesehen hab daß er tot ist mir nicht gewünscht hab, daß er noch am Leben wär, nicht einen Augenblick. Ich werde sagen, vergib mir Herr, und du auch. Knie nieder.

Aber er wollte nicht. Er wollte sich nicht von seinem Stuhl rühren. Und ich sagte, na gut. Ich habe eine Idee. Ich geh die Bibel holen. Ich fragte ihn, glaubst du an die Bibel? Sag ja. Nick mit dem Kopf.

Ich hab nicht gesehen ob er genickt hat oder nicht aber ich hab gesagt, so. So ging doch. Nu. Jetzt werd ich das machen was wir im Heim immer gemacht haben wenn wir wissen wollten was aus uns wird oder was wir mit unserem Leben machen sollten. Wir schlugen irgendwo die Bibel auf und legten einen Finger auf die Seite und dann machten wir die Augen auf und lasen den Vers wo unser Finger lag und der sagte einem dann was man wissen mußte. Um doppelt sicher zu sein mußt du bloß wenn du die Augen zumachst sagen, Herr führe meinen Finger.

Er wollte die Hand nicht vom Knie heben, also sagte ich, na gut. Na gut, ich mache es für dich. Ich machte es, und ich las die Stelle vor wo mein Finger liegenblieb. Ich hielt die Bibel dicht ins Feuer rein um sehen zu können.

Es war etwas über alt und grauhaarig sein, *verlaß mich nicht, Herr mein Gott*, und ich sagte, das heißt du sollst leben bis du alt und grauhaarig bist und bis dahin soll dir nichts geschehen. So steht es da, in der Bibel.

Und der nächste Vers war soundso zog aus und nahm soundso und empfing und gebar ihm einen Sohn.

Aber den nächsten Vers weiß ich noch so gut daß ich ihn ganz aufschreiben kann. *Sie können auch nicht beweisen wessen sie mich jetzt verklagen.*

George, sagte ich, hörst du das? *Sie können nicht beweisen wessen sie mich jetzt verklagen.* Das heißt du bist sicher.

Du bist sicher. Steh jetzt auf. Steh auf und leg dich aufs Bett und schlaf.

Er konnte es nicht allein aber ich habs geschafft. Ich hab an ihm gezogen und hab an ihm gezogen bis er stand und dann hab ich ihn durch das Zimmer geschoben zum Bett das nicht sein Bett in der Ecke war sondern das größere Bett, und hab ihn dazu gebracht sich hinzusetzen und dann hinzulegen. Ich hab ihn hin und her gerollt und hab ihm die Sachen ausgezogen bis aufs Hemd. Er klapperte mit den Zähnen und ich dachte schon er kriegt Husten oder Fieber. Ich machte die Plätteisen heiß und wickelte sie in Stoff und legte ihm eins auf jede Seite dicht an die Haut. Wir hatten keinen Whisky oder Weinbrand im Haus zum Wärmen, nur den Katzenminztee. Ich rührte mehr Zucker rein und kriegte ihn soweit sich mit dem Löffel füttern zu lassen. Ich rubbelte ihm die Füße mit den Händen, dann die Arme und die Beine. Ich wrang Kleider in heiß Wasser aus und legte ihm die auf den Bauch und aufs Herz. Ich sprach mit ihm in einem andern Ton ganz leise und sagte ihm er soll einschlafen und wenn er aufwachte würde er wieder einen klaren Kopf haben und der ganze Graus würde vergessen sein.

Ein dicker Ast ist auf ihn gefallen. Genau wie du mir gesagt hast. Ich kann ihn fallen sehen. Ich kann ihn so schnell runterkommen sehen wie ein Blitz und kann sehen wie er kleine Zweige mitreißt und von oben nach unten kracht, das geht beinahe so schnell wie ein Gewehr das knallt und du sagst, was ist das? und da hat es ihn erwischt und er ist tot.

Als ich ihn zum Einschlafen gebracht hatte legte ich mich neben ihn aufs Bett. Ich zog meinen Kittel aus und ich konnte die blauen und grünen Stellen an meinen Armen sehen. Ich zog meinen Rock hoch um zu sehen ob die weit oben an den Beinen noch da waren und da waren sie. Mein Handrücken war auch blau und noch wund wo ich reingebissen hatte.

Nichts Schlimmes passierte nachdem ich mich hingelegt hatte und ich konnte die ganze Nacht nicht schlafen sondern lauschte auf sein Atmen und berührte ihn immer wieder um zu sehen ob er warm geworden war. Ich stand beim ersten Licht auf und machte Feuer. Als er mich hörte, wachte er auf und es ging ihm besser.

Er hatte nicht vergessen was gewesen war redete aber als ob es in Ordnung wäre. Er sagte, wir hätten ein Gebet sprechen sollen und dann was aus der Bibel lesen. Er stemmte die Tür auf und da war eine große Schneewehe aber der Himmel klarte auf. Es war der letzte Schnee im Jahr.

Wir gingen nach draußen und sprachen das Vater unser. Dann sagte er, wo ist die Bibel? Warum steht sie nicht auf dem Bord? Als ich sie von neben dem Feuer holte sagte er, was macht sie denn da? Ich erinnerte ihn nicht. Er wußte nicht was er lesen sollte deswegen suchte ich den 131. Psalm aus den wir im Heim lernen mußten. *Herr, mein Herz ist nicht hoffärtig und meine Augen sind nicht stolz. Fürwahr meine Seele ist still und ruhig geworden wie ein kleines Kind bei seiner Mutter, wie ein kleines Kind so ist meine Seele in mir*. Das las er. Dann sagte er, er wollte einen Weg freischaufeln und den Treeces Bescheid sagen. Ich sagte ich würde ihm was zu essen kochen. Er ging raus und schaufelte und wurde nicht müde und kam nicht rein zum Essen wie ich auf ihn wartete. Er schaufelte und schaufelte einen langen Gang bis er nicht mehr zu sehen war und dann war er weg und kam nicht wieder. Er kam erst wieder als es fast dunkel war und sagte dann er hätte schon gegessen. Ich sagte, was hast ihnen vom Baum erzählt? Da sah er mich zum ersten mal böse an. Es war der selbe böse Blick wie von seinem Bruder. Ich sagte nie wieder was zu ihm über das was passiert war und spielte auch nie darauf an. Und er sagte nie was zu mir, bis auf daß er in meinen Träumen kam und mit mir redete. Aber ich konnte immer auseinanderhalten was meine Träume waren und wenn ich wach war kriegte ich von ihm nie was anderes als den bösen Blick.

Mrs. Treece kam und versuchte mich zu überreden zu ihnen zu ziehen und bei ihnen zu wohnen wie George. Sie sagte ich könnte da essen und schlafen, sie hätten Betten genug. Ich wollte nicht. Sie dachten ich wollte vor Kummer nicht aber ich wollte nicht weil jemand meine blauen Flecken sehen könnte, und außerdem würden sie mich beobachten ob ich weinte. Ich sagte ich hätte keine Angst vorm Alleinsein.

Ich träumte jede Nacht daß der eine oder der andere von ihnen kam und mich mit der Axt verfolgte. Er oder George, der eine oder der andere. Oder manchmal nicht mit der Axt, manchmal war es ein Stein den er mit beiden Händen hielt und damit wartete einer von ihnen hinter der Tür. Träume werden uns geschickt um uns zu warnen.

Ich blieb nicht im Haus wo sie mich finden konnten und als ich aufhörte drinnen zu schlafen und draußen schlief hatte ich den Traum nicht mehr so oft. Es wurde flink warm und die Fliegen und Mücken kamen aber sie störten mich kaum. Ich sah immer die Stiche aber ich fühlte sie nicht, was noch ein Zeichen war daß ich draußen geschützt war. Ich bückte mich wenn ich jemand kommen hörte. Ich aß Beeren rote und schwarze und Gott schützte mich vor schlechten Früchten.

Nach einer Zeit hatte ich eine andere Art Traum. Ich träumte George käme zu mir und redete mit mir und er hatte immer noch den bösen Blick aber er versuchte ihn zu verbergen und so zu tun als ob er freundlich wär. Er kam dauernd in meine Träume und dauernd log er mich an. Es fing an draußen kälter zu werden und ich wollte nicht wieder in die Hütte und der Tau fiel dick so daß ich klatschnaß war wenn ich im Gras schlief. Ich ging und schlug die Bibel auf um herauszufinden was ich tun sollte.

Und jetzt kriegte ich meine Strafe fürs Mogeln weil die Bibel mir nichts sagte, was ich verstehen konnte, über das was ich tun sollte. Ich hatte gemogelt als ich für George was suchte und nicht genau da gelesen hab wo mein Finger war sondern schnell drumherum geguckt hab und eine Stelle genommen hab die mir mehr gefiel. Das hab ich auch früher gemacht als wir im Heim unsere Verse raussuchten und meine Sprüche waren immer gut und keiner hat mich je erwischt oder verdächtigt. Du auch nicht, Sadie.

Jetzt kriegte ich also meine Strafe als ich nichts finden konnte was mir half und wenn ich noch so guckte. Aber irgendwas brachte mich auf die Idee hierher zu kommen und hier bin ich, ich hatte gehört wie sie davon sprachen wie warm es ist und daß Landstreicher hinkommen würden um sich da einsperren zu lassen, deswegen dachte ich, das mach ich auch und irgendwas brachte mich auf die Idee ihnen zu sagen was ich getan hab. Ich erzählte ihnen genau die selbe Lüge die George mir so oft in meinem Traum erzählt hatte weil er mir einreden wollte daß ich es war und nicht er. Hier bin ich vor George sicher und das ist die Hauptsache. Wenn sie glauben daß ich verrückt bin und ich den Unterschied weiß bin ich sicher. Nur wünsch ich mir daß du mich besuchen kämst.

Und ich wünsch mir daß das Geschrei aufhört.

Wenn ich damit fertig bin dies aufzuschreiben, werde ich es zu den Forhängen legen die ich für das Opernhaus nähe. Und draufschreiben werde ich, Finder bitte weitersenden. Da hab ich mehr Vertrauen als wenn ich es ihnen gebe wie die beiden Briefe die ich ihnen schon gegeben habe die sie nie abgeschickt haben.

IV

Miss Christena Mullen, Walley, an Mr. Leopold Henry, Historisches Seminar, Queen's University, Kingston, 8. Juli 1959.

Ja, ich bin die Miss Mullen, an deren Besuch auf der Farm sich Treece Herrons Schwester erinnert, und es ist sehr nett von ihr, daß sie sagt, ich sei eine hübsche junge Dame in Hut und Schleier gewesen. Das war mein Automobilistinnenschleier. Die von ihr erwähnte alte Dame war die Schwägerin von Mr. Herrons Großvater, wenn ich das richtig in Erinnerung habe. Da Sie der Verfasser der Biographie sind, werden Sie sich mit den Beziehungen auskennen. Ich selbst habe Treece Herron nie gewählt, da ich für die Konservativen bin, aber er war ein faszinierender Politiker, und wie Sie richtig sagen, wird eine Biographie über ihn ein wenig Aufmerksamkeit auf diese Region lenken – die allzu häufig für »tödlich langweilig« gehalten wird.

Ich bin einigermaßen überrascht, daß die Schwester das Auto nicht eigens erwähnt. Es war ein Stanley Steamer. Ich kaufte ihn mir 1907 zu meinem fünfundzwanzigsten Geburtstag. Er kostete zwölfhundert Dollar, ein Teil meines Erbes von meinem Großvater James Mullen, einer der ersten Distriktsekretäre von Walley. Er hatte sein Vermögen verdient, indem er Farmen kaufte und verkaufte.

Nachdem mein Vater jung gestorben war, zog meine Mutter mit uns fünf Mädchen in das Haus meines Großvaters. Es war ein großes Bruchsteinhaus mit dem Namen Traquair, in dem mittlerweile eine Jugendstrafanstalt untergebracht ist. Ich sage manchmal im Scherz, daß es schon immer eine war!

Als ich jung war, hatten wir einen Gärtner, einen Koch und eine Näherin als Dienstboten. Sie waren alle »Originale«, mit einem Hang dazu, untereinander zerstritten zu sein, und sie verdankten ihre Anstellung alle der Tatsache, daß mein Großvater sich ihrer angenommen hatte, als sie Insassen des Bezirksgefängnisses waren (wie es damals hieß), und sie irgendwann zu sich ins Haus geholt hat.

Zu dem Zeitpunkt als ich den Steamer kaufte, war ich die einzige der Schwestern, die noch zu Hause wohnte, und die Näherin war die einzige verbleibende dieser alten Dienstboten. Die Näherin wurde Old Annie genannt und wehrte sich nie gegen diesen Namen. Sie benutzte ihn selbst und schrieb zum Beispiel auf Zettel für den Koch: »Tee war nicht heiß, war die Kanne vorgewärmt? Old Annie.« Der ganze dritte Stock war Old Annies Reich, und eine meiner Schwestern – Dolly – erzählte, immer wenn sie von zu Hause träumte, das heißt von Traquair, dann träumte sie davon, wie Old Annie oben im dritten Stock an der Treppe stand und ihre Elle schwang, im schwarzen Kleid und mit langen flaumigen schwarzen Armen wie eine Spinne.

Sie hatte ein Schielauge, das zur Seite abdriftete und ihr den Anschein gab, sie nehme mehr Informationen auf als der Durchschnittsmensch.

Uns war es verboten, die Diener, vor allem diejenigen, die im Gefängnis gewesen waren, mit Fragen über ihr persönliches Leben zu traktieren, aber natürlich taten wir es trotzdem. Manchmal nannte Old Annie das Gefängnis auch das Heim. Sie erzählte, daß ein Mädchen im Nachbarbett geschrien und geschrien habe und daß sie – Annie – deshalb weggelaufen sei und im Wald gelebt habe. Sie sagte, das Mädchen sei geschlagen worden, weil es das Feuer habe ausgehen lassen. Warum warst du im Gefängnis, fragten wir sie, und sie antwortete stets: »Weil ich gelogen habe!« Deshalb standen wir eine ganze Zeit lang unter dem Eindruck, daß auf Lügen Gefängnis stand!

An manchen Tagen hatte sie gute Laune, und dann spielte sie mit uns Fingerhut-Verstecken. Manchmal hatte sie schlechte Laune, und dann piekste sie uns mit Stecknadeln, wenn sie unsere Säume absteckte und wir uns zu schnell weiterdrehten oder zu schnell wieder stehenblieben. Sie erzählte, sie wisse, wo man Mauersteine bekäme, die man den Kindern auf den Kopf legen könne, damit sie nicht mehr wüchsen. Sie konnte es nicht leiden, Hochzeitskleider zu nähen (für mich mußte sie nie eins nähen!), und hielt von keinem der Männer viel, die meine Schwestern heirateten. Dollys Bräutigam konnte sie so wenig leiden, daß sie an den Ärmeln absichtlich einen Fehler einnähte, so daß sie rausgerissen werden mußten und Dolly weinte. Aber sie schneiderte uns allen wunderhübsche Ballkleider, als der Generalgouverneur und Lady Minto nach Walley kamen.

Auf die Frage, ob sie selbst verheiratet gewesen sei, antwortete sie manchmal mit ja und manchmal mit nein. Sie erzählte, ein Mann sei ins Heim gekommen und habe die Mädchen vor sich aufmarschieren lassen und gesagt: »Ich nehme die mit den rabenschwarzen Haaren.« Das war Old Annie, aber sie weigerte sich, mit ihm zu gehen, obwohl er reich war und in einer Kutsche gekommen war. Ganz ähnlich wie Aschenbrödel, nur mit einem anderen Schluß. Dann wieder behauptete sie, ihr Mann sei von einem Bären getötet worden, im Wald, und mein Großvater habe den Bären getötet und sie in sein Fell gewickelt und aus dem Gefängnis nach Hause gebracht.

Meine Mutter pflegte zu mahnen: »Liebe Kinder, bringt Old Annie nicht ans Erzählen. Und glaubt ihr kein Wort von dem, was sie sagt.«

Ich gehe sehr ausführlich auf den Hintergrund ein, aber Sie haben gesagt, Sie seien an Einzelheiten aus der Zeit interessiert. Ich bin wie die meisten Leute in meinem Alter: Ich vergesse, Milch zu holen, aber ich könnte Ihnen genau sagen, welche Farbe der Mantel hatte, den ich getragen habe, als ich acht war.

Als ich mir den Stanley Steamer gekauft hatte, fragte Old Annie mich, ob ich einen Ausflug mit ihr machen würde. Es stellte sich heraus, daß sie eher eine Reise im Kopf hatte. Das war eine Überraschung, da sie früher nie hatte verreisen wollen und sich geweigert hatte, mit an die Niagara Fälle zu kommen, und nicht einmal am ersten Juli dazu zu bewegen war, zum Feuerwerk in den Hafen hinunterzugehen. Außerdem hatte sie keine hohe Meinung von Automobilen und von meinen Fahrkünsten. Aber die eigentliche Überraschung war, daß sie jemanden besuchen wollte. Sie wollte nach Carstairs fahren, um die Herrons zu besuchen, und behauptete, sie wären ihre Angehörigen. Sie hatte nie Besuche oder Briefe von diesen Leuten erhalten, und als ich sie fragte, ob sie einen Brief geschrieben und angefragt habe, ob wir kommen könnten, sagte sie: »Ich kann nicht schreiben.« Das war lächerlich – sie verfaßte jene Briefchen an die Köche und lange Listen für mich mit den Dingen, die ich ihr vom Square oder aus der Stadt mitbringen sollte. Litze, Taft, Buckram – das konnte sie alles richtig buchstabieren.

»Und sie müssen auch nicht vorher Bescheid haben«, sagte sie. »Auf dem Land ist das anders.«

Nun, ich liebte es, Spritztouren mit dem Steamer zu machen. Ich hatte schon mit fünfzehn fahren gelernt, aber dies war mein erstes eigenes Auto und wahrscheinlich das einzige mit Dampfmotor im ganzen Huron County. Wenn ich vorbeifuhr, rannte alles herbei, um zu gaffen. Es knatterte und hustete nicht so laut und scheußlich wie andere Autos, sondern rollte still dahin mehr oder weniger wie ein Schiff mit vollen Segeln über den See, und es verpestete die Luft nicht, sondern hinterließ nur eine Dampfwolke. Der Stanley Steamer wurde in Boston verboten, weil der Dampf die Luft vernebelte. Ich hab immer mit Vergnügen erzählt, daß ich früher ein Auto gefahren habe, das in Boston verboten war!

Wir brachen eines Sonntags im Juni recht früh auf. Es dauerte etwa fünfundzwanzig Minuten, bis der Kessel hochgeheizt war, und Old Annie saß die ganze Zeit kerzengerade auf dem Vordersitz, als wären wir schon unterwegs. Wir trugen beide unsere Automobilistinnenschleier und lange Staubmäntel, aber das Kleid, das Old Annie drunter anhatte, war aus pflaumenfarbener Seide. Ja, sie hatte es aus dem Kleid umgearbeitet, das sie meiner Großmutter genäht hatte, als sie dem Prinzen von Wales vorgestellt werden sollte.

Der Steamer fuhr wie ein Engel. Er konnte achtzig fahren – was damals toll war –, aber ich ließ es sachte angehen. Ich versuchte, Rücksicht auf Old Annies Nerven zu nehmen. Als wir aufbrachen, waren die Leute noch in der Kirche, aber später waren die Straßen voll von Pferdegespannen, die auf der

Heimfahrt waren. Ich bin vor lauter Höflichkeit ganz langsam an ihnen vorbeigekrochen. Aber es stellte sich heraus, daß Old Annie es gar nicht so gemächlich haben wollte, und sie sagte ständig: »Drück mal drauf«, womit sie die Hupe meinte, die man betätigte, indem man auf einen Gummiball unter einem Schmutzfänger an meiner Seite drückte.

Sie mußte länger nicht aus Walley herausgekommen sein, als ich Lebensjahre zählte. Als wir die Brücke bei Saltford überquerten (diese alte Eisenbrücke, an der es wegen der scharfen Kurve auf beiden Seiten immer so viele Unfälle gegeben hat), sagte sie, da wär früher keine Brücke gewesen, man hätte einen Mann anheuern müssen, damit er einen rüberruderte.

»Ich hatte kein Geld, aber ich bin von Stein zu Stein gesprungen und hab den Rock hochgerafft und bin durchs Wasser gewatet«, sagte sie. »So trocken war der Sommer.«

Natürlich wußte ich nicht, von welchem Sommer sie redete.

Dann kam: Schau dir die großen Felder an, wo sind die Stümpfe hin, wo ist der Wald? Und: guck, wie gerade die Straße ist, und sie bauen ihre Häuser mit Ziegeln! Und was sind das für Gebäude, die so groß sind wie Kirchen?

Scheunen, sagte ich.

Den Weg nach Carstairs kannte ich schon, rechnete aber von dort mit Hilfe von Old Annie. Es kam keine. Ich fuhr die Main Street auf und ab und wartete darauf, daß sie etwas erspähte, was sie wiedererkannte. »Wenn ich nur den Gasthof finden könnte«, sagte sie, »dann wüßte ich, wo der Weg dahinter abbiegt.«

Es war eine Industriestadt, meiner Meinung nach nicht sehr hübsch. Der Steamer erregte natürlich Aufmerksamkeit, so daß ich nach dem Weg zur Farm der Herrons fragen konnte, ohne den Motor auszustellen. Rufen und Gestikulieren, bis ich uns schließlich auf der richtigen Straße hatte. Ich bat Old Annie, auf die Briefkästen zu achten, aber sie fand es wichtiger, den Bach zu entdecken. Ich erspähte den Namen selber und bog in einen langen Feldweg ein, an dessen Ende ein rotes Backsteinhaus stand und gleich mehrere von diesen Scheunen, über die Old Annie so gestaunt hatte. Rote Backsteinhäuser mit Sprossenfenstern und Veranden davor waren damals große Mode, sie schossen überall aus dem Boden.

»Guck da!« sagte Old Annie, und ich dachte, sie meinte die Kuhherde auf der Weide neben dem Weg, die vor uns Reißaus nahm. Aber sie zeigte auf eine Erhebung, die fast ganz von wildem Wein überwuchert war, daß nur ein paar Baumstämme hervorlugten. Sie sagte, das sei die Hütte. Ich sagte: »Wie schön – dann laß uns man hoffen, daß du auch den einen oder anderen erkennst.«

Es waren genug Leute da. Ein paar Kutschen von Gästen hielten im Schatten, die angepflockten Pferde fraßen Gras. Als der Steamer an der Seitenveranda zum Stehen kam, hatten sich einige aufgestellt, um ihn anzuschauen. Sie traten nicht vor – nicht einmal die Kinder kamen angerannt, um ihn aus der Nähe zu betrachten, wie Stadtkinder es getan hätten. Sie stand alle bloß in einer Reihe und starrten ihn mit verschlossener Miene an.

Old Annie schaute starr in die entgegengesetzte Richtung.

Sie befahl mir auszusteigen. Steig aus, sagte sie, und frag sie, ob es hier einen Mr. George Herron gibt und ob er noch am Leben ist oder schon tot.

Ich tat wie geheißen. Und einer der Männer sagte: Jawohl. Den gibt es. Mein Vater.

Nun, sagte ich, ich habe jemand mitgebracht. Ich habe Mrs. Annie Herron mitgebracht.

Der Mann sagte: Aha?

(Eine Unterbrechung hier, aufgrund einiger Ohnmachtsanfälle und eines Krankenhausaufenthalts. Jede Menge Tests, um Steuergelder zu verplempern. Jetzt bin ich wieder da und habe das Ganze noch einmal durchgelesen und bin über meine Weitschweifigkeit erstaunt, aber zu faul, noch einmal neu anzufangen. Ich bin noch nicht einmal bei Treece Herron angekommen, für den Sie sich eigentlich interessieren, aber haben Sie Geduld, ich bin fast da.)

Diese Leute waren alle sprachlos über Old Annie, jedenfalls kam es mir so vor. Sie hatten nicht gewußt, wo sie war oder was sie machte oder ob sie noch lebte. Aber Sie müssen nicht glauben, daß sie herbeiströmten und sie aufgeregt begrüßten. Nur der eine junge Mann trat vor, sehr höflich, und half erst ihr, dann mir aus dem Auto. Er berichtete mir, Old Annie sei die Schwägerin seines Großvaters. Es sei schade, daß wir nicht wenigstens ein paar Monate eher gekommen seien, sagte er, denn sein Großvater sei bei guter Gesundheit und klarem Verstand gewesen – er habe sogar für die Zeitung einen Artikel über seine erste Zeit hier geschrieben – aber dann sei er krank geworden. Er habe sich wieder erholt, aber er werde nie wieder der alte sein. Er könne nicht sprechen, nur dann und wann ein paar Worte.

Dieser höfliche junge Mann war Treece Herron.

Sie müssen gerade mit dem Mittagessen fertig gewesen sein, als wir ankamen. Die Frau des Hauses kam heraus und bat ihn – Treece Herron –, uns zu fragen, ob wir schon gegessen hätten. Man hätte meinen können, sie oder wir sprächen kein Englisch. Sie waren alle sehr scheu – die Frauen mit ihrem streng zurückgekämmten Haar, die Männer in dunkelblauen Sonntagsanzügen und die Kinder, die keinen Ton herausbrachten. Ich hoffe, Sie denken nicht, ich wolle mich über sie lustig machen – es ist bloß, daß ich beim besten Willen nicht begreifen kann, warum es nötig ist, so schüchtern zu sein.

Man führte uns ins Eßzimmer, das einen unbenutzten Geruch hatte – sie mußten ihr Mittagessen anderswo gegessen haben –, und trug jede Menge Speisen auf, wobei ich mich an gesalzene Rettiche und Blattsalat und Brathähnchen und Erdbeeren mit Sahne erinnere. Geschirr aus dem Porzellanschrank, nicht das alltägliche. Das gute alte Indian-Tree-

Muster. Sie hatten überall komplette Garnituren stehn. Eine plüschige Sofagarnitur im Wohnzimmer, ein Eßzimmer in Nußbaum. Sie würden eine Weile brauchen, dachte ich, bis sie sich daran gewöhnten, wohlhabend zu sein.

Old Annie genoß es, sich bedienen zu lassen, und langte tüchtig zu. Sie nahm die Hühnerknochen in die Hand, um noch das letzte Fitzelchen Fleisch abzunagen. Kinder lauerten an den Türen herum, und die Frauen redeten draußen in der Küche mit gedämpften, entrüsteten Stimmen. Der junge Mann, Treece Herron, besaß den Anstand, sich zu uns zu setzen und eine Tasse Tee zu trinken, während wir aßen. Er plauderte bereitwillig von sich und erzählte mir, er studiere am Knox College Theologie. Er sagte, er lebe gern in Toronto. Ich hatte das Gefühl, er wollte mir deutlich machen, daß nicht alle Theologiestudenten solche Stockfische seien, wie ich vermutete, oder ein so strenges Leben führten. Er war im High Park Schlitten gefahren, er hatte am Hanlan's Point Picknick gemacht, er hatte die Giraffe im Riverdale Zoo gesehen. Während er redete, wurden die Kinder ein bißchen mutiger und begannen schrittchenweise ins Zimmer zu kommen. Ich stellte die üblichen dummen Fragen ... Wie alt bist du, welches Buch lest ihr gerade in der Schule, wie findest du deine Lehrerin? Er forderte sie zum Antworten auf oder antwortete stellvertretend für sie und erzählte mir, welches seine Geschwister und welches seine Cousins und Cousinen waren.

Old Annie sagte: »Und, habt ihr euch alle gern?« und rief damit komische Blicke hervor.

Die Frau des Hauses kam wieder und sprach mich erneut über den Theologiestudenten an. Sie berichtete ihm, der Großvater sei jetzt aufgestanden und sitze vorn auf der Veranda. Sie sah die Kinder an und sagte: »Wozu hast du die hier reingelassen?«

So ging es hinaus auf die Veranda vorm Haus, wo zwei Stühle mit hohen Rückenlehnen aufgestellt waren, und auf einem davon saß ein alter Mann. Er hatte einen wunderschönen weißen Vollbart, der ihm bis an die Unterkante seiner Weste reichte. Er schien sich nicht für uns zu interessieren. Er hatte ein langes, blasses, gehorsames altes Gesicht.

Old Annie sagte: »Nun, George«, als wäre dies in etwa das, was sie erwartet hatte. Sie nahm auf dem anderen Stuhl Platz und sagte zu einem der kleinen Mädchen: »Nun bring mir bitte ein Kissen. Bring mir ein dünnes Kissen und steck es mir in den Rücken.«

Ich verbrachte den Nachmittag damit, Kinder im Stanley Steamer umherzukutschieren. Ich war mittlerweile so mit ihrer Art vertraut, daß ich nicht erst fragte, wer mal mitfahren wollte, oder sie mit Fragen bombardierte wie, ob sie sich für Automobile interessierten. Ich ging einfach nach draußen und beklopfte den Steamer hier und dort wie ein Pferd, und ich schaute in den Kessel. Der Theologiestudent kam hinterher und las den Namen auf dem Schild an der Seite. »The Gentleman's Speedster.« Er fragte, ob er meinem Vater gehöre.

Nein, mir, sagte ich. Ich erklärte, wie das Wasser im Kessel erhitzt wurde und wieviel Dampfdruck der Kessel aushielt. Das interessierte die Leute immer – die Explosionsgefahr. Inzwischen waren die Kinder näher gekommen, und ich ließ unvermittelt die Bemerkung fallen, daß der Kessel fast leer sei. Ich fragte, ob ich vielleicht irgendwie ein bißchen Wasser bekommen könnte.

Großes Hasten, um Eimer zu holen und die Pumpe in Betrieb zu nehmen! Ich ging zur Veranda und fragte die dort versammelten Männer, ob es ihnen recht sei, und bedankte mich, als sie sagten: Bedienen Sie sich. Als der Kessel voll war, war es nur natürlich, daß ich sie fragte, ob sie einmal sehen wollten, wie ich ihn hochheize, und ein Sprecher sagte, es könne nichts schaden. Während der Wartezeit wurde keiner ungeduldig. Die Männer starrten konzentriert auf den Kessel. Es war bestimmt nicht das erste Auto, was sie gesehen hatten, aber wahrscheinlich das erste Dampfauto.

Wie es sich gehörte, bot ich zuerst den Männern eine Probefahrt an. Sie schauten skeptisch zu, wie ich mit den vielen Knöpfen und Hebeln hantierte, um meine Lady zu starten. Dreizehn verschiedene Schalter, die gedrückt oder gezogen sein wollten! Wir polterten mit zehn, dann fünfzehn Stundenkilometern über den Feldweg. Ich wußte, daß sie ein wenig darunter litten, von einer Frau gefahren zu werden, aber das Neue an der Sache fesselte sie mehr. Als nächstes lud ich einen Haufen Kinder ein, die der Theologiestudent hineinhob und ihnen dabei einschärfte, stillzusitzen und sich festzuhalten und keine Angst zu haben und nicht herauszufallen. Ich drückte ein bißchen mehr auf die Tube, da ich jetzt die Furchen und Pfützen kannte, und sie johlten nun ungehemmt aus Angst und Triumph.

Ich habe etwas ausgelassen, was meinen damaligen Zustand betrifft, aber dank der Wirkung eines Martini, den ich gerade trinke, mein Spätnachmittagsvergnügen, werde ich es nun nicht mehr auslassen. Ich hatte damals einen Kummer, den ich Ihnen noch nicht eingestanden habe, weil es ein Liebeskummer war. Aber als ich an jenem Tag mit Old Annie aufgebrochen war, hatte ich mich entschlossen, mich so gut wie möglich zu amüsieren. Es wäre mir vorgekommen wie eine Beleidigung des Stanley Steamer, wenn nicht. Das hat sich mein Leben lang als gute Regel für mich erwiesen – den Dingen soviel Schönes abzugewinnen wie möglich, wenn man nicht wirklich glücklich sein konnte.

Ich schickte einen der Jungen zur vorderen Veranda, er solle seinen Großvater fragen, ob er eine Probefahrt machen wolle. Er kam wieder und sagte: »Sie sind beide eingeschlafen.«

Ich mußte den Kessel aufgefüllt bekommen, bevor wir uns auf den Rückweg machten, und während das erledigt wurde, kam Treece Herron und stellte sich dicht neben mich.

»Sie haben uns allen einen Tag geschenkt, den wir nicht vergessen werden«, sagte er.

Ich fand nichts dabei, mit ihm zu schäkern. Ich hatte damals sogar eine lange Karriere als Frau, die gekonnt schäkert, vor mir. Ein recht natürliches Verhalten, wenn der Verlust der Liebe einem die Vorstellung vertreibt, daß man eines Tages heiraten wird.

Ich sagte, er würde ihn sofort vergessen, sobald er wieder bei seinen Freunden in Toronto wäre. Er sagte, nein, er werde ihn auf keinen Fall vergessen, und fragte, ob er mir schreiben dürfe. Ich sagte, davon könne ihn niemand abhalten.

Auf dem Heimweg dachte ich über diesen Dialog nach und darüber, wie lächerlich es wäre, wenn er sich ernsthaft in mich verguckte. Ein Theologiestudent. Natürlich konnte ich damals nicht wissen, daß er von der Theologie zur Politik wechseln würde.

»Schade, daß der alte Mr. Herron nicht mit dir sprechen konnte«, sagte ich zu Old Annie.

Sie sagte: »Na ja, aber ich konnte mit ihm sprechen.«

Treece Herron schrieb mir tatsächlich, aber er muß ebenfalls seine Zweifel gehabt haben, denn er legte ein paar Pamphlete über Missionsschulen bei. Irgendwas über Spenden für Missionsschulen. Das fand ich abschreckend und schrieb nicht wieder. (Jahre später machte ich gern den Witz, daß ich ihn hätte heiraten können, wenn ich es geschickt angestellt hätte.)

Ich fragte Old Annie, ob Mr. Herron hatte verstehen können, was sie zu ihm sagte, und sie meinte: »Genug.« Ich fragte sie, ob sie froh war, ihn wiedergesehen zu haben, und sie sagte ja. »Und froh, daß er mich zu sehen gekriegt hat«, sagte sie, nicht ohne Selbstgefälligkeit, die vermutlich auf ihr Kleid und das Fahrzeug bezogen war.

So dampften wir im Steamer unter dem hohen Dach aus Bäumen dahin, die damals die Straßen säumten. Meilenweit in der Ferne sah man den See liegen – nur hier und da mit einem flüchtigen Blick, Lichtflecken, die weit voneinander entfernt in den Bäumen und Hügeln aufschienen, so daß Old

Annie mich fragte, ob das wirklich alles der selbe See sein könne, alles der selbe, an dem Walley lag.

Damals liefen viele alte Leute mit Ideen im Kopf herum, die nicht aufgingen – obwohl in Old Annie vermutlich mehr herumschwirrten als bei den meisten. Ich weiß noch, daß sie mir ein andermal erzählte, daß ein Mädchen im Heim ein Kind bekommen habe, aus einem Pickel auf dem Bauch, der aufplatzte, und das Kind sei so groß gewesen wie eine Ratte und ohne Leben, aber dann hätten sie es in den Ofen gesteckt, bis es zur richtigen Größe aufging und eine gute Farbe hatte und mit den Beinen zu strampeln begann. (Da bittet man eine alte Frau um ihre Erinnerungen und kriegt gleich den ganzen Lumpensack, müssen Sie mittlerweile denken.)

Ich sagte ihr, das sei unmöglich, sie müsse es geträumt haben.

»Kann sein«, stimmte sie mir ausnahmsweise zu. »Ich hatte früher wirklich die schrecklichsten Träume.«

UFOs sind gelandet

In der Nacht, als Eunie Morgan verschwand, saß Rhea im Haus des Schwarzbrenners in Carstairs – bei den Monks –, in einem schmucklosen, schmalen Holzbau, dessen Wände vom periodisch wiederkehrenden Hochwasser des Flusses bis auf die halbe Höhe fleckig waren. Billy Doud hatte sie mitgebracht. Er spielte am einen Ende des großen Tisches Karten, und am anderen Ende lief ein Gespräch. Rhea saß in einem Schaukelstuhl, abseits in einer Ecke am Petroleumofen.

»Ein Ruf der Natur also, sagen wir ein Ruf der Natur«, sagte gerade ein Mann, der einen Moment zuvor etwas von kacken gehen gesagt hatte. Ein anderer Mann hatte ihm befohlen, sich nicht so ordinär auszudrücken. Niemand sah Rhea an, aber sie wußte, daß es ihretwegen geschah.

»Draußen auf den Felsen, um einem Ruf der Natur zu folgen. Und er hofft, es wird dort schon was Brauchbares sein. Obwohl er natürlich nicht damit gerechnet hat, da was zu finden. Und was sieht er da? Er sieht dieses Zeug da rumliegen. Wie Lappen. Genau, was er gesucht hat. Überall diese Lappen. Er hebt welches auf und stopft sich die Taschen voll und denkt: Noch reichlich da fürs nächstemal. Denkt nicht weiter drüber nach. Wieder ab ins Lager.«

»Er war bei der Army?« fragte ein Mann, den Rhea kannte – der Mann, der im Winter an der Schule die Wege freischippte.

»Wie kommst du darauf? Das hab ich nicht gesagt!«

»Du hast Lager gesagt. Army-Lager«, sagte der Schneeschipper. Sein Name war Dint Mason.

»Ich kann gar nicht Army-Lager gesagt haben. Ich red vom Holzfällerlager. Ganz oben im äußersten Norden von Quebec. Was hätte da ein Army-Lager verloren?«

»Ich dachte, du hättest Army-Lager gesagt.«

»Dort also sieht jemand, was er mitgebracht hat. Was issn das da? Tja, sagt er, ich weiß nicht. Wo hast du's gefunden? Es lag einfach so rum. Und was glaubst du, was es ist? Tja, ich weiß nich.«

»Klingt nach Asbest«, sagte ein anderer Mann, den Rhea vom Sehen kannte, ein ehemaliger Lehrer, der mittlerweile Töpfe und Pfannen für das Kochen ohne Wasser verkaufte. Er hatte Diabetes, und zwar angeblich so schwer, daß ihm immer ein Tropfen reiner Zucker, kristallisiert, an der Penisspitze hing.

»Asbest«, sagte der Mann, der die Geschichte erzählte, nicht eben erbaut. »Und an der Stelle entstand dann die größte Asbestgrube auf der ganzen Welt. Und die Grube brachte ein Vermögen!«

Dint Mason ließ sich wieder vernehmen: »Aber nicht dem Burschen, der das Zeug gefunden hat, wetten? Das ist doch nie so. Denen, die das Zeug gefunden haben, bringt es nie ein Vermögen.«

»Manchmal schon«, sagte der Mann, der die Geschichte erzählte.

»Nee, nie«, sagte Dint.

»Gibt welche, die haben Gold gefunden und was davon gehabt«, beharrte der Mann, der die Geschichte erzählte. »Jede Menge! Sie haben Gold gefunden, und sie sind Millionäre geworden. Milliardäre. Sir Harry Oakes zum Beispiel. Der hat welches gefunden. Der ist Millionär geworden!«

»Umgekommen ist er«, sagte ein Mann, der sich bis jetzt nicht an dem Gespräch beteiligt hatte. Dint Mason lachte los, und mehrere andere lachten mit, und der Töpfe-und-Pfannen-Mann sagte: »Millionäre? Milliardäre? Was kommt nach Milliardär?«

»Umgekommen ist er, also das hat er davon gehabt!« schrie Dint Mason, als das Gelächter am schrillsten war. Der Mann, der die Geschichte erzählt hatte, knallte die Hände flach auf den Tisch, daß er rüttelte.

»Ich hab nie was anderes behauptet! Ich hab nie behauptet, daß er nicht umgekommen ist! Wir reden hier nicht davon, ob er umgekommen ist! Ich hab gesagt, er hat Gold gefunden, und er hat daran verdient, er ist Millionär geworden!«

Alles hatte die Flaschen und Gläser gepackt, damit sie nicht umfielen. Selbst die Männer, die Karten spielten, hatten innegehalten und lachten. Billy saß mit dem Rücken zu Rhea, seine breiten Schultern leuchtend in einem weißen Hemd. Sein Freund Wayne stand auf der anderen Seite des Tisches und schaute dem Spiel zu. Wayne war der Sohn des Pfarrers der United Church in Bondi, einem Dorf nicht weit von Carstairs. Er war mit Billy auf dem College gewesen, er wollte Journalist werden – er hatte bereits eine Stelle gefunden, bei einer Zeitung in Calgary. Während der Unterhaltung über Asbest hatte er aufgeschaut und Rheas Blick gesucht, und von da an beobachtete er sie mit einem kleinen, schmalen, gleichbleibenden Lächeln. Es war nicht das erstemal, daß Wayne Rheas Blick gesucht hatte, aber normalerweise lächelte er nicht. Meistens sah er sie an und schaute wieder weg, manchmal während Billy redete.

Mr. Monk erhob sich mühsam. Er war durch irgendeine Krankheit oder einen Unfall verkrüppelt – er ging am Stock, von der Taille an fast rechtwinklig vorgebeugt. Im Sitzen sah er beinahe normal aus. Im Stehen ragte er quer über den Tisch, mitten ins Gelächter.

Der Mann, der die Geschichte erzählt hatte, stand gleichzeitig mit ihm auf und schmiß, vielleicht ohne es zu wollen, sein Glas zu Boden. Es zerbrach, und die Männer brüllten im Chor: »Zahlen! Zahlen!«

»Kannst nächstes Mal zahlen«, sagte Mr. Monk mit einer Stimme, die alle zur Ruhe brachte – eine laute, wohltönende Stimme für einen so schmerzgeplagten, verkümmerten Mann.

»In diesem Raum sitzen nicht so viele Hirne wie

Arschlöcher!« brüllte der Mann, der die Geschichte erzählt hatte, auf Scherben tretend und sie beiseite schiebend, während er an Rheas Stuhl vorbei zur Hintertür stapfte. Seine Hände ballten sich abwechselnd zur Faust und streckten sich wieder, und in seinen Augen standen Tränen.

Mrs. Monk kam mit dem Besen.

Unter normalen Umständen hätte Rhea dieses Haus gar nicht erst betreten. Sie säße draußen mit Lucille, der Freundin von Wayne, entweder in Waynes Auto oder in Billys. Billy und Wayne gingen auf ein Glas hinein und versprachen, in einer halben Stunde wieder draußen zu sein. (Dieses Versprechen war nicht ernst zu nehmen.) Aber an diesem Abend – es war Anfang August – Lucille lag krank daheim – waren Billy und Rhea allein in Walley tanzen gegangen und hatten hinterher nicht mehr wie sonst geparkt, sondern waren auf direktem Weg zu den Monks gefahren. Das Haus lag am Stadtrand von Carstairs, wo Billy und Rhea wohnten. Billy wohnte in der Stadt, Rhea wohnte auf der Hühnerfarm ein kleines Stück hinter der Brücke gegenüber von der Häuserreihe am Fluß.

Als Billy Waynes Auto vor dem Haus stehen sah, begrüßte er es, als wäre es Wayne selbst. »Ho-ho-ho! Wayne, alter Junge!« rief er. »Da bist du ja schon!« Er packte Rheas Schulter. »Hereinspaziert«, sagte er. »Du auch.«

Mrs. Monk öffnete ihnen die Hintertür, und Billy sagte: »Sehen Sie, ich hab Ihnen eine Nachbarin mitgebracht.« Mrs. Monk sah Rhea an, als wäre sie ein Stein auf der Straße. Billy Doud hatte seltsame Vorstellungen von seinen Mitmenschen. Er warf sie alle in einen Topf, ob sie arm waren – was er als arm bezeichnen würde – oder aus der »Arbeiterschicht«. (Rhea kannte den Ausdruck nur aus Büchern.) Er warf Rhea mit den Monks in einen Topf, weil sie ein Stück bergan auf der Hühnerfarm wohnte – ohne zu begreifen, daß ihre Familie sich nicht als Nachbarn der Leute in diesen Häusern betrachtete oder daß ihr Vater nie im Leben hier einen trinken gehen würde.

Rhea begegnete Mrs. Monk mitunter auf der Straße in die Stadt, aber Mrs. Monk sagte nie etwas. Ihr dunkles, grau werdendes Haar war am Hinterkopf zu einem Knoten eingedreht, und sie trug kein Make-up. Sie hatte eine schlanke Figur behalten, wie nicht viele Frauen in Carstairs. Ihre Kleidung war schlicht und ordentlich, nicht besonders jugendlich, aber auch nicht hausfraulich, fand Rhea. Heute abend trug sie einen karierten Rock und eine kurzärmelige gelbe Bluse. Sie hatte immer den gleichen Gesichtsausdruck – nicht abweisend, aber ernst und geistesabwesend, als trüge sie eine vertraute Last der Ernüchterung und Sorge mit sich herum.

Sie führte Billy und Rhea in diesen Raum in der Mitte des Hauses. Die Männer am Tisch blickten nicht auf und nahmen Billy nicht zur Kenntnis, bis er sich einen Stuhl heranzog. Es konnte sein, daß dies einer Regel entsprach. Alle ignorierten Rhea. Mrs. Monk nahm etwas vom Schaukelstuhl und gab ihr mit einer Geste zu verstehen, sie möge sich setzen.

»Eine Coca-Cola für Sie?« fragte sie.

Der steife Leinenrock unter Rheas limonengrünem Tanzkleid knisterte wie Stroh, als sie sich setzte. Sie lachte entschuldigend, aber Mrs. Monk hatte sich bereits abgewandt. Der einzige, der auf dieses Geräusch reagierte, war Wayne, der gerade aus der Eingangsdiele in den Raum trat. Er zog die schwarzen Augenbrauen kameradschaftlich, aber anklagend hoch. Sie konnte nie erkennen, ob Wayne sie mochte oder nicht. Selbst wenn er im Walley Pavilion mit ihr tanzte (er und Billy tauschten unweigerlich einmal am Abend die Tanzpartnerin), führte er sie, als wäre sie ein Paket, für das er kaum verantwortlich war. Er war ein lebloser Tänzer.

Er und Billy hatten sich nicht wie sonst meistens mit einem Knurren und einem Fausthieb in die Luft begrüßt. Sie waren vor diesen alten Männern vorsichtig und reserviert.

Außer Dint Mason und dem Mann, der die Töpfe und Pfannen verkaufte, kannte Rhea noch Mr. Martin aus der Reinigung und Mr. Boles, den Bestattungsunternehmer. Einige der anderen Gesichter waren ihr vertraut und andere nicht. Es war für keinen dieser Männer direkt rufschädigend, hier gesehen zu werden – es war keine verrufene Kneipe. Aber ein kleiner Makel blieb immer. Man erwähnte die Tatsache, als habe sie eine Bedeutung. Selbst wenn ein Mann erfolgreich war. »Er verkehrt bei Monk.«

Mrs. Monk brachte Rhea eine Coca-Cola ohne Glas. Sie war nicht kalt.

Was Mrs. Monk vom Stuhl genommen hatte, damit Rhea sich hinsetzen konnte, war ein Haufen Wäsche, der gefeuchtet und zum Plätten aufgerollt worden war. Also wurde hier geplättet, normale Hausarbeit verrichtet. Wahrscheinlich wurde auf dem Tisch Mürbeteig ausgerollt. Auf jeden Fall wurden Mahlzeiten gekocht – da stand der Holzofen, jetzt kalt und mit Zeitungen abgedeckt, weil im Sommer der Petroleumofen reichte. Es roch nach Petroleum und feuchtem Putz. Hochwasserspuren an der Tapete. Kahle Ordentlichkeit, dunkelgrüne, bis auf die Fensterbänke heruntergezogene Rollos. In einer Ecke eine Blechblende, wahrscheinlich vor einem alten Speiseaufzug.

Mrs. Monk war für Rhea die interessanteste Person im Raum. Ihre Beine waren nackt, aber sie trug Stöckelschuhe. Sie klapperten die ganze Zeit über die Fußbodendielen. Um den Tisch, hin und her zum Buffet, auf dem die Whiskyflaschen standen (und wo sie stehenblieb, um Dinge in einen Block einzutragen – Rheas Coca-Cola, das zerbrochene Glas). Tapp-tapp-tapp durch den Flur nach hinten zu einem Vorratsraum, aus dem sie mit fünf Bierflaschen in jeder Hand zurückkam. Sie war so beobachtsam wie eine Taubstumme und auch so still; sie registrierte jedes Zeichen am Tisch, reagierte gehorsam, ohne zu lächeln, auf jede Bestellung. Das erinnerte Rhea an die Gerüchte über Mrs. Monk, und sie dachte an ein anderes Zeichen, das sie angeblich manchmal von einem Mann bekam. Dann nahm Mrs. Monk ihre Schürze ab und ging vor ihm aus dem Raum in die Eingangsdiele, wo es eine Treppe geben mußte, die zu den Schlafzimmern führte. Die anderen Männer, einschließlich ihres eigenen, taten so, als merkten sie nichts. Sie stieg, ohne sich umzuschauen, die Treppe hinauf und ließ den Mann folgen, so daß sein Blick auf ihren wohlgeformten Po in ihrem Lehrerinnenrock fallen mußte. Dann legte sie sich ohne das geringste Zögern und ohne jeden Enthusiasmus auf einem bereitstehenden Bett in Position. Diese gleichgültige Bereitschaft, diese kühle Dienstwilligkeit, die Vorstellung einer solchen schnellen und getriebenen und gekauften und bezahlten Begegnung fand Rhea beschämend erregend.

So flachgelegt und gebraucht zu werden und kaum zu wissen, wer es mit einem machte, alles mit dieser geheimen Sachverständigkeit auf sich zu nehmen, immer und immer wieder.

Ihr fiel ein, daß Wayne in dem Moment aus der Eingangsdiele gekommen war, als sie und Billy in den Raum geführt wurden. Sie dachte: Wenn er nun von da oben gekommen ist? (Später erzählte er ihr, daß er telephoniert hatte – mit Lucille, wie er versprochen hatte. Später gelangte sie auch zu dem Schluß, daß die Gerüchte falsch waren.)

Sie hörte einen Mann sagen: »Sei nicht so ordinär.«

»Ein Ruf der Natur, dann, na gut, ein Ruf der Natur.«

Eunie Morgans Haus lag drei Häuser weiter als das der Monks. Es war das letzte Haus in der Straße. Gegen Mitternacht, sagte Eunies Mutter, habe sie die Fliegentür zuschlagen hören. Sie hörte die Fliegentür und dachte sich nichts dabei. Sie dachte selbstverständlich, daß Eunie zur Toilette rausgegangen sei. Noch 1953 hatten die Morgans kein fließend Wasser im Haus.

Natürlich ging nachts keiner von ihnen wirklich bis hinten zur Toilette. Eunie und die alte Frau hockten sich ins Gras. Der Alte bewässerte die Spiräen am Ende der Veranda.

Dann muß ich eingeschlafen sein, sagte Eunies Mutter, aber später wachte ich auf und dachte, daß ich sie nicht wieder hatte reinkommen hören.

Sie ging nach unten und wanderte überall durch das Haus. Eunies Zimmer lag hinter der Küche, aber in heißen Nächten schlief sie meistens anderswo. Es konnte sein, daß sie auf der Couch im Wohnzimmer lag oder auf dem Fußboden in der Diele, um den Luftzug zwischen den Türen abzubekommen. Es konnte sein, daß sie sich auf die Veranda gepackt hatte, wo ein intakter Autositz stand, den ihr Vater vor Jahren weiter unten auf der Straße als Müll gefunden hatte. Ihre Mutter konnte sie nirgends finden. Die Küchenuhr zeigte zwanzig nach zwei.

Eunies Mutter ging wieder nach oben und rüttelte Eunies Vater wach.

»Eunie ist nicht da unten«, sagte sie.

»Wo ist sie denn?« fragte ihr Mann, als müßte sie es schließlich wissen. Sie mußte ihn schütteln und rütteln, damit er nicht wieder einschlief. Er hatte ein ausgesprochen dickes Fell gegenüber Sachen, die ihm gesagt wurden, eine Abneigung gegen das Zuhören, egal wer mit ihm redete, selbst wenn er wach war.

»Steh auf, steh auf«, sagte sie. »Wir müssen sie finden.« Er gehorchte ihr endlich, richtete sich auf, zog sich die Hose über und die Stiefel an. »Nimm deine Taschenlampe«, befahl sie ihm und stieg, ihm voran, wieder die Treppe hinunter, auf die Veranda hinaus, in den Garten hinunter. Es war seine Aufgabe, mit der Taschenlampe zu leuchten – sie sagte ihm, wohin. Sie dirigierte ihn den Weg entlang zur Toilette, die am hinteren Ende des Grundstücks in einem Flieder- und Johannesbeergebüsch stand. Sie steckten die Lampe in das Häuschen und fanden nichts. Dann spähten sie zwischen die kräftigen Fliederstämme – es waren praktisch Bäume – und den Weg hinunter, der fast zugewuchert war und über ein durchhängendes Stück Drahtzaun in das wilde Gestrüpp am Flußufer führte. Nichts zu sehen. Niemand.

Zurück gingen sie durch den Gemüsegarten, leuchteten die verstaubten Kartoffelpflanzen und den Rhabarber an, der jetzt üppig in Saat geschossen war. Der Mann hob ein riesiges Rhabarberblatt mit seinem Stiefel an und leuchtete darunter. Seine Frau fragte, ob er verrückt geworden sei.

Ihr fiel ein, daß Eunie früher schlafgewandelt war. Aber das war Jahre her.

Sie erblickte an der Hausecke etwas, das wie ein Messer blitzte oder wie ein Mann mit Rüstung. »Da. Da«, sagte sie. »Leucht mal dahin. Was ist das?« Es war bloß Eunies Fahrrad, mit dem sie täglich zur Arbeit fuhr.

Dann rief die Mutter Eunies Namen. Sie rief ihn hinter und vor dem Haus – vorn standen die Pflaumenbäume so hoch wie das Haus, und es gab keinen Fußweg, nur einen unbefestigten Pfad zwischen den Bäumen hindurch. Ihre Stämme bedrängten das Haus wie Beobachter, krumme schwarze Tiere. Während sie auf eine Antwort wartete, hörte sie einen Frosch glucksen, so nahe, als säße er gleich in den Zweigen. Eine halbe Meile weiter endete diese Straße in einem Feld, das zu sumpfig war, um zu irgend etwas nutze zu sein und in dem selbstgesäte Pappeln durch die Weiden und die Holundersträucher wucherten. In der anderen Richtung stieß sie auf die Straße aus der Stadt, führte dann über den Fluß und wieder bergauf zur Hühnerfarm. In den Flußauen lag das alte Ausstellungsgelände mit Tribünen, das bereits vor dem Krieg aufgegeben worden war, als die hiesige Messe in die große Messe in Walley eingegliedert wurde. Im Gras war immer noch das Oval der Rennbahn zu erkennen.

Dies war die Stelle, wo die Stadt vor über hundert Jahren ihren Anfang genommen hatte. Hier waren die Fabriken und Wirtshäuser. Aber die Überschwemmungen bewogen die Leute, in höheres Gelände zu ziehen. Wohngrundstücke blieben auf dem Stadtplan, Straßen wurden weiter angelegt, aber es stand nur noch eine Reihe Häuser, in denen Leute wohnten, Leute, die zu arm oder in irgendeiner Hinsicht zu stur waren, um sich umzustellen – oder die, am andern Extrem, zu behelfsmäßig wohnten, um sich an eindringendem Wasser zu stören.

Sie gaben auf – Eunies Eltern, heißt das. Sie setzten sich ohne Licht in die Küche. Es war zwischen drei und vier Uhr morgens. Es muß gewesen sein, als ob sie darauf warteten, daß Eunie käme und ihnen sagte, was sie zu tun hätten. Eunie war diejenige, die in diesem Haus das Sagen hatte, und sie konnten sich wahrscheinlich kaum mehr eine Zeit vorstellen, als es anders gewesen war. Vor neunzehn Jahren war sie buchstäblich in ihr Leben geplatzt. Mrs. Morgan hatte geglaubt, daß sie in den Wechseljahren sei und entsprechend runder werde – sie war ohnedies schon so rund, daß es nicht viel ausmachte. Sie dachte, das Rumoren in ihrem Bauch sei das, was man gemeinhin Verdauungsstörungen nannte. Sie wußte, wie das mit dem Kinderkriegen ging, sie war nicht dumm – es war nur, daß sie so lange vor sich hin gelebt hatte, ohne daß es dazu gekommen war. Eines Tages mußte sie im Postamt um einen Stuhl bitten, ihr wurde schwach, und sie wand sich vor Krämpfen. Dann platzte die Fruchtblase, sie wurde eilig ins Krankenhaus befördert, und Eunie kam herausgeflutscht, mit einem dichten weißen Haarschopf. Sie verlangte Aufmerksamkeit vom Augenblick ihrer Geburt an.

Einen ganzen Sommer spielten Eunie und Rhea zusammen, aber sie hatten das, was sie taten, nie als Spiel aufgefaßt. Sie nannten es nur Spielen, um andere Leute zufriedenzustellen. Es war der ernste Teil ihres Lebens. Alles andere, was sie machten, erschien ihnen dagegen oberflächlich, unwichtig. Wenn sie von Eunies Garten aus ans Flußufer schlichen, nahmen sie eine andere Identität an. Sie hießen beide Tom. Die beiden Toms. Ein Tom war für sie ein Wort, nicht nur ein Name. Es war weder männlich noch weiblich. Es bezeichnete jemanden von Klugheit und außergewöhnlichem Mut, der aber nicht immer Glück hatte und der – mit knapper Not – unsterblich war. Die Toms führten einen Krieg, der nie zu Ende gehen konnte, und zwar gegen die Bannershees. (Vielleicht hatten Rhea und Eunie von Banshees gehört.) Die Bannershees lauerten am Fluß und konnten die Gestalt von Räubern oder Deutschen oder Gerippen annehmen. Sie waren unendlich listen- und einfallsreich. Sie bauten Fallen und lauerten im Hinterhalt und folterten Kinder, die sie geraubt hatten. Manchmal holten sich Eunie und Rhea ein paar echte Kinder dazu – die McKays, die vorübergehend in einem der Häuser am Fluß wohnten – und überredeten diese, sich fesseln und mit Rohrkolben auspeitschen zu lassen. Aber die McKays konnten oder wollten sich nicht auf ihre Spielregeln einlassen und weinten bald oder flohen und gingen heim, so daß die Toms wieder unter sich waren.

Die Toms bauten am Flußufer eine Stadt aus Lehm. Sie war mit einer Mauer aus Steinen gegen den Angriff der Bannershees geschützt und verfügte über ein königliches Schloß, ein Schwimmbad, eine Flagge. Aber dann machten die Toms eine Reise, und die Bannershees machten die Stadt dem Erdboden gleich. (Natürlich mußten Eunie und Rhea sich häufig in Bannershees verwandeln.) Eine neue Anführerin tauchte auf, eine Bannershee-Königin. Sie hieß Joylinda, und sie heckte diabolische Pläne aus. Sie hatte die Brombeeren, die am Ufer wuchsen, vergiftet, und die Toms hatten davon gegessen, weil sie nach ihrer Reise vor Hunger unachtsam geworden waren. Sie wanden sich schwitzend im saftigen Gras, als das Gift zu wirken begann. Sie wühlten ihre Bäuche in den Lehm, der angenehm weich und warm war wie eben fertig gerührter Fondant. Sie fühlten, wie sich ihre Eingeweide verkrampften, und sie zitterten an allen Gliedern, aber sie mußten aufstehen und umhertorkeln, um ein Gegengift zu suchen. Sie versuchten, Schneidegras zu kauen – das einem, wie der Name sagt, die Haut aufschneiden konnte –, sie schmierten sich Lehm in den Mund und überlegten, ob sie in einen lebenden Frosch beißen sollten, wenn sie einen finden konnten, beschlossen dann aber schließlich, daß bittere Apfelbeeren das richtige waren, um sie vor dem Tod zu retten. Sie aßen jeder eine Handvoll der winzigen Apfelbeeren, und die Schleimhaut in ihrem Mund wurde entsetzlich rauh, so daß sie schnell zum

Fluß hinunterlaufen und Wasser trinken mußten. Sie warfen sich zwischen den Seerosen hinein, wo er so schlickig war, daß man nicht bis auf den Grund sehen konnte. Sie tranken und tranken, während die Schmeißfliegen pfeilgerade über ihre Köpfe hinwegbrummten. Sie wurden gerettet.

Wenn sie am späten Nachmittag aus dieser Welt auftauchten, fanden sie sich in Eunies Garten wieder, wo ihre Eltern noch immer oder schon wieder arbeiteten und ihre Gemüsebeete hackten oder anhäufelten oder jäteten. Dann legten sie sich in den Schatten am Haus, so erschöpft, als hätten sie ganze Seen durchschwommen oder Berge bestiegen. Sie rochen nach dem Fluß, nach dem Sandlauch und der Minze, die sie zertreten hatten, nach dem heißen würzigen Gras und dem dreckigen Matsch von der Stelle, wo das Rohr sich leerte. Manchmal ging Eunie ins Haus und holte ihnen etwas zu essen – Brote mit Maissirup oder Melasse. Sie mußte nie fragen, ob sie das durfte. Sie behielt immer das größere Stück für sich.

Sie waren keine Freundinnen in dem Sinn, wie Rhea das Wort später verstand. Sie versuchten nicht, einander zu gefallen oder zu trösten. Sie hatten keine gemeinsamen Geheimnisse, abgesehen von dem Spiel, und selbst das war kein Geheimnis, weil sie andere mitmachen und wieder gehen ließen. Aber sie ließen die andern nie Toms sein. Vielleicht war das also das Gemeinsame ihrer intensiven und täglichen Kollaboration. Das Wesen, die Gefahr des Tomseins.

Eunie schien nie wie andere Kinder ihren Eltern untertan oder auch nur an sie gebunden zu sein. Rhea staunte darüber, wie sie ihr Leben selbst regierte, über die sorglose Macht, die sie im Haus ausübte. Wenn Rhea erzählte, daß sie zu einer bestimmten Zeit zu Hause sein müsse oder daß sie häusliche Pflichten zu erledigen habe oder sich umziehen müsse, war Eunie empört, ungläubig. Eunie mußte anscheinend jede Entscheidung, die sie traf, alleine treffen. Als sie fünfzehn war, ging sie von der Schule ab und besorgte sich einen Job in der

Handschuhfabrik, und Rhea konnte sich vorstellen, wie sie einfach nach Hause gekommen war und ihre Eltern vor vollendete Tatsachen gestellt hatte. Wahrscheinlich hatte sie es ihnen nicht einmal richtig verkündet – sondern es nur beiläufig erwähnt, vielleicht als sie nachmittags später nach Hause zu kommen begann. Jetzt, da sie Geld verdiente, kaufte sie sich ein Fahrrad. Sie kaufte sich ein Radio und hörte nachts in ihrem Zimmer Rundfunk. Vielleicht hörten ihre Eltern dann Schüsse knallen und Autos durch die Straßen jagen. Manchmal erzählte sie ihnen vielleicht auch von Dingen, die sie gehört hatte – Nachrichten über Verbrechen und Unfälle, Unwetter, Lawinen. Rhea glaubte nicht, daß sie diesen Geschichten rechte Aufmerksamkeit schenkten. Sie waren beschäftigt, und ihr Leben war bewegt, wenngleich die Bewegung sich nach den Jahreszeiten richtete und mit dem Gemüse zu tun hatte, das sie in der Stadt verkauften, um sich ihren Lebensunterhalt zu verdienen. Gemüse, Himbeeren, Rhabarber. Sie hatten nicht viel Zeit für andere Dinge.

Als Eunie noch zur Schule ging, fuhr Rhea mit dem Fahrrad, so daß sie nie zusammen gingen, obgleich sie den selben Weg hatten. Wenn Rhea an Eunie vorbeifuhr, rief Eunie ihr gewohnheitsmäßig etwas Herausforderndes, Geringschätziges zu. »Hi-oh Silver!« Und jetzt, da Eunie ein Fahrrad hatte, ging Rhea mit einemmal zu Fuß – in der High School herrschte die Vorstellung, daß ein Mädchen, das nach der neunten Klasse noch radfuhr, trutschig und lächerlich aussah. Aber Eunie stieg stets ab und lief neben Rhea her, als täte sie ihr damit einen Gefallen.

Es war alles andere als ein Gefallen – Rhea wollte sie nicht. Eunie hatte schon immer einen komischen Anblick geboten, groß für ihr Alter, mit spitzen, schmalen Schultern, einem Helm aus weißblonden Fusselhaaren, die oben am Wirbel in die Höhe standen, einem überheblichen Gesicht und einer langen, breiten Kinnpartie. Diese Partie gab der unteren Gesichtshälfte etwas Schweres, das auch in dem trägen Brummen ihrer Stimme zu liegen schien. Als sie jünger war, hatte das alles keine Rolle gespielt – ihre eigene Überzeugung, daß alles an ihr gut und richtig sei, hatte viele geblendet. Aber jetzt war sie fast einsfünfundsiebzig groß, trug triste und unweibliche lange Hosen und Halstücher und, wie es schien, Männerschuhe an ihren großen Füßen, hatte eine Kommandostimme und einen ungraziösen Gang – sie war übergangslos vom Kind zum Original geworden. Und bei Rhea schlug sie einen gönnerhaften Ton an, der dieser auf die Nerven ging, fragte sie, ob sie die Schule nicht satt habe oder ob ihr Rad kaputt sei und ihr Vater kein Geld habe, es reparieren zu lassen. Als Rhea sich eine Dauerwelle machen ließ, wollte Eunie wissen, was mit ihrem Haar passiert war. Das meinte sie sich alles nur herausnehmen zu können, weil sie und Rhea auf der gleichen Seite der Stadt wohnten und zusammen gespielt hatten, in einer Ära, die Rhea unendlich fern und unbedeutend erschien. Und das schlimmste war, wenn Eunie mit Geschichten anfing, die Rhea langweilten und sie zugleich rasend machten, von Morden und Katastrophen und verrückten Vorkommnissen, von denen sie im Radio gehört hatte. Sie machten Rhea rasend, weil sie Eunie nicht dazu bringen konnte, ihr zu sagen, ob diese Dinge wirklich passiert waren, oder – soweit Rhea es beurteilen konnte – diese Unterscheidung auch nur für sich zu treffen.

Hast du das aus den Nachrichten, Eunie? War das eine Geschichte? War das von Leuten vor einem Mikrophon gespielt oder ein Bericht? Eunie! War das echt oder war es ein Hörspiel?

Immer war Rhea, niemals Eunie, von diesen Fragen entnervt. Eunie stieg immer einfach aufs Fahrrad und radelte davon. »Wiederbesehen! Wenn die Hähne krähen!«

Eunies Arbeit gefiel ihr ganz offenbar. Die Handschuhfabrik nahm die erste und zweite Etage eines Hauses in der Main Street ein, und bei warmem Wetter, wenn sie die Fenster offen hatten, hörte man nicht nur die Nähmaschinen, sondern auch die lauten Witze, die Zankereien und Beleidigungen, die berühmte harte Sprache der Frauen, die dort arbeiteten. Sie waren angeblich sozial schlechter angesehen als Kellnerinnen und viel schlechter als Verkäuferinnen. Sie hatten längere Arbeitszeiten und verdienten weniger Geld, aber das machte sie nicht bescheiden. Ganz im Gegenteil. Sie drängelten und riefen sich witzige Bemerkungen zu, wenn sie die Treppe hinunterkamen und auf die Straße hinausströmten. Sie brüllten Autos zu, in denen Leute saßen, die sie kannten oder die sie nicht kannten. Sie verbreiteten Chaos, als hätten sie alles Recht der Welt.

Leute von beinahe ganz unten wie Eunie Morgan oder von ganz oben wie Billy Doud zeigten eine vergleichbare Nachlässigkeit, eine Abgestumpftheit.

In ihrem letzten Jahr auf der High School nahm auch Rhea einen Job an. Sie arbeitete Samstag nachmittags im Schuhgeschäft. Zu Frühlingsbeginn kam Billy Doud ins Geschäft und sagte, er wolle ein Paar Gummistiefel kaufen wie die, die draußen aushingen.

Er war endlich mit dem College fertig und sollte nun bald die Leitung der Douds Klavierfabrik übernehmen.

Billy zog die Schuhe aus und zeigte seine Füße in feinen schwarzen Socken. Rhea sagte ihm, daß er in Gummistiefeln lieber Wollsocken, Arbeitssocken, anziehen solle, damit seine Füße nicht rutschten. Er fragte, ob sie solche Socken verkauften, und sagte, er würde ein Paar dazukaufen, wenn Rhea sie ihm brächte. Dann fragte er sie, ob sie ihm die Wollsocken anziehen würde.

Das sei alles ein Trick gewesen, beichtete er ihr später. Er habe weder die Stiefel noch die Socken gebraucht.

Seine Füße waren lang und weiß und absolut wohlriechend. Ein köstlicher Seifenduft stieg auf, ein Hauch von Talkumpuder. Er lehnte sich im Stuhl zurück, groß und blaß, kühl und sauber – er hätte selbst aus Seife geschnitzt sein können. Eine hohe, gewölbte Stirn, die Schläfen bereits kahl,

Haar mit einem goldenen Schimmer, schläfrige Elfenbeinlider.

»Das ist lieb von dir«, sagte er und lud sie für den gleichen Abend zum Tanzen ein, zum Eröffnungsball der Saison im Walley Pavilion.

Von da an gingen sie jeden Samstag nach Walley zum Tanzen. Sie gingen während der Woche nicht zusammen aus, weil Billy früh aufstehen und in die Fabrik mußte, um das Geschäft zu lernen – von seiner Mutter, allgemein bekannt als die Tatarin –, und Rhea mußte den Haushalt machen. Ihre Mutter lag im Krankenhaus, in Hamilton.

»Da fährt dein Schwarm«, sagten die Mädchen, wenn Billy an der Schule vorbeifuhr, während sie draußen Volleyball spielten, oder wenn er auf der Straße vorbeikam, und wirklich schlug Rhea das Herz laut – bei seinem Anblick, beim Anblick seines leuchtenden hutlosen Haares, seiner nachlässigen, aber gewiß kräftigen Hände am Steuer. Aber auch bei dem Gedanken, daß sie mit einemmal ausgezeichnet, so unerwartet erwählt worden war und nun den Glanz einer Preisgewinnerin – oder eines Preises – ausstrahlte, eine einst verborgene Anmut. Ältere Frauen, die sie gar nicht kannte, lächelten sie auf der Straße an, junge Frauen mit Verlobungsringen am Finger sprachen sie mit Namen an, und morgens wachte sie mit dem Gefühl auf, ein großes Geschenk bekommen zu haben, das ihr Verstand aber nachts irgendwo unsichtbar verstaut hatte, und dann konnte sie sich einen Moment lang nicht daran erinnern, was es war.

Billy trug ihr überall Ehre ein, nur zu Hause nicht. Das traf sie nicht unerwartet – für Rhea war Zuhause der Ort, wo einem die Flausen ausgetrieben wurden. Ihre kleinen Brüder äfften Billys Art nach, ihrem Vater eine Zigarette anzubieten: »Eine Pall Mall, Mr. Sellers?« Und sie reichten ihm elegant eine eingebildete Packung fertig gedrehter Zigaretten. Die salbungsvolle Stimme, die selbstgefällige Geste machten Billy Doud zum dummen Laffen. Sie nannten ihn »Putty«.

Zuerst »Silly Billy«, dann »Silly Putty«, dann nur noch »Putty«.

»Hört auf, eure Schwester zu ärgern«, sagte Rheas Vater. Dann fing er selber an, mit einer scheinbar sachlichen Frage: »Hast du vor, den Job im Schuhgeschäft zu behalten?«

Rhea sagte: »Wieso?«

»Ach, nur so. Kann sein, daß du ihn brauchen wirst.«

»Wozu?«

»Damit du den Burschen unterstützen kannst. Wenn seine Alte tot ist und er den Betrieb in die Pleite führt.«

Und dabei betonte Billy Doud die ganze Zeit, wie sehr er Rheas Vater bewunderte. Männer wie dein Vater, sagte er, die so schwer arbeiten. Nur um zu überleben. Und nie etwas anderes erwarten. Und dabei so anständig, so ausgeglichen und gutherzig sind. Solchen Männern hat die Welt eine Menge zu verdanken.

Billy Doud und Rhea und Wayne und Lucille verließen den Tanzsaal immer gegen Mitternacht und fuhren mit den zwei Autos zum Parkplatz am Ende eines Feldwegs an der Steilküste über dem Huronsee. Billy ließ das Radio laufen, leise. Er hatte das Radio immer an, selbst wenn er Rhea eine seiner verwickelten Geschichten erzählte. Seine Geschichten handelten alle von seiner Zeit am College, mit Parties und lustigen Streichen und schrecklichen Eskapaden, bei denen zuweilen die Polizei eingeschritten war. Sie hatten immer mit Alkohol zu tun. Einmal hatte einer, der betrunken war, sich aus einem Autofenster übergeben, und sein Getränk war so scharf gewesen, daß es an der ganzen Autoseite die Farbe weggeätzt hatte. Die Charaktere in den Geschichten kannte Rhea nicht, mit Ausnahme von Wayne. Gelegentlich tauchten Mädchennamen auf, und dann mußte sie manchmal unterbrechen. Sie hatte Billy Doud während seiner Collegejahre zu Hause mit Mädchen gesehen, deren Aussehen oder Kleider, deren muntere oder zarte Art sie sehr beeindruckt hatten, und nun mußte sie ihn fragen: War Claire die mit dem

Hütchen, das einen Schleier hatte, und den lila Handschuhen? In der Kirche? Welche war die mit den roten Haaren und dem Kamelhaarmantel? Welche hatte die Samtstiefel mit dem Lammfellrand?

Meistens konnte Billy sich nicht erinnern, und wenn er doch noch etwas über diese Mädchen erzählte, war das, was er zu sagen hatte, oft wenig schmeichelhaft.

Wenn sie parkten und manchmal auch während der Fahrt legte Billy Rhea einen Arm um die Schultern, er zog sie an sich. Eine Verheißung. Auch beim Tanzen gab es Verheißungen. Dann war er nicht zu stolz, seine Wange an die ihre zu schmiegen oder ihr eine Reihe Küßchen auf das Haar zu drücken. Die Küsse, die er ihr im Auto gab, waren schneller, und ihrem Tempo, ihrem Rhythmus, dem kleinen Schmatzen, von dem sie häufig begleitet waren, merkte sie an, daß sie scherzhaft gemeint waren, oder teilweise scherzhaft. Er trommelte mit den Fingern auf ihr herum, auf ihren Knien oder eben oberhalb ihrer Brüste, murmelte anerkennend und schimpfte sich oder Rhea aus und sagte, er müsse sie in Schach halten.

»Du bist ein richtiges Schlimmerchen«, sagte er. Er preßte seine Lippe fest auf ihre, als müßte er dafür sorgen, daß sie beide auf keinen Fall den Mund aufmachten.

»Wie verführerisch du bist«, sagte er mit einer Stimme, die nicht seine war, sondern die Stimme eines aalglatten, schmachtenden Filmstars, und ließ ihr die Hand zwischen die Beine gleiten, berührte die Haut über ihrem Strumpf – und zuckte dann weg, als wäre es dort zu heiß, oder zu kalt.

»Was der alte Wayne wohl macht?« sagte er.

Sie hatten die Regel, daß entweder er oder Wayne nach einer Weile auf die Autohupe drückten, und dann mußte der andere antworten. Dieses Spiel – Rhea begriff nicht, daß es ein Wettbewerb war und schon gar nicht, worin der Wettbewerb bestand – nahm mit der Zeit immer mehr von seiner Aufmerksamkeit in Anspruch. »Was glaubst du«, sagte er häufig, in die Nacht hinaus auf die dunkle Form von Waynes Auto starrend. »Was glaubst du – ist es Zeit, mal zu tuten?«

Auf der Fahrt zurück nach Carstairs, zum Schwarzbrenner, war Rhea dem Heulen nahe, ohne Grund, und ihre Arme und Beine fühlten sich an, als wären sie mit Zement vollgegossen worden. Mit sich allein wäre sie wahrscheinlich gleich fest eingeschlafen, aber sie konnte nicht allein sein, weil Lucille im Dunkeln Angst hatte und Rhea ihr, wenn Billy und Wayne bei den Monks drinnen waren, Gesellschaft leisten mußte.

Lucille war ein schlankes, blondes Mädchen mit einem labilen Magen, unregelmäßigen Perioden und empfindlicher Haut. Sie war von den Launen ihres Körpers fasziniert und behandelte ihn wie ein lästiges, aber wertvolles Haustier. Sie hatte stets Babyöl in der Handtasche, das sie sich aufs Gesicht tupfte, weil es ja kurz zuvor von Waynes Borsten zerkratzt worden war. Das Auto roch nach Babyöl und darunter noch nach etwas anderem, wie Brotteig.

»Wenn wir erst verheiratet sind, werde ich ihn zwingen, sich zu rasieren«, sagte Lucille. »Unmittelbar vorher.«

Billy Doud hatte Rhea erzählt, daß Wayne ihm erzählt habe, er sei Lucille die ganze Zeit treu gewesen und wolle sie heiraten, weil sie eine gute Ehefrau abgeben werde. Er habe gesagt, sie sei zwar nicht das hübscheste Mädchen auf der Welt und bestimmt nicht das klügste, und deshalb werde er sich in der Ehe immer sicher fühlen. Sie werde keine starke Verhandlungsposition haben, sagte er. Und sie sei es nicht gewöhnt, viel Geld zu haben.

»Manche Leute würden vielleicht sagen, es sei zynisch, so an die Ehe heranzugehen«, hatte Billy gesagt. »Aber andere würden es als realistisch bezeichnen. Ein Pastorensohn muß realistisch sein, er muß sich mit eigenen Mitteln durchs Leben schlagen. Außerdem, Wayne ist Wayne.«

Wayne ist Wayne, hatte er mit feierlicher Freude wiederholt.

Einmal hatte Lucille zu Rhea gesagt. »Und du? Kannst du dich dran gewöhnen?«

»Oh, ja«, sagte Rhea.

»Alle sagen, es wär schöner ohne Überzieher. Das finde ich dann wohl raus, wenn ich verheiratet bin.«

Rhea mochte vor Peinlichkeit nicht zugeben, daß sie nicht gleich verstanden hatte, wovon die Rede war.

Lucille sagte, sobald sie verheiratet sei, werde sie Schaum und Gel nehmen. Rhea fand, das hörte sich an wie ein Dessert, aber sie lachte nicht, weil sie wußte, daß Lucille einen solchen Scherz als Beleidigung auffassen würde. Lucille begann von dem Konflikt zu erzählen, der um ihre Hochzeit tobte und bei dem es darum ging, ob die Brautjungfern Florentinerhüte oder Rosenknospenkränze aufsetzen sollten. Lucille hatte sich Rosenknospen gewünscht und schon geglaubt, alles sei arrangiert, da hatte sich Waynes Schwester eine Dauerwelle machen lassen, die nichts geworden war. Jetzt wollte sie einen Hut tragen, der sie verdeckte.

»Sie ist nicht einmal eine Freundin – sie ist nur Brautjungfer, weil sie seine Schwester ist und ich sie nicht übergehen konnte. Sie ist eine egoistische Ziege.«

Der Egoismus von Waynes Schwester hatte bei Lucille Nesselfieber ausgelöst.

Rhea und Lucille hatten die Autofenster heruntergekurbelt, um frische Luft hereinzulassen. Draußen war die Nacht mit dem ins Unsichtbare strömenden Fluß, der jetzt auf seinem tiefsten Stand war, ein Rinnsal zwischen den großen weißen Steinen, und die Grillen zirpten, die unbefestigten Straßen schimmerten hell auf dem Weg nach nirgendwo, und auf dem alten Messegelände ragte die einfallende Tribüne wie ein verrücktes Turmskelett empor. Rhea wußte, daß all dies da war, aber sie konnte ihm keine Beachtung schenken. Daran hinderte sie mehr als nur Lucilles Gerede – mehr als nur die Hochzeitshüte. Sie hatte Glück: Billy Doud hatte sie erwählt, eine verlobte junge Frau vertraute sich ihr an, ihr Leben entwickelte sich womöglich positiver, als man es je hätte vorhersagen können. Doch in Momenten wie diesem konnte sie sich abgeschnitten und verwirrt fühlen, als hätte sie eher etwas verloren als gewonnen. Als würde ihr gewaltsam etwas verwehrt. Was?

Vom anderen Ende des Raumes winkte ihr Wayne mit einer Geste zu, die heißen sollte, ob sie Durst habe? Er brachte ihr noch eine Flasche Coca-Cola und ließ sich neben ihr zu Boden gleiten. »Lieber hinsetzen als umfallen«, sagte er.

Sie merkte beim ersten Schluck oder vielleicht beim ersten Schnuppern oder vielleicht noch eher, daß ihr Getränk außer Coca-Cola noch etwas anderes enthielt. Sie nahm sich vor, es nicht ganz oder nicht einmal halb auszutrinken. Sie würde nur dann und wann daran nippen, um Wayne zu zeigen, daß er sie nicht aus dem Konzept gebracht hatte.

»Ist das recht so?« fragte Wayne. »Ist das eine Mischung, die dir schmeckt?«

»Ja, prima«, sagte Rhea. »Mir schmeckt alles.«

»Alles? Das ist gut. Du scheinst mir die Richtige für Billy Doud zu sein.«

»Trinkt er viel?« fragte Rhea. »Billy?«

»Sagen wir es so«, sagte Wayne. »Ist der Papst Jude? Nein. Warte. War Jesus Katholik? Nein. Weiter. Ich möchte dir nicht den falschen Eindruck vermitteln. Ich möchte auch nicht klinisch werden. Ist Billy ein Säufer? Ist er Alkoholiker? Ist er Arschoholiker? Ich meine Arschloch-oholiker? Nein, jetzt habe ich auch das vermasselt. Ich hab vergessen, mit wem ich rede. Entschuldige bitte. Streichen. Vesseihung.«

Er redete die ganze Zeit mit zwei seltsamen Stimmen – einer künstlich hohen Singsangstimme, einer schroffen und ernsten. Rhea glaubte nicht, daß sie ihn schon jemals soviel hatte sagen hören, gleich mit welcher Stimme. Normalerweise war Billy derjenige, der redete. Wayne warf dann und wann ein Wort ein, ein unwichtiges Wort, das durch den Ton, mit dem er es sagte, wichtig wirkte. Und doch war dieser Ton oft recht ausdruckslos, recht neutral und seine Miene nichtssagend. Das machte Leute nervös. Man bekam den Eindruck, als würde Verachtung im Zaum gehalten. Rhea hatte schon erlebt, wie Billy eine Geschichte streckte und dehnte, verdrehte, im Ton veränderte – nur um Wayne ein anerkennendes Brummen zu entlocken, sein erlösendes bellendes Lachen.

»Du darfst daraus nicht schließen, daß ich Billy nicht mag«, sagte Wayne. »Nein. Nein. Ich würde niemals wollen, daß du das denkst.«

»Aber du magst ihn nicht«, sagte Rhea voll Befriedigung. »Überhaupt nicht.« Ihre Befriedigung rührte von der Tatsache her, daß sie Wayne widersprach. Sie sah ihm in die Augen. Mehr nicht. Denn er hatte sie ebenfalls nervös gemacht. Er gehörte zu den Leuten, die einen weitaus stärkeren Eindruck hinterlassen als ihre Körpergröße oder ihr Aussehen oder sonst etwas an ihnen vermuten ließe. Er war nicht sehr groß, und sein kompakter Körper mochte in seiner Kindheit mollig gewesen sein – und würde vielleicht auch wieder mollig werden. Er hatte ein eckiges Gesicht, das bis auf den bläulichen Schatten des Bartes, der Lucille wund rieb, eher bleich war. Sein schwarzes Haar war sehr glatt und fein und fiel ihm oft in die Stirn.

»Ach so?« sagte er überrascht. »Ich mag ihn nicht? Wie kann das sein? Wo Billy ein so liebenswerter Mensch ist? Schau ihn dir an da drüben, wie er mit den kleinen Leuten trinkt und Karten spielt. Findest du ihn nicht nett? Oder kommt es dir manchmal seltsam vor, daß jemand ununterbrochen so nett sein kann? *Ununterbrochen.* Ich hab nur bei einem einzigen Thema erlebt, wie er ausrutscht, und zwar wenn man ihn darauf bringt, von seinen alten Freundinnen zu erzählen. Sag bloß nicht, das ist dir noch nicht aufgefallen.«

Er hatte seine Hand am Bein von Rheas Stuhl. Er schaukelte sie.

Sie lachte, weil ihr vom Schaukeln schwindlig war oder

vielleicht weil er die Wahrheit getroffen hatte. Billy zufolge hatte das Mädchen mit dem Schleier und den lila Handschuhen Mundgeruch vom Rauchen, und ein anderes Mädchen wurde ordinär, wenn sie getrunken hatte, und eines hatte eine Hautkrankheit, einen *Pilz* unter den Achseln. Billy hatte Rhea all diese Dinge mit Bedauern in der Stimme erzählt, aber als er den Pilz erwähnte, mußte er kichern. Er hatte unfreiwillig, mit schuldbewußter Genugtuung gekichert.

»Er zieht die armen Mädchen wirklich durch den Schmutz«, sagte Wayne. »Die Haare an den Beinen. Die Hali-to-se. Beunruhigt dich das eigentlich nicht? Aber du bist ja so nett und sauber. Ich wette, du rasierst dir jeden Abend die Beine.« Er strich ihr mit der Hand abwärts über das Bein, das sie zum Glück rasiert hatte, bevor sie zum Tanzen ging. »Oder tust du dieses Zeug drauf, das die Haare wegschmilzt? Wie heißt das Zeug?«

»Neet«, sagte Rhea.

»Neet! Genau. Aber riecht das nicht irgendwie scheußlich? Ein bißchen modrig oder nach Hefe oder so? Hefe. Ist das nicht auch was, das Mädchen kriegen? Mach ich dich verlegen? Ich sollte ein Kavalier sein und dir noch was zu trinken holen. Wenn ich aufstehen und gerade gehen kann, hol ich dir was zu trinken.«

»Diesmal ist kaum Whisky drin«, behauptete er von der nächsten Coca-Cola, die er ihr brachte. »Die wird dir nicht schaden.« Sie dachte, die erste Behauptung sei wahrscheinlich eine Lüge, aber die zweite stimmte mit Sicherheit: nichts konnte ihr schaden. Und ihr entging auch nichts. Sie glaubte nicht, daß Wayne etwas Gutes im Sinn führte. Trotzdem gefiel ihr die Unterhaltung. Alle Verwirrung, das benebelte Gefühl, das sie überkam, wenn sie mit Billy zusammen war, hatte sich aufgelöst. Sie hatte Lust, über alles zu lachen, was Wayne sagte oder was sie selber sagte. Sie fühlte sich sicher.

»Dies ist ein komischer Laden«, sagte sie.

»Wieso findest du ihn komisch?« sagte Wayne. »Sag mir,

wieso du diesen Laden komisch findest. Du bist diejenige, die komisch ist.«

Rhea schaute hinunter auf seinen wackelnden schwarzen Kopf und lachte, weil er sie irgendwie an einen Hund erinnerte. Er war blitzgescheit, aber er besaß eine Form von Sturheit, die leicht mit Dummheit zu verwechseln war. Er wirkte stur wie ein Hund und auch irgendwie kummervoll, wie er jetzt immer wieder mit dem Kopf gegen ihre Knie stieß und ihn dann hochriß, um sich die schwarzen Haare aus den Augen zu schütteln.

Sie erklärte ihm mit vielen Unterbrechungen, in denen sie über die Möglichkeit einer Erklärung lachen mußte, daß zum Beispiel die Blechblende hinten in der Ecke komisch sei. Sie sagte, sie glaube, dahinter sei ein Speiseaufzug, der in den Keller und wieder nach oben fahre.

»Wir könnten uns beide im Fach zusammenrollen«, sagte Wayne. »Sollen wir es probieren? Wir könnten Billy bitten, uns mit dem Seil runterzulassen.«

Sie suchte erneut nach Billys weißem Hemd. Soweit sie wußte, hatte er sich, seitdem er sich hingesetzt hatte, nicht ein einziges Mal nach ihr umgedreht. Wayne saß ihr jetzt direkt gegenüber, so daß Billy, wenn er sich tatsächlich umdrehte, nicht sehen könnte, daß ihr Schuh am großen Zeh baumelte und Wayne seine Finger an ihre Fußsohlen schnippen ließ. Sie sagte, sie müsse erstmal zur Toilette.

»Ich werde dich begleiten«, sagte Wayne.

Er hielt sich an ihren Beinen fest, um sich hochzuziehen. Rhea sagte: »Du bist betrunken.«

»Nicht nur ich.«

Bei den Monks gab es eine Toilette – ja, ein richtiges Bad – im Haus, am hinteren Flur. Die Badewanne war voller Bierkästen – nicht zum Kühlen, nur zum Lagern. Die Toilette ließ sich richtig abziehen. Rhea hatte befürchtet, daß kein Wasser kommen würde, weil es aussah, als hätte es beim letzten nicht funktioniert.

Sie betrachtete ihr Gesicht im Spiegel über dem Waschbecken und sprach ihm verwegen und anerkennend zu. »Laß ihn«, sagte sie. »*Laß ihn.*« Sie knipste das Licht aus und trat in die dunkle Diele. Da wurde sie augenblicklich von Händen in Empfang genommen und zur Hintertür hinausgeführt – ja getrieben. Dicht an die Hauswand gepreßt, bedrängten und begrapschten und küßten sie und Wayne sich. Zu diesem Zeitpunkt kam ihr die Vorstellung, sie würde geöffnet und zusammengequetscht, geöffnet und zugequetscht wie eine Ziehharmonika. Auch wollte eine Warnung zu ihr durch – etwas in der Ferne, das keine Verbindung zu dem hatte, was Wayne und sie machten. Ein Drücken und Grunzen, in ihrem Innern oder draußen, das sich verständlich zu machen suchte.

Der Hund der Monks war angekommen und steckte seine Nase zwischen sie. Wayne wußte, wie er hieß.

»Aus, Rory! Aus, Rory!« brüllte er und zerrte weiter an Rheas Petticoat.

Die Warnung kam aus ihrem Bauch, der so fest gegen die Wand gepreßt wurde. Die Hintertür ging auf, Wayne sagte etwas deutlich in ihr Ohr – sie würde nie wissen, was zuerst geschah –, und sie wurde plötzlich losgelassen und mußte sich übergeben. Sie hatte keine Absicht gehabt, sich zu übergeben, bevor es losging. Dann ließ sie sich auf alle viere nieder und erbrach sich, bis ihr Magen sich so ausgewrungen anfühlte wie ein armer stinkender Lappen. Als sie fertig war, zitterte sie, als ob sie plötzlich Fieber hätte, und ihr Tanzkleid und der Petticoat waren naß, wo sie mit Erbrochenem bespritzt waren.

Jemand anders – nicht Wayne – zog sie hoch und putzte ihr das Gesicht mit dem Kleidersaum.

»Halt den Mund zu und atme durch die Nase«, sagte Mrs. Monk. »Du, hau ab«, sagte sie entweder zu Wayne oder zu Rory. Sie teilte ihre Befehle an alle mit der gleichen Stimme aus, der kein Mitgefühl oder Tadel anzuhören war. Sie zog Rhea ums Haus zum Laster ihres Mannes und hievte sie halb hinein.

Rhea sagte: »Billy.«

»Ich sags deinem Billy. Ich sag ihm, du bist müde geworden. Nicht reden.«

»Ich muß mich nicht mehr übergeben«, sagte Rhea.

»Das weiß man nie«, sagte Mrs. Monk, während sie rückwärts in die Straße hinauslenkte. Sie fuhr Rhea den Berg hinauf und in ihren Hof, ohne noch ein Wort zu sagen. Als sie den Laster gewendet hatte und anhielt, sagte sie: »Paß beim Aussteigen auf. Du mußt einen größeren Schritt machen als bei einem Auto.«

Rhea trollte sich ins Haus, setzte sich, ohne die Tür zuzumachen, auf die Toilette, schleuderte in der Küche die Schuhe von den Füßen, knüllte ihr Kleid und ihren Petticoat zusammen und schob sie weit unter das Bett.

Rheas Vater stand früh auf, um die Eier einzusammeln und sich wie jeden zweiten Sonntag für die Fahrt nach Hamilton zu rüsten. Die Jungen wollten mit – sie konnten auf der Ladefläche sitzen. Rhea sollte nicht mit, weil vorne kein Platz war. Ihr Vater wollte Mrs. Corey mitnehmen, deren Mann im selben Krankenhaus lag wie Rheas Mutter. Wenn er Mrs. Corey mitnahm, zog er immer Oberhemd und Krawatte an, weil es sein konnte, daß sie auf dem Heimweg in ein Restaurant einkehrten.

Er kam und klopfte bei Rhea an die Tür, um ihr zu sagen, daß sie abfuhren. »Wenn dir die Zeit lang wird, kannst du die Eier auf dem Tisch abreiben.«

Er ging bis an die Treppe und kam dann zurück. Er rief durch die Tür: »Trink viel, viel Wasser.«

Rhea hätte sie am liebsten angeschrien, daß sie endlich abhauen sollten. Sie hatte über Dinge nachzudenken, Dinge in ihrem Kopf, die durch den Druck von anderen im Haus nicht heraus konnten. Wegen denen hatte sie solche Kopfschmerzen. Nachdem das Geräusch des Lasters auf der Straße nicht mehr zu hören war, stieg sie vorsichtig aus dem Bett, ging vorsichtig nach unten, nahm drei Aspirin, trank soviel Wasser, wie sie halten konnte, und füllte Kaffeepulver in die Kanne, ohne den Blick zu senken.

Die Eier standen in großen Tragekörben auf dem Tisch. Sie waren mit Hühnermist und kleinen Strohresten verklebt, die darauf warteten, mit Stahlwolle abgeschrubbt zu werden.

Was für Dinge? Vor allem Worte. Die Worte, die Wayne ihr gerade zugeflüstert hatte, als Mrs. Monk zur Hintertür herauskam.

Ich würd dich gern ficken, wenn du nicht so häßlich wärst.

Sie zog sich an, und als der Kaffee fertig war, schenkte sie sich eine Tasse ein und ging nach draußen, auf die Veranda auf der Westseite, die im tiefen Vormittagsschatten lag. Die Aspirin hatten zu wirken begonnen, und jetzt hatte sie anstelle der Kopfschmerzen eine Weite im Kopf, eine klare, ungeschützte Weite, um die es leise summte.

Sie war nicht häßlich. Sie wußte, daß sie nicht häßlich war. Wie kann man jemals sicher sein, daß man nicht häßlich ist?

Aber wenn sie häßlich wäre, wäre Billy Doud dann überhaupt mit ihr ausgegangen? Billy Doud war stolz darauf, gut und freundlich zu sein.

Aber Wayne war ziemlich betrunken, als er das sagte. Betrunkene sagen die Wahrheit.

Es war ein Glück, daß sie ihre Mutter an diesem Tag nicht sehen würde. Wenn sie Rhea je entlockte, was los war – und Rhea konnte nie sicher sein, daß sie es nicht täte –, dann würde ihre Mutter darauf bestehen, daß Wayne seine Strafe bekäme. Sie wäre imstande, seinen Vater, den Pastor, anzurufen. Das Wort »ficken« würde ihren Zorn erregen, mehr als das Wort »häßlich«. Sie würde überhaupt nicht begreifen, worum es ihr ging.

Die Reaktion von Rheas Vater wäre komplizierter. Er würde Billy Vorwürfe machen, daß er sie mit zu den Monks genommen hatte. Billy, Billy und seine Freunde. Er wäre über das mit dem *Ficken* wütend, aber in erster Linie würde er sich

Rheas wegen schämen. Er würde sich zeitlebens schämen, daß ein Mann sie häßlich genannt hatte.

Man darf seine Eltern auf keinen Fall an seine wirklichen Demütigungen heranlassen.

Sie wußte, daß sie nicht häßlich war. Woher konnte sie wissen, daß sie nicht häßlich war?

Sie dachte nicht über Billy oder Wayne nach oder darüber, was die Sache zwischen ihnen bedeuten konnte. Sie war nicht sehr an andern interessiert. Allerdings dachte sie, Wayne hatte seine echte Stimme benutzt, als er die Worte sagte.

Sie wollte nicht wieder ins Haus gehen, um sich die Körbe voller schmutziger Eier anzuschauen. Sie begann, die kleine Zufahrtstraße hinunterzuwandern, und blinzelte im Sonnenlicht, hielt den Kopf von einer Schatteninsel zur nächsten gesenkt. An der Zufahrt war jeder Baum anders, und jeder war früher ein Meilenstein gewesen, als sie ihre Mutter noch fragte, wie weit sie ihrem Vater entgegenlaufen dürfe, wenn er aus der Stadt kam. Bis zum Weißdorn, bis zur Buche, bis zum Ahorn. Er hielt dann immer an und ließ Rhea auf dem Trittbrett mitfahren.

Auf der Straße unten hupte ein Auto. Jemand, der sie kannte oder bloß ein Mann, der vorbeifuhr. Sie wollte nicht gesehen werden, deshalb lief sie quer über das Feld, das die Hühner leer gepickt und mit ihrem Kot sauber gepflastert hatten. In einem der Bäume auf der anderen Seite dieses Feldes hatten ihre Brüder ein Baumhaus gebaut. Es war nur eine Plattform, mit an den Baumstamm genagelten Brettchen zum Hochklettern. Das tat Rhea – sie kletterte hinauf und setzte sich auf die Plattform. Sie sah, daß ihre Brüder Fenster ins Blätterdach geschnitten hatten, um hinausspähen zu können. Sie konnte unten auf die Straße blicken, und grad sah sie dort ein paar Autos, die in die Stadt fuhren, um Landkinder zur frühen Sonntagsschule in der Baptistengemeinde zu bringen. Die Leute in den Autos konnten sie nicht sehen. Billy oder Wayne würden sie nicht sehen können, falls sie sie denn mit

Erklärungen oder Anklagen oder Entschuldigungen aufsuchen wollten.

In einer anderen Richtung konnte sie einen Teil des alten Messegeländes und hier und da den Fluß blinken sehen. Von hier aus war es kein Problem, im langen Gras die Stelle auszumachen, wo das Oval der Rennbahn einst gewesen war.

Da ging jemand, genau auf der Rennbahn. Es war Eunie Morgan, und sie war im Schlafanzug. Sie folgte dem Verlauf der Rennbahn, in einem hellen, vielleicht blaßrosa Schlafanzug – gegen halb zehn Uhr morgens. Sie blieb auf der Bahn, bis sie abschwenkte, und ging dann hinunter zu der Stelle, wo einst der Pfad am Flußufer gewesen war. Dann war sie hinter den Sträuchern verborgen.

Eunie Morgan mit ihren abstehenden weißblonden Haaren, und auf ihren Haaren und ihrem Schlafanzug fing sich das Licht. Wie ein Engel mit Federn. Aber mit ihrem üblichen eckigen, selbstsicheren Gang – vorgeschobener Kopf, frei schwingende Arme. Rhea hatte keine Ahnung, was Eunie wohl dort machte. Sie wußte nichts von Eunies Verschwinden. Eunies Anblick wirkte zugleich seltsam und natürlich auf sie.

Sie mußte daran denken, wie sie an heißen Sommertagen gemeint hatte, Eunies Haar sehe wie ein Schneeball aus oder wie vom Winter übriggebliebene Eisfäden, und wie sie versucht gewesen war, ihr Gesicht zur Abkühlung hineinzuwühlen.

Sie mußte an das heiße Gras und den Sandlauch denken und an das Gefühl, aus der eigenen Haut zu schlüpfen, wenn sie sich in Toms verwandelten.

Sie ging zurück ins Haus und rief Wayne an. Sie rechnete damit, daß er zu Hause und der Rest seiner Familie in der Kirche sein würde.

»Ich will dich was fragen, aber nicht am Telephon«, sagte sie. »Papa und meine Brüder sind nach Hamilton gefahren.«

Als Wayne ankam, saß sie auf der Veranda und schrubbte Eier. »Ich wüßte gern, was du meintest«, sagte sie.

»Womit?« fragte Wayne.

Rhea sah ihn an und schaute unverwandt hin, mit einem Ei in einer Hand und einem Stück Stahlwolle in der andern. Er hatte einen Fuß auf der untersten Stufe. Seine Hand am Geländer. Er wollte hinauf, um aus der Sonne zu kommen, aber sie versperrte ihm den Weg.

»Ich war blau«, sagte Wayne. »Du bist nicht häßlich.«

Rhea sagte: »Das weiß ich.«

»Ich bin am Boden zerstört.«

»Nicht deswegen.«

»Ich war blau. Es war ein Witz.«

Rhea sagte: »Du willst sie nicht heiraten. Lucille.«

Er beugte sich über das Geländer. Sie dachte, er müsse sich vielleicht übergeben. Aber er fing sich wieder und versuchte, die Augenbrauen hochzuziehen, sein entwaffnendes Lächeln hervorzuzaubern.

»Ach, wirklich? Ehrlich? Und was willst du mir also raten?«

»Schreib einen Brief«, sagte Rhea, ganz als hätte er sie ernsthaft gefragt. »Setz dich ans Steuer und fahr nach Calgary.«

»Einfach so.«

»Wenn du willst, komm ich bis Toronto mit. Da kannst du mich absetzen, und ich steig im YWCA ab, bis ich Arbeit gefunden hab.«

Das war das, was sie vorhatte. Sie würde immer darauf beharren, daß sie das und nichts anderes vorgehabt hatte. Sie fühlte sich jetzt freier und mehr von sich berauscht als am Abend zuvor in ihrer Betrunkenheit. Sie machte diese Vorschläge, als wären sie das Einfachste von der Welt. Es würde Tage dauern – Wochen vielleicht –, bis sie alles kapierte, alles, was sie gesagt und getan hatte.

»Hast du mal auf die Karte geguckt?« sagte Wayne. »Man fährt nicht über Toronto nach Calgary. Man fährt bei Sarnia über die Grenze und dann quer durch die Staaten nach Winnipeg und von dort aus nach Calgary.«

»Dann setz mich in Winnipeg ab, das ist besser.«

»Eine Frage«, sagte Wayne. »Hat dich in letzter Zeit mal jemand auf deinen Geisteszustand untersucht?«

Rhea rührte sich nicht und lächelte nicht. Sie sagte: »Nein.«

Eunie war auf dem Heimweg, als Rhea sie erspähte. Eunie war überrascht, daß der Pfad am Flußufer nicht, wie sie erwartete, frei, sondern mit Dornengestrüpp zugewuchert war. Als sie sich daraus befreite und daheim in ihren Garten trat, hatte sie Kratzer und verschmiertes Blut an den Armen und der Stirn und Blattreste in den Haaren. Auch eine Seite ihres Gesichts war schmutzig, weil sie auf den Boden gepreßt worden war.

In der Küche fand sie ihre Mutter und ihren Vater vor und ihre Tante Muriel und Norman Coombs, den Polizeichef, und Billy Doud. Nachdem ihre Mutter ihre Tante Muriel angerufen hatte, war ihr Vater aktiv geworden und hatte verkündet, daß er Mr. Doud anrufen werde. Er hatte als junger Mann bei Doud gearbeitet und wußte noch, daß Mr. Doud, Billys Vater, in Notfällen immer gerufen wurde.

»Der ist tot«, sagte Eunies Mutter. »Wie wär's, wenn du *sie* holst?« (Sie meinte Mrs. Doud, die so schnell die Geduld verlor.) Aber Eunies Vater telephonierte trotzdem und erreichte Billy Doud. Billy war gar nicht im Bett gewesen.

Tante Muriel Martin hatte, als sie eingetroffen war, den Polizeichef angerufen. Er versprach zu kommen, sobald er sich angezogen und gefrühstückt habe. Das dauerte eine Weile. Ihm waren alle Verwirrungen und Störungen zuwider, alles, was ihm Entscheidungen aufzwingen konnte, die später womöglich kritisiert wurden oder darin resultierten, daß er wie ein Dummkopf dastand. Von allen Leuten, die in der Küche warteten, dürfte er derjenige gewesen sein, der sich am meisten freute, Eunie heil wieder zu Hause zu wissen und ihre Geschichte zu hören. Er war eindeutig nicht zuständig. Es gab nichts zu verfolgen, niemanden zu verhaften.

Eunie erzählte, daß drei Kinder zu ihr gekommen seien, in ihrem eigenen Garten, mitten in der Nacht. Sie sagten, sie müßten ihr etwas zeigen. Sie fragte, was denn sei und was sie so spät nachts draußen machten. Sie wußte nicht mehr, was sie geantwortet hatten.

Sie merkte, daß sie unwillkürlich mitging, ohne je gesagt zu haben, daß sie mitkommen würde. Sie führten sie durch die Lücke im Zaun an der Gartenecke und den Pfad am Flußufer entlang. Sie war überrascht zu sehen, daß der Pfad so schön offen war – sie war dort jahrelang nicht mehr gelaufen.

Zwei Jungen und ein Mädchen hatten sie abgeholt. Sie sahen aus wie ungefähr neun oder zehn oder elf Jahre alt, und sie trugen alle die gleichen Anzüge – eine Art Spielanzug aus Baumwollkrepp, vorne mit einem Latz und Trägern an den Schultern. Alle frisch und sauber, als kämen sie eben vom Bügelbrett. Die Haare dieser Kinder waren hellbraun und glatt und glänzend. Sie waren die saubersten und höflichsten und angenehmsten Kinder, die man sich denken konnte. Aber wie hatte sie sehen können, welche Haarfarbe sie hatten und daß ihre Spielanzüge aus Baumwollkrepp waren? Sie war ohne Taschenlampe aus dem Haus gegangen. Sie mußten ein Licht mitgebracht haben – das war ihr Eindruck, aber was für eins, konnte sie nicht sagen.

Sie führten sie über den Pfad zum alten Messegelände. Sie nahmen sie mit ins Zelt. Aber es schien ihr, als hätte sie dieses Zelt gar nicht von außen gesehen. Sie war nur plötzlich innen drin, und da sah sie, daß es weiß war, sehr hoch und weiß, und daß es wogte wie Segel auf einem Boot. Auch das Zelt war hell, und wieder hatte sie keine Ahnung, woher das Licht kam. Und ein Teil dieses Zeltes oder Gebäudes, oder was immer es war, schien aus Glas zu sein. Ja. Eindeutig aus grünem Glas, aus sehr hellem Grün, und die Scheiben waren zwischen die Segel geschoben. Möglicherweise auch ein Glasboden, weil sie mit ihren nackten Füßen über etwas Kühles und Glattes lief – kein Gras, und ganz bestimmt kein Kies.

In der Zeitung war später eine Zeichnung, ein quasi künstlerischer Entwurf von einer Art Segelboot in einer Untertasse. Aber die Bezeichnung »Fliegende Untertasse« kam nicht von Eunie, jedenfalls nicht, als sie direkt hinterher davon sprach. Sie erwähnte auch nichts von dem, was später gedruckt erschien, in einem Buch mit solchen Geschichten – über ihre Gefangennahme und die Untersuchung ihres Körpers, die Blutproben und die Proben ihrer Körpersäfte, die Möglichkeit, daß eines ihrer verborgenen Eier weggezaubert worden sei, daß in einer fremden Dimension eine Befruchtung stattgefunden habe; daß sich eine subtile oder explosive, jedenfalls aber unbeschreibliche Paarung ereignet habe, bei der Eunies Gene in den Lebensstrom der Eindringlinge eingesaugt worden seien.

Sie wurde auf einen Sitz gesetzt, den sie nicht gesehen hatte, sie konnte nicht sagen, ob es ein einfacher Stuhl oder ein Thron war, und diese Kinder begannen, sie mit einem Schleier zu umweben. Aus dem gleichen Stoff wie ein Moskitonetz oder so ähnlich, leicht, aber fest. Alle drei bewegten sich unablässig, hüllten sie ein oder umwebten sie, ohne sich dabei zu berühren. An diesem Punkt kam sie schon nicht mehr auf die Idee, Fragen zu stellen. »Was macht ihr da?« und »Wie kommt ihr her?« und »Wo sind die Erwachsenen?« war schlicht in eine Ferne gerückt, zu der sie keinen Zugang hatte. Es konnte sein, daß gesungen oder gesummt worden war, daß sie davon eingelullt worden war – beruhigend und wunderschön mußte es gewesen sein. Und ihr war bald alles vollkommen normal erschienen. Da gab es nichts zu fragen, ebensowenig wie man in einer gewöhnlichen Küche sagen würde: »Was macht die Teekanne da?«

Als sie wieder aufwachte, war nichts um sie herum, nichts

über ihr. Sie lag im heißen Sonnenschein, am hellichten Vormittag. Im Messegelände auf dem harten Boden.

»Wunderbar«, sagte Billy Doud mehrmals, während er Eunie zusah und zuhörte. Niemand hätte sagen können, was er damit meinte. Er roch nach Bier, wirkte aber nüchtern und äußerst aufmerksam. Mehr als aufmerksam – eher bezaubert. Eunies einzigartige Eröffnungen, ihr gerötetes und verschmutztes Gesicht, ihr ziemlich arroganter Ton schienen Billy Doud ausgesprochen Freude zu machen. Welch eine Erleichterung, welch ein Segen, schien er vor sich hin zu sagen. Auf dieser Welt und so in der Nähe dieses ruhige, absurde Geschöpf zu finden. *Wunderbar*.

Seine Liebe – Billys Art von Liebe – konnte erblühen, um einem Bedürfnis Eunies zu begegnen, von dessen Existenz sie nichts wußte.

Tante Muriel meinte, es sei Zeit, die Zeitung anzurufen.

Eunies Mutter sagte: »Wird Bill Proctor nicht in der Kirche sein?« Sie sprach vom Chefredakteur des *Argus* in Carstairs.

»Bill Proctor kann seine Sohlen schonen«, sagte Tante Muriel. »Ich ruf bei der Londoner *Free Press* an!«

Das tat sie, aber sie bekam nicht den Richtigen an den Apparat – nur einen Hausmeister, weil Sonntag war. »Das wird ihnen leid tun«, sagte sie. »Ich geh über ihre Köpfe hinweg, direkt zum *Toronto Star*!«

Sie hatte die Geschichte in die Hand genommen, Eunie ließ es geschehen. Eunie wirkte zufrieden. Als sie mit ihrer Erzählung fertig war, saß sie mit gleichgültiger Zufriedenheit im Gesicht da. Sie kam nicht auf die Idee, jemanden zu bitten, auf sie aufzupassen, sie zu beschützen, ihr bei allem, was noch vor ihr liegen mochte, mit Achtung und Freundlichkeit beizustehen. Aber dazu hatte sich Billy Doud ohnedies bereits entschlossen.

Eunie genoß eine Zeitlang einen gewissen Ruhm. Reporter kamen. Ein Buchautor kam. Ein Photograph machte Aufnahmen vom Messegelände und vor allem von der Rennbahn, bei der es sich angeblich um den Abdruck handelte, den das UFO hinterlassen hatte. Es gab auch ein Bild von der Tribüne, von der behauptet wurde, sie sei bei der Landung beschädigt worden.

Das Interesse an derlei Geschichten erreichte vor etlichen Jahren einen Gipfel und schwächte sich dann allmählich wieder ab.

»Wer weiß, was wirklich war«, sagte Rheas Vater in einem Brief, den er nach Calgary schrieb. »Eins ist sicher, Eunie Morgan hat nicht einen Cent dran verdient.«

Diesen Brief schrieb er an Rhea. Bald nach ihrer Ankunft in Calgary heirateten Rhea und Wayne. Damals mußte man verheiratet sein, um gemeinsam eine Wohnung zu bekommen – zumindest in Calgary –, und sie hatten festgestellt, daß sie nicht getrennt wohnen wollten. Dabei würden sie auch weiter meistens bleiben, auch wenn sie es diskutierten – getrennt wohnen – und damit drohten und es ein paarmal kurz ausprobierten.

Wayne ging von der Zeitung weg und zum Fernsehen. Man konnte ihn jahrelang in den Spätnachrichten bewundern, manchmal bei Regen und Schnee auf dem Parliament Hill, wo er ein Gerücht oder eine Information präsentierte. Später reiste er in Städte im Ausland und machte dort das gleiche, und noch später war er einer von den Leuten, die im Studio sitzen und darüber diskutieren, was die Neuigkeiten zu bedeuten haben und wer Lügen verbreitet.

(Eunie sah viel fern, aber Wayne sah sie nie, weil sie es haßte, wenn Leute bloß redeten – sie schaltete immer sofort auf einen Sender um, wo was los war.)

Bei einem kurzen Besuch daheim in Carstairs schlendert Rhea über den Friedhof, um zu sehen, wer seit ihrer letzten Inspektion eingezogen ist, und entdeckt Lucille Flaggs Namen auf einem Stein. Aber es ist nicht schlimm – Lucille ist nicht tot. Ihr Mann ist gestorben, und Lucille hat ihren Namen und ihr Geburtsdatum schon im voraus auf den Stein gravieren lassen. Das machen viele Leute, weil die Preise für Steinmetzarbeiten ständig steigen.

Rhea muß an die Hüte und die Rosenknospen denken und empfindet dabei eine Zärtlichkeit für Lucille, die niemals erwidert werden kann.

Zu diesem Zeitpunkt haben Rhea und Wayne weit mehr als die Hälfte ihres Lebens zusammengelebt. Sie haben drei Kinder und alles zusammengenommen fünfmal so viele Liebschaften gehabt. Und nun haben sich all diese Turbulenzen und die Fruchtbarkeit und die unsichere, aber lebendige Umtriebigkeit urplötzlich, überraschend gelegt, und sie weiß, daß sie alt zu werden beginnen. Dort auf dem Friedhof spricht sie es aus: »Ich kann mich nicht dran gewöhnen.«

Sie suchen die Douds auf, mit denen sie, wenn auch nicht allzu eng, befreundet sind, und zusammen fahren die beiden Pärchen an die Stelle, wo früher das alte Messegelände war.

Dort sagt Rhea es abermals.

Alle Häuser am Fluß sind verschwunden. Das Haus der Morgans, das Haus der Monks – alle Spuren der ersten, am falschen Platz gegründeten Siedlung. Das Gelände ist jetzt eine Schwemmebene, Hoheitsgebiet der Peregrine River Authority. Nichts darf mehr dort gebaut werden. Eine weitläufige Parklandschaft, ein glattgeschorenes und gezähmtes Flußufer – nichts mehr da als ein paar der alten Bäume, noch grün dastehen, aber schon von einer diffusen goldenen Feuchtigkeit beschwert sind, die an diesem Septembernachmittag nicht viele Jahre vor dem Ende des Jahrhunderts in der Luft liegt.

»Ich kann mich nicht daran gewöhnen«, sagt Rhea.

Sie sind jetzt weißhaarig, alle vier. Rhea ist eine dünne, flinke Person mit einer lebhaften, schwatzhaften Art, die ihr als Lehrerin für Englisch als Fremdsprache zugute gekommen ist. Auch Wayne ist dünn, mit einem feinen weißen Bart und einem milden Wesen. Wenn er nicht im Fernsehen auftritt, erinnert er eher an einen tibetanischen Mönch. Vor der Kamera wird er scharf, ja manchmal gemein.

Die Douds sind füllige Leute, stattlich und mit frischer Farbe, und mit einem gesunden Fettpolster.

Billy Doud lächelt über Rheas Heftigkeit und schaut sich mit verträumter Genugtuung um.

»Die Zeit läuft«, sagt er.

Er klopft seiner Frau auf den breiten Rücken, als Reaktion auf ein leises Brummen, das die anderen nicht gehört haben. Er erklärt ihr, daß sie gleich heimfahren werden, sie muß die Sendung, die sie sich jeden Nachmittag anschaut, nicht verpassen.

Rheas Vater hatte recht, als er meinte, daß Eunie kein Geld an ihrem Erlebnis verdient hätte, und auch mit seiner Vorhersage über Billy Doud hat er recht behalten. Nach dem Tod von Billys Mutter häuften sich die Probleme, und Billy verkaufte die Fabrik. Bald darauf verkauften die Leute, die sie von ihm gekauft hatten, ihrerseits, und die Fabrik wurde geschlossen. In Carstairs wurden keine Klaviere mehr gebaut. Billy ging nach Toronto und fand dort Arbeit – Rheas Vater behauptete, sie hätte etwas mit Schizophrenen oder Drogensüchtigen, vielleicht bei der Kirche.

In Wirklichkeit arbeitete Billy in offenen Anstalten und therapeutischen Wohngemeinschaften, und das wußten Wayne und Rhea. Billy hatte die Freundschaft weiter gepflegt. Er hatte auch seine besondere Beziehung zu Eunie gepflegt. Er stellte sie ein, um für seine Schwester Bea zu sorgen, als diese anfing, ein wenig zuviel zu trinken, um noch für sich allein zu sorgen. (Billy trank überhaupt keinen Alkohol mehr.)

Als Bea starb, erbte Billy das Haus und wandelte es in ein

Heim für Alte und Behinderte um, die nicht so alt oder behindert waren, daß sie bettlägerig waren. Er wollte es zu einem Haus machen, in dem sie Behaglichkeit und Freundlichkeit fanden und wo ihnen kleine Genüsse und Abendunterhaltungen geboten wurden. Er kehrte nach Carstairs zurück und ließ sich dort nieder, um das Heim zu leiten.

Er machte Eunie Morgan einen Heiratsantrag.

»Ich möchte aber nicht, daß da was läuft oder so«, entgegnete Eunie.

»Ach, mein Schatz!« sagte Billy. »Ach, meine liebe, liebe Eunie!«

Vandalen

I

»Liza, meine Liebe, ich habe Dir nie geschrieben, um mich bei Dir dafür zu bedanken, daß Du letzten Februar im Herzen oder zumindest in den Nachwehen des Sturms zu unserem Haus rausgefahren bist (armes Lesser Dismal, jetzt hat es den Namen wirklich verdient) und mir mitgeteilt hast, wie es dort aussah. Dank auch an Deinen Mann dafür, daß er Dich mit seinem Schneemobil hingefahren hat, und falls er, wie ich vermute, derjenige war, der das kaputte Fenster zugenagelt hat, um die wilden Tiere etc. fernzuhalten. Du sollst nicht anhäufen Schätze auf Erden, wo Motten und Staub und nicht zuletzt Halbstarke walten. Ich höre, Du bist Christin geworden, Liza, das muß herrlich sein! Bist Du wiedergeboren? Die Vorstellung hat mir schon immer gefallen!

Ach, Liza, ich weiß, daß es Dich langweilt, aber wenn ich an Dich und den armen kleinen Kenny denke, dann sehe ich Euch immer noch vor mir, wir Ihr als hübsche, braungebrannte Kinder hinter den Bäumen hervorschleicht, um mich zu erschrecken, und wie Ihr im Teich herumspringt und taucht.

Am Abend vor seiner Operation hatte Ladner nicht das leiseste Vorgefühl von seinem Tod – oder vielleicht war es noch einen Abend früher, jedenfalls, als ich bei Dir angerufen habe. Es kommt heute wirklich nicht mehr häufig vor, daß ein Patient während einer einfachen Bypassoperation stirbt, und außerdem beschäftigte er sich ohnehin nie mit dem Gedanken, daß er sterblich war. Das einzige, worüber er sich Sorgen machte, war, ob er das Wasser ausgestellt hatte, und dergleichen. Von solchen Kleinigkeiten war er mehr und mehr besessen. Das war das einzige, woran man merkte, daß er alt wurde. Obwohl es vermutlich gar keine Kleinigkeit ist, wenn man befürchtet, daß die Rohre platzen, sondern eine echte Katastrophe. Aber eine Katastrophe ist ja trotzdem eingetreten. Ich bin nur einmal draußen gewesen, um mir das Chaos anzusehen, und merkwürdigerweise wirkte es einfach natürlich. Irgendwie fand ich es fast richtig, daß es nach Ladners Tod dort so aussah. Unnatürlich fände ich es eher, mich an die Arbeit zu machen und aufzuräumen, obwohl ich das vermutlich eines Tages werde tun müssen oder jemand anders dafür werde bezahlen müssen. Ich bin versucht, einfach ein Streichholz dranzuhalten und alles in Rauch aufgehen zu lassen, aber ich denk mir, wenn ich das täte, brächte ich mich nur hinter Gitter.

Manchmal wünsche ich mir, daß ich Ladner hätte einäschern lassen, aber ich bin nicht einmal auf die Idee gekommen. Ich habe ihn einfach hier ins Doudsche Grab gebettet, um meinem Vater und meiner Stiefmutter eins auszuwischen. Aber nun hab ich neulich, das muß ich Dir berichten, einen Traum gehabt! Ich träumte, daß ich hinten am Canadian Tire Store stand, und da war das große Plastikzelt aufgebaut, das sie im Frühling immer aufstellen, wenn sie die Sommerblumen verkaufen. Ich bin an den Kofferraum gegangen und hab ihn aufgeklappt, grad als wollte ich meine alljährliche Ladung Salvien oder Fleißige Lieschen erstehen. Andere Leute warteten ebenfalls, und zwischen den Kunden und dem Zelt gingen Männer mit grünen Schürzen hin und her. Eine Frau sagte zu mir: ›Sieben Jahre vergehen wirklich im Nu!‹ Sie schien mich zu kennen, aber ich kannte sie nicht, und ich dachte: Warum passiert mir das ständig? Bloß weil ich eine Zeitlang an der Schule unterrichtet hab? Oder liegt es an dem, was man höflich meine Lebensführung nennen könnte?

Dann ging mir auf, was die sieben Jahre zu bedeuten hatten, und mir war plötzlich klar, wozu ich dort war und wozu die anderen Leute dort waren. Sie waren gekommen, um die Knochen abzuholen. Ich war gekommen, um Ladners Knochen zu holen: im Traum waren sieben Jahre vergangen, seitdem ich ihn beerdigt hatte. Doch ich dachte: Ist das nicht eine griechische Sitte oder so, warum machen wir es hier? Ich fragte einige Leute: Sind die Friedhöfe schon überfüllt? Wozu haben wir diesen Brauch übernommen? Ist er heidnisch oder christlich oder was? Die Leute, die ich ansprach, wirkten ziemlich finster und gekränkt, und ich dachte: Was hab ich nun wieder getan. Ich habe mein Leben lang hier gelebt, und immer noch bekomme ich diese Blicke – liegt es am Wort ›heidnisch‹? Dann reichte mir einer der Männer einen Plastikbeutel, und ich nahm ihn dankbar entgegen und hielt ihn fest und dachte an Ladners kräftige Schenkelknochen und breite Schulterblätter und intelligenten Schädel, frisch gesäubert und poliert von einer zweifelsohne in dem Plastikzelt verborgenen Waschanlage. Das schien etwas mit meinen Gefühlen für ihn zu tun zu haben und damit, daß ich ihn als gereinigt empfand, aber die Vorstellung war interessanter und subtiler als das. Ich war überglücklich, meinen Beutel zu haben, und andere Leute waren auch glücklich. Einige wurden sogar richtig fröhlich und warfen ihre Plastikbeutel in die Luft. Einige der Beutel waren leuchtend blau, aber die meisten waren grün, und meiner war einer von den normalen grünen.

›Oh‹, sagte jemand zu mir. ›Haben Sie das kleine Mädchen bekommen?‹

Mir war sofort klar, was sie meinte. Die Knochen des kleinen Mädchens. Mir fiel auf, daß mein Beutel eigentlich wirklich zu klein und zu leicht war, um Ladner zu enthalten. Ladners Knochen, meine ich. Welches kleine Mädchen? dachte ich, aber da war ich allmählich schon im Ganzen verwirrt, und mir kam der Verdacht, daß es vielleicht nur ein Traum war. Ich dachte: Meinen sie den kleinen Jungen? Und beim Aufwachen dachte ich an Kenny und fragte mich, ob seit dem Unfall gerade sieben Jahre vergangen waren. (Ich hoffe, es tut Dir nicht weh, Liza, daß ich davon spreche – auch weiß ich, daß Kenny nicht mehr klein war, als er den Unfall hatte.) Ich wachte auf und dachte, das muß ich Ladner fragen. Ich weiß immer schon vor dem Aufwachen, daß Ladner nicht neben mir liegt und daß das Gefühl seiner Anwesenheit, das ich habe, das Gefühl seines Gewichts und Geruchs und seiner Wärme, nur Erinnerung ist. Aber ich habe – beim Aufwachen – trotzdem noch das Gefühl, daß er im Zimmer nebenan ist und daß ich ihn rufen und ihm meinen Traum erzählen kann oder was immer. Dann muß ich mir klarmachen, daß es nicht so ist, jeden Morgen, und mir wird kalt. Ich schrumpfe innerlich. Ich fühle mich, als hätte ich ein paar dicke Holzplanken auf der Brust, und das macht mir nicht gerade Mut zum Aufstehen. Zur Zeit leider eine häufige Empfindung. Aber im Moment habe ich sie nicht, sondern beschreibe sie nur, und eigentlich sitze ich hier ganz glücklich mit meiner Flasche Rotwein.«

Dies war ein Brief, den Bea Doud nie abschickte und nicht einmal zu Ende schrieb. Sie war in ihrem großen, heruntergekommenen Haus in Carstairs in eine Phase des Grübelns und des Trinkens versunken, die auf alle anderen wie ein allmählicher Niedergang wirkte, ihr aber im Grunde bei aller Trauer wohltuend schien, wie eine Rekonvaleszenz.

Bea Doud hatte Ladner kennengelernt, als sie eines Sonntags mit Peter Parr einen Ausflug machte. Peter Parr war Lehrer für die naturwissenschaftlichen Fächer und Rektor der High School in Carstairs, an der Bea eine Zeitlang zur Vertretung unterrichtet hatte. Sie war keine ausgebildete Lehrkraft, aber sie hatte einen Magister in Anglistik, und damals nahm man es noch nicht so genau. Man zog sie auch bei Schulausflügen hinzu, um mit einer Klasse ins Royal Ontario Museum zu fahren oder nach Stratford zur Verabreichung der jährlichen Dosis Shakespeare. Als sie anfing, sich für Peter Parr zu interessieren, versuchte sie sich von diesen Verpflichtungen frei zu machen. Sie wollte nach Möglichkeit den Anstand wahren, seinetwegen. Peter Parrs Frau wohnte in einem Pflegeheim – sie hatte multiple Sklerose, und er besuchte sie treu. Er war in den Augen aller ein bewundernswerter Mann, und die meisten zeigten Verständnis für sein Bedürfnis nach einer festen Freundin (ein scheußliches Wort, fand Bea), aber einige meinten wahrscheinlich, daß er mit ihr einen bedauerlichen Fehlgriff getan habe. Beas Karriere war, wie sie selbst zu sagen pflegte, eher scheckig gewesen. Aber mit Peter kam sie zur Ruhe – seine Anständigkeit und Gutgläubigkeit und Ausgeglichenheit hatten sie auf eine geordnete Bahn gebracht, und sie glaubte, daß ihr dieses Leben gefiel.

Wenn Bea ihre Karriere als scheckig bezeichnete, tat sie es in einem sarkastischen oder abschätzigen Ton, der nicht verriet, was sie wirklich von ihrem Leben der Liebschaften hielt. Dieses Leben hatte schon begonnen, als sie verheiratet war. Ihr Mann war bei der englischen Luftwaffe gewesen und im Zweiten Weltkrieg in der Nähe von Walley stationiert. Nach dem Krieg ging sie mit ihm nach England, aber sie ließen sich schon bald darauf scheiden. Sie kehrte nach Haus zurück und machte dies und jenes, den Haushalt für ihre Stiefmutter etwa, und ihren Magister. Aber der eigentliche Lebensinhalt waren die Liebschaften, und sie wußte, daß es nicht ehrlich von ihr war, sie zu bagatellisieren. Sie waren süß, sie waren bitter; sie war in ihnen glücklich, sie war unglücklich. Sie wußte, was es hieß, in einem Lokal auf einen Mann zu warten, der nicht auftauchte. Auf Briefe zu warten, in aller Öffentlichkeit zu weinen, und andererseits auch, von einem Mann belästigt zu werden, den sie nicht mehr wollte. (Sie hatte den Opernspielverein verlassen müssen, weil ein Dummkopf sie in seinen Baritonsoli ständig angesungen hatte.) Doch trotzdem war für sie das erste Anzeichen einer neuen Liebschaft noch wie die Wärme der Sonne auf der Haut, wie Musik durch eine offene Tür oder wie der Moment, sagte sie oft, wenn der schwarzweiße Werbespot im Fernsehen plötzlich auf Farbe umspringt. Sie fand nicht, daß sie ihre

Zeit verschwendete. Sie fand nicht, daß sie sie verschwendet hatte.

Sie fand allerdings zugegebenermaßen, daß sie eitel war. Sie ließ sich gern Aufmerksamkeit und Bewunderung gefallen. Es ärgerte sie zum Beispiel, daß Peter Parr seine Landausflüge mit ihr nie allein um ihrer Gesellschaft willen machte. Er war ein vielgeliebter Mann, und er mochte viele Menschen, selbst solche, die er erst neu kennengelernt hatte. Er und Bea landeten immer bei irgendwelchen Bekannten, oder sie unterhielten sich eine Stunde mit einem ehemaligen Schüler, der jetzt an einer Tankstelle arbeitete, oder sie schlossen sich einer Expedition an, die sie spontan mit Leuten ausbrüteten, die sie zufällig beim Kaufmann auf dem Land getroffen hatten, wo sie nur angehalten hatten, um sich ein Eis zu kaufen. Sie hatte sich seines traurigen Schicksals und seiner Einsamkeit wegen in ihn verliebt, und wegen seiner galanten Art und seines schüchternen, schmallippigen Lächelns, aber in Wirklichkeit war er zwanghaft gesellig, ein Mensch, der an keinem Familien-Volleyballmatch in einem Garten vorbeikonnte, ohne gleich aus dem Auto springen und mitmischen zu wollen.

Eines Sonntag nachmittags im Mai, an einem strahlenden frischgrünen Tag, teilte er ihr mit, daß er ein paar Minuten bei einem Mann namens Ladner hereinschauen wolle. (Bei Peter Parr hieß es immer ein paar Minuten.) Bea dachte, er kenne den Mann von irgendwoher, weil er nur den Vornamen nannte und eine Menge über ihn zu wissen schien. Er erzählte, daß Ladner kurz nach dem Krieg aus England in die Gegend gekommen sei, daß er bei der Royal Air Force gedient habe (Ja, wie ihr Mann!), abgeschossen worden sei und davon auf einer Körperseite von oben bis unten Brandnarben übrigbehalten habe. Deshalb habe er beschlossen, wie ein Eremit zu leben. Er habe sich ein für allemal von der korrupten, kriegslüsternen Konkurrenzgesellschaft abgewandt und im nördlichen Teil des Bezirks, in Stratton Township, sechzehn

Hektar Brachland gekauft, in erster Linie Sumpf und Wald, und dort habe er einen bemerkenswerten Naturschutzpark angelegt, mit Brücken und Wegen und zu Teichen gestauten Bächen und Schaukästen an den Wegen, in denen naturgetreue Vögel und Tiere ausgestellt seien. Denn er verdiene seinen Lebensunterhalt als Tierpräparator, in erster Linie für Museen. Er nehme kein Geld von den Leuten, die über seine Wege liefen und sich die Schaukästen anschauten. Er sei ein Mann, der auf denkbar schrecklichste Weise verwundet und desillusioniert worden sei und der sich ganz von der Welt zurückgezogen habe, ihr aber durch seine Pflege der Natur soviel er könne wiedergebe.

Vieles davon war, wie Bea feststellte, nicht wahr oder nur zum Teil wahr. Ladner war kein Pazifist – im Gegenteil, er glaubte an den Vietnamkrieg und an Atomwaffen zur Abschreckung. Er war für die Konkurrenzgesellschaft. Brandwunden hatte er nur an einer Seite von Gesicht und Hals, und die von einer Granate, die bei Bodenkämpfen losgegangen war (er war in der Army gewesen), in der Nähe von Caen. Er war nicht sofort aus England weggegangen, sondern hatte dort noch jahrelang in einem Museum gearbeitet, bis etwas passierte – was, erfuhr Bea nie –, das ihm die Arbeit und das Land verleidete.

Was stimmte, war das mit seinem Land und dem, was er damit gemacht hatte. Es stimmte, daß er Tierpräparator war.

Bea und Peter hatten einige Mühe, Ladners Haus zu finden. Damals war es noch ein einfaches Nurdachhaus, das versteckt unter Bäumen lag. Endlich fanden sie die Zufahrt und stellten dort ihren Wagen ab und stiegen aus. Bea rechnete damit, vorgestellt und ein, zwei Stunden herumgeführt zu werden und sich dabei ziemlich zu langweilen und danach vielleicht bei Bier oder Tee herumsitzen zu müssen, während Peter Parr eine Freundschaft festigte.

Ladner kam ums Haus und verstellte ihnen den Weg. Bea hatte den Eindruck, daß er einen bissigen Hund dabeihatte.

Aber das war nicht der Fall. Ladner besaß keinen Hund. Der bissige Hund war er selber.

Die ersten Worte, die Ladner an sie richtete, waren: »Was wollen Sie hier?«

Peter Parr sagte, er wolle gleich mit der Tür ins Haus fallen. »Ich habe soviel von Ihrer wundervollen Anlage hier gehört«, sagte er. »Und ich sage ihnen ohne Umschweife, daß ich Pädagoge bin. Ich versuche, High-School-Kindern Bildung zu vermitteln. Ich versuche ihnen ein paar Ideen mitzugeben, die sie daran hindern, die Welt kaputtzumachen oder sie gleich ganz in die Luft zu jagen, wenn sie am Ruder sind. Was kriegen sie rundherum schon zu sehen außer schrecklichen Vorbildern? Kaum je etwas Positives. Und von daher nehme ich den Mut, mich an Sie zu wenden, Sir. Ich möchte Sie bitten, sich folgendes durch den Kopf gehen zu lassen.«

Schulausflüge. Ausgewählte Schüler. Die sich ansehen sollen, was ein einzelner auszurichten vermag. Respekt vor der Natur, Umweltbewußtsein, Gelegenheit, so etwas aus erster Hand zu erleben.

»Nun, ich bin kein Pädagoge«, sagte Ladner. »Mich interessieren Ihre Teenager einen Dreck, und das letzte, was ich mir wünsche, ist, daß ein Haufen Flegel auf meinem Land umherschleicht und Zigaretten raucht und blöde feixt. Ich weiß nicht, woher Sie den Eindruck haben, daß ich das, was ich hier getan habe, als öffentliche Dienstleistung gedacht habe, denn das ist etwas, an dem ich null Interesse habe. Ich lasse manchmal Leute auf mein Gelände, aber nur Leute, die ich ausdrücklich einlade.«

»Und wie wäre es nur mit uns«, sagte Peter Parr. »Nur wir zwei, heute – würden Sie uns gestatten, einen Blick hineinzuwerfen?«

»Heute geht gar nichts«, sagte Ladner. »Ich arbeite am Weg.«

Wieder im Wagen, als sie den Kiesweg hinunterfuhren,

sagte Peter Parr zu Bea: »Na, ich denke, damit ist das Eis gebrochen, glaubst du nicht?«

Das war nicht als Witz gemeint. Solche Witze machte er nicht. Bea sagte etwas vage Ermutigendes. Aber ihr wurde klar – oder ihr war ein paar Minuten zuvor, bei Ladner in der Auffahrt, klargeworden –, daß sie mit Peter Parr auf der falschen Bahn war. Sie wollte seine Jovialität, seine guten Absichten, sein Rätseln und Streben nicht mehr. Alles, was sie an ihm als reizvoll und tröstlich empfunden hatte, war jetzt mehr oder weniger zu Staub und Asche zerfallen. Jetzt, da sie ihn neben Ladner gesehen hatte.

Sie hätte sich natürlich etwas anderes einreden können. Aber das lag nicht in ihrer Natur. Auch nach Jahren guter Führung lag es nicht in ihrer Natur.

Sie hatte damals ein paar Freunde, mit denen sie sich schrieb, und sie unternahm einen ernsthaften Versuch, ihnen diese neue Wendung in ihrem Leben vorzustellen und zu erklären. Sie schrieb, daß sie ungern glauben würde, sie hätte sich um Ladner bemüht, weil er unhöflich und unwirsch und ein wenig roh gewesen sei, mit dem Flecken auf einer Gesichtsseite, der im Sonnenlicht, das durch die Bäume strömte, metallisch glänzte. Es wäre ihr schrecklich, das von sich zu glauben, denn sei das nicht das Übliche, in allen langweiligen Liebesromanen – irgendein Unhold läßt die Frau erschauern, und schon heißt es »Ade, netter, anständiger Mann«?

Nein, schrieb sie, aber was sie tatsächlich glaube – und sie wisse, das sei äußerst regressiv und gehöre sich nicht –, was sie wirklich glaube, sei, daß manche Frauen, Frauen wie sie, immer auf der Suche nach einer Verrücktheit seien, in der sie sich einrichten können. Denn was heiße, mit einem Mann zu leben, anderes als mit in seiner Verrücktheit zu leben? Ein Mann könne eine ganz banale, ganz alltägliche Verrücktheit hegen wie die Liebe zu einer Fußballmannschaft zum Beispiel. Aber das reiche vielleicht nicht, sei nicht groß genug –

und eine Verrücktheit, die nicht groß genug sei, mache eine Frau am Ende nur gemein und unzufrieden. Peter Parr zum Beispiel verhalte sich in einem ziemlich fanatischen Maße freundlich und hoffnungsfroh. Aber das war am Ende, schrieb Bea, keine geeignete Verrücktheit für mich.

Was bot Ladner ihr also, in dem sie sich einrichten konnte? Bea meinte nicht nur, es auf sich nehmen zu können, sich in die Verhaltensgewohnheiten von Stachelschweinen einzuarbeiten und Zeitschriften, von denen sie bis dahin noch nie gehört hatte, mit bösen Briefen zu diesem Thema zu bombardieren. Sie meinte auch, in einem Klima von Unnahbarkeit leben zu können, in dem ihr oft mit solcher Gleichgültigkeit begegnet wurde, daß es wie ein Hohn wirken konnte.

Das führte sie im ersten halben Jahr zur Erklärung an.

Einige andere Frauen hatten bereits geglaubt, der gleichen Sache fähig zu sein. Sie entdeckte ihre Spuren. Ein Gürtel – Größe 65 –, ein Glas Kakaobutter, extravagante Kämme für das Haar. Er hatte keine bleiben lassen. Warum die und nicht ich? fragte Bea ihn.

»Keine von ihnen hatte Geld«, sagte Ladner.

Ein Witz. *Witze spalten mich von Kopf bis Fuß*. (Mittlerweile schrieb sie ihre Briefe nur noch im Kopf.)

Aber als sie während der Schulwoche zu Ladner hinausfuhr, ein paar Tage nachdem sie ihn zum erstenmal gesehen hatte, wie war ihr da zumute? Lust und Angst. Sie fand sich bedauernswert in ihrer seidenen Unterwäsche. Ihre Zähne klapperten. Sie tat sich leid, daß sie Opfer solcher Begierden war. Die sie schon früher verspürt hatte – sie wollte nicht so tun, als wäre es das erste Mal. Was sie an diesem Tag empfand, unterschied sich noch nicht deutlich von Gefühlen, die sie von früher kannte.

Sie fand das Haus problemlos. Sie mußte sich die Strecke gut gemerkt haben. Sie hatte sich eine Geschichte ausgedacht: Sie hatte sich verfahren. Sie suchte eine Gärtnerei hier oben, die Sträucher verkaufte. Das paßte zur Jahreszeit. Aber Ladner arbeitete draußen vor seinen Bäumen am Durchlaß unter der Straße, und er begrüßte sie mit solcher Selbstverständlichkeit, ohne jedes Erstaunen oder Mißfallen, daß es nicht nötig war, mit dieser Ausrede aufzuwarten.

»Warten Sie einen Moment, bis ich hier fertig bin«, sagte er. »Ich brauch noch ungefähr zehn Minuten.«

Für Bea gab es nichts Schöneres – nichts Schöneres, als einem Mann bei einer schweren Arbeit zuzuschauen, wenn er deine Anwesenheit vergißt und gut arbeitet, rhythmisch und methodisch – nichts, was das Blut so in Wallung brachte. An Ladner war nichts Überflüssiges, kein Zentimeter zuviel und keine unnötige Energie und ganz gewiß keine ausschweifende Unterhaltung. Sein graues Haar war sehr kurz geschnitten, im Stil seiner Jugend – sein Schopf glänzte silbern wie die metallisch wirkende Hautfläche.

Bea sagte, sie sei seiner Meinung, was die Schüler angehe. »Ich mache manchmal Vertretungsunterricht und Wandertage mit«, sagte sie. »Es gibt Zeiten, da möchte ich Dobermänner auf sie hetzen und sie in eine Jauchegrube treiben.

Ich hoffe, Sie denken nicht, daß ich hier bin, um Sie zu irgend etwas zu überreden«, sagte sie. »Niemand weiß, daß ich hier bin.«

Er ließ sich mit seiner Antwort Zeit. »Ich nehme an, Sie möchten einen Rundgang machen«, sagte er, als er fertig war. »Ja? Würden Sie denn gern einen Rundgang machen?«

Das sagte er, und genauso meinte er es. Ein Rundgang. Bea hatte die falschen Schuhe an – zu jenem Zeitpunkt in ihrem Leben besaß sie gar keine Schuhe, die richtig gewesen wären. Er verlangsamte sein Tempo ihretwegen nicht und half ihr nicht dabei, über Bäche zu springen oder Uferböschungen hinaufzukraxeln. Er reichte ihr keine Hand und schlug ihr nicht ein einziges Mal vor, sich auf einen geeigneten Baumstamm oder Stein oder Hang zu setzen und zu verpusten.

Er führte sie zuerst auf einem Holzsteg über einen Sumpf

zu einem Teich, auf dem sich ein paar kanadische Wildgänse niedergelassen hatten und zwei Schwäne sich umkreisten, die Körper entspannt, aber die Hälse händelsüchtig, und aus den Schnäbeln drangen heisere Schreie. »Sind sie ein Paar?« fragte Bea.

»Offenbar ja.«

Nicht weit von diesen lebendigen Vögeln stand ein großer Kasten mit einer gläsernen Vorderseite, der einen ausgestopften Goldadler mit ausgebreiteten Schwingen, einen Waldkauz und eine Schnee-Eule enthielt. Der Kasten war ein alter Gefrierschrank ohne Fächer mit einer Glasfront und einem Tarnanstrich aus grauen und grünen Farbwirbeln.

»Genial«, sagte Bea.

Ladner sagte: »Ich nehme, was ich kriegen kann.«

Er zeigte ihr die Biberwiese, die spitzen Stümpfe der von den Bibern abgenagten Bäume, ihre wie Stockhaufen aussehenden, unordentlichen Behausungen, die beiden Biber mit ihrem üppigen Pelz im Schaukasten. Dann schaute sie sich nacheinander einen Rotfuchs, einen Mink, ein weißes Frettchen, eine possierliche Skunkfamilie, ein Stachelschwein und einen Fischmarder an, der, wie Ladner erzählte, furchtlos über Stachelschweine herfalle. Ausgestopfte, lebensechte Waschbären waren an einen Baumstamm geklammert, ein Wolf hatte das Maul zum Heulen aufgerissen, und ein Schwarzbär hatte eben sein großes weiches Haupt gehoben, sein melancholisches Gesicht. Ladner sagte, es sei ein kleiner Bär. Die großen zu behalten, könne er sich nicht leisten, sagte er – sie brächten einen zu guten Preis.

Auch jede Menge Vögel. Wilde Truthähne, ein Tannen-Waldhuhnpärchen, ein Fasan mit leuchtend roten Ringen um die Augen. Auf Schildern waren die lateinischen Namen aufgeführt, das Habitat beschrieben, die bevorzugte Nahrung und die Verhaltensformen. Auch einige der Bäume waren mit Schildchen versehen. Konzentrierte, genaue, komplizierte Auskünfte. Außerdem gab es Schilder mit Zitaten.

Die Natur tut nichts zwecklos.- Aristoteles
Die Natur betrügt uns nicht; wir betrügen uns nur selbst.- Rousseau

Als Bea stehenblieb, um sie zu lesen, hatte sie den Eindruck, daß Ladner ungeduldig wurde, daß er ein bißchen unmutig aussah. Sie enthielt sich aller weiteren Kommentare über das, was sie sah.

Sie konnte kein Gefühl für die Richtung entwickeln, in der sie sich bewegten, und keine Vorstellung von der Form des Grundstücks. Hatten sie mehrere Bäche überquert oder mehrmals den selben? Es konnte sein, daß der Wald sich meilenweit ausdehnte oder nur bis zum nächsten Hügelkamm. Das Laub war neu und konnte die Sonne nicht abschirmen. Überall blühten Wachslilien. Ladner hob ein Maiapfelblatt, um ihr die versteckte Blüte zu zeigen. Dicke Blätter, sich eben entrollende Farne, aus Sumpflöchern hervorsprießender gelber Stinkender Zehrwurz, Saft und Sonnenschein ringsumher und am Boden tückisches Moderholz, und dann waren sie in einem alten, von Wald umschlossenen Apfelgarten, und er forderte sie auf, Pilze zu suchen – Morcheln. Er fand fünf, die er aß, ohne ihr welche anzubieten. Sie verwechselte sie mit den faulen Äpfeln vom vergangenen Jahr.

Vor ihnen stieg ein steiler Hügel an, auf dem wildwuchernde stachelige Weißdornbüsche in Blüte standen. »Die Kinder nennen dies den Fuchsberg«, sagte er. »Da oben ist ein Bau.«

Bea blieb stehen. »Sie haben Kinder?«

Er lachte. »Nicht, daß ich wüßte. Ich meine die Kinder von der anderen Straßenseite. Nehmen Sie sich in acht, die Zweige haben Dornen.«

An diesem Punkt war ihr längst jede Lust vergangen, obschon die Weißdornblüten einen intimen Geruch auszuströmen schienen, muffig und ein bißchen nach Hefe. Sie hatte längst aufgehört, ihren Blick auf einen Punkt zwischen seinen Schulterblättern zu heften, um ihn dazu zu bewegen, sich umzudrehen und sie in die Arme zu schließen. Sie fragte sich, ob er diesen körperlich und geistig so anstrengenden Rundgang nur unternahm, um seinen Spott mit ihr zu treiben, als Strafe dafür, daß sie eine so aufgedonnerte, lästige Lügnerin war. Deshalb nahm sie ihren Stolz zusammen und tat so, als böte er genau das, wofür sie gekommen war. Sie stellte Fragen, gab sich interessiert, zeigte keine Müdigkeit. Ganz wie sie später – aber nicht an diesem Tag – aus einem ähnlichen Stolz heraus lernen würde, ihm im Bett mit der gleichen Abgebrühtheit zu begegnen.

Sie rechnete nicht damit, daß er sie ins Haus bitten würde. Aber er sagte: »Mögen Sie eine Tasse Tee? Ich kann Ihnen eine Tasse Tee machen«, und sie gingen hinein. Ein Geruch von Tierfellen schlug ihr entgegen, von Boraxseife, Sägespänen, Terpentin. Die Felle lagen in Stapeln da, die Innenseite nach außen gekehrt. Tierköpfe mit leeren Augenhöhlen und Mäulern waren auf Borden aufgereiht. Etwas, das sie zunächst für einen gehäuteten Hirschkadaver hielt, stellte sich nur als Drahtgestell heraus, an den, wie es schien, festverklebte Strohbüschel gebunden waren. Er erzählte ihr, daß man den Körper mit Pappmaché aufbaute.

Es gab Bücher im Haus – ein kleines Regal mit Büchern über Tierpräparation, die übrigen vornehmlich Reihen. Die Geschichte des Zweiten Weltkriegs. Die Geschichte der Naturwissenschaften. Die Geschichte der Philosophie. Die Geschichte der menschlichen Zivilisation. Der Halbinselkrieg. Die Peleponnesischen Kriege. Die Franzosen- und Indianerkriege. Bea dachte an seine langen Winterabende – seine friedliche Einsamkeit, seine systematische Lektüre und seine karge Behaglichkeit.

Er wirkte beim Teekochen leicht nervös. Er prüfte, ob die Tassen staubig waren. Er vergaß, daß er die Milch bereits aus dem Kühlschrank geholt hatte, und er vergaß, daß sie bereits gesagt hatte, sie nehme keinen Zucker. Als sie den Tee kostete, beobachtete er sie, fragte, ob er so in Ordnung sei. Ob er zu stark sei, ob sie ein bißchen heißes Wasser möchte? Bea versicherte ihm, daß alles in Ordnung sei, bedankte sich für den Rundgang und erwähnte Einzelheiten, die ihr besonders gefallen hatten. Hier ist nun dieser Mann, dachte sie. Doch kein so seltsamer Mann, wenn man es bedenkt, gar nicht so mysteriös, vielleicht nicht einmal so übermäßig interessant. Informationstiefen. Die Franzosen- und Indianerkriege.

Sie bat um etwas mehr Milch für ihren Tee. Sie wollte ihn schneller trinken und sich auf den Weg machen.

Er sagte, sie solle unbedingt hereinschauen, wenn sie mal wieder in dieser Gegend sei und nichts Besonderes vorhabe. »Und ein bißchen Bewegung brauchen können«, sagte er. »Hier gibt es immer was zu sehen, egal in welcher Jahreszeit.« Er berichtete von den Wintervögeln und den Spuren im Schnee und fragte, ob sie Skier habe. Sie sah, daß er sie nicht gern gehen ließ. Sie standen in der offenen Tür, und er erzählte ihr vom Skifahren in Norwegen, von den Straßenbahnen mit Skihalterungen auf dem Dach und den Bergen am Stadtrand.

Sie sagte, sie sei noch nie in Norwegen gewesen, aber sie sei sicher, daß es ihr dort gefallen würde.

Auf diesen Moment schaute sie zurück als auf ihren eigentlichen Anfang. Sie wirkten beide unsicher und reserviert, weniger zögerlich als bekümmert, ja als verspürten sie Mitleid miteinander. Sie fragte ihn später, ob dieser Augenblick für ihn von Bedeutung gewesen sei, und er sagte ja – da sei ihm aufgegangen, daß sie eine Frau sei, mit der er zusammenleben könnte. Sie fragte ihn, ob er nicht sagen könne, mit der er leben wolle, und er sagte ja, das könne er sagen. Er hätte es also sagen können, aber er sagte es nicht.

Sie hatte viel zu lernen, was mit der Instandhaltung von Haus und Gelände zu tun hatte und mit der Kunst der Tierpräparation. Sie lernte zum Beispiel bald, wie man Lippen und Augenwimpern und Nasenspitzen mit einer raffinierten Mischung aus Ölfarbe, Leinöl und Terpentin anmalte.

Andere Dinge, die sie erst lernen mußte, betrafen das, was er sagte und nicht sagte. Es schien, als müßte sie von all ihrem Firlefanz und ihrer Eitelkeit und allen alten Vorstellungen von der Liebe geheilt werden.

Als ich eines Nachts zu ihm ins Bett stieg, blickte er nicht von seinem Buch auf und rührte sich nicht und sagte kein Wort zu mir, nicht einmal, als ich davonschlich und wieder in mein Bett kroch, wo ich fast unverzüglich einschlief, wohl weil ich es vor Scham nicht ertragen konnte, wach zu bleiben.

Am nächsten Morgen kam er in mein Bett, und alles ging wie immer.

Ich gerate an undurchdringliche Blöcke der Finsternis.

Sie lernte dazu, sie veränderte sich. Das Älterwerden half. Der Alkohol auch.

Und als er sich an sie gewöhnt hatte oder sich vor ihr sicher fühlte, wandelten sich seine Gefühle zum Besseren. Er redete bereitwillig über Dinge, die ihn interessierten, und suchte freundlicher Trost an ihrem Körper.

Am Abend vor der Operation lagen sie so nebeneinander auf dem fremden Bett, daß sich alle nackten Hautpartien berührten – Beine, Arme, Lenden.

II

Liza erzählte Warren, eine Frau namens Bea Doud habe aus Toronto angerufen und gefragt, ob sie – das heißt Warren und Liza – rausfahren und nach dem Haus auf dem Land schauen könnten, in dem Bea und ihr Mann wohnten. Sie wollten sichergehen, daß sie das Wasser ausgestellt hätten. Bea und Ladner (der nicht wirklich ihr Ehemann war, sagte Liza) seien in Toronto und warteten darauf, daß Ladner operiert werde. Eine Bypass-Operation. »Weil die Rohre platzen könnten«, sagte Liza. Das war an einem Sonntag abend im Februar während des bisher schlimmsten Sturms dieses Winters.

»Du kennst sie«, sagte Liza. »Doch, echt. Weißt du noch die beiden, denen ich dich vorgestellt hab? Irgendwann letzten Herbst auf dem Platz vor Radio Shack? Er hatte eine Narbe auf der Wange, und sie hatte lange Haare, halb schwarz und halb grau. Ich hab dir erzählt, daß er Taxidermist ist, und du hast gefragt: ›Was ist das?‹«

Da fiel es Warren ein. Ein altes – aber nicht allzu altes – Pärchen in Flanellhemden und weiten Hosen. Seine Narbe und sein englischer Akzent, ihre seltsamen Haare und ihre plötzlich überschäumende Freundlichkeit. Ein Taxidermist stopft tote Tiere aus. Das heißt, Tierhäute. Auch tote Vögel und Fische.

Er hatte Liza gefragt: »Wie ist das mit seinem Gesicht passiert?« Und sie hatte gesagt: »Zweiter Weltkrieg.«

»Ich weiß, wo der Schlüssel ist – deshalb hat sie mich angerufen«, sagte Liza. »Das Haus liegt oben in Stratton Township. Wo ich früher gewohnt hab.«

»Waren sie in der gleichen Gemeinde oder was?« fragte Warren.

»Bea und *Ladner*? Mach keine Witze. Sie wohnten grad auf der andern Straßenseite.

Sie war die, die mir das Geld gegeben hat«, fuhr Liza fort, als wäre das etwas, das er eigentlich wissen müßte, »fürs College. Ich hab sie nicht einmal drum gebeten. Sie ruft einfach aus heiterem Himmel an und sagt, sie will mir Geld geben. Und ich hab gedacht, okay, sie hat reichlich.«

Als sie klein war, hatte Liza mit ihrem Vater und ihrem Bruder Kenny in Stratton Township gewohnt, auf einer Farm. Ihr Vater war kein Farmer. Er hatte das Haus bloß gemietet. Er war Dachdecker von Beruf. Ihre Mutter war schon tot. In dem Jahr, als Liza auf die High School kommen sollte – Kenny war ein Jahr jünger und zwei Klassen unter ihr –, zog ihr Vater mit ihnen nach Carstairs. Dort lernte er eine Frau kennen, die ein Trailer-Haus besaß, und die heiratete er später. Noch später ging er mit ihr nach Chatham. Liza wußte nicht genau, wo sie jetzt wohnten – ob in Chatham oder Wallaceburg oder Sarnia. Als sie fortzogen, war Kenny bereits tot – er war mit fünfzehn umgekommen, bei einer der großen Teenagerkarambolagen, wie sie jedes Jahr vorzukommen schienen, immer mit alkoholisierten, oft führerscheinlosen Fahrern, kurz mal gestohlenen Autos, frischem Rollsplit auf den Landstraßen und wahnsinnig überhöhten Geschwindigkeiten. Liza machte ihren High-School-Abschluß und besuchte ein Jahr das College in Guelph. Das College gefiel ihr nicht, sie mochte die Leute dort nicht. Damals hatte sie gerade zum Christentum gefunden.

Dadurch hatte Warren sie kennengelernt. Seine Familie gehörte der Bibelgemeinde des Erlösers in Walley an. Er war schon sein Leben lang Mitglied der Gemeinde gewesen. Liza stieß neu dazu, als sie nach Walley zog und eine Anstellung im staatlichen Spirituosengeschäft fand. Sie arbeitete immer noch dort, obwohl sie sich deshalb Sorgen machte und manchmal dachte, sie sollte kündigen. Sie trank mittlerweile überhaupt keinen Alkohol mehr, sie aß nicht einmal mehr Zucker. Sie wollte nicht, daß Warren in seiner Frühstückspause Gebäck aus dem Supermarkt aß, deshalb gab sie ihm Haferkekse mit, die sie zu Hause buk. Sie machte jeden Mittwochabend die Wäsche und zählte beim Zähneputzen die Bürstenbewegungen und stand morgens früh auf, um Kniebeugen zu machen und Bibelverse zu lesen.

Sie hätte es richtiger gefunden zu kündigen, aber sie brauchten das Geld. Die Kleingerätewerkstatt, in der Warren früher gearbeitet hatte, war pleite gegangen, und er machte eine Umschulung zum Computerverkäufer. Sie waren seit einem Jahr verheiratet.

Am nächsten Morgen war der Himmel klar, und sie machten sich kurz vor Mittag mit dem Schneemobil auf den Weg. Montag war Lizas freier Tag. Auf den großen Landstraßen waren die Räumungsfahrzeuge unterwegs, aber die kleinen Straßen waren noch tief verschneit. Schon vor Sonnenaufgang waren die ersten Schneemobile durch die Straßen der Stadt gedröhnt und hatten ihre Spuren auf den Feldern und dem zugefrorenen Fluß hinterlassen. Liza empfahl Warren, der Spur im Fluß bis zum Highway 86 zu folgen und dann in nordöstlicher Richtung querfeldein zu lenken, um den Sumpf im Halbkreis zu umfahren. Der Fluß war von Tierspuren in geraden Linien und Schlaufen und Kreisen bedeckt. Die einzigen, die Warren eindeutig erkannte, waren Hundespuren. Der fast einen Meter dick zugefrorene Fluß mit seiner glatten Schneedecke war eine wundervolle Straße. Der Sturm war von Westen gekommen, wie die meisten Stürme in diesem Landstrich, und die Bäume am Ostufer waren mit einer Schneeschicht überzogen, die sich dick zwischen die Zweige gesetzt hatte, daß sie sich ausbreiteten wie Weidenkörbe aus Schnee. Am Westufer liefen Schneewehen wellenförmig aus, wie große Sahnezungen. Es war aufregend, in diesem Wetter draußen zu sein, wo die vielen anderen Schneemobile die Wege ebneten und sich mit lautem Gedröhne und Getöse am Tag vergingen.

Der Sumpf war von Ferne schwarz, ein langer Schmutzfleck am nördlichen Horizont. Aber aus der Nähe erstickte auch er im Schnee. Schwarze Stämme vor weißem Schnee schossen in einem Rhythmus vorüber, daß einem leicht übel wurde. Liza dirigierte Warren mit leichten Schlägen auf sein Bein zu einer kleinen Straße, die vor Schnee kaum zu sehen war, und schlug schließlich einmal fest zu, damit er anhielt. Der Wechsel vom Krach zur Stille gab ihnen das Gefühl, aus schwebenden Wolken auf etwas Festes gefallen zu sein. Da saßen sie nun in der soliden Mitte des Wintertages.

Auf der einen Straßenseite stand eine verfallene Scheune, aus der altes graues Heu hervorquoll. »Da haben wir gewohnt«, sagte Liza. »Nein, ich mach nur Spaß. Es gab auch ein Haus. Das steht nicht mehr.«

Auf der anderen Straßenseite stand ein Schild »Lesser Dismal«, mit Bäumen dahinter und einem vergrößerten Nurdachhaus in Hellgrau. Liza sagte, es gebe irgendwo in den USA einen Sumpf mit dem Namen »Great Dismal Swamp«, und darauf spiele dieser Name an. Ein Scherz.

»Nie gehört«, sagte Warren.

Auf anderen Schildern stand »Zutritt verboten«, Jagen verboten«, »Schneemobile verboten«, »Privatgrundstück«.

Der Schlüssel zur Hintertür steckte an einem seltsamen Versteck. In einer Plastiktüte in einem Loch im Baum. In der Nähe der Stufen zur Hintertür standen mehrere alte, windschiefe Bäume – Obstbäume wahrscheinlich. Das Loch im Baum war mit Teer bestrichen – Liza sagte, das diene dazu, die Eichhörnchen fernzuhalten. Andere Löcher in anderen Bäumen waren ebenfalls mit Teer bestrichen, so daß das Loch für den Schlüssel sich durch nichts von ihnen unterschied. »Wie hast du es denn gefunden?«

Liza zeigte ihm ein Profil, das bei näherem Hinsehen leicht zu erkennen war, weil es mit einem Messer den Rissen in der Borke folgend nachgezeichnet war. Eine lange Nase, Auge und Mund in den Winkeln weit nach unten gezogen, und ein großer Tropfen – das geteerte Loch – genau an der Nasenspitze.

»Lustig, nicht?« sagte Liza, stopfte sich die Plastiktüte in die Tasche und drehte den Schlüssel in der Hintertür um. »Steh nicht so rum«, sagte sie. »Komm mit rein. Jemine, hier drinnen ist es kalt wie im Grab.« Sie achtete immer sorgfältig darauf, Ausrufe wie »Jesus« in »Jemine« und »Scheiße« in »Scheibenkleister« umzuwandeln, wie es sich in der Erlösergemeinde gehörte.

Sie lief umher und drehte überall die Thermostate hoch, um die Fußleistungheizung anzuwerfen.

Warren sagte: »Wir wollen uns hier doch nicht aufhalten, oder?«

»Doch, bis wir uns aufgewärmt haben«, sagte Liza.

Warren probierte die Wasserhähne in der Küche. Nichts kam. »Wasser ist abgestellt«, sagte er. »Alles okay.«

Liza war ins Wohnzimmer gegangen. »Was?« rief sie. »Was ist okay?«

»Das Wasser. Es ist abgestellt.«

»Ah, ja? Gut.«

Warren blieb an der Tür zum Wohnzimmer stehen. »Sollten wir uns nicht lieber die Stiefel ausziehen?« fragte er. »Wenn wir drinnen rumlaufen wollen?«

»Warum?« sagte Liza, auf den Teppich stampfend. »Was hast du gegen guten sauberen Schnee?«

Warren war kein Mensch, dem viel an einem Zimmer und seiner Einrichtung auffiel, aber er sah doch, daß dieses Zimmer einige Dinge enthielt, die normal waren, und einige, die nicht normal waren. Es enthielt Teppiche und Sessel und einen Fernseher und eine Couch und Bücher und einen großen Schreibtisch. Aber es enthielt außerdem Regale mit ausgestopften und präparierten Vögeln, einigen recht winzigen, bunten und einigen großen, zum Jagen geeigneten. Außerdem ein elegantes braunes Pelztier – ein Wiesel? – und einen Biber, den er am platten Schwanz erkannte.

Liza war dabei, die Schreibtischschubladen aufzuziehen und in dem Papier, das sie dort fand, herumzuwühlen. Er dachte, sie suche wohl etwas im Auftrag dieser Frau. Dann fing sie an, die Schubladen ganz herauszuziehen und sie samt Inhalt auf den Boden zu kippen. Sie machte dazu ein komisches Geräusch – ein bewunderndes Zungenschnalzen, als hätten die Schubladen sich selbständig gemacht.

»Herrje!« sagte er. (Weil er schon sein Leben lang in der Erlösergemeinde war, nahm er sich nicht halb so sorgfältig wie Liza mit seinen Kraftausdrücken in acht.) »Liza? Was machst du denn da?«

»Nichts, das dich auch nur im geringsten was angeht«, sagte Liza. Aber sie sagte es fröhlich, ja freundlich. »Mach es dir einfach gemütlich und stell dir den Fernseher an oder so.«

Sie nahm die präparierten Vögel und Säugetiere und warf sie Stück um Stück hinein in das Durcheinander, das sie auf dem Fußboden anrichtete. »Er nimmt Balsaholz«, sagte sie. »Schön leicht.«

Warren knipste tatsächlich den Fernseher an. Es war ein Schwarzweißgerät, und auf den meisten Sendern war nichts als Schnee oder Schlangenlinien zu sehen. Das einzige, wo er ein klares Bild bekam, war eine Szene aus der alten Serie mit dem blonden Mädchen im Haremsgewand – das eine Hexe war – und dem Schauspieler, der später J.R. Ewing spielte, als er so jung war, daß er noch nicht J. R. geworden war.

»Schau dir das an«, sagte er. »Als wäre man in eine andere Zeit zurückversetzt.«

Liza schaute nicht hin. Er nahm mit dem Rücken zu ihr auf einem Lederpuff Platz. Er versuchte, sich wie ein Erwachsener zu verhalten, der absichtlich wegsieht. Wenn du sie ignorierst, wird sie es seinlassen. Dennoch hörte er hinter sich Buchseiten reißen. Bücher wurden aus den Regalen geschoben, auseinandergerissen, zu Boden geworfen. Er hörte sie in die Küche gehen und Schubladen herausziehen, Schranktüren knallen, Geschirr zerdeppern. Nach einer Weile kam sie wieder ins Wohnzimmer, und ein weißer Staub verbreitete sich im Zimmer. Sie mußte Mehl verschüttet haben. Sie hustete.

Warren mußte ebenfalls husten, aber er drehte sich nicht um. Bald darauf hörte er, wie Flaschen ausgegossen wurden – dünne, plätschernde Flüssigkeit und dickes Gluck-Gluck-Gluck. Er konnte Essig und Ahornsirup riechen und Whisky. Diese Flüssigkeiten goß sie über das Mehl und die Bücher und die Teppiche und die Federn und Felle der Vogel- und Säugetierkörper. Irgend etwas zerschellte am Ofen. Er wettete, das war die Whiskyflasche.

»Volltreffer!« sagte Liza.

Warren mochte sich nicht umdrehen. Er hatte das Gefühl, sein ganzer Körper summte von der Anstrengung, sich möglichst still zu verhalten, damit dies schnell vorüberging.

Vor längerer Zeit war er mit Liza einmal zu einem christlichen Rockkonzert mit Tanz nach St. Thomas gefahren. In der Erlösergemeinde stritt man sich lebhaft über christliche Rockmusik – darüber, ob es so etwas überhaupt geben könne. Die Frage quälte Liza. Warren nicht. Er war mehrmals bei Rockkonzerten und Tanzabenden gewesen, die nicht einmal als christlich firmierten. Aber als sie zu tanzen begannen, war Liza diejenige, die sich mitreißen ließ, von der ersten Sekunde an war Liza diejenige, die den Blick – den wachsamen, unglücklichen Blick – des Jugendleiters auf sich zog, der grinsend und unsicher klatschend am Rand stand. Warren hatte Liza noch nie tanzen sehen, und die verrückte, geschmeidige Erregung, die plötzlich von ihr Besitz ergriff, erfüllte ihn mit Staunen. Er war eher stolz als besorgt, doch ihm war auch klar, daß es völlig gleich war, was er empfand. Liza tanzte, und ihm blieb bloß übrig auszuharren, während sie sich den Weg durch die Musik bahnte, sie flehentlich umwand, sich freistrampelte und alles um sich herum ausblendete.

Da, das hat sie in sich, hätte er gern zu allen gesagt. Er glaubte, es gewußt zu haben. Er hatte ihr gleich etwas angemerkt, als er sie zum erstenmal in der Gemeinde gesehen hatte. Es war Sommer, und sie trug das Sommerstrohhütchen und das Kleid mit Ärmeln, das alle Mädchen in der Gemeinde tragen mußten, aber ihre Haut war zu golden und ihre Figur zu schlank für ein Mädchen aus der Bibelgemeinde. Nicht, daß sie aussah wie ein Mädchen aus einer Illustrierten, ein Mannequin oder eine Angeberin. Liza doch nicht, mit ihrer hohen gewölbten Stirn und den tiefliegenden braunen Augen, ihrem kindlichen und zugleich leidenschaftlichen Gesichtsausdruck. Sie sah einmalig aus, und sie war einmalig. Sie war ein Mädchen, das sich zwar jedes »Jesus!« verkniff, aber in Augenblicken tiefster Zufriedenheit und meditativer Faulheit genüßlich »Ach, verdammt!« stöhnte.

Sie erzählte, daß sie, bevor sie zum Christentum gefunden habe, ein wildes Mädchen gewesen sei. »Auch schon als Kind«, sagte sie.

»Wie denn wild?« hatte er sie gefragt. »Mit Typen zum Beispiel?«

Sie warf ihm einen Blick zu, der zu sagen schien: Sei nicht blöd.

Warren spürte jetzt etwas Nasses an einer Kopfhälfte hinuntertröpfeln. Sie hatte sich von hinten angeschlichen. Er hob eine Hand an den Kopf, und sie wurde grün und klebrig und roch nach Pfefferminz.

»Trink mal«, sagte sie und reichte ihm die Flasche. Er nahm einen großen Schluck, und der starke Pfefferminzlikör schnürte ihm fast die Kehle zu. Liza nahm ihm die Flasche wieder ab und schleuderte sie ans große Wohnzimmerfenster. Sie ging nicht durch die Scheibe, aber machte Sprünge ins Glas. Die Flasche ging nicht zu Bruch – sie fiel zu Boden, und aus ihr floß ein wunderhübscher grüner See hervor. Dunkelgrünes Blut. Die Fensterscheibe hatte sich mit Tausenden von strahlenförmigen Sprüngen überzogen und glänzte weiß wie ein Heiligenschein. Warren stand auf, er keuchte noch vom Alkohol. Hitzewellen stiegen in ihm auf. Liza schritt grazil zwischen den zerrissenen, bespritzten Büchern und Glasscherben umher, zwischen den verschmierten, zertrampelten Vögeln, den Whisky- und Ahornsiruppfützen und den verkohlten Holzscheiten, die sie aus dem Ofen geschleppt hatte, um damit schwarze Spuren auf den Teppich zu zeichnen, in der Asche und dem klebrigen Mehl und den Federn. Sie schritt sogar in ihren Schneemobilstiefeln grazil einher und bewunderte ihr Werk, bewunderte, was sie bisher zuwege gebracht hatte.

Warren nahm den Lederpuff, auf dem er gesessen hatte, und schleuderte ihn auf die Couch. Er kullerte wieder hinunter; er richtete keinen Schaden an, aber die Aktion hatte ihn ins Bild gesetzt.

Es war nicht das erstemal, daß er mit andern zusammen ein Haus demolierte. Vor langer Zeit, mit neun oder zehn Jahren, war er mit einem Freund zusammen auf dem Heimweg von der Schule in ein Haus eingestiegen. Es war das Haus der Tante seines Freundes. Sie war nicht zu Hause – sie arbeitete bei einem Juwelier. Sie lebte allein. Warren und sein Freund brachen ein, weil sie Hunger hatten. Sie bestrichen sich Sodacracker mit Marmelade und tranken Gingerale. Aber dann ging etwas mit ihnen durch. Sie gossen eine Flasche Ketchup auf dem Tischtuch aus und tauchten ihre Finger hinein und schrieben an die Tapete: »*Vorsicht! Blut!*« Sie zerdepperten ein paar Teller und warfen mit Lebensmitteln.

Sie hatten unverhofftes Glück. Niemand hatte sie beim Einsteigen in das Haus beobachtet, und niemand sah sie gehen. Die Tante selbst gab irgendwelchen Teenagern die Schuld, die sie kurz zuvor aus dem Geschäft hinausgeworfen hatte.

In der Erinnerung an dieses Erlebnis ging Warren in die Küche und machte sich auf die Suche nach einer Flasche Ketchup. Es schien keiner da zu sein, doch er fand eine geöffnete Dose Tomatensauce. Sie war dünnflüssiger als Ketchup, und es ging nicht so gut, aber er versuchte damit etwas an die Holzwand in der Küche zu schreiben. »*Nehmt Euch in acht! Dies ist Euer Blut!*«

Die Sauce zog ins Holz ein oder lief die Wand hinunter. Liza trat dicht heran, um die Worte lesen zu können, bevor sie verschwanden. Sie lachte. Sie fand irgendwo in dem Müll einen Leuchtschreiber. Sie stieg auf einen Stuhl und schrieb über das künstliche Blut: »*Der Sünde Sold ist der Tod.*«

»Ich hätte mehr Zeug rausholen sollen«, sagte sie. »Wo er arbeitet, steht alles voll mit Farbe und Kleister und allem möglichen Mist. Da im Nebenzimmer.«

Warren sagte: »Soll ich was holen?«

»Ach, nee.« Sie ließ sich auf die Couch fallen – eine der

wenigen Stellen im Wohnzimmer, wo man noch sitzen konnte. »Liza Minelli«, sagte sie friedlich. »Liza Minelli, hat ein superdickes Felli!«

War das etwas, das die Kinder in der Schule gesungen hatten? Oder ein Vers, den sie sich selbst ausgedacht hatte?

Warren setzte sich neben sie. »Na, was haben sie getan?« sagte er. »Was haben sie getan, um dich so wütend zu machen?«

»Wieso wütend?« sagte Liza und erhob sich träge und ging in die Küche. Warren folgte ihr und sah, daß sie eine Nummer in das Telephon tippte. Sie mußte einen Moment warten. Dann sagte sie: »Bea?« mit einer leisen, betroffenen, zögerlichen Stimme. »Ach, Bea!« Sie bedeutete Warren stumm, daß er den Fernseher ausmachen solle.

Er hörte sie sagen: »Das Fenster neben der Küchentür ... Ich glaube, ja. Sogar Ahornsirup, du kannst es dir nicht vorstellen ... Ach, und das schöne Wohnzimmerfenster, da haben sie was reingeworfen, und sie haben Scheite aus dem Ofen geholt und die Asche und diese Vögel und den großen Biber von den Regalen abgeräumt. Ich kann dir nicht beschreiben, wie es aussieht ...«

Er ging wieder in die Küche, und sie schnitt für ihn eine Grimasse, zog die Augenbrauen hoch und machte mit den Lippen bla-bla-bla, während sie der Stimme am anderen Ende lauschte.

Dann beschrieb sie weitere Einzelheiten, legte Mitgefühl in ihre Stimme und ließ sie vor Kummer und Entrüstung beben. Warren war nicht wohl dabei, ihr zuzusehen. Er machte sich auf die Suche nach ihren Helmen.

Als sie den Hörer aufgelegt hatte, kam sie und holte ihn. »Das war sie«, sagte sie. »Ich hab dir schon erzählt, was sie mir angetan hat. Sie hat mich aufs College geschickt!« Da mußten sie beide lachen.

Doch Warrens Blick ruhte auf einem Vogel in der Schweinerei auf dem Fußboden. Auf den durchweichten Federn, dem lose hängenden Kopf, in dem man ein bitteres rotes Auge sah. »Komischer Beruf«, sagte er. »Immer von toten Sachen umgeben zu sein.«

»Sie sind beide komisch«, sagte Liza.

Warren sagte: »Würdest du dich erschrecken, wenn er krächzt?«

Liza krächzte laut, um ihn aus der nachdenklichen Stimmung herauszuholen. Dann berührte sie ihn mit den Zähnen, mit ihrer gespitzten Zunge sanft am Hals.

III

Bea stellte Liza und Kenny viele Fragen. Sie fragte sie nach ihren Lieblingssendungen im Fernsehen, nach ihren liebsten Farben und Eissorten und danach, was für Tiere sie sein wollten, wenn sie sich in Tiere verwandeln könnten, und nach ihren frühesten Erinnerungen. »Popel fressen«, sagte Kenny, ohne witzig sein zu wollen.

Ladner und Liza und Bea lachten alle – Liza am lautesten. Dann sagte Bea: »Weißt du, das ist auch eine der frühesten Sachen, an die ich mich erinnern kann!«

Sie lügt, dachte Liza. Lügt um Kennys willen, und er kriegt es nicht einmal mit.

»Das ist Miss Doud«, hatte Ladner zu ihnen gesagt. »Versucht, nett zu ihr zu sein.«

»Miss Doud«, sagte Bea, als steckte ihr etwas quer in der Speiseröhre. »Bea. Tsss. Mein Name ist Bea.«

»Wer ist das?« fragte Kenny Liza, als Bea und Ladner vor ihnen gingen. »Will sie bei ihm wohnen?«

»Sie ist seine Freundin«, sagte Liza. »Wahrscheinlich heiraten sie bald.« Schon als Bea erst eine Woche bei Ladner wohnte, konnte Liza den Gedanken nicht ertragen, daß sie je wieder gehen könnte.

Bei ihrem ersten Besuch auf Ladners Land waren Liza und Kenny heimlich unter einem Zaun hindurch auf das Gelände geschlichen, obwohl alle Schilder und ihr eigener Vater sie streng davor gewarnt hatten. Sie waren kaum so weit in den Wald vorgedrungen, daß Liza nicht mehr sicher war, ob sie den Rückweg finden konnte, da hörten sie einen schrillen Pfiff.

Ladner rief nach ihnen: »He, ihr zwei!« Er trat wie ein Mörder im Fernsehen mit einer kleinen Axt hinter einem Baum hervor. »Könnt ihr schon lesen?«

Sie waren damals ungefähr sechs und sieben. Liza sagte: »Ja.«

»Und, habt ihr meine Schilder gelesen?«

Kenny flüsterte: »Ein Fuchs ist hier reingelaufen.« Als sie mal mit ihrem Vater unterwegs gewesen waren, hatten sie einen Rotfuchs über die Straße laufen und hier in den Bäumen verschwinden sehen. Ihr Vater hatte gesagt: »Das Mistvieh wohnt in Ladners Wald.«

Füchse wohnen nicht im Wald, erklärte Ladner ihnen. Er führte sie dahin, wo der Fuchs wirklich wohnte. In einem Bau, sagte er. Neben einem Loch in einem Abhang war ein mit trockenem, hartem Gras bewachsener Sandhaufen, auf dem kleine weiße Blumen blühten. »Nicht mehr lange, dann werden die zu Erdbeeren«, sagte Ladner.

»Wer?« fragte Liza.

»Ihr seid vielleicht dumme Kinder«, sagte Ladner. »Was macht ihr den ganzen Tag – fernsehen?«

Damit begann die Zeit, in der sie ihre Samstage – und als der Sommer kam, fast alle Tage – mit Ladner verbrachten. Ihr Vater fand es in Ordnung, wenn Ladner so blöd war, sich mit ihnen abzugeben. »Aber seht zu, daß ihr keinen Ärger macht, sonst zieht er euch das Fell über die Ohren«, sagte ihr Vater. »Wie er das mit dem andern Zeug macht. Das wißt ihr doch, oder?«

Natürlich wußten sie, was Ladner machte. Er hatte sie

zuschauen lassen. Sie hatten gesehen, wie er einen Eichhörnchenschädel ausnahm und einem Vogel mit feinem Draht und Nädelchen die Federn möglichst vorteilhaft richtete. Sobald er sicher war, daß sie genug Sorgfalt übten, erlaubte er ihnen, die Glasaugen einzusetzen. Sie hatten ihm zugeschaut, wie er Tiere häutete, die Häute sauberschabte und einsalzte und sie auf links gedreht zum Trocknen aufhängte, bevor er sie zum Gerben gab. Beim Gerben wurden sie mit einem Gift getränkt, damit sie nicht rissig wurden und ihnen nie die Haare ausfielen.

Ladner montierte das Fell um einen Körper, an dem nichts echt war. Ein Vogelkörper konnte ganz aus einem Stück sein, aus Holz geschnitzt, aber ein größerer Tierkörper war eine wundersame Konstruktion aus Draht und Sackleinen und Kleister und Pappmaché und Ton.

Liza und Kenny hatten gehäutete Tierleiber angefaßt, die fest wie dicke Taue waren. Sie hatten Gedärme berührt, die wie Plastikröhren aussahen. Sie hatten Augäpfel zu Mus zerquetscht. Davon erzählten sie ihrem Vater. »Aber wir werden nicht krank«, sagte Liza. »Wir waschen uns die Hände mit Boraxseife.«

Sie erfuhren aber nicht nur etwas über tote Dinge. Was sagt der Rotschulterstärling? *Kompan – ie!* Was sagt der Zaunkönig? *Diesa-diesa-dies, wer kommt mit ins Paradies?*

»Ach, wirklich?« sagte ihr Vater.

Bald wußten sie noch viel mehr. Zumindest Liza. Sie wußte die Namen der Vögel, Bäume, Pilze, Fossilien, der Planeten des Sonnensystems. Sie wußte, woher bestimmte Steine stammten und daß die Schwellung in einem Goldrutenstiel einen kleinen weißen Wurm enthält, der sonst nirgends auf der Welt leben kann.

Sie wußte, daß es nicht klug war, viel über das zu reden, was sie wußte.

Bea stand am Teichrand, in ihrem japanischen Kimono. Liza schwamm bereits im Wasser. Sie rief Bea zu: »Komm doch rein, komm rein!« Ladner arbeitete am anderen Ende des Teiches, schnitt Schilf und räumte Pflanzen aus, die das Wasser verwucherten. Dabei sollte Kenny ihm helfen. Wie eine Familie, dachte Liza.

Bea streifte ihren Kimono ab und stand in ihrem gelben, seidigen Badeanzug am Ufer. Sie war eine kleine Frau mit dunklen, leicht mit Grau durchsetzten Haaren, die ihr schwer auf die Schultern fielen. Ihre Augenbrauen waren dicht und dunkel, und ihre hohe, gewölbte Form wie die süße Schmollform ihres Mundes wirkten wie eine stumme Bitte um Freundlichkeit und Trost. Die Sonne hatte sie mit hellen Sommersprossen besprenkelt, und sie war am ganzen Körper gerade ein bißchen zu weich. Wenn sie das Kinn senkte, sammelten sich Pölsterchen am Unterkiefer und unter den Augen. Sie neigte zu Pölsterchen und Erschlaffungen, Dellen und Röllchen in der Haut und im Fleisch, Rosetten aus rotvioletten Äderchen, leichten Verfärbungen in den Armbeugen und Kniekehlen. Und eben diese gesammelten Verunstaltungen, diese schattenhaften Schäden waren Liza besonders lieb. Sie liebte auch die Feuchtigkeit, die oft in Beas Augen zu sehen war, das Beben und Necken und spielerische Flehen in Beas Stimme, ihren rauchigen Klang und ihre Künstlichkeit. Bea wurde von Liza nicht so bewertet oder beurteilt wie andere Leute. Aber das hieß nicht, daß Lizas Liebe zu Bea unbeschwert oder friedlich war – es war eine erwartungsvolle Liebe, ohne daß sie wußte, was sie eigentlich erwartete.

Jetzt stieg Bea in den Teich. Sie tat es stufenweise. Ein Entschluß, ein kurzer Spurt, eine Pause. Als ihr das Wasser an die Knie kam, umklammerte sie fest ihren Brustkorb und kreischte auf.

»Es ist nicht kalt«, sagte Liza.

»Nein, nein, es ist wunderschön!« sagte Bea. Und sie setzte

ihren Weg unter Wonnelauten bis zu einer Stelle fort, wo ihr das Wasser bis an die Taille reichte. Sie drehte sich zu Liza um, die mit der Absicht von hinten herangeschwommen war, sie naßzuspritzen.

»Oh, nein, bitte nicht!« rief Bea. Und sie fing an, auf und ab zu hopsen und die Hände mit gespreizten Fingern durch das Wasser zu führen, als wollte sie es aufsammeln wie Blütenblätter. Sie spritzte erfolglos in Lizas Richtung.

Liza drehte sich auf den Rücken, ließ sich gleiten und spritzte Bea sachte mit den Füßen ein bißchen Wasser ins Gesicht. Bea sprang hoch und duckte sich und wich Lizas Spritzern aus und stimmte dazu ein albernes, glückliches Liedchen an. *Oh-juuh, oh-juuh, oh-juuh*. Oder so ähnlich.

Obwohl sie auf dem Rücken im Wasser schwamm, konnte Liza sehen, daß Ladner bei der Arbeit innehielt. Er stand am anderen Ende des Teichs halbhoch im Wasser, in Beas Rücken. Er beobachtete Bea. Dann fing auch er an, im Wasser auf und ab zu hüpfen. Er hielt den Körper steif, warf aber den Kopf kräftig hin und her und fuhr mit nervösen Händen über das Wasser oder patschte hinein. Er zuckte geziert, als wäre er ganz hingerissen von sich.

Er äffte Bea nach. Er machte, was sie machte, nur ins Lächerliche und Häßliche verzerrt. Er veralberte sie absichtlich und gründlich. Seht, wie eitel sie ist, sagte Ladners linkisches Gehopse. Was für eine Schauspielerin. Tut so, als hätte sie keine Angst vorm tiefen Wasser, tut so, als machte ihr das Spaß, tut so, als wüßte sie nicht, wie wir sie verachten.

Das war aufregend und schockierend. Lizas Gesicht zitterte, weil es ihr so schwerfiel, nicht zu lachen. Ein Teil von ihr wollte Ladner Einhalt gebieten, sofort, bevor er Schaden anrichtete, und ein Teil sehnte just diesen Schaden herbei, den Schaden, den Ladner anzurichten vermochte, das jähe Aufreißen, das letzte Entzücken.

Kenny juchzte laut. Er hatte kein Feingefühl.

Bea hatte die Veränderung in Lizas Gesicht bereits

bemerkt, und jetzt hörte sie Kenny. Sie schaute hinter sich, um zu sehen, was dort los war. Aber Ladner hatte sich wieder ins Wasser fallenlassen, er war über seine Pflanzen gebückt.

Liza strampelte sofort wild los, um sie abzulenken. Als Bea nicht reagierte, schwamm sie hinaus in den tiefen Teil des Teiches und tauchte unter. Tief, tief hinab bis dahin, wo es dunkel ist, wo die Karpfen leben, im Schlamm. Sie blieb so lange unten, wie sie konnte. Sie tauchte so weit, daß sie sich in den Pflanzen vorm andern Ufer verhedderte und keuchend hochkam, nur ungefähr einen Meter von Ladner entfernt.

»Ich hab mich im Schilf verfangen«, sagte sie. »Ich hätte ertrinken können.«

»Pech gehabt«, sagte Ladner. Er griff im Spaß nach ihr, um ihr zwischen die Beine zu fassen. Gleichzeitig machte er ein frommes, schockiertes Gesicht, als ob die Person in seinem Kopf darüber ausflippte, was seine Hand da anstellen wollte.

Liza tat, als merkte sie nichts. »Wo ist Bea?« fragte sie.

Ladner schaute zum Ufer gegenüber. »Vielleicht zum Haus hoch«, sagte er. »Ich hab sie nicht gehen sehen.« Er war wieder völlig normal, ein ernsthaft arbeitender Mann, dem ihre ganzen Narrheiten ein wenig auf die Nerven gingen. Ladner konnte das. Er konnte von einer Person zur anderen umschalten, und wenn du noch an vorher dachtest, warst du selber schuld.

Liza schwamm schnurstracks, so schnell sie konnte, quer durch den Teich. Sie lief ans Ufer, daß das Wasser spritzte, und kletterte schwerfällig hinauf. Sie lief an den Eulen und dem Adler vorbei, die sie von hinter der Glasscheibe anstarrten. Und am Schild mit »Die Natur tut nichts zwecklos«.

Sie konnte Bea nirgends sehen. Nicht vor ihr auf dem Holzsteg über den Sumpf. Nicht auf der offenen Fläche unter den Pinien. Liza nahm den Weg zur Hintertür des Hauses. Mitten auf dem Weg stand eine Buche, um die man einen Bogen machen mußte, und in ihre glatte Rinde waren Initiale eingeritzt. Ein »L« für Ladner, noch eins für Liza, ein »K« für

Kenny. Ein gutes Stück tiefer standen die Buchstaben »HR«. Als Liza Bea die Initialen zum erstenmal gezeigt hatte, hatte Kenny mit der Faust auf das HR getrommelt. Er hüpfte auf und ab und schrie: »Hosen runter!« Ladner holte ernst zu einer Kopfnuß aus. »Hier rechts«, sagte er und zeigte auf den in die Rinde geritzten Pfeil, der sich mit dem Stamm bog. »Hör nicht auf diese frechen Kinder mit ihrer schmutzigen Phantasie«, sagte er zu Bea.

Liza brachte es nicht über sich, an die Tür zu klopfen. Sie war voller Schuldgefühle und böser Vorahnungen. Es schien ihr, als müßte Bea fortgehen. Wie konnte sie nach einer solchen Beleidigung bleiben – wie konnte sie es noch mit ihnen, egal welchem von ihnen, aushalten? Bea wußte nicht über Ladner Bescheid. Wie sollte sie auch? Selbst Liza hätte niemandem beschreiben können, was er für ein Mensch war. In ihrem heimlichen Leben mit ihm war das Furchtbare immer komisch, waren Unarten immer mit Albernheit vermischt, du mußtest immer mitmachen beim Fratzen schneiden und Stimme verstellen und so tun, als wäre er ein Monster aus dem Comicheft. Du konntest nicht drum herum und wolltest es auch gar nicht, ebensowenig wie du das Stechen der tausend Stecknadeln verhindern konntest, wenn dir die Hand eingeschlafen war.

Liza ging ums Haus und trat aus dem Schatten der Bäume. Sie überquerte barfuß den heißen Kiesweg. Da stand ihr eigenes Haus breit mitten in einem Maisfeld am Ende einer kurzen Zufahrt. Es war ein Holzhaus, das oben weiß und unten grellrosa gestrichen war, wie Lippenstift. Die Idee hatte Lizas Vater gehabt. Vielleicht hatte er gedacht, daß es dadurch munterer wirken würde. Vielleicht hatte er auch gedacht, Rosa würde den Anschein erwecken, da wohnte eine Frau.

In der Küche herrscht Chaos – verschüttete Cornflakes auf dem Fußboden, sauer riechende Milchpfützen auf der Arbeitsfläche. Ein Haufen Klamotten aus dem Waschsalon auf dem Lehnstuhl in der Ecke und ringsum auf dem Boden und das Geschirrtuch – das weiß Liza, ohne hinzuschauen – zusammengeknüllt unter dem ganzen Müll im Spülbecken. Es ist ihre Aufgabe, das hier alles wieder herzurichten, und sie sollte es lieber tun, bevor ihr Vater nach Hause kommt.

Noch schert sie sich nicht drum. Sie geht nach oben unter die Dachschräge, wo es drückend heiß ist, und holt ihren kleinen Beutel mit Schätzen hervor. Sie bewahrt diesen Beutel vorne in der Spitze eines alten Gummistiefels auf, der ihr zu klein ist. Keiner weiß von ihm. Am allerwenigsten Kenny.

In dem Beutel ist ein Barbie-Abendkleid, das Liza von einem Mädchen gestohlen hat, mit dem sie früher gespielt hat (Liza findet das Kleid gar nicht mehr so toll, aber es bedeutet ihr was, weil es gestohlen ist), ein blaues Etui mit Schnappverschluß mit der Brille ihrer Mutter, ein bemaltes hölzernes Ei, das sie als Preis in einem Oster-Malwettbewerb in der zweiten Klasse gewonnen hat (mit einem kleineren Ei darin, in dem noch ein kleineres Ei steckt). Und der einzelne Bergkristall-Ohrring, den sie auf der Straße gefunden hat. Sie hat lange geglaubt, daß die Bergkristalle Brillanten wären. Der Ohrring ist verschnörkelt und elegant, mit tränenförmigen Bergkristallen, die an Schlaufen und Bögen aus kleineren Steinen baumeln, und wenn Liza ihn sich ans Ohr hängt, berührt er fast ihre Schulter.

Sie hat nur ihren Badeanzug an, deshalb muß sie den Ohrring eingefaltet in die Faust nehmen, ein glühendheißer Klumpen. Ihr Kopf fühlt sich an wie geschwollen: von der Hitze, vom Hocken über ihrem geheimen Schatz, von ihrem Vorsatz. Sie denkt sehnsüchtig an den Schatten unter Ladners Bäumen, als wäre er ein schwarzer Teich.

In der Umgebung dieses Hauses steht nirgends auch nur ein einziger Baum, und der einzige Strauch ist ein Fliederbusch an der Hintertreppe, mit aufgerollten, braungeränderten Blättern. Um das Haus herum nichts als Mais, und ein Stück weiter die schiefe alte Scheune, die Liza und Kenny nicht betreten dürfen, weil sie jederzeit zusammenbrechen kann. Keine Unterteilungen, keine Geheimplätze – hier ist alles kahl und einfach.

Doch wenn du über die Straße gehst – wie Liza, die jetzt über den Kiesweg springt –, wenn du Ladners Land betrittst, ist es, als kämst du in eine Welt mit verschiedenen und deutlich unterschiedlichen Ländern. Da ist das Sumpfland, das tief und urwaldartig ist, voller Pferdebremsen und Springkraut und Zehrwurz. Dort riecht es nach tropischen Gefahren und Komplikationen. Dann der Pinienhain, feierlich wie eine Kirche, mit seinen hohen Ästen und dem Nadelteppich, dort muß man flüstern. Dann die dunklen Räume unter den ausladenden, tiefhängenden Zedernarmen – ganz im Schatten liegende, geheime Räume mit einem Boden aus nackter Erde. Je nachdem, wo man ist, fällt die Sonne verschieden, und an manche Stellen kommt sie gar nicht. An manchen Stellen steht die Luft dick und wie abgeschlossen, und an anderen Stellen spürst du eine kräftige Brise. Gerüche sind herb oder verlockend. Manche Wege verlangen feierliches Schreiten, und manche Steine liegen jeweils einen Sprung auseinander, so daß sie einen zu Verrücktheiten herausfordern. Hier liegen die Schauplätze ernster Lektionen, wo Ladner ihnen beigebracht hat, wie man einen Hickorybaum von einem Grauen Walnußbaum unterscheidet und einen Stern von einem Planeten. Und die Stellen, wo Liza meint, da wären Wunden auf der Erde, ein Kitzeln, und Scham im Gras.

HR
Quetsch zu.
und rubbeln, rubbeln, rubbeln.

Wenn Ladner Liza packte und sich fest an sie preßte, hatte sie das Gefühl, tief in seinem Innern eine Gefahr zu spüren, wie Funken in einem Motor, als würde er gleich mit einem Lichtblitz vergehen und nichts mehr von ihm übrig bleiben als schwarzer Rauch und Brandgeruch und verkohlte Drähte.

Statt dessen fiel er kraftlos zu Boden, wie das von Fleisch und Knochen gelöste Fell eines Tieres. Er lag so schwer und reglos da, daß Liza und sogar Kenny einen Augenblick das Gefühl hatten, es wäre eine Sünde, ihn anzuschauen. Er mußte seine Stimme erst aus den Tiefen seiner ächzenden Eingeweide emporziehen, ehe er ihnen sagen konnte, daß sie böse Kinder seien.

Er schnalzte leise mit der Zunge, und seine Augen glänzten aus einem Hinterhalt, hart und rund wie die Glasaugen der Tiere.

Böse-böse-böse.

»Nein, wie hübsch«, sagte Bea. »Liza, sag mir – hat er deiner Mutter gehört?«

Liza sagte ja. Ihr war mittlerweile aufgegangen, daß ein einzelner Ohrring als Geschenk womöglich kindlich und armselig wirkte – vielleicht absichtlich mitleidheischend. Selbst, daß sie ihn als Schatz hütete, konnte einen dummen Eindruck machen. Aber wenn er ihrer Mutter gehört hatte, das wäre verständlich, das würde dem Geschenk eine gewisse Bedeutung verleihen. »Du könntest ihn an eine Kette machen«, sagte sie. »Wenn du ihn an eine Kette machst, kannst du ihn um den Hals tragen.«

»Nein, das dachte ich auch gerade!« sagte Bea. »Ich dachte gerade, er würde sich gut an einer Kette machen. An einer silbernen Kette – meinst du nicht? Ach, Liza, es macht mich so stolz, daß du ihn mir geschenkt hast!«

»Du könntest ihn an der Nase tragen«, sagte Ladner. Aber er sagte es ohne Schärfe. Er war jetzt friedlich – geschafft, friedlich. Er sprach von Beas Nase, als wäre der Gedanke ihm angenehm.

Ladner und Bea saßen unter den Pflaumenbäumen unmittelbar hinter dem Haus. Sie saßen auf den Korbstühlen, die Bea aus der Stadt mitgebracht hatte. Sie hatte nicht viel mitgebracht – gerade soviel, daß sie hier und da eine Insel schaffen konnte, zwischen Ladners Häuten und Instrumenten. Diese Stühle, ein paar Tassen, ein Polster. Die Weingläser, aus denen sie gerade tranken.

Bea hatte sich umgezogen und trug jetzt ein dunkelblaues Kleid aus einem sehr dünnen, weichen Material. Es fiel fließend, lang und lose von den Schultern. Sie ließ die Bergkristalle durch die Finger gleiten, sie ließ sie fallen und in den Falten ihres blauen Kleides funkeln. Sie hatte Ladner doch noch vergeben oder beschlossen, nicht mehr daran zu denken.

Bea konnte Sicherheit verbreiten, wenn sie wollte. Bestimmt konnte sie das. Alles, was es dazu braucht, ist, daß sie sich in eine andere Frau verwandelt, eine harte-und-schnelle, bis-hierher-und-nicht-weiter-Frau, klar, energisch und intolerant. *So nicht. Jetzt nicht. Benimm dich.* Die Frau, die sie retten konnte – die dafür sorgen konnte, daß sie sich alle benahmen, für immer.

Wozu Bea ihnen geschickt worden ist, das sieht sie nicht.

Nur Liza sieht es.

IV

Liza schloß die Tür vorschriftsmäßig von außen ab. Sie steckte den Schlüssel in die Plastiktüte und die Tüte in das Loch im Baum. Sie machte ein paar Schritte auf das Schneemobil zu, und als Warren nicht mitkam, sagte sie: »Was hast du denn?«

Warren sagte: »Was ist mit dem Fenster neben der Hintertür?«

Liza atmete laut aus. »Mann, bin ich eine dumme Kuh!« sagte sie. »Wie kann ich so bescheuert sein?«

Warren ging zum Fenster zurück und trat gegen die unterste Scheibe. Dann holte er ein Stück Feuerholz vom Stapel am Blechschuppen und schlug damit ein ordentliches Loch in die Scheibe. »Groß genug, daß ein Kind einsteigen könnte«, sagte er.

»Wie konnte ich so blöd sein?« fragte Liza. »Du hast mir das Leben gerettet.«

»Uns«, sagte Warren.

Der Blechschuppen war nicht abgeschlossen. Drinnen fand er ein paar Pappkartons, Holz, einfaches Werkzeug. Er riß ein Stück Pappe in passender Größe ab. Damit nagelte er voll Befriedigung das Fenster zu, das er gerade eingeschlagen hatte. »Sonst kommen Tiere rein«, sagte er zu Liza.

Als er alles zu seiner Zufriedenheit erledigt hatte, stellte er fest, daß Liza in den Schnee zwischen den Bäumen hinausgegangen war. Er lief hinterher.

»Ich wollte sehen, ob der Bär noch da ist«, sagte sie.

Er wollte sagen, daß er nicht glaube, daß Bären so weit nach Süden kämen, aber sie ließ ihm keine Zeit dazu. »Kannst du Bäume an ihrer Rinde erkennen?« fragte sie.

Warren gestand, daß er sie nicht einmal an den Blättern erkennen könne. »Na ja, Ahorn«, sagte er. »Ahorn und Pinien.«

»Zedern«, sagte Liza. »Zedern mußt du doch kennen. Da ist eine Zeder. Da ist eine Traubenkirsche. Da unten stehen Birken. Die weißen da. Und der da, mit der Borke, die aussieht wie graue Haut? Das ist eine Buche. Siehst du, da waren Buchstaben eingeritzt, aber sie sind verwachsen, jetzt sehen sie nur noch aus wie alle andern Flecken.«

Warren zeigte kein Interesse. Er wollte bloß noch heim. Es war erst kurz nach drei Uhr, aber man konnte schon spüren, wie sich die Dunkelheit verdichtete, wie sie zwischen den Bäumen aufstieg wie kalter Rauch aus dem Schnee.

Klett-Cotta
Die Originalausgabe erschien unter dem Titel »Open Secrets«
im Verlag Alfred A. Knopf, New York, und enthält folgende Erzählungen:
Carried Away; A Real Life; The Albanian Virgin; Open Secrets; The Jack
Randa Hotel; A Wilderness Station; Spaceships Have Landed; Vandals.

Printed in Germany
Schutzumschlag: Klett-Cotta-Design
Gesetzt aus der Janson von Steffen Hahn GmbH, Kornwestheim
Auf säure- und holzfreiem Werkdruckpapier gedruckt und
gebunden von Ebner Ulm

Die Deutsche Bibliothek – CIP-Einheitsaufnahme
Munro, Alice:
Offene Geheimnisse : Erzählungen / Alice Munro. Aus dem Engl.
von Karen Nölle-Fischer. – Stuttgart : Klett-Cotta, 1996
Einheitssacht.: Open secrets <dt.>
ISBN 3-608-93371-9

Wir danken dem Canada Council, Department of Foreign
Affairs and International Trade Canada,
für die großzügige Unterstützung dieser Ausgabe.